*En 2018, Harlequin fête ses 40 ans !*

*Chère lectrice,*

*Comme vous le savez peut-être, 2018 est une année très importante pour les Éditions Harlequin qui célèbrent leur quarantième anniversaire. Quarante années placées sous le signe de l'amour, de l'évasion et du rêve… Mais surtout quarante années extraordinaires passées à vos côtés ! Azur, Blanche, Passions, Black Rose, Les Historiques, Victoria mais aussi HQN, &H et bien d'autres encore : autant de collections que vous avez vues naître, grandir et évoluer, avec un seul objectif pour toutes – vous offrir chaque mois le meilleur de la romance. Alors merci à vous, chère lectrice, pour votre fidélité. Merci d'avoir vécu cette formidable aventure avec nous.*

40 ANS

### *En 2018, Harlequin fête ses 40 ans !*

*Chère lectrice,*

*Comme vous le savez peut-être, 2018 est une année très importante pour les Éditions Harlequin qui célèbrent leur quarantième anniversaire. Quarante années placées sous le signe de l'amour, de l'évasion et du rêve… Mais surtout quarante années extraordinaires passées à vos côtés ! Azur, Blanche, Passions, Black Rose, Les Historiques, Victoria mais aussi HQN, &H et bien d'autres encore : autant de collections que vous avez vues naître, grandir et évoluer, avec un seul objectif pour toutes – vous offrir chaque mois le meilleur de la romance. Alors merci à vous, chère lectrice, pour votre fidélité. Merci d'avoir vécu cette formidable aventure avec nous.*

40 ANS

Un époux sous contrat

Pour le sourire de Cody

JOANNE ROCK

# Un époux sous contrat

*Traduction française de*
TATIANA ANDONOVSKI

Passions

HARLEQUIN

*Collection :* PASSIONS

*Titre original :*
THE MAGNATE'S MAIL-ORDER BRIDE



**HARPERCOLLINS FRANCE**
83-85, boulevard Vincent-Auriol, 75646 PARIS CEDEX 13
Service Lectrices — Tél. : 01 45 82 47 47

www.harlequin.fr

ISBN 978-2-2803-8313-4 — ISSN 1950-2761

# - 1 -

— Elle manque de passion. Ce n'est pas étonnant qu'on ne sente aucune émotion quand elle danse. D'ailleurs, vous avez déjà vu Sofia avec un homme depuis qu'on la connaît ?

Sofia Koslov n'avait pas l'habitude d'écouter aux portes mais dans un espace aussi confiné que celui du Gulfstream appartenant à son père, elle n'avait pas eu le choix. Alors qu'elle regagnait sa place pour l'atterrissage après être allée prendre un verre d'eau dans la kitchenette, elle s'arrêta net en entendant les commentaires de sa collègue.

Première danseuse étoile au New York City Ballet, Sofia venait de terminer un contrat d'une semaine dans un théâtre de Kiev avec d'autres membres de sa compagnie. Ses collègues avaient sauté de joie quand son milliardaire de père leur avait proposé de les ramener aux États-Unis dans son jet privé.

Visiblement, cette faveur ne lui avait pas permis de se gagner des alliés. En effet, du fait de sa promotion fulgurante et sans précédent au sein de la compagnie, elle avait fait des envieux et avait un mal fou à se faire accepter.

Serrant contre sa poitrine la copie de *Songe d'une nuit d'été*, elle frissonna. Son père, absorbé par une visioconférence, ignorait le monde alentour.

Vitaly Koslov, né en Ukraine, était un homme d'affaires puissant qui n'en faisait qu'à sa tête. À l'occasion de ce séjour en Ukraine, il en avait profité pour rappeler à Sofia, non sans insister, qu'il était temps pour elle de s'installer et de fonder une famille pour lui donner des petits-enfants qui seraient peut-être plus tentés qu'elle de reprendre l'empire qu'il avait créé.

— Antonia, ce n'est pas juste. Pendant la saison, aucune d'entre nous n'a le temps de faire des rencontres. Je n'ai pas eu de compagnon cette année, mais ça ne fait pas pour autant de moi une danseuse dénuée de passion, renchérit une autre collègue.

Le pilote annoncerait sûrement d'un instant à l'autre qu'il fallait s'asseoir pour l'atterrissage, mais Sofia était clouée sur place, incapable d'avancer. Elle fit mine de relire les notes qu'elle avait prises en vue du rôle de Titania qu'on lui avait proposé, au cas où quelqu'un décide de se lever et la surprenne en train d'espionner.

— Dans le cas de Sofia, c'est différent. On la connaît depuis plusieurs années et on ne l'a jamais vue sortir avec quelqu'un. En plus, je sais de source sûre que son père s'inquiète également…

— Ah bon ? Comment ça ?

— Apparemment, il a fait appel à une agence matrimoniale pour l'aider à rencontrer quelqu'un.

Elle fut prise d'une nausée soudaine même si l'avion n'avait pas encore entamé sa descente. Depuis un an, son père lui rabâchait qu'elle devait s'inscrire dans une agence matrimoniale. Elle avait refusé l'idée en bloc. Pour le moment, elle n'avait aucune envie de penser au mariage. Seule sa carrière comptait.

Était-ce possible qu'il ait agi sans lui en parler ?

Bien sûr ! Il était fier, fortuné, sûr de lui, et rien ne l'arrêtait.

Un profond sentiment de trahison l'envahit.

— Tu veux dire qu'il a engagé quelqu'un pour lui trouver un mari ?

— C'est ça. Et si j'ai bien compris, il devrait y avoir un prince charmant pour accueillir la richissime Sofia à l'atterrissage.

Elle porta la main devant sa bouche pour s'empêcher de jurer.

Elle ne supportait pas qu'on la prenne pour une gosse de riche. Son père avait fait fortune en suivant son instinct, soit, mais cela ne signifiait pas qu'elle aussi était riche.

D'ailleurs, elle n'avait emménagé avec lui qu'à l'âge de treize ans, à la mort de sa mère, et elle avait suivi l'exemple de cette dernière, refusant le soutien financier qu'il pourrait lui apporter. Pas question de se laisser acheter par son père et de le laisser diriger sa vie.

En choisissant de poursuivre sa carrière de danseuse, elle avait voulu lui montrer que l'art pouvait l'emporter sur le dollar. De plus, son père n'avait pas le droit de contrôler ses choix.

Avait-il vraiment prévu de lui faire rencontrer un prétendant devant ses collègues, après une semaine éprouvante à l'étranger et un vol de neuf heures ?

Une sonnerie la tira de son questionnement.

C'était celle de son portable. Elle avait dû oublier de l'éteindre au moment du décollage. Tirant l'appareil de sa poche, elle s'empressa de le mettre sur silencieux mais le bruit avait attiré l'attention des autres passagers et notamment du petit groupe qui venait de parler d'elle. Quelques visages se tournèrent vers elle mais personne ne parut gêné.

Sans plus attendre, elle retourna s'asseoir.

Une fois sa ceinture attachée, elle consulta le message

qu'elle venait de recevoir alors que le pilote annonçait le début de la descente sur New York.

Sa meilleure amie, Jasmine Jackson, spécialisée dans les relations publiques, avait accepté de l'aider à faire passer sa carrière de danseuse au niveau supérieur. Le message concernait l'interview que Sofia avait accepté de donner à *Dance Magazine*.

Deux journalistes seront là à ton arrivée. Tu dois donner l'impression de rentrer d'une tournée mondiale. Pomponne-toi !

Même si son amie lui avait touché deux mots de cette interview, cela lui était complètement sorti de la tête. La panique s'empara d'elle à l'idée de rencontrer la presse alors qu'elle se sentait épuisée et contrariée par les commentaires de sa collègue Antonia. Néanmoins, sans plus tarder, elle sortit son nécessaire de maquillage.

Avec un peu de chance, Antonia s'était trompée et son père n'avait aucunement l'intention de la ridiculiser devant tout le monde. D'autant qu'elle lui avait parlé de cette interview éventuelle. Il n'y avait donc aucune raison pour qu'il veuille la mettre dans l'embarras.

À moins qu'il ait justement choisi ce moment pour l'empêcher de se rebeller et pour la placer devant le fait accompli, presse à l'appui ?

Non, impossible. C'était trop tiré par les cheveux.

Alors qu'elle s'apprêtait à s'appliquer du gloss sur les lèvres, son téléphone retentit de nouveau.

ATTENTION — je pense que l'une des deux journalistes bosse aussi pour les tabloïds donc tu devrais peut-être prévenir les autres ! Bonne chance.

Les roues de l'avion heurtèrent le tarmac dans une

suite de secousses, alors qu'elle tentait de mettre de l'ordre au sein du chaos de son esprit. Si Antonia avait raison, et que le duo de journalistes était témoin d'un échange discordant entre Sofia et son père, ce serait la catastrophe et cela anéantirait tous ses efforts.

Idris Fortier, le célèbre chorégraphe, n'allait pas tarder à arriver à New York afin d'y monter une production en coopération avec le City Ballet. Sofia comptait auditionner pour l'un des rôles principaux, comme d'autres danseuses à bord de l'avion. La compétition serait rude.

S'armant de courage, elle inspira profondément pour calmer les battements de son cœur. Une femme avertie en valait deux.

Finalement, elle devait s'estimer heureuse qu'Antonia se soit montrée aussi indiscrète concernant les intentions de son père. Avec la présence de la presse, elle ne pouvait pas se permettre un seul écart. Elle aurait une explication avec son père, mais plus tard, en privé.

Pas question de sacrifier une occasion de publicité alors qu'elle s'apprêtait à auditionner pour Idris Fortier. C'était un défi, et elle était bien décidée à le relever. Elle ferait appel à ses qualités d'actrice pour se montrer à la hauteur de la tâche et, cette fois, on ne pourrait pas lui reprocher de manquer de passion.

— Inutile d'agir sous le coup de la colère.

Quinn McNeill essayait de faire entendre raison à son jeune frère alors qu'il marchait à ses côtés en direction du terminal d'arrivée du plus grand aéroport privé de Manhattan.

Ils avaient partagé une limousine pour se rendre des bureaux de la société McNeill situés en centre-ville à Teterboro. Quinn devait partir en voyage d'affaires, mais son vol ne décollait que plus tard dans la soirée. Il avait néanmoins décidé d'annuler ses rendez-vous de l'après-midi pour accompagner Cameron à l'aéroport et avoir le temps de discuter avec lui.

— Je ne suis pas en colère. Regarde-moi. J'ai l'air en colère ?

Oui, Quinn trouvait qu'il avait l'air en colère. Ils se ressemblaient et il reconnaissait ses propres expressions dans la mine de son frère.

Leurs points communs venaient de leurs racines écossaises. Des grands yeux bleus et des cheveux foncés.

— J'ai simplement décidé de laisser grand-père diriger ma vie en me soumettant à sa volonté afin de pouvoir un jour hériter d'une partie de l'entreprise familiale car je ne supporterais pas qu'un inconnu puisse reprendre l'empire McNeill.

La semaine précédente, Quinn, Cameron et leur frère Ian avaient été convoqués dans le bureau de l'avocat de leur grand-père pour une réunion concernant le testament qui partagerait l'empire du vieil homme en trois parts égales.

La nouvelle n'était pas surprenante dans la mesure où Malcolm McNeill, le patriarche, le leur avait promis depuis des années, les préparant à des emplois spécifiques alors qu'ils s'étaient chacun lancés dans la carrière de leur choix.

Leur père avait brièvement pris la tête de l'entreprise, mais il ne s'était pas montré à la hauteur et le vieil homme avait décidé de viser la génération suivante. Aucun des trois n'avait besoin d'argent, mais Cameron était le plus proche de leur grand-père et il se sentait donc obligé de se plier à la condition imposée par Malcolm McNeill.

La condition était la suivante : les frères devaient

se marier, et le rester pendant au moins douze mois, s'ils voulaient hériter de leur part de la société McNeill Resorts.

Sur un coup de tête, Cameron avait fait appel à une agence matrimoniale privée spécialisée dans les grandes fortunes. Et il s'apprêtait à épouser une inconnue. Voulait-il prouver à leur grand-père sa loyauté sans bornes ou le faire changer d'avis en lui démontrant que c'était une mauvaise idée ?

Avec Cameron, tout était possible. Pour sa part, Quinn avait décidé de prendre son temps, en espérant que leur grand-père finisse par changer d'avis. Pour l'heure, le vieil homme était parti quelques semaines en Chine, coupant volontairement les ponts et rendant tout échange impossible.

— Cameron, voyons, réfléchis un peu. Avoue que c'est une décision ridicule. Grand-père finira forcément par changer d'avis, déclara-t-il en ignorant son téléphone qui vibrait dans sa poche.

— C'est ridicule, mais ça n'en reste pas moins un document juridique officiel. Grand-père ne va pas vivre éternellement et je n'ai pas envie que l'entreprise tombe aux mains d'investisseurs rapaces.

— Moi non plus, ce n'est pas ce que je veux. Mais j'aimerais autant le convaincre que nous forcer à nous marier ne sera pas nécessairement synonyme de stabilité pour l'entreprise.

— Qu'est-ce que tu en sais ? Grâce à cette entremetteuse, je vais peut-être tomber sur la perle rare. J'ai eu beau essayer, je n'ai jamais réussi à trouver l'âme sœur.

Quinn sourit. Cameron était un play-boy invétéré, réputé pour sortir avec les plus belles femmes de la planète. Son but n'avait jamais été de se caser ou de se marier.

— Je ne savais pas que tu cherchais l'âme sœur.

— Je cherche surtout quelqu'un qui ne va pas se servir de moi pour arriver à ses fins.

— Ah oui ? Et qu'est-ce qui te dit que cette fille n'a pas l'intention de se servir de toi pour obtenir un permis de séjour permanent ? Que sais-tu d'elle ? Sais-tu au moins si elle parle anglais ?

Cameron ne répondit pas, les amenant vers la zone des départs et des arrivées des vols internationaux.

— Je sais qu'elle s'appelle Sofia et qu'elle est Ukrainienne. Tu veux voir à quoi elle ressemble ? lui demanda Cameron en sortant son téléphone.

La photo d'une femme magnifique apparut à l'écran. Des traits gracieux, des pommettes hautes, des grands yeux et des sourcils arrondis lui donnant un air de star. Des épaules dénudées à la perfection, une chevelure blonde resplendissante lui tombant en cascade dans le dos, un joli collier de perles qui reflétait les nuances de ses yeux… On sentait la touche professionnelle de la photo.

Quinn eut même l'impression de l'avoir déjà vue. C'était peut-être un top-modèle ?

— Tu es conscient que cette photo a peut-être été prise dans un magazine et que ta dulcinée risque de ne pas ressembler à ça ? Un physique de ce genre, ce n'est pas donné. Et as-tu aussi payé pour faire venir ta future femme en jet privé ?

Loin de lui l'idée de faire des leçons à son frère sur sa façon de dépenser son argent, mais même pour Cameron, ce scénario semblait un peu tiré par les cheveux.

— Mais non, enfin ! C'est elle qui a organisé sa venue. Ou peut-être que c'est l'agence matrimoniale. Je ne sais pas !

— Tu ne sais pas ?

— Non. Mais je sais qu'elle est Ukrainienne et que cela pourrait nous servir une fois qu'on aura un pied là-bas. Peut-être que grand-père me laissera en charge des hôtels de la région quand j'aurai passé l'épreuve du mariage, ajouta-t-il, l'air tout à fait sérieux.

Quinn ne reconnaissait pas son frère.

Il se posta face à lui et le regarda droit dans les yeux.

— N'essaie pas de faire passer l'idée de grand-père pour une idée de génie.

Cameron soutint son regard quelques secondes, puis son attention fut attirée par un groupe de passagers venant d'arriver sur le tarmac. Une femme semblait sortir du lot.

— C'est peut-être elle. J'aurais dû apporter des fleurs, marmonna Cameron en se retournant, scrutant les alentours.

Aussitôt dit, il se dirigea vers un comptoir où trônait un bouquet de fleurs exotiques dans un vase.

Quinn le regarda faire du charme à la réceptionniste pour qu'elle accepte de lui vendre le bouquet.

Puis il reporta son attention sur la jeune femme dont la chevelure blonde était partiellement recouverte d'un foulard rose et dont le visage était à moitié caché par de grandes lunettes de soleil. Malgré cet accessoire, il reconnut la jeune femme de la photo. Mais elle n'était pas seule. Elle était entourée d'une vingtaine de personnes, en majorité des jeunes femmes.

Son inquiétude augmenta quand il vit que la future mariée était au bras d'un homme assez âgé pour être son père.

Cameron était revenu à ses côtés, fleurs en main.

— Elle est toute petite ! Je n'ai pas pensé à vérifier sa taille.

Quinn tentait de recoller les morceaux. La jeune

femme semblait très gracieuse, visiblement habituée à être au centre de l'attention. Il pria pour que son esprit arrive à l'identifier avant qu'elle ne passe le contrôle des douanes.

Plus les secondes passaient, et plus la situation le mettait mal à l'aise.

— Qui est censé faire les présentations ? Quelqu'un de l'agence matrimoniale ?

Il aurait dû être en train de potasser des dossiers en vue de son voyage d'affaires et non pas de se soucier des présentations entre son frère et la jeune femme qui allait de toute évidence se servir de lui.

D'autant plus que Cameron était le roi pour se mettre dans le pétrin et laisser quelqu'un d'autre arranger la situation derrière lui.

— Personne ne sera là. J'ai simplement reçu l'horaire d'arrivée de l'avion.

— Cameron, renonce. Ou, du moins, assure-toi de sa véritable identité avant de l'amener à la mairie.

Ils regardèrent tous les deux la jeune femme ôter ses lunettes pour le passage des douanes, son compagnon âgé non loin derrière.

— En tout cas, même si la photo de Sofia vient d'un magazine, elle n'était pas mensongère. Cette fille est splendide.

Le commentaire de Cameron était aussi détaché que s'il s'était agi d'une reproduction pour orner la réception d'un hôtel.

De son côté, Quinn n'arrivait pas à détacher son regard de la jeune femme, hypnotisé par son aura. Impossible de rester indifférent. Il la trouvait époustouflante. Sa démarche gracieuse et sa posture parfaite complétaient à merveille sa beauté naturelle, ses traits doux et ses gestes délicats.

De plus, il ressentait pour la future épouse de Cameron une attirance physique indéniable, ce qui ne faisait que compliquer l'équation.

— Avoue qu'elle est exactement comme sur la photo.

Avant que Quinn puisse répondre à son frère, il vit deux femmes qui s'apprêtaient à aborder le même groupe qu'eux. Elles portaient des badges de presse et l'une d'elles avait en main une caméra professionnelle.

Cameron leur tint la porte battante, puis les suivit.

Quinn ferma la marche, impuissant face à la scène qui se déroulait devant lui.

Cameron s'avança vers la belle Ukrainienne, muni de son bouquet improvisé et… d'un petit écrin en velours. Il avait apporté une bague ? La femme à la caméra avait eu le temps de se mettre en place au moment où Cameron tendit le bouquet à Sofia.

Quinn avait envie de mettre fin à la mascarade tout en ne sachant comment s'y prendre.

Cameron avait-il appelé une amie journaliste pour l'occasion ? Voulait-il immortaliser la séquence et en faire une preuve irréfutable pour leur grand-père ? Dans tous les cas, Quinn aurait à ramasser les morceaux. Comme d'habitude.

Alors qu'il s'avançait vers la scène et qu'un vent froid et sec s'infiltrait sous son manteau, il entendit son frère prononcer une réplique choc qui ne manquerait pas de déclencher une réaction en chaîne.

— Sofia, quel bonheur de rencontrer ma future épouse !

## - 2 -

Sofia avait eu quelques instants pour se faire à l'idée qu'un prétendant l'attendrait à l'arrivée, mais elle n'avait pas pensé qu'on la demanderait en mariage à l'aéroport.

Même les pirouettes les plus folles qu'elle avait pu réaliser depuis le début de sa carrière ne lui avaient jamais fait tourner la tête à ce point. Déboussolée, elle se contenta de scruter le grand homme brun qui lui faisait face avec des fleurs et… une bague ?

En cet instant, sa carrière dépendait de la façon dont elle allait surmonter cet obstacle, sachant que plus d'une personne se réjouirait de la voir basculer sur la place publique, faute de la voir trébucher sur scène.

Dans le silence tendu, elle entendit des rires étouffés, la voix d'Antonia et les pas de son père.

— Voyons, jeune homme, pas maintenant, grommela son père, visiblement surpris par cette intervention incongrue.

Son père était donc étonné de la scène, mais pas de la présence d'un prétendant. Elle était furieuse ! Décidément, Vitaly Koslov se croyait tout permis. Comment avait-il osé lui imposer une demande en mariage sans la consulter et en de telles circonstances ?

Elle rentra à l'abri du vent.

Si seulement elle avait pu poursuivre son chemin

jusqu'à la sortie de l'aéroport, sans se retourner ! Mais se sachant scrutée par la presse, elle choisit la voie de la raison.

Armée de courage, elle se tourna vers le duo de journalistes.

— Je suis désolée, mais je dois d'abord gérer un rendez-vous personnel. Ce ne sera pas long, déclara-t-elle, souriant pour masquer son embarras.

La journaliste la regarda d'un air mielleux et faux.

— Oh ! mais cela pourrait faire partie de votre interview ! Je ne savais pas que vous aviez quelqu'un dans votre vie, répliqua-t-elle, se tournant vers l'homme qui venait de demander Sofia en mariage.

Sofia se tourna à son tour. Aux côtés du bel inconnu se trouvait un homme inconnu encore plus beau. Brun également, très élégant, légèrement moins grand, des yeux d'un bleu plus foncé. Ils avaient forcément un lien de famille.

Le regard du deuxième homme était plus franc, plus observateur. Sa carrure athlétique donnait l'impression qu'il pouvait soulever plusieurs danseuses à la fois.

S'arrachant à sa contemplation, elle chercha à la vitesse grand V des paroles alléchantes pour appâter la journaliste.

— Si vous me laissez quelques instants en privé, pour vous remercier de votre patience, je vous autoriserai à assister à mon audition avec Idris Fortier, dit-elle, se souvenant que le magazine cherchait à entrer en contact avec le célèbre chorégraphe.

Après un bref échange de regards, les deux journalistes allèrent s'installer dans des fauteuils en cuir un peu plus loin.

Quelques collègues de Sofia suivaient avidement la scène.

— Vous pouvez nous laisser ? lâcha son père d'un ton sec.

Sans broncher, le reste de la troupe s'éloigna.

Sofia se retrouva ainsi avec son père et les deux inconnus. Le plus grand des deux hommes s'avança légèrement.

— Sofia, je m'appelle Cameron McNeill. J'espère qu'on vous a prévenue que je serais là à votre arrivée ? s'enquit-il, l'air légèrement perplexe.

Elle résista à l'envie de fusiller son père du regard. Mieux valait être prudente car elle était loin d'être à l'abri des regards indiscrets.

— McNeill… C'est bizarre, ce nom me dit quelque chose, murmura son père, assez fort pour qu'elle l'entende.

— Papa, je t'en prie.

— Mais oui ! McNeill Resorts ! Les hôtels. C'est vous ?

Aussitôt, l'homme aux côtés de Cameron fit un pas en avant, comme pour prendre les choses en main.

Il lui plaisait beaucoup plus que son acolyte. Vêtu de manière impeccable, sûr de lui, il était de taille plus abordable pour elle et ses yeux étincelaient d'une passion contenue.

Bizarrement, elle se sentait attirée par lui. Comme si le destin avait prévu de les faire se rencontrer.

— Vitaly Koslov ? Quinn McNeill. On s'est rencontrés au gala du MET, il y a deux ans.

C'était sûrement deux frères. Dommage que ce ne soit pas le nommé Quinn qui lui ait fait la demande en mariage !

— Sofia a de la famille à New York, lâcha Quinn en se tournant vers Cameron, comme s'il reprenait une conversation.

— Tu vois, j'avais raison, ce n'était pas une femme sur catalogue.

— Une femme sur catalogue ? McNeill, je vous préviens, vous aurez affaire à moi si vous insinuez que…

— En fait, Quinn pensait que c'était une arnaque pour obtenir un permis de résident…

— Comment ça ? s'exclama le père de Sofia, attirant l'attention des passagers alentour.

Quinn s'interposa entre les deux hommes.

— Il y a eu un malentendu. J'ai dit ça à mon petit frère avant qu'on découvre qui était Sofia.

Elle avait vu juste, ils étaient frères.

Sa contrariété était-elle due au fait qu'on l'avait prise pour une mariée sur catalogue ou que l'un d'eux ait voulu l'épouser en n'ayant vu que sa photo ?

— Qui est-ce ? demanda Cameron à Quinn qui faisait une recherche sur son téléphone.

Son frère lui tendit son téléphone.

— Sofia Koslov, première danseuse du New York City Ballet. Son père est le fondateur de Self-Sale, la société de vente aux enchères en ligne, et l'un des hommes les plus influents en Ukraine, où nous essayons d'acheter un hôtel historique.

Les deux frères échangèrent un regard entendu, prenant conscience de l'homme à qui ils avaient affaire.

Alors que Cameron sifflotait en consultant le profil de Sofia sur Internet, son père semblait prêt à l'étrangler. Il devait sûrement regretter d'avoir voulu lui choisir un mari, et c'était bien fait pour lui.

— Un malentendu ? Pourquoi aurait-elle besoin d'un permis de résident alors que c'est une citoyenne américaine ? Vous savez que je peux anéantir vos projets immobiliers dans mon pays ? Je refuse de me laisser insulter…

— Nous allons trouver une solution, intervint Quinn, optant de toute évidence pour la voie diplomatique.

Elle n'entendit pas le reste de l'échange car Cameron l'accapara.

— Alors comme ça, vous êtes danseuse étoile ?

— Oui, répondit-elle, jetant un rapide coup d'œil en direction du frère aîné, avec qui elle aurait préféré avoir cet échange.

Le plus incroyable dans cette histoire, c'était qu'elle éprouvait une attirance irrésistible pour Quinn. Jamais aucun homme n'avait eu cet effet sur elle.

Son imagination lui jouait-elle des tours ou lui aussi tournait-il souvent les yeux vers elle ?

Cameron ne chercha pas à relancer la conversation.

Elle sentait qu'il était en train de revenir sur sa proposition de mariage. Peu lui importait, dans la mesure où elle n'avait aucune intention de se marier, et encore moins avec lui. Mais comment allait-elle sauver la mise face aux journalistes et à ses collègues ?

Si elle n'avait pas été aussi fatiguée par le vol et la semaine exténuante qu'elle venait de passer, elle aurait sûrement été plus à même de s'extirper de ce bourbier. Mais là, elle se sentait tout simplement vidée d'énergie et d'idées.

À présent, les membres de sa compagnie s'étaient rapprochés, téléphone en main, telles des hyènes, à l'affût du scoop. Elle imaginait les tweets qui devaient aller bon train.

Sofia Koslov aura-t-elle le temps de se consacrer à sa carrière ? Sofia Koslov ira-t-elle auditionner pour Fortier ?

Le monde de la danse suivrait de près ces questions qui donneraient lieu à de nombreuses spéculations.

Son estomac se noua à l'idée que sa carrière puisse être remise en cause.

— Donc vous ne cherchiez pas vraiment de mari ? s'enquit Cameron comme s'ils avaient poursuivi une conversation tout à fait naturelle.

Ne voyait-il pas qu'elle l'avait oublié ?

Elle jeta un bref regard en direction de Quinn. Cet homme allait-il vraiment trouver une solution pour la sortir de cette situation épineuse ?

— Non. Je ne cherche pas de mari. En fait, je ne savais même pas que mon père avait engagé une agence matrimoniale.

— Dans ce cas, je suis vraiment désolé si je vous ai causé du tort. Mon frère m'a supplié de ne pas me précipiter dans ce projet. Une fois de plus, il avait raison, admit-il avant de lui baiser la main.

Alors qu'il se relevait, elle paniqua à l'idée de se retrouver seule devant la presse. Elle était très en colère. Non pas contre Cameron, qui n'y était pour rien, mais contre son père.

De plus, elle ne comprenait toujours pas ses motivations.

— Vous étiez donc prêt à épouser une inconnue sans même lui avoir parlé ?

— Je m'en remettais aux mains des professionnels. Mais la prochaine fois, je préviendrai la mariée.

— Oui, bonne idée.

— Bonne chance pour votre carrière.

— Merci.

— L'avion de Quinn ne part que dans quelques heures. Si vous avez besoin de sauver la face devant la presse, je suis sûr que mon frère pourra vous tirer d'embarras. J'ai le chic pour me mettre dans le pétrin et il trouve toujours un moyen de sauvegarder la réputation des McNeill.

Sofia regarda Cameron partir, se demandant si elle rêvait. Ce qu'elle vivait depuis son atterrissage était tout simplement surréaliste.

Dans son champ de vision, elle vit les deux journalistes se diriger vers elle. Son estomac se noua de nouveau. Qu'allait-elle leur dire ? Que la proposition de mariage était un canular organisé par une amie d'enfance ?

Non, seule, elle était incapable de sortir de cette situation. De plus, elle avait encore à l'esprit la réflexion d'Antonia dans l'avion concernant son manque de passion et l'absence de compagnon dans sa vie. La remarque l'avait piquée au vif.

Les commérages iraient bon train maintenant que l'unique prétendant ayant répondu à l'appel l'avait plaquée en public.

Son père et Quinn vinrent la rejoindre.

— Sofia, Quinn McNeill a un plan qui devrait tenir la route.

Sa panique monta d'un cran quand elle vit que le duo de la presse approchait. Ni son père ni Quinn ne comprenaient son monde ou les conséquences que pourrait engendrer cette scène tout droit sortie du tragicomique.

Comment pouvait-elle envisager de décrocher le premier rôle dans la production de Fortier si toute sa compagnie se moquait d'elle en coulisse au sujet de la proposition de mariage la plus courte du monde ?

— Non, c'est bon, je vais me débrouiller toute seule. Je dois sauver la face pour éviter que les gens pensent que Cameron vient de rompre avec moi.

Sauf qu'elle n'avait aucune idée de la façon dont procéder. Les yeux bleus de Quinn ne laissaient rien entrevoir. Il s'inclina vers elle pour lui parler discrètement à l'oreille.

— Votre père est mécontent de l'attitude de mon frère. J'aimerais apaiser la situation. Mais je tiens à avoir votre avis : qu'aimeriez-vous dans l'idéal ? Si je peux aider, dites-le-moi.

Elle formula la première pensée qui lui vint à l'esprit.

— Dans l'idéal, j'aimerais un fiancé pour les trois semaines à venir.

Dès que les mots sortirent de sa bouche, elle se rendit compte à quel point elle se fourvoyait. Cameron McNeill ayant quitté la scène, son souhait était impossible.

Pourtant, Quinn n'avait pas l'air de baisser les bras.

— Faites-moi confiance et n'oubliez pas qu'il s'agit d'un jeu de rôle pour vous sortir de ce pétrin et apaiser la colère de votre père.

Sur ces bonnes paroles, il posa la main dans le creux de son dos, attisant en elle une vague de chaleur qui se répandit dans tout son corps.

— On va faire une déclaration pour détourner l'attention de la presse.

— Une déclaration à quel sujet ? s'enquit-elle, perplexe.

— Au sujet de nos fiançailles.

— Mais…

Elle était abasourdie.

— Ce soir, on va rester vague. Puis nous allons préparer une déclaration de presse officielle pour demain. Suivez-moi, et d'ici cinq minutes, je vous promets que vous serez la fiancée la plus heureuse de la terre. Par ici le spectacle ! acheva-t-il.

Elle n'eut pas le temps de croiser son regard et de voir son niveau de sincérité alors qu'ils se dirigeaient vers les journalistes.

Les murmures des danseuses allaient bon train, procurant un fond sonore au jeu de rôle dans lequel Quinn McNeill s'apprêtait à se lancer.

Mais le plus étrange, c'était que même si sa réputation était en train de se jouer, elle ne pensait qu'à la paume de Quinn reposant dans son dos, la guidant avec assurance, maîtrisant son corps comme le ferait un partenaire sur scène.

Du coin de l'œil, elle vit que son père, qui était resté à l'arrière-plan, prenait l'écrin que Cameron avait laissé sur une table et le tendait à Quinn. Tout semblait logique. Le frère risque-tout laissait traîner un diamant, tandis que le frère réfléchi s'en servait à bon escient.

Cameron ne lui avait-il pas dit que Quinn s'occuperait de tout ?

Quinn fit son entrée en scène, majestueux, sûr de lui.

— Puis-je avoir votre attention ? Tout d'abord, excusez-moi d'avoir accaparé Sofia aussi longuement. J'avais oublié qu'elle avait rendez-vous pour une interview, mais j'avais quelque chose d'urgent à lui dire et cela ne concernait que nous deux.

Sofia retenait sa respiration, l'estomac noué. Qu'était-il sur le point de dire ? En tout cas, elle avait entièrement confiance en lui.

— Où est passé votre frère ? Il a dit qu'il avait hâte de rencontrer sa future épouse, intervint la journaliste.

La petite assemblée n'avait sûrement pas attendu pour aller voir le profil de Cameron et Quinn McNeill sur Internet.

Quinn éclata de rire.

— Mon frère est un véritable boute-en-train. Cameron n'avait pas encore rencontré Sofia et vous savez, parfois, les petits frères sont assez espiègles…

Il afficha un sourire charmeur, encore plus désarmant que celui de son frère.

— Cameron a voulu faire le malin car il savait qu'aujourd'hui, j'étais sur le point de demander quelque chose de très important à Sofia.

Quinn se tourna vers elle, ses grands yeux bleus la scrutant avec une intensité inouïe qui la chamboula au plus profond d'elle-même, provoquant une vague de chaleur intense. Même si elle savait qu'il s'agissait d'un jeu de rôle.

— Et il avait comme par hasard une bague dans sa poche ? demanda la journaliste, les yeux inquisiteurs.

— J'ignorais qu'il avait apporté une vieille bague appartenant à notre mère. Et il a aussi pris des fleurs sur l'un des comptoirs de l'aéroport. Croyez-moi, mon frère a un sens de l'humour très particulier, qui n'est parfois pas du goût de tout le monde.

Même Sofia se mit à jouer le jeu en entendant Quinn. Son récit était assez convaincant, surtout quand il la regardait comme si elle était la seule femme au monde.

Elle s'humecta les lèvres, sentant sa bouche s'assécher.

Elle aurait dû dire quelque chose. Empêcher cette mascarade à laquelle personne ne croirait jamais. Mais, d'un autre côté, ne s'était-elle pas promis de jouer le jeu jusqu'au bout ? Et de montrer son côté passionné ?

Alors qu'il continuait à parler à la presse, il ne la quittait pas du regard.

— Je suis désolé, mais je vais vous demander de trouver un nouveau créneau dans l'emploi du temps de Mlle Koslov, pour demain. Ce soir, nous avons un événement merveilleux à fêter, en privé.

Quelques personnes applaudirent tandis que d'autres semblaient loin d'être convaincues.

Les danseuses de la compagnie, qui auraient sûrement aimé assister à un scandale, étaient clairement déçues tandis que Sofia s'étonnait encore d'avoir eu le cran de demander à Quinn McNeill d'être son fiancé pour trois semaines.

D'ailleurs, ne laissant aucun doute quant à la signification de son acte, il se pencha vers elle et l'embrassa.

Elle n'arrivait pas à croire qu'il ait exaucé son souhait avec autant de facilité. C'était comme le point de départ d'un conte de fées à durée limitée.

# - 3 -

En règle générale, Quinn McNeill savait garder les pieds sur terre et s'en tenir à l'essentiel. Mais depuis qu'une beauté exotique était entrée à l'improviste dans sa vie et s'était retrouvée dans ses bras comme si elle était faite pour cela, son monde semblait avoir basculé.

Il était intervenu devant les journalistes en sortant une histoire abracadabrante de son chapeau dans le but de sauver la réputation des McNeill, d'expliquer le comportement de son frère, de calmer Vitaly Koslov et d'exaucer le vœu de Sofia, à savoir lui offrir un fiancé sur commande pour une durée déterminée.

Mais voilà qu'il se retrouvait plongé dans la profondeur de son regard argenté, attiré dans un tourbillon saisissant, les lèvres collées à sa bouche pulpeuse aux exquises saveurs de menthe, le brouhaha de l'aéroport disparaissant au loin. Plus rien n'existait alentour.

Ce n'était pas le plan sur lequel il s'était mis d'accord avec le père de Sofia pour arranger les choses et ne pas mettre leurs relations d'affaires en péril. Il avait dit à Vitaly Koslov qu'il présenterait ses excuses au nom du clan McNeill et qu'il ferait passer l'apparition et la disparition de son frère ainsi que la proposition de mariage pour une plaisanterie.

Mais en voyant la mine paniquée de Sofia, il avait

décidé de répondre à ses attentes, faisant fi du plan échafaudé.

Tout en l'embrassant il se demanda si Sofia aurait préféré que son fiancé temporaire soit Cameron. L'idée le contraria. Était-ce possible ? Non. Après s'être arraché à ses lèvres et une fois revenu sur terre, il fut pleinement rassuré. Elle était visiblement comblée d'avoir été dans ses bras et non dans ceux de son frère.

— Donc vous êtes fiancé à Mlle Koslov ? lui demanda la journaliste.

— Un communiqué sera publié demain, lâcha Vitaly Koslov, au comble de l'impatience et de la contrariété.

À présent, Quinn savait que le contrat qu'il visait à Kiev était terriblement compromis et que le père de Sofia serait loin d'être satisfait de la situation.

Pourtant, il comptait néanmoins honorer une partie de l'engagement : quitter le terminal avec Sofia et la ramener chez elle sans faire de vagues et de la manière la plus discrète possible. C'était ce dont il avait l'intention.

— Venez avec moi, lui murmura-t-il à l'oreille, quelques mèches de cheveux lui chatouillant la joue alors qu'il se baissait pour lui prendre son sac.

— Et mon père ?

— Il va faire diversion. Nous sommes trop heureux et trop amoureux pour faire attention aux autres.

Il se mit à marcher en direction de la sortie, espérant qu'elle continue à jouer son rôle. Ce qu'elle fit, et à la perfection, après qu'ils aient échangé un long regard.

Dans ses yeux, il avait pu lire de l'affection, de la reconnaissance, mais autre chose également. Quelque chose de plus troublant, de plus puissant.

— Quelle situation étrange !

Le ton de Sofia était en décalage avec l'éclat de

passion qu'il venait de lire dans son regard. Cela prouvait qu'elle était une actrice hors pair.

Son baiser avait-il uniquement fait partie de son jeu d'actrice ou y avait-elle insufflé une dose de sentiments personnels ? Il aurait aimé en avoir le cœur net.

— En effet, c'est très étrange. J'espère au moins que mon frère s'est excusé avant de prendre la fuite.

Quinn avait déjà eu le temps d'envoyer un message à son pilote pour reporter son vol au lendemain. Il tint la porte battante pour Sofia, héla la première limousine en vue puis tendit le sac de sa compagne au chauffeur.

Le vent fit voler l'écharpe de Sofia, lui envoyant des effluves de son parfum. Après avoir donné son adresse au chauffeur, elle se glissa sur la banquette du véhicule.

— Oui, il s'est excusé. Il m'a dit qu'il était désolé pour la gêne occasionnée et il m'a assuré que vous prendriez les choses en main. Apparemment, c'est votre spécialité.

— Il vous a vraiment dit ça ? insista Quinn en prenant place sur la banquette opposée.

— J'aimerais savoir si ça vous arrive souvent d'intervenir pour secourir les fiancées qu'il laisse sur le carreau.

Elle était frustrée et sûrement contrariée donc il ne prit pas ombrage de sa remarque, décidant d'opter pour un ton léger.

— Non, on peut dire qu'il s'agissait d'une première. J'ai essayé de le persuader de laisser tomber ce plan saugrenu, mais il y tenait dur comme fer.

Le chauffeur s'était mis au volant et le véhicule se dirigeait maintenant vers la sortie de l'aéroport. La nuit était tombée pendant qu'ils se trouvaient dans le terminal.

Elle enleva le foulard rose qui lui entourait le visage à la descente de l'avion et sembla se détendre légèrement.

— Cela n'aurait pas été aussi gênant si la presse n'avait pas été là. Même si la présence d'une partie de ma compagnie aurait malgré tout compliqué les choses.

— Pourquoi ?

— C'est trop long à expliquer, mais disons que plusieurs personnes aimeraient me voir tomber de mon piédestal au sein de la compagnie.

— Votre père m'a dit que vous aviez été promue danseuse étoile. La pression vient de là ?

— En partie, mais c'est aussi lié au fait que je vise un rôle dans une production très en vue, qui aura lieu l'an prochain. Et puis j'ai aussi gravi les échelons trop rapidement, d'après certains, sans compter que mon père a le don de vouloir sponsoriser les galas auxquels je participe.

— Je vois…

— Tous ces éléments font que malgré mon talent et les efforts fournis, les autres penseront toujours que je suis arrivée là grâce à l'argent de mon père et non par moi-même.

Il était curieux d'elle, même s'il devait se concentrer sur le communiqué du lendemain et non sur les détails de sa vie. Ou le baiser qu'ils avaient échangé.

— Vous évoluez dans un monde compétitif. Nous avons ça en commun.

En plus de travailler pour McNeill Resorts, il était gestionnaire de fonds à plein temps. Il connaissait la pression dont elle parlait. Chacune de ses actions était analysée à la loupe par ses rivaux ou des investisseurs frileux.

— Justement, comme je n'arrivais plus à gérer la pression de la compétition, j'ai embauché une agence de relations publiques pour m'aider à consolider mon image. C'est ma meilleure amie qui dirige cette agence. C'est extravagant, étant donné mon salaire, mais je crois que cela va m'apporter beaucoup. C'est pour ça qu'il y avait deux journalistes de *Dance Magazine* à mon arrivée.

Il ignorait combien pouvait gagner une danseuse étoile, mais il comprenait à quel point elle était engagée dans sa carrière. Il fut néanmoins étonné qu'elle parle d'argent alors que son père possédait une grande fortune.

Cela dit, ce n'était pas la seule chose qui l'étonnait. Il n'arrivait pas à expliquer son engouement soudain pour Sofia, l'effet qu'elle avait sur lui, la chaleur qui l'envahissait quand il la regardait et qui s'intensifiait chaque fois qu'elle était proche de lui.

S'il s'était empressé de secourir Sofia et d'accepter d'être son fiancé temporaire, ce n'était pas uniquement pour tirer son frère d'embarras ou satisfaire papa Koslov. Non, c'était tout simplement parce que depuis qu'il avait posé les yeux sur elle, il éprouvait un irrésistible attrait sexuel.

Une envie folle de la faire sienne.

Elle le tira de ses rêveries alors qu'ils roulaient sur l'autoroute en direction de Manhattan.

— En tout cas, merci d'avoir volé à mon secours. Je vous en suis profondément reconnaissante. J'ai une audition dans quelques semaines et je n'aurais pas été capable de la préparer dans de bonnes conditions si l'épisode à l'aéroport avait tourné au fiasco. Le scandale aurait alimenté les commérages et je n'aurais pas été assez forte pour faire la sourde oreille.

— Tant mieux si j'ai pu vous aider, j'en suis ravi.

— Si je n'avais pas de fiancé à l'heure qu'il est, tout le monde me tomberait dessus en me demandant des explications. Là, je pense que je vais pouvoir passer entre les mailles du filet.

Il espérait simplement que son père les soutiendrait dans cette mascarade.

— Vous savez, les événements de ce soir vous permettent encore de vous libérer.

— Comment ça ?

— Je n'y pense que maintenant mais, après tout, même si je vous ai demandée en mariage, rien ne vous empêche de refuser.

— Moi non plus, je n'y avais pas pensé.

— Si vous changez d'avis, je peux demander à la personne qui se chargera du communiqué de presse de dire combien je vous admire et combien je suis déçu par ce refus…

— Ce serait pratique pour vous, mais pas pour moi, lâcha-t-elle, sèchement.

Elle avait les traits tirés et semblait au bord de l'épuisement.

— Je ne voulais pas insinuer que j'allais revenir sur mon offre…

— Pour vous, un communiqué de presse suffira à régler la situation. Mais pour moi, loin de là. Les questions sur ma vie amoureuse iront bon train. Notre rupture soudaine, alors que tout le monde attend une histoire croustillante, pourrait pousser les gens à creuser sur les circonstances de notre rencontre. Tant que je ne saurai pas comment Cameron a eu accès à mon profil, je ne veux pas que la presse s'empare de cette affaire. J'ignorais que mon père avait engagé une agence matrimoniale. Il l'a fait à mon insu. À présent, je crains que la personne que mon père a engagée ait cherché volontairement à présenter les données de mon profil de manière à induire les prétendants en erreur.

Je ne comprends pas pourquoi votre frère pensait que j'étais ukrainienne. Ou pourquoi il ne savait pas que j'étais danseuse étoile.

— On pourrait échafauder un scénario qui tiendrait la route pour vous et moi…

— Vous savez quoi ? Je suis épuisée. Le vol était long, mon arrivée éprouvante, et demain je répète à 10 heures. Alors tout ce dont je rêve à présent, c'est de mon lit. Désolée, mais je n'ai pas la tête à échafauder un scénario abracadabrant, dit-elle, croisant les bras comme si elle se préparait à une dispute.

Se rendait-elle compte des complications s'ils poursuivaient dans la voie de leurs fiançailles fictives ?

En lui proposant la thèse du refus, il pensait qu'elle sauterait sur cette échappatoire. De son point de vue à lui, la poursuite de l'aventure n'avait rien de déplaisant. Il était même ravi à l'idée de pouvoir passer un peu plus de temps en sa compagnie.

Il tenta donc de la rassurer.

— Ne vous méprenez pas. Si c'est plus simple pour vous, je suis tout à fait d'accord pour continuer.

— En effet, ce serait plus simple pour moi.

Alors qu'elle glissait une mèche de cheveux derrière son oreille, il remarqua une rangée de cinq petites perles sur le contour de son lobe. C'était exquis.

— Soit… Trois semaines ?

— Trois semaines. Un mois maximum. Jusqu'à ce que les rumeurs s'atténuent. Je voudrais avoir la tête libre de tout souci pour mon audition et en attendant d'être sûre d'avoir le rôle.

Elle leva les yeux vers lui pour la première fois depuis leur départ de l'aéroport.

Il la scrutait.

— Pas de problème, dit-il tout en pensant à la façon

dont il allait réarranger son emploi du temps pour faire entrer ce nouvel élément dans l'équation.

Il enverrait notamment Cameron ou Ian à Kiev, puisque, pour réparer la bourde de son frère, il était obligé de rester à New York.

— Merci.

— On devrait établir un contrat définissant les termes de notre engagement respectif.

Puisque Vitaly Koslov l'avait menacé de bloquer ses pourparlers, Quinn devait se montrer prudent et appréhender la situation comme s'il s'agissait d'un contrat d'affaires des plus importants.

— Vous trouvez que ce serait prudent ?

L'air soucieux, elle retira une petite boîte de bonbons à la menthe de son sac en cuir.

Elle en sortit deux et lui en offrit un.

— Pourquoi dites-vous ça ? demanda-t-il, changeant de banquette et venant s'asseoir à côté d'elle.

— Si le document du contrat tombait entre les mains de personnes peu recommandables et que la presse s'en emparait, tous nos efforts auront été vains.

Il prit le bonbon à la menthe, le regard attiré par sa bouche au moment où ses lèvres s'entrouvraient. Il repensa de nouveau au baiser qu'ils avaient échangé. Et au fait que leurs fiançailles, mêmes fictives, lui donneraient l'occasion de l'effleurer, de la toucher, voire, qui sait, de l'embrasser de nouveau.

— Quinn ?

Elle le regardait, la tête inclinée, se demandant sûrement à quoi il pensait.

— Pardon… J'ai perdu le fil.

— Si vous pensez qu'il faut absolument un contrat légal…

— Pas forcément. Je ne cherche pas à compliquer

notre situation, mais je veux juste m'assurer que nos intérêts respectifs seront protégés et que nous savons dans quoi nous nous engageons.

— Une sorte de faux contrat de mariage.

— Et je suis sûr que votre père voudra veiller à ce que votre réputation en ressorte indemne.

Le chauffeur freina subitement, ce qui les projeta en avant. D' instinct, Quinn tendit son bras pour bloquer Sofia. C'était un geste purement protecteur, jusqu'à ce qu'il se rende compte que son avant-bras était collé à sa poitrine.

Alors qu'il la libérait, il vit qu'elle avait les joues légèrement colorées.

Sans rien dire, ils se replacèrent chacun contre leur dossier.

— Entendu. Si vous voulez absolument établir un contrat, je le signerai et je peux vous assurer que je ne ferai pas d'histoires, une fois le contrat arrivé à échéance, dit-elle, revenant à leur conversation, comme si de rien n'était.

Elle resserra sa cape en mohair autour de son corps svelte. Cette action ne fit que raviver en lui la mémoire de ses formes gracieuses qu'il avait senties contre lui quand il l'avait prise dans ses bras. Son corps réagissait comme s'il n'avait pas été au contact d'une femme depuis des mois…

En y réfléchissant, cela faisait en effet des mois qu'il avait rompu avec Portia, une experte en promotion immobilière qui avait voulu lui vendre un penthouse sur Park Avenue. Pour finir, il n'avait pas eu envie de quitter le Pierre, l'hôtel où il habitait depuis dix ans. Et il n'avait pas eu envie de tenter l'aventure avec Portia, qui était plus intéressée par le pouvoir et l'argent que par lui.

Depuis, il n'avait pas cherché à faire de nouvelles rencontres et c'était… il y a un an. Pas étonnant qu'effleurer une femme suffise à le faire frémir. Le moment était venu de se ressaisir et de se concentrer sur la tâche qu'il s'était fixée. Réparer la bêtise de son frère et exaucer le souhait de Sofia.

Finalement, cette mission pourrait s'avérer plus difficile que prévu, étant donné l'attirance qu'il éprouvait pour elle. Il devrait tenir un mois. Cela pouvait filer à la vitesse de l'éclair comme être le plus long mois de sa vie. L'avenir le dirait.

Sofia était consciente de l'attirance qu'elle éprouvait pour Quinn, mais elle prenait sur elle pour l'ignorer et se concentrer sur le moment présent. Grâce à une discipline corporelle de fer, elle tentait également de chasser les sensations délicieuses et chaudes qui l'envahissaient dans l'habitacle de la limousine.

C'était elle qui était au contrôle de son corps et non l'inverse. Pas question de laisser le beau Quinn McNeill lui faire perdre la tête. Idem pour ce baiser qu'il avait sorti à point nommé et qui, même s'il avait été l'un des plus beaux de sa vie, n'en restait pas moins un baiser de cinéma.

Elle s'efforça donc de relancer la conversation entre eux, en faisant en sorte que ses yeux ne soient pas uniquement posés sur lui, en train de la scruter.

— Je suis curieuse d'en savoir plus sur le plan que vous avez échafaudé avec mon père. Je suis sûre qu'il n'était pas question de fiançailles entre nous.

Elle préférait avoir les faits de la bouche de Quinn avant que son père ne la contacte. Son père qui n'arrêtait pas de s'immiscer dans sa vie privée sans lui demander son avis. Depuis le décès de sa mère, elle n'avait jamais réussi à avoir un échange normal avec son père. Ils s'opposaient en tout point.

Avant le cancer du sein de sa mère, elles avaient vécu toutes deux en nomades, aux États-Unis et en Europe, avec sa mère qui peignait pendant que Sofia dansait. Quand sa mère avait disparu, elle était trop jeune pour vivre seule et son père avait tout fait pour l'attirer à lui avec sa fortune et les débouchés qu'elle offrait.

Elle avait longtemps refusé ses cadeaux et sa générosité malsaine, jusqu'à ce qu'il trouve la carotte magique. L'école de danse classique de Saint-Pétersbourg. Elle n'avait pas pu ignorer cette opportunité.

— Il voulait que je fasse passer l'intervention de Cameron comme un canular, mais je suis sûr qu'il sera content que j'aie écouté votre suggestion.

— Vitaly n'en a toujours fait qu'à sa tête.

Elle redoutait déjà le moment où il l'appellerait.

Il serait en colère contre elle, très certainement. Mais elle ne manquerait pas de lui rappeler que ce n'était pas lui la victime.

— D'ailleurs, je dois l'appeler pour lui demander de mettre un terme à son contrat avec l'agence matrimoniale qui a divulgué des informations me concernant à mauvais escient.

— Voulez-vous que je me charge de parler à votre père ?

— Eh bien…, murmura-t-elle, surprise.

— Loin de moi l'idée de me mêler de ce qui ne me regarde pas, mais j'aimerais savoir exactement où Cameron a trouvé votre profil. Je ne sais pas s'il s'agit d'un problème de communication de la part de l'agence matrimoniale, mais je compte enquêter afin de protéger les intérêts de McNeill Resorts, puisque votre père a menacé de nous poursuivre en justice.

Elle poussa un profond soupir.

— Je suis sûre qu'il a dit ça en l'air, mais je comprends votre point de vue. Et comme j'en veux à mon père et que je n'ai aucune envie de lui parler, je serais ravie que vous vous chargiez de la communication.

— Entendu. Dans ce cas, je lui parlerai. Tout à l'heure, j'ai trouvé qu'il avait l'air de se soucier de vos intérêts, mais je ne le connais pas et comme je suis là pour vous, on fera comme vous voudrez.

— Merci, c'est gentil.

— Nous allons aussi devoir parler de notre emploi du temps en tant que couple.

— Comment ça ?

— Il faudra que les gens nous voient ensemble en public et, pour cela, nous devrons synchroniser nos agendas.

— Ah bon ? Je ne pensais pas que ce serait aussi compliqué. Je pourrais vous texter demain, par exemple.

— Si vous préférez. Mais ce serait bien de trouver un créneau pour se parler. Cela nous permettrait de concocter l'histoire de notre rencontre. N'oubliez pas que vous allez devoir parler à la presse.

Cette pensée lui donna mal à la tête.

— J'ai une répétition demain à 10 heures et, avant ça, je serai dans les vapes à cause du décalage horaire. Si j'arrive à éviter la presse, on pourrait se parler en fin de journée ?

Il fit la grimace, l'idée n'étant visiblement pas à son goût.

— Je ne vous cacherai pas que les nouvelles vont vite. Mais je comprends que le décalage horaire, la fatigue et votre répétition pèsent dans la balance. Et si je venais vous chercher après votre répétition ?

L'espace d'un instant, sa question lui donna l'impression qu'ils avaient la conversation de n'importe quel couple.

Or, ce n'était pas le cas.

Était-il prudent d'envisager de passer un mois en compagnie de Quinn ? Il était à l'opposé des hommes avec qui elle sortait habituellement. À savoir des artistes et des êtres bohèmes qui vivaient dans un monde différent de celui des Koslov.

Quinn, au contraire, était davantage comme son père, fermement ancré dans le monde des affaires, aimant diriger les situations comme il l'entendait.

Sans faire de vagues, doucement mais sûrement, il avait pris le contrôle de cette situation-ci. Il lui avait apporté une aide précieuse, c'était indéniable, mais regretterait-elle un jour de s'être laissé happer par son aura irrésistible ? Surtout un homme aussi beau et attirant que Quinn ?

— Après ma répétition, c'est parfait. J'aurai fini vers 16 heures. Vous savez où se trouve le théâtre ?

— Bien entendu. Y a-t-il une entrée plus discrète par-derrière ? s'enquit-il en étendant ses jambes.

Elle croisa les siennes.

— Bonne idée. Il y a un excellent café sur Columbus Avenue.

Elle vérifia l'adresse sur son téléphone et partagea l'information avec Quinn alors que la limousine tournait dans l'East Village, le quartier où elle habitait.

— Vous vivez seule ? demanda-t-il alors que la limousine s'arrêtait devant un bâtiment.

La question ne l'étonna qu'à moitié. Le quartier où elle vivait n'était *a priori* pas le lieu où l'on trouvait des gestionnaires de fonds comme Quinn. Son père détestait venir ici, essayant toujours de l'attirer au Plaza ou dans d'autres lieux huppés de Park Avenue.

— Oui. Et j'adore mon quartier.

Il sortit de la voiture pour l'escorter jusqu'à la porte pendant que le chauffeur sortait son sac du véhicule.

Le temps qu'elle trouve ses clés, deux hommes d'un certain âge étaient sortis d'un bar local, de toute évidence passablement éméchés.

Quinn les suivit des yeux jusqu'à ce qu'ils aient dépassé son bâtiment.

— Merci de m'avoir raccompagnée jusque chez moi.

— Je vous ramène jusqu'à la porte de votre appartement, dit-il en jetant un dernier coup d'œil aux environs.

Elle était trop fatiguée pour s'opposer à lui. Elle ne rêvait que d'une chose : se jeter dans son lit.

Seule, bien sûr.

Même si l'idée d'inviter Quinn dans son lit lui traversa l'esprit, provoquant en elle une vague d'excitation sans précédent. En silence, elle le mena à travers un couloir sombre jusqu'à l'ascenseur, vaguement consciente qu'il portait son sac.

Quelques instants plus tard, Quinn entra avec elle dans l'appartement 5C pour y déposer son sac.

Avec Quinn chez elle, son appartement lui parut plus petit. Elle l'observa alors que ses yeux bleus se posaient sur le plancher sombre éclairé par des suspensions, et les murs couverts de photos de danse, en coulisse et sur scène.

Légèrement gênée, elle prit son téléphone qui vibrait pour la énième fois depuis qu'ils étaient partis de l'aéroport. Trop préoccupée par la situation et concentrée sur sa conversation avec Quinn, elle avait choisi de l'ignorer. Jusqu'à ce moment.

En regardant l'écran, elle s'aperçut que les messages

qu'elle recevait ne venaient pas de ses collègues ni de son père. Une partie émanait de l'agence de relations publiques de son amie Jasmine, et l'autre partie de la maîtresse de ballet. Un rapide coup d'œil lui indiqua que les gens se souciaient de la même chose. Les réseaux sociaux semblaient insinuer qu'elle s'apprêtait à délaisser sa carrière au profit de sa vie amoureuse.

Elle se raidit instantanément, furieuse.

— Un problème ?

La voix de Quinn semblait bien lointaine comparée aux messages envoyés en lettres capitales.

— Vous aviez raison. Les nouvelles vont vite. On dirait que la terre entière est au courant de nos fiançailles, dit-elle, la gorge serrée alors qu'elle posait son téléphone sur une desserte dans l'entrée.

— Il fallait s'y attendre.

— Ma chargée de communication me dit de porter une bague de fiançailles demain pour retarder les questions et lui laisser le temps de préparer un communiqué.

— On dirait que ça vous contrarie.

— Je suis attristée de constater que les gens sont prêts à remettre tout mon travail en cause parce qu'un homme riche m'a demandée en mariage.

Elle déboutonna nerveusement sa cape.

— C'est justement grâce à votre carrière fulgurante et à votre succès que les gens s'intéressent à votre vie privée, répliqua-t-il calmement en s'approchant d'elle.

Elle était prête à protester contre sa proximité, mais il se contenta de lui prendre sa cape pour la suspendre sur un cintre, tel un gentleman.

— Vous avez raison. Mais aucun homme ne se verrait obligé de porter une bague de fiançailles pour rassurer ses collègues au sujet de son statut amoureux.

Il fouilla dans les poches de son manteau et en sortit

l'écrin en velours qui avait fait des vagues à l'aéroport de Teterboro.

— En effet, vous avez raison, à votre tour. Mais comme vous avez été mise dans une situation embarrassante, nous devrions voir ce que Cameron était sur le point de vous proposer, objecta-t-il, en lui tendant l'écrin.

Elle fut une fois de plus frappée par l'absurdité de la soirée.

Qui aurait cru, quand elle embarquait à Kiev, que plusieurs heures plus tard elle serait en train de négocier les termes de fiançailles fictives avec un inconnu dans son appartement ?

— Pourquoi pas ? Ce n'est pas comme si j'allais dormir, avec tous ces soucis en tête, conclut-elle en avançant dans son appartement, allumant au passage un lampadaire formant un arc de cercle et venant éclairer un canapé en cuir noir. Venez.

Elle lui fit signe de prendre place sur le canapé alors qu'elle s'asseyait sur une malle de bateau faisant office de table basse.

— Je sais que vous êtes épuisée, je ne resterai pas longtemps, mais ouvrons cet écrin.

Leurs regards se croisèrent un bref instant, jusqu'à ce qu'il s'exécute.

La bague était à couper le souffle. Quinn siffla d'admiration.

— Vous êtes sûre que vous ne connaissiez pas mon frère avant aujourd'hui ?

— Plus que sûre.

Elle tendit la main pour toucher la bague. Le diamant de forme émeraude étincelait tel du cristal éclairé de l'intérieur. La pierre était sertie de petits diamants, et le double anneau était comme parsemé de poudre de diamant.

— Ce sont de vrais diamants ?

— Mon frère fait parfois les choses à moitié, mais à d'autres moments, il met le paquet. Et quand on pense au tracas engendré par sa déclaration à l'aéroport, je trouve que c'est normal que vous la portiez demain.

Sortant la bague de son écrin, il lui prit la main. Le choc de ses doigts chauds sur sa peau la prit au dépourvu.

— Je ne peux pas porter cette bague.

Le cœur battant à vive allure, elle s'assit en face de lui. Leurs genoux se touchaient.

Un sourire se dessina lentement sur le visage de Quinn, le rendant encore plus craquant.

— On est d'accord pour se fiancer. Vous ne pensez pas que c'est plus logique d'utiliser la bague à notre disposition plutôt que d'en acheter une autre ?

— Je ne pensais pas que votre frère dépenserait une fortune pour une bague destinée à une inconnue, avança-t-elle en bâillant à s'en décrocher la mâchoire.

— Vu le caractère de Cameron, ça ne m'étonne pas plus que ça. Pour ce qui est de la porter ou non, je vous laisse décider, dit-il avant de déposer la bague sur la malle.

— Merci.

— Là, je crois que la meilleure chose à faire, c'est d'aller vous coucher, ajouta-t-il en se relevant, laissant une bague d'une valeur inestimable sur l'édition de *Vogue* du mois précédent.

Elle se leva, le suivant dans l'entrée.

— Quinn, prenez-la. Je n'aime pas avoir ça chez moi.

Il se tourna vers elle, mais ne chercha pas à lui reprendre la bague.

— Si vous étiez ma future femme, je serais prêt à dépenser une fortune pour faire savoir au monde entier que j'ai réussi à vous faire mienne, marmonna-t-il en la scrutant intensément.

Ses paroles la firent fondre alors que ses yeux bleus brillants et ténébreux dégageaient une chaleur qui lui rappelait leur baiser.

— Je… Eh bien…

Elle était à court de mots, l'esprit confus, les jambes en coton.

Refermant la paume, elle serra la bague dans le creux de sa main, hypnotisée par la présence de cet homme inattendu.

— Si vous insistez, lâcha-t-elle, sans trop savoir ce qui lui arrivait.

— Je pense en effet que ce sera plus crédible, Sofia.

— Et ce n'est que pour un mois, dit-elle, sans savoir à qui était destiné ce rappel.

— On en reparlera demain, conclut-il, avant de lui replacer une mèche de cheveux derrière l'oreille avec une délicatesse inouïe.

Il l'avait à peine effleurée, et pourtant ce geste provoqua en elle un feu d'artifice de plaisir, qui la fit frissonner.

— Entendu.

— Bonne nuit.

Elle ne parvint pas à prononcer un autre mot avant qu'il referme la porte, la laissant seule dans un appartement soudain trop vide.

Resserrant la bague dans sa main, elle attendit que la pierre s'enfonce dans sa chair au point de lui faire mal. Elle avait besoin de se rappeler que ce n'était pas un rêve. Quinn McNeill avait accepté ce plan abracadabrant uniquement pour rectifier la bourde de son frère. Elle devait donc étouffer toute attirance pour ce bel homme, d'autant plus qu'il était de la même trempe que son père, un homme d'affaires obsédé par l'accumulation de richesses.

Son monde à elle était aux antipodes. Il tournait autour de l'art, des émotions et des relations humaines. Sa mère lui avait appris que les gens entraient soit dans une catégorie, soit dans l'autre.

Elle avait pu maintes fois constater la justesse de cette déclaration. Dans la mesure où elle voulait que ses relations soient fondées sur des liens riches provenant d'une créativité et d'idéaux partagés, elle était prête à attendre d'avoir plus de temps pour être sûre de rencontrer la bonne personne. Pas question de brusquer ce genre de choses.

— Ce n'est que pour un mois, répéta-t-elle, se forçant à poser la bague de fiançailles sur la desserte du couloir.

Elle avait fait de nombreux sacrifices pour sa carrière. Ignorer l'attirance que lui inspirait Quinn McNeill ne pouvait pas être plus dur que ce qu'elle avait déjà enduré.

Pourtant, elle alla se coucher sans trouver la sérénité attendue car, au fond d'elle-même, elle se mentait. Il serait très difficile d'ignorer les émotions que Quinn McNeill faisait naître en elle. Surtout si elle le voyait tous les jours pendant un mois.

# - 4 -

Quinn avait travaillé d'arrache-pied jusque tard dans la nuit pour aménager son emploi du temps du mois à venir, libérer des plages horaires et être disponible pour Sofia. Le matin, il s'était rendu au bureau à l'aube pour gérer les affaires courantes, coupé du monde afin de ne pas devoir répondre aux questions de la presse et des curieux avant de s'être mis d'accord avec Sofia sur un plan d'attaque.

*Sofia.*

Il referma son ordinateur et le posa la table avant de se caler contre le dossier moelleux du fauteuil en cuir. Au fil des décennies, le fauteuil de son grand-père était devenu un symbole de stabilité dans un monde où il fallait constamment se renouveler pour gagner des contrats et rester compétitif.

Son regard tomba sur les journaux du jour. Même avec les applications sur son téléphone, il aimait encore lire la presse papier. Dans la rubrique mondaine, il tomba sur une photo de la danseuse étoile qui n'avait jamais été loin de ses pensées depuis qu'il l'avait quittée la veille.

Après avoir vérifié l'heure, il rejoignit son chauffeur pour se rendre à une réunion avec Cameron. Sofia continua d'occuper ses pensées alors qu'il allait retrouver son frère sur un site de rénovation de la société McNeill Resorts à Brooklyn.

Mentalement, il se prépara à son entrevue avec Cameron. Même s'il s'était éclipsé en se soustrayant à ses responsabilités, son frère n'en aurait pas moins son mot à dire sur la tournure des événements.

Passant une main dans son épaisse chevelure, Quinn laissa échapper un profond soupir. Pourvu que Cameron se montre à l'écoute et rationnel !

Le chauffeur s'arrêta.

— Merci, Jeff. Je ne devrais pas être trop long, dit-il en sortant devant le bâtiment de Montague Street dans le quartier de Brooklyn Heights.

Un café en main, il pénétra sur le site, faisant crisser le gravier sous ses pas. L'air sentait bon le bois fraîchement coupé et il fut content de constater que les travaux avançaient bien.

— Bonjour, Giacomo, lança-t-il au chef d'équipe.

Giacomo, un contremaître très apprécié, lui fit signe alors qu'il continuait une conversation au téléphone tout en buvant un café et en consultant des plans étalés devant lui sur une table. Il pointa son index vers le haut, répondant en silence à sa question muette. Son frère était donc sur le toit.

Son humeur s'assombrit légèrement alors qu'il anticipait la discussion qu'il allait avoir avec Cameron. Pourvu que leur échange se passe bien…

Quinn aimait venir sur les chantiers. Depuis toujours. Il avait grandi en suivant son grand-père pendant qu'il effectuait la tournée des projets en cours. Notamment parce que, durant les six mois de l'année où son père était censé s'occuper de ses frères et lui, il était souvent trop occupé à vivre des aventures aux quatre coins du monde. Donc Malcolm, leur grand-père, avait assumé plus d'une fois le rôle de père, leur apprenant au passage les ficelles du métier.

Arrivé en haut, Quinn repéra vite son frère. La vue depuis le toit était imprenable à toute heure du jour, mais au crépuscule, quand le soleil se glissait derrière les gratte-ciel de Manhattan, c'était une expérience magique dont les clients de l'hôtel pourraient profiter une fois le projet terminé.

Cameron était assis sur un siège de fortune, son ordinateur sur les genoux, son jean couvert de poussière, ses jambes battant un rythme silencieux.

Son frère leva tout à coup les yeux, comme si son sixième sens l'avait prévenu.

— Je sais que nous avions rendez-vous, mais je n'ai pas envie de te voir. D'après ce que j'ai lu dans la presse, je ne suis pas sûr de vouloir écouter ta version des faits sur ce qui s'est passé après mon départ hier soir.

— Je crois que le mot-clé, c'est « départ », justement.

Quinn s'était toujours mieux entendu avec Ian qu'avec Cameron, ce qui ne facilitait pas les choses.

— Donc tu t'es senti obligé de rester pour jouer le sauveur de la demoiselle en détresse ?

Cameron tourna son écran d'ordinateur pour le montrer à Quinn. La une d'un tabloïd proclamait : DEUX PRINCES MCNEILL SE DISPUTENT CENDRILLON. Suivait une photo de Sofia en tutu sur scène. La presse à scandale allait s'en donner à cœur joie jusqu'à l'annonce officielle de leurs « fiançailles ».

Cependant, en voyant le corps svelte et gracieux de Sofia, il repensa surtout à leur baiser et fut aussitôt envahi d'une vague de chaleur intense. Mais pour l'heure, il devait se concentrer sur son échange avec Cameron qui le fusillait du regard, mâchoires serrées, la mine en colère.

Quinn croisa les bras, regardant son frère droit dans les yeux.

Il n'était pas impressionné.

— Petit rappel. Tu as mis son père en rogne. Et qui est son père ? Non seulement c'est un homme fortuné et influent, mais c'est aussi l'homme dont dépend notre expansion en Ukraine. Il était donc normal que j'intervienne. Quelle que soit la nature de mon intervention.

Cameron était livide.

— Non, tu t'es immiscé dans ma vie privée et tu n'en avais pas le droit. Tu le sais très bien. Aucun homme ne demande en mariage la petite amie de son frère cinq minutes après leur séparation.

— Votre séparation ? Tu n'as jamais été en couple avec Sofia, il me semble, rétorqua-t-il sur un ton plus irrité qu'il ne l'aurait voulu, tout en ayant toujours ce frémissement chaque fois qu'il prononçait le prénom de Sofia.

— Inutile de faire le malin.

— Je ne fais pas le malin. J'essaie de te faire comprendre que tu as perdu toute chance de te racheter auprès de Sofia à l'instant où tu as quitté l'aéroport hier soir.

Pour une fois, Quinn n'avait pas été déçu que son frère ait agi de manière impulsive et tourné les talons au bon moment. Il ne supportait pas l'idée que Sofia ait pu partager ce baiser avec quelqu'un d'autre que lui.

— Je vois clair dans ton jeu. Je sais très bien qu'elle t'a plu dès l'instant où tu as posé les yeux sur elle. Je l'ai vu à ton comportement.

La perspicacité de son frère le sidéra. Impossible de nier les faits, mais il garda le silence.

— Et tu sais quoi ? Je n'avais pas l'intention de te

la laisser, car je ne suis pas du genre à baisser les bras et que j'aime être en rivalité avec toi.

— Alors pourquoi es-tu parti ?

— Parce que j'ai vu qu'elle te regardait de la même façon. J'ai la réputation d'agir de manière irréfléchie, mais je n'aurais jamais laissé Sofia se débrouiller seule face aux journalistes. En revanche, quand j'ai vu le lien qui se tissait entre vous à la vitesse de l'éclair, je me suis effacé de l'équation, en effet.

— Dans ce cas, merci, marmonna Quinn, humblement.

— Je t'en prie. Entre frères, c'est la moindre des choses.

Quinn était tout simplement sidéré par la finesse de son frère. Jamais il n'aurait cru Cameron doué d'autant de sensibilité.

Cela étant, il ne savait que faire des informations fournies par son frère quant à la réaction de Sofia. Leur attirance avait-elle été réciproque ?

Il tâcherait de répondre à cela plus tard.

Pour le moment, il voulait continuer l'échange avec ton frère.

— Tu sais, après avoir parlé à son père, je me demande si le profil de Sofia n'a pas été utilisé à mauvais escient par l'agence matrimoniale qu'il a engagée.

— Je me suis posé la même question hier en quittant l'aéroport. J'ai appelé mon agence matrimoniale ce matin et elle m'a appris que le profil de Sofia s'est retrouvé sur un site non vérifié géré par une personne qui ne connaît pas les candidates. Elle m'a remboursé et m'a dit qu'elle allait enquêter de son côté.

Quinn s'assit sur une caisse, admirant la vue sur la baie du Lower Manhattan.

Maintenant qu'il avait été témoin des dégâts engendrés par les recherches matrimoniales de Cameron, il se sentait obligé d'aller jusqu'au bout.

— Comment une agence matrimoniale peut-elle jouer les entremetteuses si elle ne connaît pas le profil des candidats ? Je ne vois pas comment ça peut fonctionner et je ne trouve pas ça éthique.

Cameron retourna l'écran d'ordinateur vers lui et tapa sur le clavier.

— J'étais pressé donc j'ai opté pour la facilité. Je ne cherchais pas non plus le grand amour.

— Je ne comprends pas pourquoi tu as payé pour avoir un service personnalisé pour finalement te choisir une mariée au hasard sur un site par correspondance.

— Comme je te l'ai dit, j'ai voulu aller vite. Et je me suis fié au résumé du profil proposé par l'agence, en espérant que ce serait fidèle à la réalité.

— Donc tu as été remboursé, mais la responsable de ton agence va quand même enquêter ? C'est qu'elle doit également trouver ça louche, tu ne crois pas ? Tu peux encore accéder au site ?

— Non, c'est impossible maintenant que je ne suis plus membre. Mais on m'a affirmé que le profil de Sofia avait été retiré.

— Cela dit, quand tu as annoncé à l'agence que tu voulais rencontrer Sofia, quelqu'un t'a envoyé l'horaire d'arrivée de son avion ?

— C'est ça.

Cameron ferma son ordinateur.

— Je vais communiquer l'information au père de Sofia. Après tout, ce n'est pas ta faute. C'est lui qui a publié le profil de Sofia et c'est lui qui a engagé une personne incompétente.

— Je trouve ça ironique de m'être précipité pour trouver une femme à cause des manipulations de grand-père et d'être tombé sur Sofia, qui figurait sur un site à son insu, du fait des manipulations de son père, constata-t-il, le regard fixé sur l'horizon.

— Et moi je ne comprends pas pourquoi Vitaly était surpris de te voir à l'aéroport s'il a indiqué l'arrivée du vol à l'agence matrimoniale qui te l'a communiquée.

— Tu crois qu'il était vraiment surpris ?

— J'en suis sûr. Autrement dit, il y a quelque chose qui cloche.

Quinn avait déjà demandé à un ingénieur de sa compagnie de chercher les informations sur Sofia Koslov, qui avaient été postées au cours du mois dernier.

Même si l'agence avait déjà effacé son profil, il devrait pouvoir trouver des pistes fiables. Cela lui permettrait de montrer à Vitaly où Cameron avait trouvé le profil de Sofia. S'il arrivait à prouver que Cameron n'était pas coupable, le père de Sofia n'aurait aucune raison de bloquer le contrat que les McNeill voulaient signer à Kiev.

Cameron se leva et remit son casque de chantier.

— Je crois que tu fais bien de chercher à savoir qui a eu accès aux données personnelles de Sofia avant d'officialiser vos fiançailles. Ou votre mariage.

— Notre mariage ? Tu plaisantes ! Tu sais très bien que ces fiançailles sont fictives.

— On verra, lâcha Cameron sur un ton mystérieux.

Une nuit de noces avec Sofia ? Son imagination se mit à gambader fiévreusement. Il devait au plus vite faire taire cette excitation malvenue et prématurée, d'autant qu'il était sur le point de la rejoindre pour parler de leurs « fiançailles ».

Cela dit, en promettant d'être à ses côtés pendant un mois, il n'avait pas juré qu'il ne la toucherait pas.

Après tout, si elle voulait que leurs fiançailles soient crédibles, il faudrait bien en passer par là.

Un peu ? Beaucoup ? Passionnément ?

— On verra ? On ne verra rien du tout. Je ne marierai pas avec Sofia.

— Peut-être, mais même si tu prétends ne pas vouloir prendre en compte l'ultimatum de grand-père, je sais que tu réfléchis à la nécessité de te marier. Bientôt…

Le visage de Cameron s'assombrit alors qu'il tournait les talons.

Quinn regarda son frère s'éloigner sans avoir eu le temps de lui répondre. Il ne se marierait pas pour faire plaisir à son grand-père, bon sang ! Il allait s'engager dans de fausses fiançailles pour minimiser les dégâts et réparer les bêtises de son frère.

Mais Cameron avait peut-être raison. Il éprouvait une attirance irrésistible envers Sofia. Et il allait être son fiancé pendant un mois. Pourquoi ne pas profiter de cette période pour se rapprocher d'elle, apprendre à la connaître et découvrir si leur premier baiser avait été un miracle ou si une véritable passion était en train de naître entre eux ?

# - 5 -

Sofia était en train de tresser ses cheveux au sortir de la douche des vestiaires pour femmes. Rechignant à rencontrer Quinn dégoulinante de sueur après sa répétition, elle s'était douchée rapidement.

L'écrivain Anton Tchekhov aurait paraît-il dit un jour qu'il ne connaissait rien à la danse classique : tout ce qu'il savait, c'était que les danseuses « puaient comme des chevaux à l'entracte » et il n'avait pas tort.

Elle se fraya un chemin parmi de jeunes ballerines et chercha une coiffeuse libre pour se maquiller.

Cet après-midi, après avoir terminé ses répétitions, elle avait suivi un cours avec de jeunes danseurs et danseuses entre seize et dix-huit ans, pour se remettre physiquement d'aplomb.

Après une journée passée dans les airs et une nuit courte et mouvementée, son corps avait eu du mal à se remettre dans le rythme de la danse classique. Or, dans ce monde exigeant, on remarquait vite une danseuse qui ne s'était pas entraînée pendant une journée. De plus, en restant active et sur le pont, elle empêchait ses collègues de lui poser des questions concernant les événements de la veille ou l'énorme pierre qui brillait à son doigt.

Elle ne l'avait pas gardée longtemps, mais elle l'avait

portée du taxi au vestiaire avant de l'enlever pour danser, déclenchant les murmures jusqu'à ce que le maître de danse y mette bon ordre en appelant tout le monde au travail.

À présent, de nouveau en habits de ville, elle remit le bijou.

— Sofia, quelle bague !

La voix de Jasmine Jackson la prit au dépourvu, même si elle s'attendait à rencontrer son amie et chargée de communication qui lui avait donné rendez-vous.

Enfant, elle avait passé un an dans la même école de danse que Jasmine, en Caroline du Nord, avant que sa mère ne décide de partir voyager en Europe. Jasmine avait arrêté de danser à treize ans avec l'arrivée des hormones, des courbes et de seins un peu trop généreux. Avoir une poitrine abondante était un handicap en danse classique.

Jasmine avait été dévastée par ce changement soudain. Elle avait fini par aller à l'université de Syracuse pour étudier la communication, avant d'entamer une carrière dans la publicité. Son métier l'avait ramenée à New York, à la plus grande joie de Sofia. Elles avaient partagé un appartement pendant deux ans jusqu'à ce que Jasmine commence à mieux gagner sa vie et décide de voir plus grand.

Sofia tendit la main vers son amie pour lui montrer la bague.

— C'est énorme, tu as raison. J'ai peur de la perdre. Et c'est vraiment étrange qu'elle m'aille, tu ne trouves pas ?

Elle était encore trop en colère pour en parler à son père, mais elle ne manquerait pas de lui demander s'il avait communiqué la taille de son doigt à l'agence matrimoniale. Et, le cas échéant, jusqu'où il était allé dans la divulgation de renseignements confidentiels.

Jasmine se pencha pour examiner la main de Sofia.

Comme toujours, la tenue de son amie était impeccable. Brune, de petite taille, elle portait une robe gris taupe s'arrêtant au-dessus du genou et moulant son corps à merveille, de hautes bottes en cuir et des collants soyeux. Un manteau cintré laissé ouvert complétait sa tenue hivernale. Ses bijoux bougeaient et tintaient au rythme de ses mouvements. Toujours coquette et féminine.

Par contraste, le style de Sofia était beaucoup moins apprêté. Un legging de sport, une chemise ample et un blazer noir. Sa tenue préférée pour aller travailler pendant les mois les plus froids. Avec ses cheveux tressés, elle semblait terne à côté du style glamour de Jasmine.

— Ce diamant est impressionnant !

— Ne m'en parle pas.

— Bon, ne perdons pas de temps et discutons en chemin avant que tu n'ailles rencontrer ton fiancé super sexy.

Jasmine savait qu'il s'agissait de fausses fiançailles, mais elle excellait dans son métier et savait jouer la comédie à merveille.

Elles sortirent du théâtre et se dirigèrent vers le lieu de son rendez-vous avec Quinn en empruntant la 65e Rue au lieu de couper à travers le Lincoln Center.

— J'avoue que j'ai un peu peur de le rencontrer, admit Sofia en prenant son amie par le bras, contente d'avoir une compagne en qui elle pouvait avoir confiance.

— Je ne fais que t'accompagner jusqu'au lieu de rendez-vous. Je ne vais pas tenir la chandelle, vous avez beaucoup de choses à caler entre vous.

— Je sais, mais l'organisation, c'est ton point fort.

— Je vais venir lui dire « bonjour », mais après je dois filer, car j'ai un autre rendez-vous. Alors raconte-moi ce qui s'est passé aujourd'hui.

— Pas grand-chose, heureusement. La seule personne à m'avoir fait une remarque, c'est la maîtresse de danse. Elle m'a rappelé avec insistance qu'Idris Fortier préférerait prendre une danseuse prête à dédier mille pour cent de son temps à sa production.

— Tu lui as dit que mille pour cent, c'était un peu exagéré ?

— Tu penses que j'aurais encore un emploi à l'heure qu'il est, si je lui avais posé la question ?

Elles rirent toutes deux de bon cœur.

La légèreté de leur échange disparut alors qu'elles arrivaient en vue de Joe Coffee. Sofia sentit son estomac se nouer à l'idée de revoir Quinn.

— Et ton père ?

Ce sujet était presque aussi sensible que ses fausses fiançailles.

— Je ne préfère pas en parler.

— Au moins, avec cette histoire, vous êtes quittes. Tu ne seras pas obligée d'aller travailler pour lui, remarqua Jasmine sur le ton de la plaisanterie.

Son amie connaissait tout de sa vie. Y compris le pacte qu'elle avait passé avec son père quand elle était adolescente. À l'époque, elle avait eu des blessures aux genoux à répétition et, quelques mois après le décès de sa mère, il avait refusé qu'elle poursuive sa formation de danseuse. Comme elle avait pleuré toutes les larmes de son corps, il avait accepté de la laisser continuer à condition qu'elle s'engage à travailler pour lui à la fin de sa carrière de danseuse.

À présent, elle se sentait libérée de cet engagement. Non seulement parce qu'il ne pouvait lui en vouloir de ne pas honorer un contrat passé alors qu'elle était adolescente, mais aussi parce qu'elle lui en voulait tellement de s'être immiscé dans sa vie privée qu'elle mettrait du temps à lui pardonner et à renouer les liens avec lui.

— Et qu'en est-il de ton audition pour Idris Fortier ? Ne va pas t'esquinter la santé pour lui, s'il te plaît.

— Promis, je serai prudente, mais je sais aussi que décrocher un rôle avec Idris, ce serait assurer mon avenir dans le monde de la danse.

Travailler avec l'un des plus grands chorégraphes du moment lui offrirait de nombreuses opportunités ainsi que le soutien nécessaire pour mettre en œuvre le projet créatif qu'elle avait en tête.

Jasmine sembla amusée.

— C'est ma situation qui te fait sourire ?

— Non, je souris parce que même face à l'adversité, tu ne perds pas le nord. Tu as vraiment de la suite dans les idées. C'est formidable.

Sofia ralentit alors qu'elles n'étaient plus qu'à deux pas du café où elle avait rendez-vous.

— Non, avec Quinn McNeill, justement, je ne sais pas du tout où je vais. Hormis peut-être droit dans le mur ?

Elle n'était pas intimidée par son argent ou sa prestance, mais il y avait quelque chose chez lui qui la mettait sur le qui-vive. Était-ce simplement lié à l'attirance physique ou à un phénomène plus inquiétant ? Pouvait-elle se fier à lui ?

Un courtier entra dans le café. Des arômes délicieux s'échappèrent par la porte. Sofia sentit la faim lui tirailler l'estomac. Son régime était contrôlé et elle avait une discipline alimentaire très stricte. En général, elle arrivait à résister. Mais, parfois, l'appel de certaines odeurs était tout simplement irrésistible.

— Voyons, n'aie pas peur. Ce n'est qu'un homme.

Un milliardaire comme on en croise tous les jours, ajouta-t-elle, pince-sans-rire.

— Tu as raison !

— Allez viens, j'ai quelques points à examiner avec vous, puis je vous laisse, dit son amie en l'entraînant dans le café.

Sofia prit son courage à deux mains, bien décidée à ne rien laisser paraître de son état angoissé et de l'effet que Quinn avait sur elle.

La tête haute, Sofia Koslov pénétra dans le café telle une danseuse entrant sur scène. Quinn l'observa de là où il était assis. Sa démarche était différente de celle des autres femmes. Elle sortait du lot, sans être grande. C'est ce qui l'avait attiré dès l'instant où il avait posé les yeux sur elle, avant que Cameron ne la demande en mariage. La veille, il avait été impressionné par sa posture parfaite et ses mouvements gracieux. Aujourd'hui, il savait que tout cela était dû à sa formation de danseuse classique.

En cet instant, elle symbolisait pour lui l'élégance et la sophistication. Ses cheveux mouillés assemblés en une tresse faisaient ressortir la finesse caractéristique de son cou. Sa tenue décontractée et sobre soulignait avec éclat une féminité naturelle. En indiquant en quelque sorte qu'elle lui appartenait, la bague qu'elle portait au doigt lui réchauffa le cœur.

Même au milieu d'un café bondé, il avait envie d'elle.

*Bon sang !*

Il se leva pour saluer les deux femmes qui se frayaient un chemin parmi une foule de clients jonglant avec leurs cafés et leurs téléphones portables. Sofia était suivie de près par son amie. Il aurait préféré retrouver

Sofia seule, même parmi la jungle de Manhattan, mais il saurait faire bonne figure.

Si Sofia n'avait pas été aussi épuisée au moment où ils se donnaient rendez-vous, il aurait opté pour une rencontre chez elle, ou dans un restaurant calme et peu en vue. Sofia avait choisi un lieu public non loin de son travail, et il n'avait pas eu le cœur de la contrarier.

— Sofia !

Il la salua comme un amoureux saluerait sa fiancée dans un lieu public : il la prit par la taille et lui déposa un baiser affectueux sur la joue.

C'était tellement bon d'entrer en contact avec son corps ! La peau douce et fraîche de sa joue se réchauffa au contact de ses lèvres qui s'y attardèrent un instant. Quand il se redressa, il vit que le visage de Sofia avait pris des couleurs.

Tendant la main en direction de son amie, il se présenta.

— Quinn McNeill.

— Jasmine Jackson. Comme vous le savez, je suis l'agent publicitaire de Sofia et je sais tenir ma langue.

— Enchanté.

— Prenons place afin que je puisse vous faire part de mes suggestions.

— Bien sûr, venez, dit-il, indiquant la table qu'il avait réservée.

Jasmine passa en premier. Fermant la marche, il guida Sofia en posant légèrement la main dans le creux de son dos. Ce geste lui fit prendre conscience qu'il avait attendu ce moment avec impatience et qu'il était comblé de devoir jouer le rôle du fiancé de Sofia Koslov.

Il prit place à côté d'elle tandis que Jasmine s'asseyait sur le siège en face d'eux, posant son porte-documents en cuir sur la table en érable.

— Voici le calendrier que j'ai échafaudé pour vous deux dans le mois à venir, déclara-t-elle en leur tendant une copie à chacun.

Il fut impressionné par le détail des notes et des événements. Elle avait indiqué la nature des invitations, ajouté des précisions concernant leurs tenues, établi une liste des gens à qui ils devraient essayer de parler et suggéré des endroits pour des opérations photos.

Son travail semblait impeccable.

— Je vois que vous êtes au fait de la vie mondaine new-yorkaise. C'est ambitieux, mais organisé de main de maître.

Alors que Sofia tenait sa copie, le regard de Quinn fut attiré par l'éclat de la bague de fiançailles. En cet instant, il éprouva une envie pressante de remplacer cette bague par un bijou de son choix.

Pourvu que cette envie soit liée à la compétition qu'il y avait toujours eue entre Cameron et lui, et non à des aspirations sentimentales douteuses ! Le chantage de son grand-père n'entrait absolument pas en ligne de compte.

— C'est un calendrier à titre indicatif. Mais chaque événement serait intéressant pour l'avancement de la carrière de Sofia.

— Tu as contacté *Dance Magazine* afin d'obtenir une autre interview ? s'enquit Sofia.

— Oui. Je leur ai dit qu'aujourd'hui tu étais prise toute la journée, mais que tu pourrais leur parler vendredi pendant la soirée d'accueil d'Idris Fortier. Je leur ai aussi promis de leur donner en avant-première le communiqué que vous ferez concernant les événements d'hier.

Jasmine sortit d'autres papiers de son porte-documents.

— Voici un brouillon du communiqué. Si vous

pouviez y apporter vos changements et me renvoyer le tout avant 19 heures ce soir, je pourrais le faire passer aux journalistes qui s'occupent du blog qu'ils vous ont dédié.

Il parcourut rapidement le communiqué, satisfait de constater qu'il contenait très peu de détails personnels.

— Il y a deux grandes questions sur lesquelles vous devez vous mettre d'accord.

— Lesquelles ? s'enquit Sofia.

— Quand et où a eu lieu votre première rencontre.

— C'est nécessaire ?

— Tout le monde voudra savoir. Si vous faites figurer l'information dans le communiqué, vous aurez la paix.

— Jasmine a raison, intervint Quinn.

— Merci. Bon, je vous laisse peaufiner tout ça sans moi, car je dois filer à un autre rendez-vous.

Quinn se leva pour prendre congé de Jasmine, ravi de se retrouver seul avec Sofia.

— On pourrait continuer notre conversation dans le parc ? C'est moi qui ai suggéré ce lieu, mais je n'avais pas pris en compte à quel point ce serait bruyant.

— Bonne idée.

De nouveau, il la prit par la taille pour la guider, surpris de sentir les vibrations de son corps. Était-ce de la tension, du stress, de la nervosité ? Il n'arrivait pas encore à déchiffrer.

— J'habite de l'autre côté du parc. On peut marcher dans cette direction.

La circulation serait bientôt bloquée, et il connaissait bien les chemins du sud du parc.

— Parfait. Et désolée pour ce lieu de rendez-vous peu approprié à la situation. Hier soir, je n'étais pas en mesure de prendre une décision, admit-elle, apparemment plus détendue à l'extérieur.

— Ne vous inquiétez pas. La situation est nouvelle pour nous deux et on doit prendre le temps de s'y ajuster. De plus, ce sera bénéfique pour moi aussi.

En empruntant la 69e Rue en direction du parc, il lui prit son sac. Faux fiancé ou pas, elle serait sa priorité dans les semaines à venir.

Elle n'avait pas l'air d'être le genre de femme à se laisser dorloter, mais elle paraissait en avoir besoin. Et grâce à l'attention de la presse et des curieux, il allait pouvoir s'en donner à cœur joie.

— Vous voulez dire que vous allez trouver votre compte dans cet arrangement temporaire ?

— En effet. J'ai rarement fait de campagnes de pub, mais là, en me montrant avec vous dans des lieux en vue, je vais forcément faire parler davantage de moi.

— Je vois que vous savez comment tourner les choses à votre avantage, lâcha-t-elle sur un ton qu'il n'arriva pas à déchiffrer.

Le prenait-elle pour un opportuniste ? N'avait-elle pas confiance en lui ? Son commentaire le dérangeait. Comment en avoir le cœur net ?

— Ne vous méprenez pas. Je ne cherche pas à profiter de la situation ni même à tirer la couverture à moi. Je n'ai pas non plus besoin de campagne publicitaire. Je voulais juste que vous soyez rassurée et que vous ne vous fassiez pas de souci par rapport à la rentabilité de mon temps. Je suis là avant tout pour vous soutenir.

— Entendu, dit-elle, l'air dubitatif.

Il fallait qu'elle se sente à l'aise dans cette situation inhabituelle. Et s'il n'avait pas eu peur de l'effrayer, il lui aurait avoué qu'il était surtout ravi de cette opportunité, car il était impatient d'apprendre à la connaître et de passer du temps avec elle.

Levant les yeux, il regarda les nuages qui commençaient à déverser quelques flocons.

— Vous êtes sûre que vous aurez assez chaud ?

— J'ai ce qu'il me faut dans mon sac.

Il s'arrêta le temps qu'elle sorte la même cape en mohair que la veille.

— Laissez-moi faire.

Il s'empara du vêtement, le déposa sur ses épaules, puis la fit pivoter pour se retrouver face à elle et boutonner les deux gros boutons près du cou. Leurs yeux se croisèrent et, l'espace d'un instant, le lien émotionnel étrange qui était apparu quand ils avaient échangé leur baiser refit surface.

— C'est bon, je peux m'en tirer toute seule.

Il ne lâcha pas prise pour autant, balayant au passage les flocons qui s'accumulaient sur ses épaules.

— Plus on s'habituera à la proximité de l'autre, plus il sera facile de tromper les gens vendredi lors de notre première sortie officielle.

Il avait hâte de cette proximité renouvelée.

Très hâte.

Il sentait qu'il avait de l'effet sur elle et que les battements du cœur de Sofia s'accéléraient à son contact.

Tiraillé par une envie irrésistible de l'embrasser, il aurait donné n'importe quoi pour goûter de nouveau à ses lèvres fraîches et rosées. Au lieu de quoi, il se contenta de lui mettre sa capuche pour l'abriter de la neige.

— Alors disons qu'aujourd'hui, c'est la répétition générale.

Était-elle toujours aussi sérieuse et professionnelle ?

En repensant au court échange qu'ils avaient eu la veille, il constatait à quel point elle était dévouée à sa carrière. Il admirait son éthique professionnelle et sa détermination. C'était un point commun entre eux. Il s'était toujours plongé corps et âme dans ses projets. Le devoir et la persévérance étaient les pierres angulaires de sa vision du monde.

Replaçant le sac de Sofia sur son épaule, il la prit de nouveau par la taille et la guida vers le chemin du parc qui conduisait à son appartement.

— D'après ce que j'ai lu sur vous hier soir, vous réussissez tout ce que vous entreprenez, déclara-t-il pour relancer la conversation.

Même avec sa capuche, il vit qu'elle souriait.

— Disons que mon agent fait un excellent travail.

Surpris par cette plaisanterie, il rit de bon cœur.

— J'avoue que même si je ne l'ai pas vue longtemps, Jasmine a l'air de bien vous connaître et d'accomplir un sacré boulot pour votre carrière et vous.

— En effet, c'est une très bonne amie, et les relations publiques, c'est vraiment son domaine. La réception qu'elle a prévue pour vendredi soir est une soirée organisée en l'honneur du chorégraphe dont je vous ai parlé et auprès duquel je vais bientôt passer une audition.

La veille, tard dans la nuit, il s'était renseigné sur cet homme.

— D'après ce que j'ai pu lire, toute la presse l'encense et son arrivée à New York semble s'apparenter à la venue du messie.

Les critiques lui avaient paru un peu trop grandiloquentes mais il n'en dit rien dans la mesure où ce n'était pas sa spécialité.

— Vous vous êtes donc sérieusement documenté, dit-elle en lui adressant un sourire d'approbation qui lui donna encore plus envie de l'embrasser.

Le parc était très fréquenté à cette période de la journée. Les coureurs, les parents promenant leurs bébés, les enfants rentrant de l'école, les promeneurs de chiens... L'activité battait son plein alors qu'ils s'enfonçaient dans les taillis environnants.

— Vous savez, pour moi aussi c'est une répétition générale. J'essaie d'apprendre mon rôle à la perfection pour ne pas vous décevoir et pouvoir vous épauler du mieux possible.

— Je trouve que vous faites un travail formidable. Si vous étiez l'un de mes étudiants, je vous ferais passer au niveau supérieur.

— Vous enseignez ? demanda-t-il, en s'arrêtant.

— Beaucoup de danseurs enseignent. C'est une façon d'arrondir les fins de mois et d'entretenir de bonnes relations avec la compagnie. L'école de ballet forme des danseurs pour le City Ballet, c'est un système bien huilé.

Son attention fut attirée par des enfants qui avaient bloqué un hélicoptère télécommandé dans un arbre et qui essayaient de le faire tomber en lui lançant toutes sortes d'objets.

— Excusez-moi mais je vais intervenir car j'ai peur que ça se termine mal ou qu'ils abîment l'arbre.

Il posa le sac de Sofia et prit un ballon au pied d'un des jeunes garçons.

— Reculez, ordonna-t-il à ceux qui se tenaient sous l'arbre.

Les enfants obtempérèrent, tout en criant qu'il n'arriverait jamais à atteindre l'hélicoptère.

— Vous me donnez combien d'essais ?

— Trois ! lança un des garçons.

— Trois, ça me laisse le temps de m'échauffer.

— Non, six parce que vous êtes vieux.

*Vieux ?*

Il ne voulait certes pas épargner l'arbre, mais il avait aussi envie d'impressionner la jolie jeune femme qui l'accompagnait et observait le moindre de ses faits et gestes.

En cet instant, il ne se trouvait pas vieux du tout. Au contraire, il se comportait comme un enfant. Sofia lui donnait des ailes.

Reculant d'un pas, il se mit en position, leva le bras, visa et tira.

Le ballon fit retomber l'hélicoptère, provoquant les clameurs du public admiratif. Comme l'objet était très haut dans l'arbre, les garçons eurent le temps de se positionner en dessous et de le réceptionner à temps.

Quinn repartit aussitôt en direction de Sofia.

— Désolé pour cette intervention impromptue, plaisanta-t-il en reprenant son sac.

Avec sa cape à capuche et la neige tombant alentour, elle ressemblait à une princesse russe.

— Vous aviez l'air sûr de vous.

— Bien sûr ! Avec deux frères, j'ai eu de l'entraînement. On a coincé un tas de choses dans les arbres. Surtout des cerfs-volants. Par comparaison, l'hélicoptère, c'était un jeu d'enfant.

— En tant que fille unique, j'ai toujours du mal à imaginer une enfance partagée avec des frères et sœurs.

Ses paroles exprimaient une profonde solitude.

— Votre biographie en ligne ne donne pas beaucoup d'informations sur votre famille.

— J'ai toujours essayé de garder ma vie privée séparée de ma vie professionnelle. Non pas que j'aie beaucoup de choses à cacher dans ma vie privée. Pour ce qui est de ma vie familiale, j'ai perdu ma mère à l'âge de treize ans. C'est elle qui m'a élevée et je n'ai jamais été proche de mon père.

— Je suis désolé pour votre mère. Cela a dû être un moment difficile, même s'il n'y a pas d'âge idéal pour perdre un parent, ajouta-t-il en lui prenant la main dans West Drive.

Elle ne la lui retira pas et il décida de la garder dans la sienne. D'une part pour la réchauffer, d'autre part parce qu'il avait envie de la toucher. De toute façon, ils seraient bientôt obligés de passer pour un couple amoureux, donc ils ne devaient pas être timides l'un envers l'autre.

Comprenant certainement ses motivations, elle se rapprocha de lui, et la fragrance épicée de son parfum l'enivra.

— J'étais dévastée. D'autant que ma mère haïssait mon père. Par conséquent, moi aussi je le détestais. Mais après la mort de maman, j'ai dû aller habiter avec lui.

Sofia enleva sa capuche, car ils étaient maintenant dans une partie du parc où la densité des buissons et des arbres les abritait de la neige.

Peut-être avait-elle eu besoin de se soustraire à lui et de ne plus avoir la main prisonnière de la sienne.

— Jusqu'à ce jour, je ne sais toujours pas comment ils se sont connus, dans la mesure où il représentait tout ce qu'elle détestait. Elle trouvait que l'argent empêchait les gens d'avoir une âme et d'accéder à la culture.

Sa remarque le laissa perplexe. Où se situait-il, dans le monde de Sofia ?

— Et vous ? Qu'en pensez-vous ? Vous êtes d'accord avec votre mère ?

Elle s'arrêta et le prit par le bras pour éviter qu'ils restent en plein milieu du chemin.

— Attendez. Restons là un instant et admirons les alentours. C'est tellement beau.

Elle avait raison. Cette partie du parc était à couper le souffle, en toute saison, par n'importe quel temps, à tout moment de la journée. Il y avait de la neige fraîche un peu partout, le restaurant Tavern on the Green était entouré d'un halo de lumière féerique, et la nature environnante était recouverte d'un joli manteau blanc. La neige étouffait les bruits de la circulation voisine, réduisant la sonorité de l'heure de pointe à une fréquence similaire au bruit blanc.

Le fait d'être aux côtés de Sofia rendait le moment encore plus magique.

— C'est de toute beauté, commenta-t-il en toute simplicité, mais du fond du cœur.

— Justement, ma mère m'a appris que la beauté était ce qui nous entourait, ce qui nous mettait de bonne humeur ou participait à notre bien-être. Et si en plus on arrivait à la goûter du bout de la langue, le goût serait tout aussi magnifique.

Il regarda la scène, subjugué, alors que cette danseuse étoile levait la tête vers le ciel en tirant la langue pour attraper des flocons. À un autre moment, il aurait peut-être trouvé cela amusant, mais elle semblait perdue dans un souvenir d'enfance heureux et il ne voulait surtout pas lui gâcher cet instant.

— Vous avez raison, admit-il, lui prenant de nouveau la main pour mieux la guider.

Il leva lui aussi la tête vers la cime des arbres, émerveillé par ce spectacle.

Au bout de quelques instants, elle baissa de nouveau la tête.

— Alors, vous en avez attrapé un ? demanda-t-elle, les joues rosies par le froid, les yeux pétillants de bonheur.

— Non, mais c'est pour bientôt, répondit-il, entourant son visage de ses mains et se penchant vers ses lèvres.

# - 6 -

Absorbée par la neige, la ville et l'homme, Sofia ne s'attendait pas à ce baiser, même si elle en avait très envie et que cela lui procurait un plaisir inouï. C'était bon de sentir la chaleur de sa bouche par ce froid ambiant. Sa barbe naissante se frottait contre sa peau tendre, embrasant ses joues rendues sensibles par le vent. C'était exquis de s'abandonner à son toucher expert et à la douceur de ses gestes.

Elle laissa le baiser se transformer alors qu'il cherchait à s'aventurer entre ses lèvres. Répondant à sa demande, elle se rapprocha de lui, désireuse de sentir sa chaleur l'entourer, prête à se perdre en lui.

Le baiser de Quinn était aussi émouvant que le deuxième acte du *Lac des Cygnes*. Ou peut-être de *Giselle*. Ou peut-être un cocktail de tous les moments romantiques qu'elle avait dansés jusqu'à cet instant.

Leurs doigts encore entrelacés, elle se blottit davantage contre lui. Leurs corps s'unissaient à merveille, comme s'ils s'étaient faits l'un pour l'autre.

Ils ressemblaient non seulement à deux danseurs dont les corps se complètent mais aussi à un homme possédant une femme, lui donnant de la force pour qu'elle puisse économiser la sienne.

Un moment paradisiaque.

Alors qu'il s'éloignait délicatement, elle sentit les flocons de neige tomber sur sa peau. Maintenant qu'il n'était plus là pour l'abriter, les petites pointes froides la tirèrent de son cocon romantique.

Ce n'était pas un rêve. C'était bel et bien la réalité. Elle était dans Central Park enlacée par un homme qu'elle avait rencontré la veille et qui allait jouer le rôle de son fiancé pendant une durée déterminée.

— Quinn, on n'a pas de temps à perdre si on veut renvoyer le communiqué dans les temps à Jasmine, plaida-t-elle, les ramenant tous les deux à la réalité de leur situation compliquée.

Elle lui lâcha la main et partit en avant.

Que faisait-elle ?

Que lui arrivait-il ?

D'où venait ce second baiser ? Quinn voulait-il s'entraîner pour entrer dans la peau de son personnage ou avait-il réellement eu envie de l'embrasser dans ce décor romantique à souhait ?

Quinn arriva vite à sa hauteur.

— Vous avez raison, on doit se mettre au travail. Mais…

— Mais ?

— Sachez que j'ai adoré ce baiser. Je sens que vous aussi, et je ne vois pas pourquoi on ne pourrait pas profiter l'un de l'autre dans les semaines à venir.

Sa déclaration la refroidit instantanément.

— Ce n'est pas parce que nous allons nous voir régulièrement que nous sommes obligés de pousser notre relation plus loin.

Elle n'avait pas envie qu'il la tienne pour acquise et

qu'il se serve d'elle comme d'une compagne à portée de main.

— Non, bien sûr.

— Réfléchissons plutôt à la façon dont nous nous sommes rencontrés. Et où.

— J'ai rencontré votre père au gala du Met. Vous y étiez ?

— Non. Je ne pouvais pas me payer un billet et je ne voulais pas que mon père m'invite. Vous savez combien coûte une place ?

— À vrai dire, non. J'étais sur la liste des invités car j'ai fait une donation au musée.

Comme son père, Quinn appartenait à un monde de gens fortunés, en dehors des réalités du commun des mortels.

— Donc nous ne nous sommes pas rencontrés là-bas.

Elle aurait aimé être habillée plus chaudement pour leur balade dans le parc. Ses genoux étaient sensibles au froid et elle sentait qu'ils faiblissaient légèrement.

— On pourrait dire qu'on s'est rencontrés dans le parc ?

Alors qu'un vélo passait, il la prit par la taille en un geste protecteur. De nouveau, elle se régala de sa chaleur virile et de la fermeté de sa carrure athlétique.

— Bonne idée.

— On pourrait baser notre rencontre sur notre balade d'aujourd'hui, y compris l'épisode avec l'hélicoptère coincé dans l'arbre. Il suffit de changer la date et de dire que moi, je rentrais chez moi et que vous étiez en pause.

— Oui, ça pourrait coller. Sauf que je ne suis pas du genre à donner mes coordonnées au premier venu. Surtout dans un parc.

— Alors disons que la première fois, nous n'avons pas échangé nos coordonnées. J'ai commencé à prendre ce chemin tous les jours, dans l'espoir de vous revoir. Et bingo, deux semaines plus tard, je suis de nouveau tombé sur vous. On s'est avoué qu'on avait eu le coup de foudre dès la première fois. Cela devrait suffire à compléter le communiqué de Jasmine.

Il ralentit alors qu'ils passaient devant le zoo.

— Tout va bien ?

— Oui, pourquoi ?

— On dirait que vous boitez.

— Mais non ! J'ai froid, c'est tout, répliqua-t-elle, refusant de s'appesantir sur le sujet.

— Je suis désolé de vous avoir imposé cette marche dans le froid. On aurait dû prendre un taxi.

— Mais non, c'est bon. Et comme on a résolu le mystère de notre rencontre, je peux rentrer directement chez moi.

— Non, venez vous réchauffer chez moi et je vous raccompagnerai en voiture.

— Je voudrais compléter le communiqué et l'envoyer à Jasmine.

— Nous n'avons pas parlé de la réception de vendredi, objecta-t-il alors qu'ils sortaient du parc au niveau de la Cinquième Avenue et de la 61e Est.

— Ce n'est pas…

— En plus, j'habite juste là. Venez, montez avec moi pour qu'on termine notre conversation et ensuite, je vous appellerai un taxi.

Elle avait déjà oublié qu'il habitait à l'hôtel. Et pas dans n'importe lequel. Le Pierre. Décidément, ils n'évoluaient pas dans le même monde.

Il la prit par les épaules pour l'obliger à lui faire face.

— Sofia, on s'est engagés dans cette entreprise, alors faisons tout pour qu'elle réussisse et que notre crédibilité soit sans faille.

— Vous parlez de la crédibilité en public ou en privé ?

— J'ai compris que vous aviez trouvé mon baiser dans le parc déplacé. Soit. Si mes baisers en privé vous mettent mal à l'aise, alors on s'en tiendra aux signes d'affection en public.

Ses baisers ne la mettaient pas mal à l'aise du tout. Au contraire, elle en était friande. Mais elle ne pouvait pas le lui avouer sans compliquer la donne entre eux.

— Oui, je préférerais qu'on fasse comme ça. Merci.

Pour le moment, c'était plus prudent.

— Alors vous montez avec moi ? On pourra commander à dîner et travailler pendant ce temps.

Quinn se montrait à la fois patient et raisonnable mais elle n'était pas dupe. Il ne cherchait qu'à protéger les intérêts des McNeill. Elle ne devait pas l'oublier, même si ses baisers semblaient envoyer des messages d'une nature différente.

Cependant, en dépit de son manque d'expérience avec les hommes, et bien qu'elle ne connaisse Quinn que depuis la veille, elle se sentait profondément perturbée : jamais aucun homme ne lui avait fait cet effet-là. Jamais un homme ne l'avait embrassée comme Quinn.

— Alors c'est oui ?

Cette question la tira de ses pensées.

— Euh, oui, d'accord, répondit-elle, se sentant un peu idiote d'avoir perdu à ce point le contrôle des événements.

Un dîner dans la chambre de Quinn au Pierre contre une banane et des biscuits au fromage chez elle ? C'était tout vu.

À présent, ils se trouvaient dans un ascenseur privé qui les menait à l'appartement de Quinn. Même l'ascenseur était d'une opulence inouïe. Des dorures extravagantes, un tapis rouge dans lequel on avait envie de s'enfoncer et une cabine qui semblait comme neuve.

Les portes s'ouvrirent.

L'appartement occupait tout un étage et la vue donnait sur Central Park. C'était incroyable !

Après s'être opposée depuis toujours à la vie opulente de son père, jamais elle n'aurait cru pouvoir tomber sous le charme d'un homme aussi fortuné que Quinn McNeill. La facilité avec laquelle il évoluait dans ce monde prouvait à quel point il était habitué à ce style de vie. Il était né dans une famille fortunée et avait perpétué la tradition en amassant succès et richesses.

L'appartement était décoré avec goût et simplicité. Les murs couleur café fournissaient une toile de fond sobre et stylée, tandis que les meubles aux tons gris et bronze procuraient un sentiment de bien-être paisible.

Quinn alluma la cheminée, puis appela la cuisine de l'hôtel.

Une heure plus tard, alors qu'elle avait terminé son repas et qu'elle était confortablement assise dans un grand fauteuil en cuir, Sofia s'avoua qu'elle était heureuse de se trouver dans cet environnement aux côtés de Quinn.

Il était difficile de se rapprocher tout en gardant leurs distances, mais ils avaient au moins réussi à se tutoyer, pour tenter d'avoir des rapports plus naturels.

La neige avait cessé de tomber et la vue était époustouflante de magie.

Quinn finissait de peaufiner le communiqué sur son ordinateur tandis qu'elle restait devant la cheminée, emmitouflée d'une couverture en cachemire.

— Au fait, quand avons-nous su exactement que nous étions amoureux ?

— Quand tu m'as commandé une fricassée de

poulet ? suggéra-t-elle, pince-sans-rire mais également dans un souci de s'inspirer de la vérité.

— La cuisine a toujours joué un grand rôle dans les histoires d'amour, approuva-t-il, arrêtant de taper un instant pour se tourner vers elle.

La pièce était plongée dans la pénombre, uniquement éclairée par le feu de cheminée et les lumières de la ville.

— C'est bien connu que les danseurs sont toujours affamés. Donc je suis encore plus sensible aux plats gourmets que les autres femmes.

— Tu es toujours affamée ? Pourquoi ?

— C'est une façon de parler. D'une part je dépense beaucoup d'énergie, et une danseuse étoile se doit d'être aussi mince que possible.

Ces dernières années, la question du régime des danseuses étoiles avait été plus largement débattue, mais aucune compagnie n'était prête à reconnaître la nouvelle philosophie visant à accepter des corps aux formes variées, si bien que la danse classique restait ancrée dans une tradition où seules les femmes au corps svelte et élancé avaient leur place.

— Je suis étonné. Je pensais qu'il fallait de la force pour faire tous ces mouvements.

— C'est le cas, mais on doit gérer notre force de manière différente.

— Pourquoi ? demanda-t-il en venant s'asseoir plus près.

— Les chorégraphes aiment que la troupe de danseurs soit homogène, avec des corps de même taille et de même corpulence. C'est plus harmonieux quand on danse ensemble.

— Ce serait pareil si vous faisiez tous cinq kilos de plus. Et un corps musclé est moins susceptible de se blesser, non ?

— Oui et non. Certains prétendent qu'un corps léger exerce une pression plus faible sur les articulations.

— Donc, si je comprends bien, tu travailles sans cesse, tu ne manges pas à ta faim, tu évolues dans une ambiance ultra-compétitive et tu es prête à feindre d'être fiancée pour sauver la face dans ton milieu professionnel.

— C'est ça.

— J'imagine que toutes ces contraintes doivent bien être contrebalancées par un point positif.

— En effet. Quand j'étais petite, j'ai vu un jour une représentation de *La Belle au bois dormant* avec ma mère. C'était une petite troupe qui donnait des représentations au milieu de nulle part, non loin de Prague. J'ai été captivée par Aurora, comme toutes les petites filles qui font de la danse. À un moment donné, elle doit mimer sa rencontre avec un prince charmant.

Sofia se leva et se mit à genoux, mimant le rôle d'Aurora, puis enchaînant avec quelques mouvements, une jambe tendue.

— J'ai trouvé que la danseuse était la femme la plus belle et la plus élégante du monde. J'ai tout de suite su que je voulais être elle. Non pas Aurora elle-même, mais la danseuse qui lui donnait vie.

Il avait suivi avec attention son récit et les mouvements de son corps. La chaleur dans ses yeux et la façon dont il la regardait ne lui inspiraient pas les mêmes sentiments que lorsqu'elle dansait sur scène devant un public.

En cet instant, il s'agissait d'une représentation bien plus personnelle qui provoquait en elle des bouffées de chaleur et lui faisait prendre conscience de son apparence.

— Donc tu danses par amour pour cet art et parce que c'était ton rêve.

Heureusement qu'il était resté concentré sur la conversation car, pour sa part, elle avait complètement perdu le fil, distraite par l'électricité qu'elle sentait entre eux.

— C'est mon rêve depuis toujours.

C'était pour cela qu'elle redoutait autant la fin de sa carrière, une étape qui pourrait arriver à n'importe quel moment.

Elle avait besoin de parvenir au summum de sa profession, aussi rapidement que possible, pour arriver à la célébrité et pouvoir ensuite transformer son succès en débouchés prometteurs. Pour cela, elle devait décrocher le premier rôle dans la chorégraphie de Fortier.

— Maintenant, je sais à quel moment j'ai compris que j'étais éperdument amoureux de toi et que j'allais demander ta main, déclara Quinn après un moment de silence.

Il se remit aussitôt à taper.

— Ah bon ? C'était quand ? s'enquit-elle, le cœur battant la chamade, se demandant si cet échange faisait partie du monde réel ou fictif.

Elle s'efforça de se rasseoir pour reprendre une conversation normale, même si son corps palpitait… Et se rendit compte ce faisant qu'elle s'était assise plus près de lui. Au moins pouvait-elle voir ainsi ce qu'il était en train de taper. Mais en humant son parfum viril, elle fut d'autant plus attirée par cet homme qui lui faisait perdre la tête.

— C'était la première fois que je t'ai vue danser.

Les doigts de Quinn arrêtèrent de taper. Le silence donna une autre tournure à ce moment. Soudain, des sentiments compliqués parurent remonter à la surface.

Pourquoi ses mots avaient-ils autant d'effet sur elle ?

Après tout, ils discutaient du scénario de leur rencontre pour la presse et non pas de la genèse d'une véritable histoire d'amour.

— Choisis le ballet. Je dirai au monde entier comment tes mouvements sur scène ont capturé mon cœur. En te voyant danser, j'ai vu la passion qui te guidait et faisait battre ton cœur. En cet instant, j'ai compris que nous étions faits l'un pour l'autre.

— Là, tu te moques de moi. Tes paroles cajoleuses sont comme tes baisers, du faux-semblant. C'est trop déstabilisant pour moi, protesta-t-elle en s'éloignant de lui.

— Je t'assure que je ne me moque pas. Lis le communiqué, si tu veux, dit-il en lui passant l'ordinateur.

Comment pouvait-elle se concentrer sur les mots alors que son sang bouillait d'excitation et qu'elle n'arrêtait pas de repenser à la façon dont les yeux de Quinn avaient suivi chacun de ses mouvements quand elle avait voulu mimer Aurora dans *La Belle au bois dormant*.

— Je suis sûre que c'est très bien. Jasmine va le revoir avant de l'envoyer, de toute façon, dit-elle, laissant l'ordinateur sur le canapé comme un obstacle entre eux.

Il déposa l'ordinateur sur la table basse.

— Sofia ? Je sens que tu n'es pas à l'aise, pourtant je t'assure que je fais tout pour que tu te sentes bien. Et je te rappelle que c'est toi qui m'as demandé de faire ça. J'essaie de t'aider, c'est tout.

Sa voix, rauque et masculine, la fit frissonner.

— Merci. J'aimerais autant réserver ce jeu de rôle pour les moments où nous sommes en public. Je n'ai pas envie de jouer à ce jeu quand nous ne sommes qu'à deux.

Elle était consciente de sa proximité de la même

façon que, sans lever les yeux, elle savait où se trouvait son partenaire pendant un ballet. Sauf que, sur scène, c'était un exercice pratiqué des milliers de fois, des gestes calculés au millimètre près. Avec Quinn, on aurait dit que toutes les cellules de son corps étaient en état d'alerte et réclamaient sa présence rassurante, le cherchant sans même qu'elle en soit consciente.

— Je t'ai embrassée dans le parc parce que j'en avais envie et que suis attiré par toi. Je ne peux pas affirmer le contraire ou faire semblant. Mais je peux me contrôler, si tu préfères.

Son regard brûlant montrait à présent des signes de résignation.

— Comment feras-tu ?

— Je ne sais pas. En plus, quand je suis avec toi, c'est encore plus dur.

Il souleva la main, comme s'il allait lui caresser le visage, puis la reposa.

— Penses-tu y arriver ?

— Ce sera difficile, mais je t'ai promis de t'aider et tu peux compter sur moi. Je ferai tout mon possible pour ne manifester mon affection que quand nous serons en public.

— Comme vendredi, par exemple.

La réception en l'honneur d'Idris Fortier. Sa première apparition officielle en public avec Quinn et un moment crucial dans sa carrière.

Son estomac papillonna à l'idée d'être au bras de Quinn et de passer toute la soirée à prétendre qu'ils formaient un couple d'amoureux.

Les lèvres de Quinn frémirent.

Chercherait-il à l'embrasser ?

Il regarda ses lèvres, comme s'il avait lu dans ses pensées.

# - 7 -

Jetant des poignées de sel de bain dans la baignoire, Sofia fit couler de l'eau chaude, impatiente de s'y plonger. Ses muscles étaient douloureux et ce n'était que le milieu de la semaine. Alors que la baignoire se remplissait, elle se nettoya le visage pour effacer une journée d'exercices physiques, de sueur et de stress. La flamme d'une bougie vacillait sur le bord du lavabo, répandant une fragrance de lavande aux effets calmants.

Quand elle était petite, sa mère allumait toujours des bougies à la lavande après une longue journée de travail. Aujourd'hui encore, ce parfum avait le don de la détendre et de lui libérer l'esprit.

En ce moment, elle en avait plus besoin que jamais.

Rinçant le savon de son visage, elle essaya de se préparer mentalement pour son audition avec Idris Fortier qui aurait lieu la semaine suivante. La date avait été fixée plus tôt que prévu, mais il fallait savoir s'adapter.

En principe, l'audition aurait dû être sa seule préoccupation. Mais, au lieu de cela, Quinn ne cessait de s'inviter dans ses pensées.

Cela faisait deux jours qu'ils s'étaient promenés dans le parc et un jour depuis son interview avec *Dance*

*Magazine* où elle avait fait état de l'histoire d'amour échafaudée avec Quinn.

Les détails en semblaient trop réels.

De plus, elle ne cessait de repenser aux brefs instants qu'ils avaient partagés. À ses lèvres sur sa bouche, ses mains sur son corps. Au fait qu'elle éprouvait pour lui une attirance irrésistible tout en sachant qu'elle jouait avec le feu puisqu'il s'agissait d'une mascarade créée de toutes pièces.

Même après son bain censé la détendre, elle était toujours au comble de la frustration. Enfin, ses genoux au moins semblaient avoir tiré profit du bain chaud.

Elle sortit de la baignoire, se sécha et enfila son peignoir. Tout en s'essuyant le visage avec une petite serviette moelleuse, elle observa son reflet dans la glace. L'audition était à sa portée. Elle pouvait y arriver. Elle était en mesure de décrocher ce premier rôle qui pourrait lancer véritablement sa carrière.

Dans le salon, elle tomba sur une pile de catalogues, envoyés par Jasmine, contenant des articles sur les productions d'Idris Fortier. Parcourant rapidement la pile, elle aperçut un titre qui attira son attention. Il contenait le mot « liaison ». Elle s'assit sur un tabouret et lut l'article. Apparemment, Idris avait eu une liaison avec l'étoile de sa dernière production. Le poids de cette information la déstabilisa.

Son téléphone sonna, la faisant sursauter. C'était Quinn.

— Salut, fit-elle, le cœur battant à mille à l'heure.

— Salut, Sofia.

Elle frissonna au son de sa voix et ferma les yeux, l'imaginant à côté d'elle.

Sa bouche s'assécha instantanément.

— Sofia ?

— Euh, oui, je suis là.

— J'ai du nouveau sur l'agence matrimoniale.

Une vague de déception s'empara d'elle. C'était idiot. Pensait-elle vraiment qu'il l'appelait pour parler d'amour ? Si elle voulait que ces fiançailles fictives fonctionnent, elle devait gérer ses émotions pour ne pas souffrir une fois la fin du contrat venue.

— Ah oui ? Je t'écoute, dit-elle, tenant toujours l'article sur Idris.

N'ayant pas appelé son père depuis l'annonce de ses fiançailles à l'aéroport, elle ne savait toujours rien sur le mystère de l'agence matrimoniale engagée par son père.

— Cameron est passé par Mallory West. Il l'a contactée le lendemain du fiasco à l'aéroport.

Elle n'avait jamais entendu parler de Mallory West, mais ce n'était pas important.

— Lui a-t-elle appris où elle avait obtenu les informations concernant mon vol ?

Comment l'agence matrimoniale de Cameron avait-elle pu communiquer l'heure d'arrivée de Sofia à New York si son père ne savait pas que Cameron serait à l'aéroport ?

Le mystère restait entier.

— Elle a affirmé à Cameron qu'elle allait enquêter. Mais depuis, elle ne répond plus à son téléphone et sa boîte e-mail renvoie un message automatique annonçant qu'elle est à l'étranger.

— C'est étrange.

— Oui et pour le moment, ça signifie que cette piste ne nous mènera nulle part. Je suis désolé. Je vais dire à l'expert que j'ai mis sur le coup de continuer à enquêter en ligne. En tout cas, si ça peut te rassurer, aucun site de rencontres ne contient plus de profil avec ton nom.

— En effet, c'est une bonne nouvelle.

Elle devait contacter son père pour savoir à qui il avait fait appel et s'assurer qu'on ne recherchait plus de prétendant en son nom.

— Mais je n'appelais pas que pour ça.

— Ah bon ?

Un tourbillon de sensations s'empara d'elle tel un raz-de-marée. Son corps était en état d'alerte. La voix rauque de Quinn la faisait vibrer comme s'il était à ses côtés.

Elle l'entendit rire à l'autre bout de la ligne.

— J'aimerais t'acheter une robe pour que tu sois la plus belle à la réception vendredi soir. Tu as une boutique de prédilection ?

Il voulait lui acheter une robe ? Le geste était attentionné et généreux, sauf que c'était trop.

— Merci mais ce ne sera pas nécessaire.

Malgré tout, elle s'imagina en train d'enfiler une robe choisie par Quinn.

— Je peux t'emmener où tu veux.

— C'est gentil, mais je ne peux pas accepter un autre cadeau. Et j'ai déjà une tenue, lâcha-t-elle plus sèchement que prévu.

Elle se sentait déjà coupable de porter la bague, même si elle s'était fait une raison en se disant que c'était une nécessité voulue par le scénario.

Un blanc se fit dans la conversation.

— Sofia ?

— Oui.

— Tu as peur d'aller à cette soirée ?

— Oui, un peu.

Elle n'était pas friande des relations sociales à grande échelle, préférant les petites réunions intimes.

— Vraiment ?

— Je ne suis pas faite pour les grandes soirées, je suis assez timide.

— Ça m'étonne, venant de toi qui es capable de danser devant des centaines de gens.

— Oui, mais j'ai le trac quand je dois parler à des gens que je ne connais pas. Sur scène, c'est différent. Je respire grâce à mon art, je compose, à ma façon, je m'exprime sans me soucier du regard des autres.

— Tu as de la chance d'être tombée sur moi. Je suis justement un pro des grandes soirées. Je serai là pour t'aider, si tu veux te laisser guider.

— Dès que je suis en société, je suis la reine du balbutiement et de la phrase interrompue, donc si tu arrives à prononcer des phrases cohérentes en société, j'accepte volontiers de me laisser guider.

— Je t'assure qu'on va mener cette opération avec brio. Fais-moi confiance. Et si tu veux partir plus tôt, je ferai en sorte que les gens sachent que c'est ma faute, car je te veux pour moi tout seul.

Ses paroles lui enflammèrent les sens, provoquant en elle des vagues de chaleur intense.

— Quel scénario bien ficelé ! ironisa-t-elle.

— Je m'applique.

Elle entendit son sourire à l'autre bout de la ligne.

— Je vois ça…

— Alors, que vas-tu porter pour la soirée ?

Le ton était moins sérieux à présent, elle n'était pas dupe. Il essayait de la séduire par des paroles charmantes et ambiguës, pleines de sous-entendus.

Elle réfléchit à sa garde-robe. En réalité, elle n'avait pas de tenue adéquate pour un grand gala.

Mais pas question d'accepter l'offre de Quinn ou de demander à son père. Elle avait toujours refusé son argent, à l'instar de sa mère, qui trouvait que Vitaly

Koslov ne s'intéressait qu'aux choses matérielles, oubliant les aspects importants de la vie. L'amour, la famille, l'art.

— Je vais porter une tenue superbe, annonça-t-elle en envisageant de louer un costume du théâtre.

— Une tenue sexy ?

De nouveau, elle entendit son sourire à travers le téléphone.

— Très, répondit-elle, jouant le jeu, oubliant qu'elle devait prendre garde à ne pas se brûler les ailes.

— Dans ce cas, j'ai hâte de te voir en tenue sexy vendredi, dit-il en gloussant.

Avant qu'elle n'ait eu le temps de réagir, il avait raccroché.

Quinn sortit de la limousine garée devant le bâtiment de Sofia peu avant 19 heures, le soir de la réception en l'honneur du célèbre chorégraphe français.

Il appuya sur l'Interphone, puis prit l'ascenseur pour monter à l'étage de Sofia.

Ils s'étaient parlé au téléphone deux soirs d'affilée. Cela lui avait permis de se sentir proche d'elle sans pour autant devoir résister à l'envie de l'embrasser ou de la prendre dans ses bras.

Elle était aussi plus détendue au téléphone. Comme si elle avait besoin d'établir une connexion d'esprit avant de se permettre de donner libre cours à l'attirance physique qui lui avait sauté aux yeux dès qu'ils s'étaient rencontrés.

Il avait même réussi à la convaincre de lui envoyer une tenue pour la soirée. Un tour de passe-passe qui avait requis beaucoup d'efforts de persuasion de sa part. Il avait finalement remporté le bras de fer en lui disant que ce serait plus crédible pour leur première sortie en tant que fiancés.

En sonnant au 5C, il répéta le principe du plan qu'il avait échafaudé. Laisser l'attirance monter entre eux sans brusquer les choses.

En public, il comptait sortir le grand jeu pour prouver aux gens que leur union était stable, heureuse, et qu'elle ne viendrait pas se mettre entre Sofia et sa carrière. Et il la prendrait dans ses bras aussi souvent que possible pour y apporter une preuve irréfutable.

Il avait hâte. Tellement hâte. À la réflexion, cela faisait une éternité qu'il ne s'était pas autant réjoui à l'idée de sortir avec une femme. Sa mission n'avait plus rien à voir avec une quelconque volonté d'apaiser la colère du père de Sofia ou de réparer l'erreur commise par Cameron.

Quand la porte s'ouvrit, la vision de Sofia le cloua sur place. Pour deux raisons. D'une part elle était belle à couper le souffle dans sa robe de bal bleu marine dont la jupe était couverte de plumes en un dégradé astucieux. Ses cheveux blonds étaient coiffés à merveille, mi-lâchés, mi-relevés, de jolies mèches venant orner son cou gracieux. D'autre part, il se rendit compte en cet instant à quel point elle lui avait manqué.

— Sofia, tu es absolument superbe.

Elle était la femme qu'il désirait le plus au monde. Ses grands yeux prenaient des teintes argentées avec les reflets de la robe bleu marine. Des roses en diamant illuminaient ses lobes d'une finesse exquise.

— J'avoue que tu n'es pas mal non plus.

Elle leva la main pour le toucher, ce qui le surprit agréablement, mais finalement elle se contenta d'effleurer la manche de sa veste.

— Ce smoking est magnifique.

— Merci, dit-il, encore subjugué par l'effet que ce léger contact avait eu sur lui. Il aurait donné n'importe quoi pour qu'elle le touche ainsi partout sur le corps, mais il se rappela à l'ordre pour se concentrer sur l'instant présent.

— Tu es prête ? demanda-t-il en entrant dans l'appartement.

— Presque, je n'ai pas réussi à accrocher le haut de ma robe répondit-elle en lui présentant son dos.

Une légère fragrance vanillée et ambrée s'échappa de ses cheveux alors qu'il dégageait des mèches blondes pour trouver le fermoir.

Pourquoi la nuque d'une femme avait-elle autant d'effet sur un homme ? Quinn avait envie de se pencher vers elle, de la lécher, de l'embrasser en remontant jusqu'à ses oreilles pour ensuite redescendre sur sa gorge.

Fidèle à ses résolutions, il se contenta de prendre son temps pour accrocher le fermoir. Sa récompense fut de la sentir frémir sous ses doigts. Après avoir fermé les yeux pour se recomposer une physionomie, il la fit pivoter sur elle-même, lui prit son étole des mains et arrangea le tissu autour de ses épaules.

— Il est l'heure d'y aller. Tu as un manteau ?

Il avait hâte de se retrouver entouré de gens pour pouvoir la toucher. C'était le monde à l'envers. D'habitude, un homme avait hâte de se retrouver en privé avec sa femme. Mais il lui avait promis de réserver les gestes affectueux à leurs apparitions en public et il allait faire, tout en espérant que la soirée la fasse changer d'avis.

Ce serait tellement bon de pouvoir donner libre cours à leur attirance physique, dans la plus stricte intimité !

— J'ai une cape de soirée.

Elle prit une longue cape noire dotée d'une grande

capuche bordée de fourrure. Merveilleuse, élégante, comme elle.

Avant qu'elle puisse agir, il la lui ôta des mains et la posa sur ses épaules avec révérence. Elle ressemblait à l'actrice de *Docteur Jivago.*

Décidément, au contact de Sofia, il perdait la tête. Il avait besoin de s'aérer au plus vite. Une fois en bas de l'ascenseur, il lui offrit son bras et fut ravi qu'elle l'accepte.

En tant que danseuse étoile habituée aux pointes, il ne fut pas étonné d'apercevoir des chaussures argentées à hauts talons sous sa longue jupe.

Une fois dans la limousine, elle posa une main sur sa poitrine.

— Tu ne peux pas imaginer à quel point j'ai peur.

— N'oublie pas que tu es une danseuse professionnelle au sommet de sa carrière et sur le point d'impressionner un chorégraphe probablement impatient de travailler avec toi.

— Tu n'en sais rien ! J'ai eu de bonnes critiques dans l'ensemble, mais j'ai aussi reçu des critiques assez dures et je suis consciente de mes défauts…

— J'ai lu ce qu'on a écrit sur toi. Les recensions sont mieux que « bonnes ».

Il voulait l'empêcher de se déprécier et de s'inquiéter pour rien.

— Vraiment ?

— Oui. J'ai comparé tes critiques avec ce qui s'écrit sur d'autres étoiles et, dans l'ensemble, si l'on considère les points positifs et les points négatifs, je n'ai trouvé personne avec un profil aussi favorable que le tien. Le sentiment général est que les gens adorent travailler avec toi, car tu apportes du renouveau à la danse classique. Si un novice dans mon genre a pu remarquer ça, je pense qu'un professionnel comme Fortier sera tout aussi capable de faire la part des choses.

— Je n'en suis pas aussi sûre.

Elle enroula l'une des longues plumes de sa jupe autour de son index. Son vernis à ongles était d'un rose soutenu et sa bague de fiançailles paraissait incandescente dans la semi-obscurité de l'habitacle. Mais ses mouvements indiquaient qu'elle était vraiment très tendue.

— Je peux te faire une suggestion ? demanda-t-il en lui couvrant les mains même s'il avait promis de ne pas la toucher en privé.

— Je t'écoute.

— Comme tu as l'air vraiment tendue…

Avant qu'il n'ait pu proposer l'idée, elle poussa un soupir de détresse, croisant et décroisant plusieurs fois les jambes.

— C'est bon, ça va aller. C'est juste que…

— Écoute. On fait une bonne équipe. Souviens-toi de la facilité avec laquelle on a réussi à se débarrasser des journalistes à l'aéroport. Fais-moi confiance et tout ira bien.

Sur quoi, il entrelaça ses doigts aux siens. Non seulement parce qu'il en avait envie mais aussi pour la calmer.

— J'ai du mal à faire confiance aux gens et on se connaît à peine, donc tu peux comprendre que j'aie des réserves, marmonna-t-elle en tournant la tête vers la vitre.

Il se tut un instant, se contentant de lui caresser la main, se régalant de la douceur de sa peau. C'était une expérience d'autant plus satisfaisante qu'il la sentait se détendre.

— Je comprends, mais je peux t'assurer que je ne te laisserai pas tomber.

Elle tourna de nouveau le visage vers lui, puis vers leurs doigts entrelacés, comme si elle était surprise.

— Merci de ta patience. Je te suis reconnaissante d'être là ce soir pour m'épauler et me guider.

— Je t'en prie. Tout le plaisir est pour moi.

— Au fait, tu ne m'as pas parlé de ta suggestion.

— C'est vrai. Je proposais de te distraire.

— Me distraire ? Comment ça ?

Elle écarquilla les yeux, sceptique, mais ne sembla plus paniquée. Son corps parut se figer, en position d'attente.

Était-elle intriguée ?

— À toi de voir.

Pour sa part, s'il avait pu choisir, il l'aurait prise dans ses bras et installée sur ses genoux. Mais d'après le plan qu'il avait échafaudé, il ne devait surtout pas brûler les étapes. Il voulait lui apprendre à profiter des moments qu'ils passaient ensemble.

— Je ne vois pas où tu veux en venir.

— L'idée serait de canaliser les ondes négatives pour les transformer en ondes positives et d'utiliser l'énergie qui en résulterait à des fins plus… physiques.

Elle resta pantoise.

— Désolée, je ne suis pas du genre à faire l'amour dans une limousine.

Il fut très étonné qu'elle ait pensé à cela.

— Ce serait ma foi une excellente idée, mais je ne suggérais pas d'aller aussi loin. Je n'aurais pas envie de te décoiffer ou de mettre ta tenue sens dessus dessous.

— Alors sois plus clair, car je ne vois vraiment pas où tu veux en venir, lâcha-t-elle, les joues rosies et les yeux animés d'une flamme différente.

En un éclair, il changea de position, lui libérant la main pour venir lui entourer les épaules sans la toucher.

Puis, les yeux rivés aux siens, il se pencha vers elle jusqu'à ce que son torse vienne presque toucher sa poitrine. Même avec sa robe et sa cape entre eux, il pouvait percevoir le mouvement de sa poitrine.

— J'aimerais te distraire, lui murmura-t-il à l'oreille.

— Mais encore ?

— Je pourrais t'embrasser sans toucher à ton maquillage ou à ta tenue. Dans le cou, par exemple. Ou dans la nuque.

Ses yeux la scrutèrent, comme pour évaluer les possibilités. Une vague de frissons la parcourut alors que son souffle chaud emplissait l'espace entre sa peau et sa bouche. Sans la toucher, il lui laissa le temps de réfléchir à sa suggestion.

Dans tous les cas, quel que soit le résultat de cet échange, cela lui changerait les idées, ne serait-ce que pour un bref instant.

Il trouvait l'idée très satisfaisante.

— C'est de la folie, murmura-t-elle en retour.

— De la folie ?

— Si je te laissais m'embrasser, j'aurais encore plus de palpitations.

Elle était exquise. Et il avait envie de l'embrasser. Terriblement.

— Mais les palpitations que je te procurerais seraient agréables.

Dans son cou, il vit les battements de son pouls s'accélérer, puis ses yeux papillonner. Une fois. Deux fois.

— Tu es vraiment sûr de toi, Quinn McNeill.

Elle leva une main vers son torse, comme si elle hésitait à le toucher à cet endroit.

— Je suis sûr de ce qu'il y a entre nous, même si tu n'es pas prête à le reconnaître.

— Je te rappelle que c'est de la fiction. On fait semblant d'être fiancés.

La limousine ralentit un peu brusquement, si bien que la main de Sofia vint se presser contre son torse. Il aurait voulu que leur trajet en voiture dure encore.

— J'ai accepté de faire semblant uniquement parce que j'étais bel et bien attiré par toi.

Il était passé aux aveux. Impossible de retirer ses paroles désormais et, dans un sens, il n'en avait aucune envie puisque c'était la vérité.

— Qu'est-ce que tu dis ? Tu sais très bien que le mois prochain, tout sera terminé entre nous.

Il replaça une mèche blonde et soyeuse dans l'alignement de son cou.

— Je le sais, mais en attendant, voilà ce que je veux.

Collant ses lèvres à la courbe de son épaule, il se gorgea de la chaleur et de la fragrance unique de cette femme.

Enivrant et ambré, son parfum l'excita au plus haut point, provoquant en lui une érection fulgurante. Immobile, il attendit qu'elle déplace le prochain pion, désireux d'avancer à sa vitesse pour ne pas la brusquer.

Quand ses mains vinrent se poser sur ses épaules, l'espace d'un instant, il crut qu'elle allait le repousser. Au lieu de cela, les doigts de Sofia se glissèrent sous son manteau ouvert, puis sous sa veste de smoking, jusqu'à ce qu'il sente ses ongles sur le coton de sa chemise de soirée.

Ses sens s'enflammèrent en une seconde, éveillant en lui un désir sans précédent qui n'avait pas lieu d'être alors qu'ils arrivaient à destination. Il ouvrit la bouche pour la goûter, la lécher, la mordiller. Son torse se frotta contre ses seins, ses courbes féminines délicates se cambrant pour se rapprocher davantage de lui.

C'était tout simplement délicieux.

Il n'aurait pas pu souhaiter meilleure réaction de la part de sa compagne. Il n'en avait pas espéré davantage et, malgré tout, il était au comble de la frustration car il allait devoir mettre un terme à cette scène des plus exquises.

Cela étant, il avait bel et bien réussi à distraire Sofia comme il en avait eu l'intention et il devait aussi s'en tenir à son plan d'origine. À savoir, laisser du temps au temps et ne pas forcer Sofia à faire ce qu'elle n'avait pas envie de faire.

La voiture s'arrêta. Le silence régnait dans l'habitacle.

Sofia était immobile, d'une beauté inouïe, les yeux clos telle la Belle au bois dormant.

Il lui déposa un doux baiser dans le cou, lui mordilla le lobe, puis colla la bouche à son oreille.

— Sofia, nous sommes arrivés, murmura-t-il en espérant la faire frissonner.

# - 8 -

Ce n'était qu'une mascarade, se rappela Sofia plus tard dans la soirée pendant que Quinn répondait à la question de la journaliste concernant leur relation. Il s'agissait de la suite de l'interview qu'elle avait accordée à *Dance Magazine*. Ils étaient au dernier étage d'un magnifique bâtiment, assis dans un salon privé à côté de la salle de réception où se déroulait la soirée en l'honneur d'Idris Fortier. À travers la porte, on pouvait entendre l'orchestre de chambre, des rires, des verres qui tintaient et le brouhaha des conversations.

L'espace était bondé et il faisait chaud, surtout pour ceux qui dansaient. Ou ceux qui étaient emprisonnés dans la bulle d'un désir sensuel inassouvi.

Quinn et Sofia avaient joué le jeu du mensonge toute la semaine, elle pouvait donc difficilement en vouloir au bel homme séduisant qui l'accompagnait de raconter avec lyrisme l'histoire de leur rencontre et la façon dont il était tombé amoureux d'elle en la regardant danser. Elle s'était ralliée à son scénario, décidant qu'il était plus simple d'enrober les mensonges d'éléments de vérité pour qu'ils puissent avoir des points de repère logiques quand il s'agissait d'en parler.

Comment pourrait-elle en vouloir à Quinn d'être

meilleur menteur qu'elle ? Après tout, c'était elle qui lui avait demandé d'être son fiancé temporaire.

— Je compte laisser Sofia mener sa carrière comme elle l'entend. Je ne veux surtout pas m'immiscer dans ses projets. De la même façon que je ne voudrais pas qu'elle s'immisce dans les miens, conclut Quinn alors qu'ils étaient assis à deux sur une banquette en cuir noir dans l'espace moderne, aménagé pour optimiser l'intimité des conversations.

— Merci, dit la journaliste.

— Et maintenant, si vous le permettez, je vais laisser Sofia finir l'interview.

Il se tourna vers elle, dans son smoking impeccable, puis il se leva et lui baisa la main.

— Je tiens à ce que tu m'accordes la première danse, quand tu auras terminé.

Ses yeux bleus respiraient la taquinerie.

Son aisance dans ce jeu de tromperie la gênait légèrement. Comment être sûre de ses motivations, même s'il prétendait être réellement attiré par elle ?

— Bien entendu. À très vite.

Elle lui sourit en levant la tête vers lui, jouant le jeu en sachant qu'elle n'excellait pas dans cette catégorie. D'autant que son corps ne s'était pas encore remis du baiser échangé dans la limousine.

Si leur tête à tête impromptu et intense n'avait pas été interrompu par leur arrivée sur les lieux de la soirée, elle aurait sans aucun doute sacrifié la plus belle robe de bal qu'elle ait jamais portée pour se coller à lui, se soumettre à sa puissance masculine, capituler sans conditions et voir où leur attirance mutuelle les mènerait.

— Votre futur mari était l'un des célibataires les plus en vue de New York, Sofia, commenta Delaney, la journaliste.

La femme suivit Quinn du regard alors qu'il sortait de la pièce pour retourner à la soirée.

— En effet, se contenta de constater Sofia.

— Les McNeill sont des héritiers aussi riches que séduisants, ajouta-t-elle.

— Je ne vous le fais pas dire, plaisanta Sofia, gênée.

La journaliste prit sa tablette et consulta ses notes.

— Son frère a dû vous surprendre quand il vous a fait sa fausse demande en mariage à l'aéroport. Mais je suis étonnée que vous n'ayez pas eu l'occasion de rencontrer Cameron auparavant, alors que vous sortiez depuis plusieurs mois avec Quinn. C'est pourtant Cameron qui fait parler de lui.

Sofia tenta de garder la tête froide et de ne pas se laisser envahir par la panique. Pas question d'anéantir tout le travail de Quinn.

— Vous avez sûrement raison, mais je n'ai pas beaucoup de temps pour sortir et rencontrer des gens en dehors de mes heures de pratique et de répétition. Je consacre le peu de loisirs que j'ai à Quinn, comme vous pouvez vous en douter. Mais j'aimerais autant parler de travail, si vous avez des questions à ce sujet.

Delaney prit une mine renfrognée.

— Entendu, consentit-elle sèchement.

— Je vous écoute.

— Souhaitez-vous répondre à vos détracteurs ? Certains affirment que votre travail est mécanique et manque de créativité. Pensez-vous pouvoir décrocher le premier rôle dans la production de Fortier en sachant qu'il aime surtout les atmosphères denses et des scènes fortes en émotion ?

Au ton tranchant de la journaliste, Sofia comprit qu'elle l'avait vexée sans le faire exprès en lui demandant de changer de sujet. Elle aurait peut-être dû prier Jasmine d'être là pour le suivi de l'interview, afin de l'aider à gommer les moments maladroits et veiller à ce qu'elle ne se retrouve pas dans une situation embarrassante.

Seule face à l'adversité, elle décida de relever le défi, tant bien que mal.

— Jour après jour, j'essaie de trouver un équilibre entre les exigences physiques de la danse et la contribution artistique que je peux y apporter. J'espère que je continue à m'améliorer sur tous les fronts, car c'est le propre de l'artiste. En tout cas, je donne le meilleur de moi-même et ce métier me comble pleinement.

— Et quelles sont vos premières impressions de M. Fortier ?

Sofia n'était pas dupe. Mieux valait rester vague.

— Je pense avoir les mêmes impressions que tout le monde. C'est un artiste extrêmement talentueux et notre compagnie a de la chance de pouvoir travailler avec lui.

Et dire qu'elle avait invité cette femme à participer à son audition avec Fortier ! Elle regrettait sa décision. Le jour J, elle aurait besoin de toute la sérénité possible, or cette femme la mettait dans un état de nervosité qui ne pouvait rien apporter de bon.

— Savez-vous que lors de ses deux dernières productions, il a eu des liaisons avec les deux danseuses principales ?

Non, elle l'ignorait. Elle avait lu un article sur la liaison précédente de Fortier, mais elle pensait que ce n'était arrivé qu'une seule fois. Il était fréquent de voir des collègues ou collaborateurs tomber amoureux. Mais deux fois de suite ?

— Non, je n'en avais aucune idée. Cela étant, j'imagine que ce n'est pas une condition *sine qua non* pour travailler pour lui.

De l’autre côté, elle entendit que l’orchestre de chambre s’était tu et que quelqu’un prenait le micro. Sûrement pour présenter Idris Fortier.

— Je suis sûre que ce n’est pas le cas. Mais je ne vous retiens pas plus longtemps. J’espère parler à certains de vos collègues ce soir.

— Vous avez tout ce qu’il vous faut pour l’article ? s’enquit Sofia, déçue que la journaliste se soit essentiellement concentrée sur ses fiançailles et non sur sa carrière de danseuse.

Delaney rangea sa tablette et se leva.

— J’ai tout ce qu’il me faut. Je viendrai peut-être filmer votre audition avec M. Fortier, car je pense que nos lecteurs voudront en entendre parler.

À présent, Sofia était certaine d’avoir commis un faux pas mais, ignorant comment redresser la situation, elle se leva à son tour.

— Merci. J’ai hâte de vous lire, mentit-elle.

— Profitez bien soin de votre séduisant fiancé. Vous avez de la chance d’avoir rencontré le grand amour. J’ai moi-même pensé à faire appel à une agence matrimoniale.

Sofia manqua de perdre l’équilibre, sidérée par les paroles de la journaliste. Se retournant, elle vit Delaney se tapoter le menton avec son stylo. Que répliquer ?

— Vous n’en auriez pas une à me recommander ?

Le pavé était tombé dans la mare.

La journaliste en savait plus qu’elle ne l’avait laissé entendre. Avait-elle appris que le père de Sofia avait engagé une agence matrimoniale ? Détenait-elle la preuve que ses fiançailles avec Quinn étaient fictives ?

En cet instant, Sofia regrettait de ne pas avoir laissé la vérité éclater au grand jour à l’aéroport. Mais comme elle n’était pas en mesure de démêler la situation, elle se contenta de sourire et de paraître calme et détachée.

— Non, désolée, mais il paraît que c'est une méthode très prisée de nos jours, marmonna-t-elle avant de filer dans la salle où avait lieu la réception, pour se fondre parmi les invités à la recherche de Quinn.

Étant donné la situation actuelle, son faux fiancé était devenu une façon d'échapper à la réalité. Il lui avait d'ailleurs fait savoir en termes clairs qu'il avait envie d'aller plus loin. Cette proposition n'avait cessé de la tourmenter toute la soirée.

Le cœur battant la chamade, elle se rendit compte qu'il était la seule personne avec qui elle avait envie d'être en cet instant.

Mais pouvait-elle vraiment lui faire confiance ? Même en le cherchant dans la foule, elle se rappela à l'ordre. Elle se devait d'être prudente. Il était peut-être réellement attiré par elle, mais il ne chercherait pas à l'aider si ça ne servait pas les intérêts des McNeill.

— Je dois te parler.

Le murmure de Sofia à l'oreille de Quinn était la chose la plus sexy qu'il ait entendue après sa respiration saccadée et haletante dans la limousine. Depuis cet instant, il n'attendait qu'une chose : se retrouver seul avec Sofia.

Le moment était peut-être arrivé ?

Il était en marge de la foule, écoutant l'invité d'honneur prononcer un discours. Idris Fortier disait être content de travailler à New York et souhaiter se laisser porter par l'inspiration de la ville.

Le chorégraphe formulait tout ce qu'on attendait de sa part, mais quelque chose en lui avait énervé Quinn dès l'instant où il avait ouvert la bouche. Peut-être son impression était-elle liée au fait que cet homme pouvait jouer un rôle décisif dans la carrière de Sofia. Cependant, Quinn avait du mal à comprendre pourquoi l'opinion d'un homme pouvait compter autant aux yeux de Sofia.

— On écoute la fin du discours ? demanda-t-il à voix basse, étonné que l'interview de Sofia ait duré aussi peu de temps.

— La journaliste m'a demandé si je pouvais lui recommander une bonne agence matrimoniale.

La chaleur douce de son souffle vint lui chatouiller l'oreille, pourtant la sensation séduisante ne pouvait gommer la teneur de ses propos. Et ce n'était pas étonnant.

— Il a bientôt terminé, répliqua-t-il en la prenant par la taille pour la sentir proche de lui et montrer aux autres à quel point ils étaient épris l'un de l'autre. Ce sera plus facile de parler quand le discours sera terminé, ajouta-t-il dans sa chevelure soyeuse.

— Mais…

— Je ne veux surtout pas que ton amie journaliste nous voie en train de nous éclipser dans un coin de manière suspecte.

Acquiesçant en silence, elle se détendit un peu dans ses bras. C'était comme un mini-triomphe, car toute la semaine il avait travaillé dur pour que Sofia lui fasse confiance. Il avait placé ses besoins en priorité, laissant Cameron s'envoler pour Kiev et gérer l'acquisition d'un hôtel. Il avait aussi demandé à son frère Ian d'enquêter sur Mallory West, afin de se donner plus de temps pour gagner la confiance de Sofia.

En vue de l'aider, bien sûr. C'était même elle qui en avait fait la demande. Mais les choses s'étaient légèrement compliquées depuis qu'il s'était avoué la profondeur de son attirance pour Sofia. Il la voulait. Et maintenant qu'ils avaient partagé un moment torride dans la limousine, il pensait savoir quelle direction prendrait leur relation.

Serait-elle prête à donner libre cours à son attirance pour lui si elle savait que leurs fiançailles fictives l'aidaient, lui, autant qu'elle ? Que dirait-elle si elle apprenait qu'il envisageait de prolonger leur relation dans l'idée de trouver une issue à la condition farfelue imposée par son grand-père ?

Il espérait encore convaincre Malcolm McNeill qu'il n'avait aucun droit de s'immiscer dans la vie privée de ses petits-fils. Qu'il pouvait leur faire confiance et les laisser prendre une épouse quand bon leur semblerait et selon les termes qu'ils décideraient. Il voulait le dissuader de maintenir cette clause dans son testament.

Mais s'il échouait ?

Il pourrait peut-être trouver un arrangement avec Sofia qui l'aiderait à répondre aux attentes de son grand-père.

Alors que la foule applaudissait la fin du discours du chorégraphe, une violoniste entama un air que Quinn reconnut aussitôt. C'était un tango, l'une des rares danses qu'il maîtrisait pour l'avoir pratiquée dans les bars de Buenos Aires où son grand-père l'avait envoyé en mission. Il se souvenait de la piste de danse toujours pleine à craquer de couples passionnés et il avait hâte de reproduire l'expérience avec Sofia.

— Danse avec moi, lui murmura-t-il à l'oreille.

Aussitôt, la fragrance vanillée émanant de sa peau le fit vaciller, l'enivrant tandis qu'une vague de chaleur intense le submergeait.

Quand elle leva les yeux vers lui, son regard argenté était hésitant, mêlé d'une lueur interrogatrice. Après lui avoir replacé une mèche de cheveux, il laissa glisser ses doigts le long de son dos, la sentant frissonner à travers la soie de sa robe.

— J'ai une formation de danseuse classique, je ne connais pas les danses de salon.

— Dans ce cas, tu n'as plus qu'à t'en remettre aux bras experts de ton partenaire, répliqua-t-il, l'emportant vers la piste de danse, devant les musiciens.

— Depuis quand un gestionnaire de portefeuilles s'y connaît en danses torrides d'Amérique du Sud ?

Elle se laissa guider, légère et fluide, alors qu'ils se mettaient en position, aux côtés d'autres couples.

— J'imagine qu'inconsciemment, je devinais que ça me servirait un jour pour impressionner une femme.

Il resserra son emprise, la tenant près de lui alors qu'ils se joignaient aux couples tournoyant déjà dans le sens inverse des aiguilles d'une montre avec une régularité de métronome.

— Décidément, tu ne cesseras pas de me surprendre, Quinn McNeill.

L'espace d'un instant, le corps de Sofia vint se plaquer contre l'érection cachée sous la veste de son smoking. Puis elle fit pivoter ses hanches de côté et lança sa jambe en l'air, à travers la fente de sa longue robe, tout en lui jetant un regard coquet en faisant papillonner ses paupières. Il avait réussi à la distraire. Elle ne pensait plus à la journaliste, au chorégraphe, à sa carrière. Il avait son entière attention.

Les notes intenses du violon reflétaient la chaleur torride que Sofia animait en lui.

Avant qu'elle ne s'écarte trop, il la ramena tout près de lui et la fit se courber en arrière, la soutenant d'une main ferme pour qu'elle puisse se cambrer sans crainte de tomber. Alors qu'elle avait la tête rejetée vers le sol, il put admirer la peau satinée de son cou gracieux et la courbe admirable de son corps souple.

Leurs hanches se soudèrent de nouveau et quand il

la remonta vers lui, il fit en sorte que leurs bouches se touchent, leurs souffles et leurs regards se mêlant. La tension charnelle entre eux était à présent plus que palpable. Son corps était aux abois. Un désir impérieux le submergeait tandis qu'une excitation sans bornes bouillait dans ses veines.

Il mit son pied gauche en avant, elle suivit, ses membres semblant se détendre, prêts à fusionner avec les siens. Ses mouvements se faisaient plus languissants, au rythme de la musique. Le bras qu'elle passa autour de son cou le brûla, et les doigts qu'elle enfonça dans sa chevelure lui griffèrent le cuir chevelu.

De ses mains expertes, il continua de la guider, ne faisant qu'un avec elle, sentant ses réactions au moindre contact. Elle semblait capituler, s'en remettant au tempo endiablé, se soumettant à son emprise. Les yeux clos, elle le laissait maître de la situation.

Pourtant, alors qu'il la pensait sans défense et vulnérable, un rythme saccadé la sortit de son état de transe et elle se mit à tourner autour de lui, improvisant des pas tous plus sensuels les uns que les autres, et il ne put que la contempler, l'admirer, la vénérer. Impossible de s'arracher à cette vue idyllique et excitante.

Tenant sa main, elle oscilla contre lui, lentement, en un mouvement descendant, puis elle remonta vers lui, encore plus lentement, un sourire sensuel et tentateur aux lèvres, le regard plein de promesses enivrantes.

Il mourait d'envie de l'embrasser de la goûter.

Ils continuèrent à danser, croisant leurs pas à la perfection, oubliant le monde alentour jusqu'à ce que le tango prenne fin et qu'ils se retrouvent le front collé l'un à l'autre.

— Rentre avec moi ce soir, commanda-t-il.

— Oui, souffla-t-elle, ses yeux brillants plongés dans les siens.

Une vague de triomphe s'empara de lui. Il eut envie de hurler de joie, de la soulever dans ses bras, de la porter au-dessus de la foule et de l'enlever dans la limousine qui les attendait dehors. Mais ils ne pouvaient pas partir avant d'avoir accompli l'une des missions clés fixées par Jasmine.

Il examina l'assemblée à la recherche de l'homme qui avait la réussite professionnelle de Sofia en son pouvoir.

— Parfait. Viens. Nous allons saluer l'homme de la soirée, puis nous aurons gagné le droit de nous éclipser.

— Bonne idée. Je vais aller lui parler et ensuite j'enverrai un message à Jasmine pour l'informer du commentaire de Delaney. Je préfère la prévenir au plus vite, au cas où la journaliste serait en train de concocter sa propre version de notre rencontre.

— Je vais demander à mon département de relations publiques de présenter nos fiançailles à partir de notre version.

Cela permettrait de donner plus de crédibilité à leur union.

Et, pour la première fois, il se demanda ce que Sofia dirait s'il lui demandait de prolonger leurs fiançailles fictives en un mariage d'un an, comme le stipulait le testament de son grand-père…

Non, ce n'était pas ce qu'il voulait. Il devait plutôt réussir à convaincre son grand-père de rayer cette clause. Pour l'instant, il fallait qu'il se concentre sur Sofia.

Ils attendirent leur tour pendant qu'une dame d'un certain âge vêtue d'un cafetan aux couleurs exotiques finissait sa conversation avec le célèbre chorégraphe. Quand Sofia leva vers lui son regard inquiet, il en profita pour resserrer son étreinte autour de sa taille et laisser sa main glisser légèrement plus bas.

Elle écarquilla les yeux, lui témoignant son état de choc, ce qui le fit sourire. Il avait une fois de plus réussi à la distraire au bon moment. Quand la femme eut pris congé de Fortier, Sofia avait la mine beaucoup plus détendue.

— Sofia Koslov. J'avais tellement hâte de faire votre connaissance ! s'exclama le Français à la stature de jeune garçon.

Il la prit dans ses bras de manière assez théâtrale.

Quinn la lâcha à regret, afin qu'elle puisse répondre à l'accolade un peu trop enthousiaste du chorégraphe. Il aurait eu la même impression avec quiconque s'appropriant la femme qu'il avait envie d'avoir pour lui tout seul.

— Bienvenue à New York, monsieur Fortier.

Quinn entendit dans le son de sa voix à quel point elle était tendue. Il apprenait à la connaître et il aimait sentir ce rapprochement entre eux.

— Je vous en prie, appelez-moi Idris.

L'homme ignorait ostensiblement Quinn alors qu'il dévorait Sofia du regard.

S'agissait-il réellement d'une évaluation professionnelle ? Pour ne pas perdre son sang-froid, il se rappela que le corps de Sofia était le moyen d'expression de son art et donc un élément incontournable de son métier.

— Idris, c'est formidable de vous avoir au City Ballet. Nous sommes tous très enthousiastes à l'idée que vous veniez travailler chez nous.

— J'espère que nous aurons l'occasion de collaborer étroitement ensemble, et je me réjouis de notre audition en privé, répliqua-t-il le ton plein de sous-entendus.

Puis il se tourna vers un jeune homme qui attendait

derrière eux, mettant sans plus de cérémonie un terme à leur entretien.

Sofia se rapprocha de Quinn.

— Tu penses que je l'ai offensé ?

Quinn trouvait surtout que Fortier s'était comporté comme un malotru, mais il n'en dit rien pour ne pas l'inquiéter.

— Tu étais parfaite. Jasmine aurait été fière de toi, répondit-il en la guidant vers le vestiaire.

Sofia sortit son portable de son sac à main.

— En parlant de Jasmine, je dois lui faire mon compte rendu. Je veux en avoir le cœur net et préparer un plan de sauvetage au cas où la journaliste déciderait de parler de cette histoire d'agence matrimoniale.

Quinn acquiesça en silence avant d'aller récupérer leurs manteaux. Il avait déjà un plan de sauvetage. Si quelqu'un venait à mettre en doute la légitimité de leurs fiançailles, il tenterait de convaincre Sofia de l'épouser. D'une part, cela ferait taire les commérages et, de l'autre, cela lui permettrait de répondre aux attentes de son grand-père.

# - 9 -

Vingt minutes plus tard, Sofia se retrouvait dans le hall de l'hôtel huppé où résidait Quinn, attendant l'ascenseur qui les mènerait à son appartement, vers un moment d'intimité tant attendu.

D'une main, il lui caressait le dos, faisant naître en elle un tourbillon de sensations encore plus brûlantes que celle qu'il avait provoquées sur la piste de danse.

Que faisait-elle ici ? Avait-elle perdu la tête ? Sûrement.

Ils s'étaient mis d'accord pour ne pas mélanger leur vie privée et leurs fiançailles fictives et, pourtant, voilà qu'elle rentrait de soirée avec Quinn, comme s'ils formaient un véritable couple. Et pleinement consentante, qui plus était.

Chaque cellule de son corps avait été éveillée par la danse endiablée qu'ils avaient partagée. Mais pour une fois, elle n'avait pas suivi à la lettre une chorégraphie parfaitement orchestrée. Non, elle avait suivi son instinct, stimulée par un désir sensuel sans précédent. Jamais elle ne s'était laissé aller à ce point. Elle se sentait plus forte, nourrie par une passion sans bornes.

En acceptant l'invitation de Quinn, elle ne s'était pas laissé uniquement guider par le désir qu'il faisait naître en elle. Il y avait autre chose. Elle avait envie de lui rendre la pareille et de s'ouvrir à lui comme elle l'avait fait sur la piste de danse, mais en privé.

Il l'avait aidée à faire face à un moment difficile dans sa vie et elle lui en était profondément reconnaissante.

Elle avait puisé dans sa force et sa sérénité, mais ce soir, elle avait aussi découvert une autre facette de cet homme énigmatique et cela lui avait donné envie d'apprendre à le connaître davantage.

En se laissant guider, comme elle l'avait fait pendant le tango, elle trouvait les ressources et le courage de se laisser aller en ayant confiance en lui.

Quinn était un homme de parole sur qui elle pouvait compter. D'ailleurs, grâce à lui, elle se sentait pousser des ailes, stimulée par un élan inouï. Ses relations amoureuses passées avaient toutes été réglées comme du papier à musique, suivant le même schéma que les chorégraphies de sa vie professionnelle. Aucune spontanéité, aucune improvisation. Des expériences dénuées de passion qui ne lui avaient rien apporté.

Avec Quinn, c'était le contraire. Tout relevait de l'improvisation, de la spontanéité. Tout n'était que passion et chaleur torride.

La sonnette de l'ascenseur retentit, les portes s'ouvrirent et il la fit pénétrer dans l'habitacle vide. Elle retint son souffle alors que les portes se refermaient. L'instant d'après, elle se retrouva collée à Quinn, contre la paroi.

Fouillant sa chevelure, il défit les pinces de sa coiffure, laissant ainsi retomber ses mèches parfumées en cascade. Il déboutonna sa cape pour l'abandonner à ses pieds, et elle lui enleva son manteau en laine avec dextérité.

Elle fondit sous son regard prédateur. Quand ses lèvres vinrent se frotter aux siennes, elle se leva sur la pointe des pieds et se colla à lui pour sceller leurs corps.

Un frisson érotique la parcourut lorsqu'il approfondit son baiser. De la langue, il glissa le long de ses lèvres, faisant pression pour entrer. Elle ne put retenir un gémissement de plaisir. Les sens agités, elle sentait l'excitation monter en elle à mesure qu'il la pressait contre lui, sa bouche collée à la sienne, leurs langues entremêlées se livrant à un tango d'une autre nature.

Le cœur de Quinn tambourinait contre sa poitrine, assez fort pour qu'elle le sente à travers la veste de smoking. Sa tête s'inclina davantage en arrière, en cadence avec le crescendo des sensations qui l'envahissaient, et il eut ainsi accès à sa gorge, où il traça des cercles humides et chauds de la pointe de la langue, le souffle haletant.

Elle crut défaillir quand les mains de Quinn quittèrent ses hanches pour se déplacer vers le haut. Ses seins se gonflèrent de désir, impatients d'être touchés, alors que Quinn glissait les doigts dans son décolleté et s'emparaient de la pointe de ses seins raidis.

Un éclair brûlant la fit tressaillir. Ses yeux bleus la scrutèrent, lui enflammant encore les sens alors qu'ils venaient d'arriver à destination.

Elle posa la main sur sa poitrine comme si elle pensait ainsi pouvoir ralentir les battements effrénés de son cœur. Tout allait trop vite, mais maintenant qu'elle avait décidé de foncer sans attendre, la vitesse n'avait plus d'importance.

Elle avait envie de Quinn depuis le moment où elle l'avait vu à l'aéroport, malgré sa fatigue et le décalage horaire. Plus question de se retenir. Leur tango avait été le prélude de ce qui était à venir, et elle avait hâte de passer à l'étape suivante.

Elle avait entièrement confiance en Quinn et elle voulait se livrer à lui.

Il la guida jusqu'au salon. Puis, tout en s'empressant de se déshabiller, ils empruntèrent un couloir qu'elle n'avait pas vu la dernière fois et parvinrent à une chambre plongée dans la pénombre et uniquement éclairée par les lumières de la ville.

Au moment où il allait les renverser sur le lit, elle fit un pas de côté, désireuse de reprendre sa respiration.

Ses lèvres brûlaient des baisers qu'il lui avait donnés, sa peau vibrait sous la soie de la robe qu'il avait fait livrer à son appartement le jour même. En l'enfilant la première fois, elle avait eu l'impression d'une caresse amoureuse mais, à présent, elle voulait passer aux choses sérieuses.

Elle voulait sentir Quinn la caresser. Partout.

— Tu trouves que ça va trop vite ? On peut ralentir, si tu veux. Tu désires boire quelque chose ?

— Non. J'avais juste besoin de faire une pause pour réaliser ce qui était en train de se passer. Je tenais à savourer le moment.

Elle posa les mains sur son torse, admirant le contraste de ses ongles roses sur le blanc de la chemise de soirée. La bague lui rappela que leur rencontre était ancrée dans une fiction, et pourtant, en cet instant, elle avait envie de vivre le moment présent dans la réalité.

Alors qu'il déposait une pluie de baisers sur ses mains, une horloge sonna les douze coups de minuit. On se serait cru dans un conte de fées, sauf qu'elle ne se transformerait pas en citrouille ni en soubrette en haillons.

Elle était impatiente de poursuivre ce chemin et de découvrir où cela la mènerait. Mais avant tout, elle avait envie de danser avec lui. Non plus comme ils l'avaient fait sur la piste de danse, devant témoins, mais dans un lit et en tête à tête.

Elle lui tourna le dos en regardant par-dessus son épaule.

— Je vais avoir besoin d'aide pour enlever la robe.

— Alors je suis l'homme de la situation. Figure-toi je désire justement ce qu'il y a sous la robe.

Il enleva le fermoir, puis descendit la fermeture Éclair jusqu'à hauteur des hanches.

L'air de la pièce lui caressa la peau nue.

— Tu es sûr ?

Elle dénuda une épaule, tout en se retournant pour lui sourire. Il lui laissait la possibilité d'aller à son rythme et de profiter de ce moment de taquinerie érotique. C'était délectable.

— Je n'ai jamais été plus sûr, répondit-il en ouvrant la fermeture jusqu'au bout.

La soie murmura tandis que la robe tombait sur ses talons argentés. Elle fit un pas pour ne pas marcher dessus, puis pivota doucement sur elle-même.

Il la contempla, bouche bée. Son expression d'avidité la fit fondre sur place, lui procurant une sensation de chaleur onctueuse à l'entrejambe.

En tant que danseuse, elle avait toujours été très consciente de son corps. Elle avait appris à sentir ses muscles, ses nerfs, ses os, et à en maîtriser les mouvements. Cependant, en cet instant, elle ne contrôlait plus son corps mais elle s'en sentait encore plus consciente, comme si elle venait de le découvrir.

Alors qu'elle était debout, vêtue uniquement de son soutien-gorge et de son string en dentelle, sa peau brûlait de désir à chaque endroit où il posait les yeux. Devant Quinn, elle n'était plus seulement une danseuse étoile, mais une femme bouillonnant de désir et animée d'une excitation qui dépassait ses ambitions, sa carrière, son avenir. Elle avait une envie folle de déguster chaque instant passé avec ce bel homme séduisant qui lui faisait perdre la tête.

Quand elle entreprit de descendre les bretelles de son soutien-gorge, le regard de Quinn se fit plus prédateur. Cette réaction provoqua en elle un sentiment euphorique.

L'attirance qu'elle exerçait sur cet homme n'avait rien à voir avec sa formation ou son talent de danseuse, mais tout avec qui elle était… ou peut-être qui elle découvrait être.

Elle se tourna de nouveau, dégrafa son soutien-gorge, étendit le bras pour laisser choir le sous-vêtement sur le plancher.

Il poussa un gémissement de frustration alors qu'elle s'approchait de lui.

— Tu apprécies le spectacle ? demanda-t-elle, venant se caler entre ses jambes.

— Oui, et j'aimerais profiter de toi, maintenant, ajouta-t-il avant de l'attirer dans ses bras pour la faire tomber avec lui.

Elle adorait sentir la musculature de son corps, de son torse ferme, de ses cuisses athlétiques. Elle sentit le froid métallique de sa boucle de ceinture contre son ventre, alors qu'en dessous, son entrejambe accueillait le frottement d'une érection imposante.

Il prit ses fesses dans ses mains pour mieux lui faire épouser la forme de son corps aux abois.

— Toute la semaine, quand on se parlait au téléphone, j'ai rêvé de ce moment.

— Lorsqu'on parlait d'agences matrimoniales, de ta carrière et des exigences de ton métier ? Pendant tout ce temps, tu rêvais d'être nue sur moi ? s'enquit-il avant de lui prendre un doigt pour le porter à sa bouche et le mordiller.

— Peut-être pas à tous les instants, mais disons

que l'idée m'a traversé l'esprit plus d'une fois. Surtout quand je raccrochais.

À la fin de chaque conversation, elle avait éprouvé un grand moment de solitude. Elle se sentait de plus en plus proche de Quinn, pourtant elle n'arrivait pas à savoir s'il s'agissait d'une amitié naissante, d'une relation de complicité entre deux alliés ou bien tout simplement d'une attirance physique. Chaque soir, une fois seule dans le silence de son appartement, elle se disait qu'elle avait très envie de le revoir. De le toucher. De le déshabiller.

Son expression se fit plus sérieuse.

— Moi aussi je pensais à toi. J'avais l'impression que l'écho était toujours plus assourdissant à la fin de nos échanges.

Le fait qu'il ait ressenti la même chose lui donna envie de le serrer encore plus fort dans ses bras et de l'embrasser à en perdre haleine.

Suivant son impulsion, elle l'embrassa.

C'était la première fois qu'elle était à l'initiative d'un baiser, explorant la richesse de ses lèvres et n'hésitant pas à chercher sa langue. Elle le goûta, savourant chaque instant. C'était excitant de sentir la pointe de ses seins frotter contre sa chemise, ses longs cheveux leur servant d'écran privatif soyeux.

Elle aurait pu continuer à l'embrasser pendant des heures, mais il mit fin à son jeu en la faisant rouler pour venir se placer sur elle.

Un nouveau jeu commença, plus chaud, plus ardent, jusqu'à ce qu'elle se perde totalement en lui. Il palpa tour à tour ses seins, les prenant dans le creux de ses paumes comme s'il s'agissait de bijoux précieux, son pouce titillant chaque téton jusqu'à la faire gémir de plaisir. Enfin, il se baissa pour lui lécher le sein droit, puis le sein gauche, la poussant à se cambrer pour amplifier ces délicieuses frictions érotiques.

Elle entreprit d´ôter sa chemise de son pantalon et de la déboutonner. Son rêve continuait de se dérouler sous ses yeux et elle allait enfin pouvoir parcourir son torse nu de ses mains avides.

C'était encore plus agréable que dans ses pensées. Elle se régalait de pouvoir caresser sa peau nue frémissante de chaleur. De la naissance des poils de son torse, elle descendit vers la zone légèrement plus clairsemée allant jusqu'à son nombril, puis elle atteignit sa ceinture. Là, il l'arrêta net, se mettant à genoux et se chargeant de la déboucler lui-même. Puis il ouvrit sa fermeture Éclair sous son regard gourmand.

Bâti comme un athlète, il avait les cuisses et les fesses d'un joueur de football ; autrement dit, il était bien plus robuste qu'un danseur. Pourtant, il avait été d'une légèreté étonnante sur la piste de danse lorsqu'il l'avait invitée à partager un tango, plus tôt dans la soirée.

— J'ai envie de te sentir en moi.

Avait-elle vraiment prononcé cela à voix haute ?

Il enfonça les mains dans l'élastique de son caleçon pour le faire glisser le long de ses cuisses.

— Et moi, j'ai hâte d'être en toi.

Oui, elle avait bien énoncé son souhait à voix haute.

Il acheva d'enlever son caleçon, puis se plaça sur elle, lui écartant les cuisses avant de prendre position.

Elle soupira de plaisir, enroulant les bras autour de son cou, plaquant les seins contre son torse, unissant ses hanches aux siennes.

Une fois qu'ils furent ainsi imbriqués, il les fit rouler vers la table de chevet d'où il retira une boîte de préservatifs. Il n'alla pas plus loin, mais lui indiqua ainsi qu'elle aurait bientôt ce qu'elle voulait.

Elle poussa un soupir de frustration quand elle sentit qu'il s'éloignait de là où elle le voulait à tout prix. Mais, l'instant d'après, ses mains vinrent remplacer ses cuisses, et ses doigts se mirent à titiller la dentelle trempée de son string, à présent le seul vêtement qui la séparait de la nudité totale.

Leurs regards enflammés se croisèrent dans la pénombre et l'intensité de son expression la rassura : elle put voir qu'ils avaient autant envie l'un de l'autre. De toute évidence, il désirait juste faire durer le plaisir, réservant le meilleur pour la fin.

Qui aurait cru que c'était elle qui voudrait accélérer ? Quinn prenait son temps, décuplant chaque sensation délicieuse, gravant cette soirée à jamais dans leur mémoire.

Fermant les yeux, elle s'en remit à lui et à ses mains expertes, permettant à son esprit de savourer chaque onde de plaisir qu'il faisait naître en elle par le biais de ses doigts agiles. Il sondait habilement, testant ce qui la faisait soupirer ou haleter, ne passant sous la soie que lorsqu'elle finit par cambrer les hanches tant elle était aux abois.

Quand soudain… En caressant son point sensible, son index expert déclencha en elle une série de contractions. Son corps fut secoué d'une série de soubresauts qui la firent tressaillir, l'emportant vers la libération charnelle tant convoitée, les vagues de plaisir déferlant un long moment.

Quinn lui murmura des mots doux à l'oreille, de merveilleuses attentions dont elle ne prit vraiment conscience que lorsqu'elle revint à la surface après son voyage au septième ciel.

— J'ai hâte de te goûter, lui souffla-t-il.

Cette promesse suffit à la mettre de nouveau dans

un état d'excitation intense, prête pour un nouvel assaut orgasmique.

— Tout ça est nouveau pour moi.

— Ah bon ?

— Disons que j'avais une idée de la chose, mais jamais je n'avais rien vécu de tel auparavant, répondit-elle, avant de lui embrasser l'épaule, goûtant le sel de sa peau.

— Ravi de te l'entendre dire.

— Je vais peut-être défaillir, si tu me procures trop de plaisir.

Il sourit.

— Je ne sais pas si c'est possible, mais ce serait un phénomène intéressant.

— J'aimerais autant rester en pleine possession de mes moyens. Donc j'espère que tu ne vas pas trop m'en demander pour cette fois.

— Tant qu'il y a d'autres fois, ça me va, répliqua-t-il, faisant glisser son string le long de ses jambes.

Dans le processus, une plume qui devait s'être détachée de la robe s'éleva du lit.

Quinn l'attrapa, la fit glisser sur ses hanches, puis, remontant jusqu'à ses seins, forma des cercles qui la firent frissonner d'un plaisir exquis.

— Il y aura d'autres fois, promit-elle.

Non, décidément, cette nuit n'avait pas pour unique but d'assouvir leurs désirs respectifs.

Refusant de trop réfléchir au sujet et tentant de se convaincre que le simple plaisir était aussi une très bonne chose, elle prit un préservatif dans la boîte sur la table de nuit.

Elle le lui tendit, et il ouvrit aussitôt l'emballage couleur bronze. Elle en profita pour embrasser ses biceps, sentant ses muscles se tendre sous l'effet de ses baisers. La force masculine et brute émanant de son corps attisa le feu qui brûlait en elle.

Quand il se positionna entre ses cuisses, elle se mordit la lèvre à l'idée qu'il était exactement là où elle avait envie qu'il soit. Là où elle avait besoin de lui.

Leurs yeux se croisèrent. Immobiles, ils se scrutèrent l'espace d'un instant. Puis, d'une main, il la prit par les hanches et, de l'autre, il lui fit lever le menton vers lui.

Frottant légèrement ses lèvres contre les siennes, il la pénétra lentement, lui laissant le loisir de s'habituer à lui. Ce n'était pas la première fois qu'elle faisait l'amour avec un homme, mais Quinn était aux antipodes de ceux qu'elle avait pu rencontrer auparavant. Il traitait son corps comme aucun autre amant ne l'avait fait.

Quand ils furent pleinement unis, elle sut combien sa gentillesse et ses attentions lui avaient coûté, à en juger par la sueur qui perlait sur son front. Elle lui baisa les joues et la mâchoire, comblée d'être aussi bien traitée par un homme.

À présent, son corps s'était entièrement détendu autour de lui et le plaisir refaisait surface, lui donnant envie de se soumettre aux multiples sensations qu'elle éprouvait, prête à se laisser guider.

Roulant de nouveau sur le lit, il la positionna sur lui, pour qu'elle ait l'impression de contrôler la situation. Ses mains restèrent ancrées sur ses hanches, donnant le rythme de chaque va-et-vient.

Pendant de longs instants, elle perdit pied avec la réalité, s'enfonçant dans un monde charnel de pure exaltation — la chaleur de leur friction, la fragrance musquée de sa peau virile, les draps de soie frottant contre ses jambes…

Puis, se rappelant la façon dont les yeux de Quinn l'avaient enflammée sur la piste de danse, elle fit pivoter ses hanches avec la grâce et la force dont pouvait faire preuve une danseuse étoile, l'emportant avec elle dans une chevauchée lente et sensuelle.

Les yeux clos, il laissa échapper un râle haletant, et quand il les rouvrit, ils étaient animés d'un feu azur, même dans la pénombre de la pièce.

La faisant de nouveau rouler sur le dos, tout en gardant un bras sous elle, le long de sa colonne vertébrale, il s'enfonça plus profondément en elle, encore et encore, jusqu'à ce que le plaisir soit intenable. Elle jouit d'une manière subite, aveuglée par un désir impérieux, laissant échapper un cri tandis que des spasmes faisaient tressaillir son corps.

Quinn la tint tout près de lui, sa libération suivant la sienne de près. Leurs respirations restèrent aussi haletantes l'une que l'autre pendant quelques instants.

Ils demeurèrent ainsi au milieu du lit gigantesque, les membres entrecroisés, et les draps entremêlés à leurs pieds en un doux nœud d'amour.

Sofia avait envie de rester ainsi, sans bouger, repue, aussi longtemps que la vie le lui permettrait. D'une part parce qu'elle s'était rarement sentie aussi bien. Et d'autre part parce qu'elle ne savait pas comment enchaîner après un moment d'une telle splendeur.

Toute sa vie, elle avait toujours mieux réussi à s'exprimer avec son corps qu'avec des mots. Exactement comme ce soir. Mais alors que Quinn la prenait dans ses bras et lui caressait les cheveux, elle sut qu'il y avait une différence de taille.

Elle était aussi son amie. Leur longue promenade dans le parc, leurs conversations téléphoniques le soir lui avaient permis de se sentir plus proche de lui. Elle avait la sensation que son implication dépassait le cadre de ses affaires et de sa famille.

Elle aurait pu s'endormir tranquillement dans les bras de Quinn, mais une pensée la taraudait, liée à un épisode de la soirée.

Alors que leurs respirations retrouvaient leur rythme habituel, elle ne put s'empêcher de partager son inquiétude.

— J'espère que c'était une coïncidence quand la journaliste m'a demandé des conseils en matière d'agences matrimoniales.

Elle n'avait aucune envie que cette histoire se sache. Antonia Blakely pouvait répandre tous les ragots qu'elle voulait, s'il n'existait pas de preuve que son père avait fait appel à une agence matrimoniale, elle n'avait aucune raison d'en parler à la presse.

— D'après moi, ce n'est pas une coïncidence, répliqua Quinn, tout en tirant la couverture pour les emmitoufler tous les deux.

— Jasmine m'a dit qu'elle allait approfondir la question.

Soudain, des tensions s'amoncelèrent dans les épaules de Sofia, gâtant le plaisir qu'elle venait d'engranger.

Quinn se mit à lui caresser le bras en un mouvement rythmé et rassurant.

— Tu sais qu'elle va le faire et que, si elle a du nouveau, elle nous en informera. Et si la journaliste dévoile que ton père a engagé une agence matrimoniale, d'une part tu peux t'estimer heureuse d'avoir tiré le bon numéro dès la première fois et, d'autre part, on pourra rester fiancés aussi longtemps qu'il le faudra pour prouver que tu voulais vraiment trouver le grand amour.

Sa barbe de fin de journée se prit dans ses cheveux,

un instant d'intimité qu'elle aurait chéri si elle n'avait pas été perturbée par leur échange du moment.

Elle se dégagea de son bras, et s'assit dans le lit, les épaules tendues.

— On devrait peut-être dire la vérité. De toute façon, la situation est trop confuse.

Quinn secoua la tête.

— Non, on ne peut pas faire machine arrière. Si on dévoilait le pot aux roses maintenant, les répercussions seraient dévastatrices pour toi comme pour moi.

Sofia sentit son cœur se serrer.

Toute la confiance qu'elle avait eu envie de lui accorder était manifestement déplacée. De toute évidence, Quinn ne restait avec elle que pour protéger ses propres intérêts.

Elle était au comble de la déception, mécontente de s'être montrée aussi naïve.

— Que suggères-tu ? s'enquit-elle, en agrippant le drap comme s'il en allait de sa vie.

— Au pire, nous pourrons toujours nous marier, répondit-il.

Ses dents blanches brillaient dans la pièce sombre, même si son expression s'apparentait davantage à une grimace qu'à un sourire.

— Nous marier ?

— Oui, ainsi, personne n'oserait mettre notre amour en doute.

— On mettrait uniquement en doute ta santé mentale.

Frustrée, elle eut envie d'appeler Jasmine pour qu'elle la rassure et lui dise qu'elle s'inquiétait inutilement.

— Et alors ? s'enquit-il, amusé.

— Je suis sérieuse, Quinn.

— Moi aussi.

Il la regarda droit dans les yeux, puis lui déposa un baiser sur la tempe.

— On transforme les fiançailles fictives en un mariage fictif. On se donne un an, puis on est quittes. Et on évite le scandale.

— Tu serais prêt à aller jusque-là ?

Elle n'en revenait pas de ce plan abracadabrant. Quinn était-il un imposteur-né ?

Il la prit dans ses bras, mais la température de la pièce avait considérablement baissé. Pour elle, du moins. Il ne sembla pas remarquer sa réaction et continua sur sa lancée.

— Il y a trop de choses en jeu. Je ne parle pas seulement de ta carrière ou des menaces de ton père concernant McNeill Resorts. Je suis gestionnaire de portefeuilles. Si les clients se mettent à douter de ma parole, ils pourraient décider d'investir ailleurs.

Elle prit le temps de digérer ce qu'elle venait d'entendre, se souvenant des nombreuses fois où sa mère lui avait dit de suivre ses rêves sans jamais aspirer au succès matériel.

Malgré tout, elle se retrouvait nue dans les bras d'un homme qui placerait toujours sa fortune avant tout. Ce rappel fut opportun. Elle ne devait pas aller plus avant dans cette relation et se protéger à tout prix.

Mais la leçon n'en était pas moins dure à accepter.

# - 10 -

Deux jours plus tard, Quinn faisait les cent pas dans son espace personnel du siège de McNeill Resorts. Sa société de gestion de portefeuilles se trouvait à l'étage supérieur, dans le même bâtiment.

Son frère Ian était rentré de Singapour en début de semaine. Après lui avoir laissé une journée pour se remettre du voyage, Quinn lui avait demandé de l'aider à retrouver Mallory West afin qu'il l'interroge.

Ian avait convoqué Cameron, qui venait de rentrer de Kiev, et Quinn pour leur communiquer de nouvelles informations sur cette affaire.

À présent, les trois frères étaient dans le bureau de Quinn. Ian en appui contre la table, Cameron dans le fauteuil en cuir et Quinn à la fenêtre, avec le bâtiment Woolworth au premier plan et des tours s'étalant à perte de vue dans la grisaille hivernale.

Après avoir essayé différentes positions, Cameron arrêta de bouger pour prendre la parole.

— Donc Mallory West a vraiment fermé boutique ? Quand je lui ai parlé…

— Ce n'est pas à elle que tu as parlé, le coupa Ian en tournant légèrement la tête vers lui.

Ian était environ de la même taille que Quinn, donc moins grand que Cameron, et il tenait sa peau brune des origines brésiliennes de leur mère. Hormis des yeux plus foncés, il ressemblait comme deux gouttes d'eau à ses frères.

— Je sais quand même à qui j'ai parlé. C'était la personne à qui j'avais parlé la première fois et qui a promis de me trouver une femme.

— Bon, premièrement, on ne commande pas une femme comme on commande un snack. Deuxièmement, la personne à qui tu as parlé, c'était Kinley, l'assistante de Mallory.

— Elle m'aurait menti ? lança Cameron en se redressant dans son siège.

Quinn quitta la vue de la fenêtre pour se concentrer sur ses frères.

— Kinley a menti à tous les clients de Mallory depuis un an. Mais au bout du compte, on ne sait pas qui est réellement cette Mallory West. Je me demande même si l'agence n'a pas fermé après le fiasco avec Cameron, dit Ian.

Quinn intervint.

— La vraie question est de savoir qui a ajouté Sofia sur le site où Cameron a pu consulter son profil. On pourrait penser que c'est l'agence matrimoniale engagée par le père de Sofia. Ce serait ce qu'il y a de plus logique, mais Vitaly jure que la personne qui travaillait pour lui ne parle pas bien anglais et devait trouver un mari ukrainien par le biais de contacts personnels et non via des sites en ligne.

Quinn voulait avancer dans cette enquête pour rassurer Sofia. D'autant que leur entrevue deux jours auparavant s'était terminée sur une note dissonante.

Il avait repassé la scène des dizaines de fois dans son esprit en essayant de trouver le moment précis où son attitude avait changé du tout au tout. Elle était dans ses bras, chaude et tendre à souhait et, l'instant d'après, elle avait rétabli de la distance entre eux, comme si elle avait perdu toute confiance en lui.

Était-ce simplement lié à la maladresse du moment ou l'avait-il offensée sans s'en rendre compte ? Dans tous les cas, elle n'avait pas aimé son idée de mariage. Lui non plus n'avait pas envie de se lancer dans ce projet mais, s'il devait limiter les dégâts dans la presse, il serait idiot de ne pas imposer une durée qui correspondrait aux attentes de son grand-père.

— Tu plaisantes ? Si elle ne parle pas anglais, c'est d'autant plus probable qu'elle se soit trompée. Je crois qu'on peut facilement régler le problème en contactant l'agence matrimoniale engagée par Koslov.

— Peut-être.

Mais Quinn savait que ce n'était pas le cas.

Après avoir promis à Sofia d'en parler à son père et de veiller à ce que son profil soit mis hors circulation, il avait appelé Koslov, mais Vitaly ne s'était pas montré très coopératif. Il lui avait dit qu'il avait engagé une amie nommée Olena afin qu'elle trouve un mari pour Sofia. Quand Quinn lui avait suggéré que la fameuse Olena avait dû partager les informations concernant le vol avec une agence matrimoniale américaine, Vitaly s'était mis en colère.

— Je vais quand même essayer de retrouver la trace de Mallory West, annonça Ian en se levant.

Quinn lui était reconnaissant.

— Merci. Si le père de Sofia ne veut pas admettre son rôle dans l'histoire, je préfère ne pas me frotter davantage à lui. J'ai demandé à un expert de la compagnie de vérifier que le profil de Sofia avait bien disparu, et il n'a rien trouvé sur Internet.

— Je suis surpris que tu aies fait appel à quelqu'un

de McNeill Resorts, ça ne te ressemble pas, remarqua Ian tandis que Cameron se contentait d'arborer un petit sourire sournois.

Cela eut le don de l'énerver passablement.

— Je le paie pour ses heures supplémentaires, si c'est ça que vous voulez savoir. Alors, Cam, comment s'est passé ton voyage à Kiev ? Où en est-on ?

— Officiellement, on attend l'autorisation du gouvernement. Mais si tu veux mon avis, c'est une excuse pour masquer le fait que Koslov s'est opposé à la vente. Son nom est survenu plus d'une fois pendant les réunions.

Quinn était perplexe.

— Pourquoi chercherait-il à bloquer le contrat après mes efforts pour sauver la mise et agir dans l'intérêt de sa fille ?

— Il attend peut-être de voir le résultat. Après tout, l'affaire est loin d'être réglée, surtout si cette journaliste se met en tête de dévoiler votre petit secret, commenta Ian.

— En effet, l'affaire est peut-être loin d'être réglée, mais ce serait entièrement sa faute, pas la nôtre, rétorqua Quinn, mécontent.

Il n'aimait pas l'idée que le père de Sofia se serve d'eux comme de pions alors que c'était lui qui avait eu l'idée d'engager quelqu'un pour marier sa fille. Et il enrageait d'autant plus que Vitaly Koslov puisse ainsi mettre à mal le contrat qu'ils convoitaient en Ukraine.

N'aurait-il pas intérêt à parler à la journaliste pour en savoir plus sur ses sources ? Il pourrait brouiller les pistes en attendant que Sofia passe son audition, puisque la même journaliste couvrirait l'événement pour le magazine.

De plus, il avait très envie de revoir Sofia et, étant

donné la façon dont ils s'étaient quittés, il voulait avoir une bonne raison de la contacter.

Son téléphone vibra sur son bureau.

— C'est papa.

Ses frères et lui se regardèrent, étonnés.

Leur père ne les contactait pour ainsi dire jamais et encore moins depuis qu'il avait officiellement quitté la compagnie familiale. En outre, cela faisait plus d'un an qu'il n'avait pas mis les pieds à New York.

Quinn répondit en mettant le haut-parleur.

— Salut, papa. Je suis avec Ian et Cam.

— Tant mieux, comme ça, je peux faire d'une pierre trois coups.

— Tout va bien ? Où es-tu ?

— En Chine. Comme j'avais envie de faire l'ascension du mont Hua Shan, je me suis dit que j'allais rejoindre votre grand-père puisqu'il était dans la région.

— Tu es avec grand-père ?

— Pas encore, mais je suis en route pour Shanghai. Il m'a appelé pour savoir si je pouvais venir le voir et le faire sortir d'un hôpital local.

Ils se figèrent. Dans la pièce, la tension devint palpable.

— À l'hôpital ? Pourquoi ? Que s'est-il passé ?

— Il était en train de visiter la ville et le guide a dû le conduire d'urgence à l'hôpital, mais je ne sais pas pourquoi. Il y a la barrière de la langue. Apparemment, il a eu un arrêt cardiaque mineur et ils veulent le garder en observation.

— Tu es où exactement ? s'enquit Cameron qui téléchargeait déjà une carte sur son téléphone.

Quinn était sous le choc. Son grand-père était à l'hôpital ? Cet homme qui semblait invincible et éternel ? Cela paraissait impossible.

Ses frères prirent le relais, notant les informations

pratiques et échangeant avec leur père tandis que Quinn se remettait de la nouvelle. Habituellement, c'était lui qui prenait les choses en main, mais là, en entendant le mot « hôpital », il s'était senti défaillir.

— Appelle-nous quand tu seras avec lui, finit-il par lâcher, pour donner l'illusion qu'il avait participé à la conversation.

Ils raccrochèrent et ses frères quittèrent son bureau sans dire grand-chose.

Leur père étant déjà en Chine, ce n'était pas comme s'ils devaient se précipiter à l'aéroport et sauter dans le premier avion. Et pour une fois que leur père était au bon endroit au bon moment et qu'il pouvait se rendre utile, mieux valait le laisser faire. Ils attendraient qu'il leur donne des nouvelles et, si nécessaire, ils pourraient toujours se rendre en Chine.

Une fois ses frères partis, Quinn pensa à la seule personne qu'il avait envie de voir. La seule qu'il ait besoin de voir. Et ce n'était pas pour lui parler mariage, même si honorer le souhait de son grand-père semblait être un facteur qu'il devrait peut-être prendre au sérieux tôt ou tard.

Pour le moment, il ne voulait plus penser à tout cela.

Il voulait prendre Sofia dans ses bras, la sentir contre lui, et il n'avait pas la force de chercher à savoir ce que cela signifiait.

Le soir précédant l'audition la plus importante dans la vie de Sofia, l'Interphone retentit chez elle.

— Oui ? s'enquit-elle.

Elle était étonnée dans la mesure où elle n'attendait personne. C'était probablement un livreur de pizza qui n'avait pas la bonne adresse.

— Sofia, c'est Quinn, j'ai besoin de te voir.

Son corps réagit instantanément au son de sa voix, avant même que son esprit n'ait eu le temps de formuler une réponse.

Quelque chose dans sa voix lui fit comprendre que c'était sérieux. Ce n'était pas la voix du danseur de tango ni même la voix de son ami capable de l'aider à surmonter sa panique.

Il y avait un problème.

— Je t'en prie, monte.

Elle lui ouvrit la porte de l'immeuble, puis éteignit la vidéo d'une des productions de Fortier qu'elle était en train de regarder. Elle avait préparé un passage de cette chorégraphie pour son audition, espérant mieux capter l'atmosphère que l'étoile de l'époque ne l'avait fait.

Mais son esprit s'était maintenant tourné vers Quinn, comme cela avait été souvent le cas depuis qu'ils s'étaient rencontrés et encore plus depuis qu'ils avaient passé une nuit ensemble.

Elle s'était promis de brider les sentiments qu'elle éprouvait pour lui, mais elle ne pouvait pas rompre le contrat dans la mesure où c'était elle qui lui avait demandé d'être son fiancé fictif pendant une durée déterminée pour sauver les apparences.

Peut-être qu'elle avait tout simplement envie de le voir.

Rapidement, elle vérifia son image dans la glace au-dessus du canapé. Ses yeux étaient brillants, ses joues colorées. Elle renoua le cache-cœur en cachemire autour de sa taille, laissant entrevoir son haut rose fuchsia qui tombait de manière seyante sur un ample pantalon gris aux reflets argentés.

Contente de sa tenue et de son apparence, elle se dirigea vers la porte au moment où Quinn frappait. Quand elle ouvrit, le regard de Quinn chercha aussitôt à croiser le sien. Il avait l'air tellement tendu. Mâchoires serrées, bouche crispée, sourcils froncés. Même ses épaules sous son manteau de laine semblaient exprimer la tension qui émanait de lui.

Pourtant, sans pouvoir le prouver ni en être certaine, elle aurait juré qu'en la voyant, il se sentait déjà mieux.

La porte était grande ouverte, mais il ne bougea pas.

— Je peux entrer ?

— Bien sûr !

Elle referma aussitôt la porte derrière lui.

Son arrivée apporta l'air frais du dehors et une légère odeur d'after-shave qu'elle se souvenait d'avoir senti en humant sa peau, lors de la nuit qu'ils avaient partagée.

Tel un aphrodisiaque, le parfum lui donna envie de se rapprocher de lui, si bien que tout en le suivant, elle en profita pour respirer cette fragrance hypnotisante.

— Tu veux me donner ton manteau ?

Il le lui tendit. Alors qu'elle accrochait son beau manteau sur un simple cintre, elle se demanda ce qu'il pensait de son appartement. Elle avait beau être liée au monde de Quinn par le biais de son père, elle n'en était pas moins indépendante et souhaitait le rester. Le vol en jet privé de la semaine dernière avait été une folie imposée par son père et elle regrettait de s'être laissé convaincre.

— Désolé d'arriver à l'improviste. Mon grand-père a eu un arrêt cardiaque il y a douze heures, et la nouvelle m'a chamboulé.

— Oh ! je suis désolée ! Comment va-t-il ?

Elle n'oublierait jamais la douleur de la bataille que sa mère avait menée contre le cancer. Dans un élan de compassion, elle posa la main sur son bras, désireuse de le réconforter.

— J'attends que mon père m'appelle de Shanghai

pour me donner des nouvelles, mais avec le décalage horaire… Je ne sais pas quand je vais recevoir son appel.

— Je comprends, murmura-t-elle, ne sachant ce qu'il attendait d'elle.

— Je te dérange ? Tu étais en train de faire quelque chose ? J'ai demandé au chauffeur d'attendre au cas où tu serais occupée.

— J'étais en train de répéter pour mon audition de demain.

Il secoua la tête.

— Sofia, je suis désolé. J'ai complètement oublié.

— Ce n'est pas grave.

— Si, c'est grave. Je sais à quel point c'est important pour toi. Je suis confus.

— Mais non, je t'assure, ce n'est pas grave. Je commençais à paniquer ; autrement dit, tu es arrivé à temps pour me changer les idées. Et je n'ai pas envie que tu attendes cet appel tout seul.

Elle s'était promis de garder ses distances, mais elle ne voulait pas se montrer ingrate dans la mesure où il avait été là pour l'épauler quand elle le lui avait demandé. Quinn était un ami et elle pouvait très bien lui apporter un soutien moral tout en protégeant son cœur.

— Tu es sûre que ça ne te dérange pas que je reste ?

— Sûre et certaine.

Il s'arrêta devant une photo encadrée au-dessus d'un vieux fauteuil à bascule.

— C'est ta mère ?

— Oui. Au cours de l'été qui a précédé sa mort. On est allées en Grèce et on a fait le tour des îles avec des étudiants en art.

— Quelle année, pour toi ! Passer d'un moment de bonheur intense à un chagrin aussi immense.

— Oui, ça a été dur et j'ai traversé des moments

difficiles, mais j'ai bien aimé qu'elle parle de ce qu'on devait faire après sa mort.

— C'est-à-dire ?

— Elle m'a dit qu'il fallait célébrer sa vie, qu'il ne fallait pas la pleurer. Elle voulait que ses cendres soient dispersées dans la mer Égée afin qu'elle puisse briller une dernière fois au soleil. Elle m'a dit que si je le faisais, elle reviendrait peut-être en tant que sirène. Comme j'avais treize ans, je lui ai répliqué qu'elle délirait. Mais elle m'a dit que je comprendrai la vérité de la beauté et de la magie quand je serai plus grande.

— Ce que tu as fait, affirma-t-il en se tournant vers elle, le regard chaleureux.

— Pas vraiment. J'essaie en effet de créer de la beauté sur scène, mais je n'ai pas encore décelé le côté magique de la sueur, du sang et du stress engendrés par ce métier.

Elle n'aimait pas passer pour une cynique, mais peut-être regrettait-elle de ne pas avoir hérité davantage de l'esprit libre de sa mère.

— Pourtant, d'après ce que tu m'as raconté, tu as justement décelé cette beauté en voyant *La Belle au bois dormant.* J'ai compris ce que tu voulais dire, même en me montrant un simple mouvement. Peut-être que la magie n'est visible que par le public.

— Peut-être, admit-elle pour se montrer conciliante et ne pas le contrarier davantage un soir où il avait d'autres soucis en tête.

Elle alla s'asseoir sur le canapé et le prit par le bras pour qu'il l'accompagne.

— Et toi ? Tu vois souvent ta mère ? J'ai lu qu'elle était d'origine brésilienne.

Un sourire soudain apparut sur son beau visage.

— Tu as potassé la famille de ton fiancé ?

— Je devais être prête à répondre à des questions sur ta famille, puisqu'on se connaît depuis plusieurs mois.

Elle se posait de toute façon beaucoup de questions à son sujet, car elle avait l'impression que l'homme qu'elle apprenait à connaître était différent de celui sur lequel elle s'était documentée en ligne.

— En effet, tes sources sont exactes. Ma mère est brésilienne. Elle est d'ailleurs retournée au Brésil quand elle a divorcé de mon père. Elle habite à l'extérieur de Rio. J'essaie de l'appeler le plus souvent possible, mais…

— Mais c'est difficile ? suggéra-t-elle en entremêlant ses doigts aux siens.

Son sourire se fit plus large et il sembla se détendre alors qu'il lui caressait l'intérieur du poignet de son pouce.

— Les familles semblent toujours plus compliquées qu'elles ne le sont. Mes parents sont restés mariés sept ans. Mon père a toujours été un homme égoïste, ne vivant que pour satisfaire ses plaisirs. Un accro de l'adrénaline. Il a fait chavirer ma mère en moins de temps qu'il n'en faut pour le dire. Un soir, il est entré dans un bar de Rio où ma mère chantait.

— Ta mère chante ?

— De nos jours, plus trop, mais avant, oui. Elle a une voix merveilleuse. Le soir où ils se sont rencontrés, il avait réchappé à la mort après un accident de planeur. Il a juré à ma mère qu'il arrêtait définitivement ses bêtises. Mais une fois qu'il a été remis d'aplomb, il a recommencé de plus belle. Au bout de sept ans, ma mère en a eu assez de le voir prendre autant de risques et de manquer de se tuer à chaque aventure.

Ses recherches avaient appris à Sofia que Liam McNeill était un aventurier qui n'avait pas froid aux yeux. Et d'après ce qu'elle savait, Quinn était à l'opposé.

C'était un homme calme, à l'esprit pratique, qui réfléchissait posément avant d'agir. Cela expliquait sûrement pourquoi il avait réussi en tant que gestionnaire de portefeuilles.

— Ton père n'a pas essayé de changer ?

— Non. Il a pris un avocat pour procéder à un partage égal, au grand dam de mon grand-père, et ma mère est retournée s'installer au Brésil. À partir de ce moment-là, mes frères et moi avons vécu six mois à Rio avec ma mère et six mois à New York avec mon père.

— Alors tu parles portugais ?

— Pas aussi bien que quand j'étais enfant, mais oui, je me débrouille. Et un peu d'espagnol. Je dois avouer que c'est pratique pour les affaires. Mais je ne recommanderais pas cette méthode pour faire apprendre deux langues à des enfants, plaisanta-t-il.

Elle imaginait à quel point cela avait dû être difficile de se retrouver séparé de sa mère six mois de l'année à un âge aussi jeune.

D'un côté, elle avait envie d'en savoir plus sur lui et de continuer cette conversation intime mais, de l'autre, ce ne serait pas forcément très sage de poursuivre cet échange alors que leurs cuisses se touchaient et qu'ils étaient assis l'un à côté de l'autre, si proches.

De plus, si la conversation continuait sur le thème de la famille, il finirait par lui poser des questions sur son père et elle n'avait pas du tout envie d'aborder ce sujet.

— Tu veux du thé ? demanda-t-elle en se levant.

Elle avait besoin de mettre un peu de distance entre eux, ne serait-ce que pour un moment, afin de retrouver son équilibre émotionnel.

— Volontiers. Merci.

Son appartement était petit, donc elle gagna rapidement le coin cuisine. Elle mit de l'eau à bouillir avant de se tourner vers lui.

— Alors ce tango, l'autre soir… Tes origines brésiliennes expliquent pourquoi tu danses aussi bien. Cela fait partie de ton identité.

Appuyée contre la gazinière, elle le fixa du regard, se souvenant de la façon dont son corps était resté en rythme avec le sien.

Décidément, même son court séjour dans la cuisine n'allait pas lui permettre d'arrêter d'avoir envie de lui. Il était trop séduisant.

— Oui, en partie, même si ma vie a toujours davantage tourné autour de mon grand-père qui s'est beaucoup occupé de mes frères et moi. C'est lui qui nous a poussés à prendre nos responsabilités et à travailler efficacement. Dans un sens, je suis bien plus proche de lui que de mes parents.

Son expression se rembrunit. Il devait de nouveau s'inquiéter pour son grand-père.

— Je suis sûre que tu vas bientôt avoir de ses nouvelles.

Elle se souvenait des deux mois passés dans l'angoisse et l'attente. Trop absorbé par son travail, son père n'avait pas été d'un très grand réconfort. Et dans un sens, c'était de lui qu'elle tenait cette capacité à se plonger dans son travail et à tout effacer autour d'elle.

La bouilloire siffla, la tirant de ses pensées.

Elle versa de l'eau dans deux tasses après y avoir mis un sachet de thé vert au jasmin, et posa le tout sur un plateau acheté au marché aux puces. Elle sentit qu'il était en train de l'observer, tout en inspectant les lieux.

Elle rougit.

Que pensait-il d'elle et de son appartement alors qu'il vivait dans un tout autre monde ? Cela ne servait strictement à rien de s'interroger là-dessus. Et pourtant, sa fierté rejaillit, la poussant à assumer ses choix de vie.

Elle apporta le plateau sur la table basse, manquant de le renverser quand le téléphone de Quinn sonna. La sonnerie sembla étonnamment bruyante dans l'espace confiné de son appartement.

Elle se rassit à côté de lui alors qu'il prenait l'appel.

— Papa, dit Quinn en se penchant en avant, coudes sur les genoux, pour se concentrer sur l'appel.

Devait-elle lui laisser un peu d'intimité ? Ou bien avait-il besoin d'elle ?

Finalement, elle se rapprocha de lui. Après tout, chaque fois qu'elle avait reçu de mauvaises nouvelles de sa mère, elle aurait donné n'importe quoi pour être toujours entourée.

— Donc les nouvelles sont plutôt encourageantes ?

Quinn se tourna brièvement vers elle et leurs regards se croisèrent avec une intensité renouvelée. Puis il se reconcentra sur la conversation.

Elle continua à contempler sa carrure athlétique. Même en cet instant, elle avait envie d'avoir le droit de le toucher, d'être à ses côtés, de le prendre par le bras si l'envie lui en venait.

D'où venaient des sentiments aussi intenses et soudains pour cet homme ?

Le cœur battant la chamade, elle prit l'une des tasses de thé pour s'occuper les mains et ne pas donner l'impression d'écouter l'échange de Quinn avec son père.

Mais elle s'inquiétait pour lui.

— Tu es sûr que tu ne veux pas que je les appelle ? Entendu. Merci, papa.

— C'était un arrêt cardiaque mineur, mais ils veulent le garder deux jours en observation. Ils ont contacté le médecin de grand-père à New York, car même si c'était un incident mineur, ils veulent lui placer un pacemaker.

— Ils ne pensent pas que ça peut attendre son retour à New York ?

Se faire opérer à l'étranger, ce n'était jamais simple. Ses collègues et elle avaient vécu l'expérience plusieurs fois au cours de leurs nombreux déplacements.

— Quand il sera de retour à New York, son médecin analysera les résultats et donnera son avis, mais pour le moment, papa affirme que grand-père a l'air d'aller mieux.

Quinn aussi avait l'air d'aller mieux. Il semblait moins crispé, les épaules plus détendues qu'à son arrivée.

— C'est une bonne nouvelle, constata-t-elle en posant la main sur son épaule.

Mais il ouvrit alors les bras pour l'étreindre fortement.

— Merci. J'étais vraiment inquiet, murmura-t-il en lui caressant le dos de ses grandes mains viriles.

Il ne la lâchait pas et elle ne bougea pas. L'oreille collée à son torse, elle entendait les battements de son cœur. Son corps était chaud sous sa chemise. L'espace d'un instant, tout se figea. Puis, dans le silence de son appartement, elle réfléchit à la façon dont cette nuit pouvait se dérouler.

C'était à elle de décider de la suite des événements. Si elle lui demandait de partir, il le ferait. Mais en levant la tête vers lui et en voyant l'expression de son visage, elle sut qu'elle n'aurait pas le cœur de le lui demander. Son cœur qui justement battait très fort pour cet homme.

Quand elle était avec lui, le monde alentour disparaissait. Et la veille de l'audition la plus importante de sa vie, elle avait peut-être justement besoin de plonger dans la passion dévorante que Quinn avait éveillée en elle.

# - 11 -

Il avait envie de se perdre en elle.

Quinn avait proposé de partir pour la laisser se concentrer sur son audition, mais elle avait insisté pour qu'il reste. Après les inquiétudes de la journée, il était content de l'invitation. Cette femme irrésistible avait réussi à faire disparaître la tension qui s'était accumulée en lui.

— Sofia, souffla-t-il en enfouissant la main dans sa chevelure pour l'attirer à lui.

Elle était tellement douce ! Tout en elle donnait envie de la caresser. Du pull en cachemire à sa peau soyeuse. Du bout des doigts, il traça le contour du haut à bretelles qu'elle portait sous son cache-cœur.

Le petit gémissement d'excitation qu'elle laissa échapper le fit vibrer, l'incitant à continuer son exploration tactile. Pour lui procurer du plaisir.

— Tu m'as manqué, susurra-t-il.

Il avait tant pensé à elle depuis la nuit qu'ils avaient partagée ! Cela ne faisait-il que deux jours ? Il aurait juré que cela faisait deux mois. Et il n'avait cessé de la vouloir dans son lit.

— Je me demandais si j'avais rêvé à quel point c'était bon, renchérit-elle en lui déposant une pluie de baisers dans le cou.

Elle déboutonna sa chemise alors qu'il ôtait sa cravate, souhaitant supprimer toutes les barrières entre eux.

Il jura dans sa barbe contre les boutons de manchette qui n'étaient pas du tout pratiques à enlever. Enfin, il put se défaire de sa chemise.

— Ce n'était pas un rêve. J'étais là. Et c'était mieux que tout ce que j'avais pu imaginer.

— Pareil pour moi, répliqua-t-elle en étudiant son torse nu.

Elle avait le regard incandescent et contemplatif alors qu'il mourait d'envie de sentir ses mains sur lui.

Abolissant la distance entre eux, il la souleva contre lui, ce qui lui arracha un petit cri de surprise tandis qu'elle le prenait par le cou et lui nouait les jambes autour de la taille.

— Où est ta chambre ? demanda-t-il en la tenant fermement dans ses bras.

Son parfum vanillé et fleuri lui enivra de nouveau les sens, lui rappelant la nuit qu'ils avaient partagée. Le lendemain, il n'avait pas voulu prendre de douche, afin de garder le plus longtemps possible son odeur sur lui.

— À droite, murmura-t-elle en lui mordillant le cou.

De ses mains avides, elle lui caressait les épaules et le dos, tandis que ses mèches soyeuses le chatouillaient à chaque mouvement.

Son cache-cœur ayant glissé sur une épaule, il déposa de petits baissers sur sa peau dénudée.

— Tu es exquise.

Égoïstement, il aurait voulu la garder toute la nuit éveillée, pour la goûter, la tenter, la faire jouir, encore et encore. Mais il savait qu'il devait la laisser se reposer pour l'audition.

— Tu t'es fait une idée en me goûtant une fois ? s'enquit-elle, dans un murmure sensuel qui l'enflamma.

— J'espère pouvoir confirmer cela au plus vite, répondit-il avant d'entrer dans la chambre.

Une chambre d'un blanc éclatant.

Une lampe posée sur la table de chevet éclairait un lit à baldaquin en bois blanc. La housse de couette était blanc cassé, et des draps en lin blanc descendaient jusqu'au sol.

Un vieux lustre pendait au-dessus du lit. Avec la lumière de la table de chevet, les prismes de verre créaient des reflets arc-en-ciel dans la pièce. Derrière le lit, il y avait une étagère triangulaire où des centaines de livres reliés en cuir faisaient une touche de couleur de la pièce.

Il la plaça au centre du lit, la laissant à regret quelques instants, le temps d'enlever ses chaussures, ses chausettes et son pantalon. Sofia l'observa tout en ôtant son cache-cœur et son top. Tandis qu'elle suivait des yeux le moindre de ses mouvements, il sentit son érection atteindre son paroxysme.

Avec le renflement sous sa ceinture, ce fut moins facile d'ouvrir la fermeture. À la vue des pointes dressées de ses seins, il ne prit pas le temps d'enlever son caleçon, et la rejoignit sur la couette douillette.

Elle haleta de plaisir alors qu'il venait souder sa bouche gourmande contre son sein gonflé de désir, procédant à une exploration intense. Elle ondula sous lui, ses hanches cherchant à se coller aux siennes.

Aucune femme ne l'avait jamais embrasé à ce point, et ils n'étaient même pas encore entièrement nus.

Impatiemment, il lui ôta le reste de ses vêtements, couvrant ses pieds de baisers, puis ses mollets et ses cuisses pour enfin arriver au niveau de ses hanches. C'était bon de sentir la chaleur torride émanant de sa peau soyeuse.

Le cœur battant la chamade, il ignora son propre désir pour se concentrer sur le sien. Il lui écarta les cuisses et concentré, appliqué, assoiffé, il se mit à la lécher, guettant la moindre de ses réactions pour savoir ce qui la faisait le plus frémir.

Il la poussa par deux fois au bord de l'orgasme, sentant son corps se tendre. Alors il changea d'orientation à la dernière minute, ne souhaitant pas conclure trop vite, désireux de faire monter la frustration en elle. Mais la troisième fois, alors qu'elle s'accrochait à ses épaules, il l'emmena jusqu'au firmament, lui laissant le loisir de profiter de son orgasme jusqu'au dernier soubresaut. Quand il la sentit enfin immobile sous lui, il sut qu'elle était prête pour l'acte suivant.

Se levant, il finit de se déshabiller pour lui laisser le temps de reprendre son souffle, puis il retira un préservatif de son portefeuille et le plaça sur la table de chevet.

Désireux de la sentir tout près de lui, il se rallongea sur le lit pour la prendre dans ses bras et voir si elle avait besoin d'un peu plus de temps pour savourer ce moment.

Quelle ne fut pas sa surprise quand elle se redressa telle une déesse païenne pour venir le chevaucher ! Il ne s'y attendait pas, mais cette initiative le combla de plaisir.

— Tu es magnifique, lui dit-il tout simplement, alors qu'elle prenait place sur lui.

Elle se baissa pour l'embrasser puis prit le préservatif et le lui enfila. C'était à la fois incroyablement bon et terriblement frustrant de sentir ses doigts le taquiner.

Il prit une profonde inspiration pour se calmer et se contrôler. Bon sang, il avait tellement envie d'elle !

Elle exauça son vœu en descendant doucement sur

lui, le faisant pénétrer au plus profond de son intimité. Quand elle se mit à bouger, son corps magnifique s'offrant à sa vue, il sut que ce moment resterait à jamais gravé dans sa mémoire.

Le corps animé d'un feu ardent, il n'eut d'autre choix que de la faire rouler pour s'installer sur elle et l'immobiliser un instant. Après une longue pause, il l'embrassa à en perdre haleine, la léchant et la mordillant dans le cou, puis il s'enfonça profondément.

Elle s'agrippait à son cou comme si elle ne voulait plus jamais le lâcher. Leurs souffles saccadés firent place à des cris de plaisir à mesure qu'il augmentait la cadence.

Quand son excitation atteignit un point de non-retour, le sang pulsait dans ses veines, la passion l'habitait entièrement. Le front emperlé de sueur, les muscles des bras en feu, il lui donna un dernier coup de reins avant de les propulser tous les deux au-delà du précipice qui les séparait du septième ciel.

Dans un mélange de respirations, de corps et de cris, ils restèrent accrochés l'un à l'autre tandis qu'ils se laissaient porter par des vagues de plaisir.

Ensuite, repus, ils demeurèrent immobiles jusqu'à retrouver leur souffle et leur calme.

Il tira la couette sur elle pour l'envelopper d'un cocon de coton blanc. Elle colla une joue à son torse et il se rendit compte à quel point cela semblait naturel, et surtout à quel point la sensation était délicieuse.

Sofia l'avait reçu à merveille, l'accueillant sans hésiter, lui apportant un soutien moral au moment où il en avait le plus besoin. Elle s'était même souciée de sa famille, insistant pour qu'il reste jusqu'à l'appel de son père.

Impossible de continuer à prétendre que leur arrangement était purement fictif ou qu'il ne s'agissait que de sexe. Il ignorait de quoi il retournait, mais il était déjà sorti avec des femmes pendant des mois sans jamais ressentir le lien qui s'était tissé entre Sofia et lui en une semaine seulement après leur rencontre impromptue.

Et avec la frayeur liée à la santé de son grand-père, il ne pouvait plus non plus ignorer l'idée qui avait germé en lui pour sceller leur relation. Mais elle lui avait bien signifié que faire semblant de se marier était hors de question pour elle.

Et si c'était pour son grand-père, serait-elle prête à accepter ?

— Quinn ? demanda-t-elle, levant les yeux pour mieux le voir.

— Oui.

— Tout va bien ? J'ai l'impression de t'entendre penser.

Il pouvait répondre aux exigences de son grand-père et garder Sofia à ses côtés en une même opération. Et peut-être même qu'il pourrait l'aider à se concentrer sur sa carrière en arrêtant les polémiques autour de sa vie privée. Ce serait bénéfique pour tous les deux.

Prenant son courage à deux mains, il la fit asseoir dans le lit avec lui.

— J'ai une idée.

— Je t'écoute.

Elle resplendissait d'avoir fait l'amour, et ce moment lui sembla particulièrement propice.

— Le soir où Cameron t'a fait une demande en mariage, j'étais tellement préoccupé par la situation que je n'ai jamais pris le temps de te dire pourquoi il tenait tant à se marier.

— Je pensais qu'il avait décidé de se marier sur un coup de tête, dit-elle, perplexe.

— Cameron aime agir de manière instinctive mais, dans ce cas, il se pliait à une condition imposée par mon grand-père.

— Je ne comprends pas.

— Mon grand-père a décidé que pour assurer l'avenir de la compagnie, ses trois petits-fils devaient se marier afin de conserver leur part dans McNeill Resorts.

Il se sentait mal de ne pas le lui avoir avoué plus tôt, mais le temps avait passé vite et ils avaient eu beaucoup à faire pour gérer leur vie en plus de faire semblant d'être fiancés.

Sofia se redressa, visiblement mal à l'aise.

— C'est un peu exagéré, non ? Pourquoi ton grand-père pense-t-il que forcer ses petits-fils à se marier pourrait assurer la stabilité de son empire hôtelier ? Il doit bien savoir que ces unions ne seront pas durables.

— Après avoir fait cette annonce, il est parti voyager un mois en Asie sans s'étendre sur les raisons de sa décision. Je me suis posé des questions sur sa santé mentale. Mais *a priori*, il a encore toute sa tête.

— Vous avez essayé de lui parler ?

— Bien sûr. Pour l'instant, il a refusé de la modifier. À l'heure qu'il est, nos parts de la compagnie seront vendues aux enchères si on ne se marie pas pour au moins un an.

Il sentit Sofia se figer.

— Donc Cameron voulait m'épouser pour sauver ses parts de la compagnie ? s'enquit-elle, livide, en tournant vers lui des yeux écarquillés.

— Eh bien…

— Il cherchait vraiment à faire un mariage blanc

expéditif. Tu le savais depuis le début, et tu ne m'as rien dit. Je n'en reviens pas !

Il ne s'était pas attendu à une réaction aussi épidermique de la part de Sofia, d'autant qu'elle avait rencontré son frère.

— Cameron était le plus touché par la décision de notre grand-père, car ils ont toujours été très proches et c'est lui qui s'est le plus investi dans l'entreprise familiale. Il a dû se dire qu'en le prenant au mot, il allait prouver à notre grand-père que ce n'était pas raisonnable.

C'était du moins l'explication qui lui semblait la plus plausible.

— Donc il se fichait bien de moi et de mes sentiments. Il voulait simplement une femme docile pour un mariage arrangé. J'espère qu'il ne va pas réitérer l'expérience avec quelqu'un d'autre, fit-elle, secouant la tête, visiblement déçue et attristée par la situation.

Le silence s'installa entre eux, inconfortable. À quoi pensait-elle ? Regrettait-elle de lui avoir fait confiance ?

Enfin, elle leva les yeux vers lui.

— Et toi, Quinn ? Toi aussi, tu veux te marier pour te plier à la condition imposée par ton grand-père ?

Impossible de déchiffrer son visage qui s'était fermé. Était-elle en train de le voir comme le pire des goujats pour avoir lui aussi envisagé ce scénario ?

Ou pensait-elle aussi qu'un mariage pourrait leur être bénéfique à tous les deux ?

— Au départ, ce n'est pas ce que j'avais envisagé, mais…

Il s'arrêta, conscient qu'il marchait en territoire dangereux et désireux de ne pas anéantir ce qu'ils avaient construit.

— Mais ?

— Mais j'avoue qu'avec le souci de santé de mon grand-père, je ne sais plus si j'oserais m'opposer autant à la condition qu'il a voulu nous imposer.

— C'est-à-dire ?

— C'est-à-dire que…

Il était allé trop loin pour faire demi-tour. Habitué à prendre des décisions rapides et fermes, il fonça, même s'il n'était pas aussi bien préparé qu'il aurait dû l'être.

— Et si on se mariait ?

Comment un homme qu'elle venait à peine de rencontrer avait-il pu lui briser le cœur en aussi peu de temps ?

Elle connaissait Quinn depuis une semaine, mais leurs échanges avaient été placés sous le signe de l'intensité et cette période marquée par de nombreux chamboulements personnels. Peut-être était-ce cette situation qui l'avait amenée à accorder trop d'importance à Quinn, et trop rapidement.

Le chaos où ils s'étaient retrouvés avait créé un lien entre eux, les soudant face à l'adversité. La chaleur de leur passion et la volonté de préserver sa campagne de relations publiques l'avaient poussée dans les bras d'un homme qui n'était pas fait pour elle.

Il s'était imposé à elle à un moment où elle avait besoin de se sentir entourée et protégée. Si bien qu'elle s'était facilement confiée à lui. À présent, elle se rendait compte à quel point elle s'était trompée.

Ce n'était pas sa faute à lui si elle souffrait d'un mal de cœur sans précédent. Non, c'était sa faute à elle. Elle aurait dû se protéger davantage, surtout quand elle s'était rendu compte qu'il commençait à lui entrer dans la peau.

— Sofia ?

Il lui prit le visage entre les mains pour voir ses yeux.

Elle aurait voulu pouvoir céder à son toucher magique, mais les choses entre eux avaient changé. Tout avait changé.

— Cela pourrait résoudre de nombreux problèmes. Pour tous les deux. D'une part, cela pourrait mettre fin aux spéculations sur nos fiançailles. Les journalistes et tes collègues n'auraient plus qu'à te laisser tranquille et tu pourrais te concentrer à ton art, autrement dit ta priorité. D'autre part, cela garantirait mon accès à l'héritage de mon grand-père.

À bout de patience, elle s'écarta encore, soudain consciente de l'air glacial qui venait de s'engouffrer dans l'appartement.

— Il aurait pu simplement vous léguer son empire en divisant l'affaire en trois parts égales.

— Je pense qu'il voulait…

— Non ! lança-t-elle fermement.

Elle ne pouvait plus continuer à écouter Quinn alors que ses paroles venaient d'anéantir ses espoirs en suggérant un scénario complètement absurde.

— Non ?

— Non, ça suffit. Je ne veux plus t'écouter. Je t'ai écouté, j'ai compris ton idée, mais je refuse de l'accepter.

Elle se sentait trahie, blessée. Jamais la danse ne lui avait fait vivre un moment aussi décevant, mais elle devrait en prendre de la graine.

— Ce ne serait que pour un an, clarifia-t-il.

— « Que pour un an » ? ironisa-t-elle.

— Ce serait comme être en couple, mais l'opération serait encore plus bénéfique pour tous les deux. Je pourrais t'aider à consolider tes plans de carrière pendant cette période pour que tu puisses avoir un projet stimulant à réaliser au moment où tu décideras d'arrêter de danser.

Il comprenait très bien ses besoins pratiques. Malheureusement, il n'avait pas conscience des exigences émotionnelles qui entraient dans l'équation.

— La plupart des gens ne fixent pas une date limite à leur mariage, mais merci d'avoir été clair dans ta proposition.

Elle sortit d'un bond du lit, emportant le drap avec elle, incapable de rester assise calmement à écouter ce qu'il avait à dire sur le sujet. Leurs visions étaient aux antipodes et elle s'en voulait d'avoir été aussi naïve en pensant que leur relation avait un quelconque avenir au-delà d'un contrat.

— Sofia !

— Je pensais qu'il y avait vraiment quelque chose entre nous, Quinn.

Elle ramassa son haut et son pantalon et passa derrière un paravent pour s'habiller. Elle ne voulait surtout plus offrir sa nudité à Quinn.

— Il y a quelque chose entre nous, sinon je ne t'aurais jamais proposé ça.

Derrière l'écran, immobile, silencieuse, elle l'écouta s'habiller lentement.

— Je ne comprends pas pourquoi tu le prends aussi mal.

— Je le prends mal, car tu ne m'avais jamais parlé de la volonté de ton grand-père et de la nécessité pour tes frères et toi de vous marier afin d'hériter de votre part. C'est quand même un élément très important à mes yeux, très important dans le cadre de notre relation.

Sortant de derrière le paravent, elle ramassa son cache-cœur qu'elle enfila aussitôt.

— Mais enfin, Sofia…

— Il n'y a pas de « mais enfin » qui tienne. Ce n'est pas la première fois que tu me proposes ce mariage à l'amiable. Tu l'as fait l'autre jour quand on a découvert que la journaliste de *Dance Magazine* avait eu vent de l'agence matrimoniale. Tu as dit qu'au pire, pour sauver la situation, on pourrait se marier et faire taire les racontars. Tu ne crois pas que ç'aurait été le moment idéal pour me parler du testament de ton grand-père ? Au passage, tu aurais pu reconnaître que cet arrangement serait tout aussi intéressant pour toi que pour moi. Voire plus intéressant dans ton cas puisqu'il s'agit de ton héritage.

— Je ne vois pas en quoi nos points de vue sont différents. Je me suis dit que je pouvais satisfaire les exigences de mon grand-père, de même que tu as voulu maîtriser les commérages avant ton audition, répliqua Quinn.

Il était habillé, mais sa chemise n'était pas encore boutonnée et sa cravate pendait autour de son cou.

— Je voulais juste pouvoir me concentrer sur ma carrière et surmonter une période mouvementée, alors que je n'avais rien demandé. Toi, tu as surtout voulu protéger tes intérêts.

Elle tenait à lui montrer qu'il était bien plus coupable qu'elle dans ce conflit d'intérêts.

Il s'arrêta net, raide et tendu. Sa réaction indiquait qu'elle avait réussi à le toucher.

— Non, tu as tort. J'ai fait ça dans le but de protéger ma famille, ce qui est la chose la plus importante pour moi.

Voyant la douleur s'exprimer sur son visage, elle se sentit coupable d'avoir voulu le blesser à ce point. Elle repensa à son expression tendue quand il était entré dans l'appartement, mais elle ne pouvait plus s'attendrir sur lui : il lui avait tout de même caché la vérité.

— Tu m'as dit que tu pourrais perdre des milliards de dollars d'investissements si les gens ne pouvaient pas se fier à ta parole, mais comment peux-tu être digne de confiance si tu te comportes de manière aussi mensongère que tu l'as fait avec moi ? Finalement, tout ça n'est qu'une question d'argent.

Il la regarda, la mâchoire crispée, le regard rembruni.

— Tu as tort. Si ce n'était qu'une question d'argent, j'aurais trouvé une autre solution. Je voulais surtout m'assurer que l'héritage de mon grand-père ne tombe pas entre les mains d'inconnus, à cause de sa lubie de voir ses petits-fils installés dans la vie.

Il attendit qu'elle objecte quelque chose, mais elle ne voyait pas quoi ajouter. Elle se sentait perdue, vidée après une soirée forte en émotions où elle avait laissé la passion s'exprimer en elle. À bout de nerfs, elle ne savait plus à quel saint se vouer.

Dans le silence de la pièce, elle observa les reflets arc-en-ciel de sa bague de fiançailles. C'était la manifestation concrète de tous les mensonges qui les entouraient depuis le début de leur relation.

S'armant de courage, elle ôta la bague de son annulaire, espérant pouvoir se concentrer sur la véritable raison de sa présence à New York. Et sur la raison qui l'avait poussée à ne pas chercher de compagnon.

— Je suis désolée, Quinn, mais je ne vois pas comment continuer après ça. Je sais que je t'ai demandé d'être mon fiancé, mais tu es libre de tout contrat envers moi à présent.

En lui rendant la bague, elle voulait se libérer des fausses promesses et d'une relation fondée sur la duperie. Elle avait voulu faire confiance à cet homme, mais elle s'était fourvoyée et elle en payait le prix.

Quinn fixa longuement la bague qui reposait dans sa paume.

L'air s'épaissit entre eux, au point de les étouffer.

Son cœur tambourinait de colère. Elle aurait voulu qu'il parte sur-le-champ, pour pouvoir passer à autre chose et le maudire si elle le souhaitait. Mais il restait là, immobile, comme un rappel de ce qui aurait pu être.

Il ferma le poing sur la bague, les phalanges blanchies.

— Je sais qu'il n'y a pas que l'argent qui compte et que les gens sont importants, Sofia. J'ai l'impression que tu m'en veux d'être fortuné. Tu ne vois que mon argent, mais tu ne penses pas vraiment à la personne que je suis réellement.

Il la fixa du regard, comme pour la défier.

— Je ne sais plus ce que je vois, je ne sais plus ce que je crois, marmonna-t-elle, contenant à peine le flot d'émotions qui s'étaient accumulées sous la surface.

Debout à côté de la porte, il posa la bague sur une console en bois.

— Je ne veux pas être celui qui rompt nos fiançailles. Garde-la pour le moment, au cas où tu aurais besoin de satisfaire des personnes trop curieuses. Et bonne chance pour demain.

Il sortit de la chambre, puis quitta l'appartement. La porte se referma doucement derrière lui.

Elle choisit ce moment pour s'autoriser à flancher. En revanche, pas question de pleurer alors qu'elle avait l'audition la plus importante de sa vie le lendemain. Elle aurait tout le loisir de pleurer après.

Pourtant, alors qu'elle fermait les yeux, une larme s'échappa malgré tout. En dépit de la volonté de fer dictée par sa discipline professionnelle, son corps avait ses limites.

Elle pouvait s'imposer de danser malgré la douleur, une chute, une blessure, mais elle ne pouvait empêcher ses yeux de pleurer même si elle leur commandait de rester secs. De même qu'elle ne pouvait pas empêcher son cœur de se briser chaque fois qu'elle pensait à Quinn. Elle en était tombée éperdument amoureuse, en dépit de toute raison.

# - 12 -

Tourbillonnant sur la scène en une série de jetés, Sofia se préparait à danser pour Idris Fortier. Le chorégraphe était assis dans un fauteuil au milieu du studio, et Delaney était assise dans un coin avec sa caméra. Le chorégraphe lui avait néanmoins demandé de ne pas filmer l'audition en elle-même.

— Vous êtes prête ? lui demanda-t-il avec un accent marqué, le nez plongé sur sa tablette.

— Oui.

Elle avait à peine fermé l'œil la nuit précédente, et elle se demandait si sa séparation avec Quinn lui coûterait son audition.

Le rôle de sa vie.

Le succès qui lui garantirait une place dans le monde de la danse classique.

Certains danseurs étaient étoiles pendant douze ou quinze ans, parfois même plus, sans pour autant décrocher le rôle de leur vie.

Elle savait que ses genoux ne lui permettraient pas de durer aussi longtemps. Elle pourrait se faire opérer et tenter de revenir dans la course, mais c'était rare de retrouver son niveau d'avant une opération.

Elle avait besoin d'un coup de pouce pour avoir le choix quand elle quitterait la scène. Son but était de rester dans le milieu tout en jouissant d'un prestige qui lui ouvrirait toutes les portes.

— Qu'allez-vous danser pour moi ? demanda Fortier en posant sa tablette et en replaçant ses lunettes rondes pour se concentrer entièrement sur Sofia.

Depuis des semaines, elle avait choisi de danser l'une des chorégraphies de Fortier. Pour le flatter. Et aussi parce qu'il y avait moins de comparaisons possibles en dansant sur une chorégraphie moderne. Cela donnait plus de place à l'interprétation.

Mais en se réveillant, elle avait eu des images du *Lac des Cygnes*.

— Le *Lac des Cygnes*. Le dernier acte de la version de Grigorovitch.

Elle pouvait danser cet extrait sans partenaire puisque l'accent était moins mis sur le pas de deux que dans la version de Balanchine.

— Un choix intéressant. À l'opposé de ce à quoi je m'attendais.

Elle ignorait ce que cela pouvait bien être. Tout ce qu'elle savait, c'était que la plupart des grands danseurs n'osaient jamais opter pour ce genre de scène lors d'une audition, de peur d'être comparés à d'autres grands talents de la danse avant eux.

Aujourd'hui, elle s'en moquait.

Sereine en apparence, elle marcha calmement pour aller installer sa musique, puis prit le temps de se placer, prête pour son entrée en scène.

Son but était de prouver de quoi elle était capable en se montrant à la hauteur de cette œuvre. Elle se savait en mesure de démontrer son talent technique, mais elle voulait aussi exprimer la passion qui l'animait et qui, d'après certains critiques, ne transparaissait pas nécessairement de sa danse.

Si elle ne parvenait pas à atteindre son but, c'était qu'elle ne méritait pas ce rôle.

Alors qu'elle se mettait en place, elle ne put s'empêcher de repenser furtivement aux paroles de Quinn avant de la quitter la veille.

Chassant ces pensées, elle se plongea corps et âme dans la musique, se laissant entraîner par le rôle d'Odile et oubliant tous les soucis qui la tracassaient.

Elle n'avait pas envie de jouer la pauvre Odette qui perd Siegfried même si elle n'a rien fait de mal. En cet instant, elle avait besoin de la passion endiablée d'Odile pour mener Siegfried à sa perte.

Tournoyant à travers la scène en accomplissant de multiples pirouettes et figures, elle articula chaque phrase, laissant la musique la transporter alors qu'elle se fondait dans le rôle, ne faisant plus qu'un avec l'univers de la danse. Elle enchaîna des sauts impressionnants, s'appropriant l'espace comme si elle y était née. Ses fouettés rapides et impeccablement réalisés coulaient de source, les uns après les autres.

Elle n'avait pas l'impression de danser. Elle avait l'impression de brûler, de voler, de vivre la danse. L'énergie oppressée et l'envie non assouvie sommeillant en elle ressortaient telles des flammes ardentes, embrasant tout sur leur passage.

La danse était son mode d'expression, ses pas, ses paroles, et son corps le médium qui lui permettait de donner vie à ses émotions.

Lorsqu'elle atteignit la fin de la *coda*, avec un ultime fouetté parfaitement exécuté, elle tint sa position, immobile. Le théâtre était tellement silencieux qu'on entendait uniquement sa respiration.

Jusqu'à ce qu'une personne applaudisse.

Les applaudissements furent rapides, chaleureux et

sincèrement enthousiastes. Voyant que son examinateur était assis, immobile, elle sut que l'ovation ne venait pas de lui. Delaney avait-elle été impressionnée au point de manifester son approbation de la sorte ?

Peu importait. Elle avait donné le meilleur d'elle-même en faisant un sans-faute.

— Merci, mademoiselle Koslov, lança Idris Fortier avant de se lever.

Il se tourna vers la journaliste, l'air on ne peut plus sérieux.

— J'aimerais rester seul avec ma danseuse. Si vous voulez bien nous laisser…

Sofia alla arrêter sa musique pendant que Delaney sortait du studio.

S'étant essuyé le visage avec une serviette-éponge, elle sursauta en sentant qu'Idris Fortier s'était approché d'elle. Elle ne l'avait pas entendu arriver sur scène.

— Si je vous fais peur, ce n'est pas un bon début, lâcha-t-il sèchement.

— Je ne vous avais pas entendu, se justifia-t-elle, reculant légèrement pour se laisser un peu d'espace.

Elle sentit instantanément son corps se tendre. Elle n'aimait pas la proximité physique des gens qu'elle ne connaissait pas.

L'espace d'un instant, elle souhaita que Quinn puisse se matérialiser à ses côtés… N'était-ce pas ridicule de sa part ? Elle avait mis fin à ses fiançailles ; la bague était chez elle, sur la console, là où Quinn l'avait laissée.

— Vous savez, Sofia, j'ai été impressionné et j'aimerais beaucoup vous offrir le rôle, commença-t-il, sur un ton difficile à interpréter.

— Mais vous avez d'autres danseuses à auditionner.

Elle aurait dû être contente d'avoir réussi à l'impressionner. C'était son but et elle y était arrivée.

Cependant, quelque chose la gênait. Pourquoi était-il si proche d'elle ? Elle croisa les bras, comme pour se protéger.

— Je suis prêt à vous offrir le rôle dès à présent si vous êtes prête à travailler dur, reprit-il, lui décroisant les bras.

— Mais…

Il la fit taire d'un regard impérieux avant d'inspecter son corps de pied en cap.

— Cet extrait du *Lac des Cygnes* met en avant votre formation russe. Vous avez une très belle extension.

Même si son regard un peu trop scrutateur la mettait mal à l'aise, elle se rappela que son corps faisait partie de son art. La danse classique était une discipline physique et elle avait été touchée à maintes reprises par des danseurs, des maîtres de danse, des metteurs en scène et des chorégraphes. Donc ce n'était pas extraordinaire qu'Idris cherche à la toucher lors de leur première entrevue. Néanmoins, son regard n'était pas franc et son expression plus lascive qu'elle l'aurait souhaité.

Elle tenta de se reconcentrer sur l'instant présent. Il lui avait confirmé qu'elle avait le rôle. C'était incroyable !

— Je suis prête à me donner corps et âme à ce projet.

Les mains d'Idris s'attardèrent sur ses poignets, alors que ses yeux sombres la fouillaient avec une intensité déplacée.

— Que dira votre nouveau fiancé quand il apprendra que vous allez devoir me consacrer tout votre temps ?

Il ne bougea pas. Ne la lâcha pas non plus. Elle recula tout en lui souriant pour ne pas l'offenser.

— Il sera très fier de ma réussite.

Inutile de l'informer que ses fiançailles avaient été rompues. Étant donné le courant qui passait dans la salle, elle préférait ne rien dire et entretenir le mensonge afin de se protéger contre Idris Fortier. Il se trompait s'il pensait qu'elle deviendrait sa maîtresse, comme les deux danseuses de ses productions précédentes.

Le chorégraphe se raidit, le visage soudain fermé.

— Ah bon ? Beaucoup de relations sont détruites par la jalousie, pourtant. Cela peut empêcher un artiste de se concentrer.

Il avait raison. Et elle regrettait de ne pas avoir dit la vérité, elle qui avait rompu avec Quinn précisément pour ne plus vivre dans le mensonge.

— En fait, nous ne sommes plus fiancés. C'était une erreur. Nous allons l'annoncer à la presse…

— Voilà une excellente nouvelle, constata-t-il, en souriant de nouveau, d'une manière déstabilisante.

Sa réaction lui hérissa le poil. Elle ne le connaissait que depuis peu et, pourtant, elle savait déjà qu'elle n'aimait pas cet homme.

— Je suis d'accord. C'est une excellente nouvelle que nous puissions collaborer et je suis ravie à l'idée de me lancer dans cette aventure, répliqua-t-elle en ramassant son téléphone.

En se relevant, elle constata qu'il était de nouveau très près d'elle. Il lui prit la main et la baisa, sans mot dire.

— Je trouve pour ma part que c'est une excellente nouvelle que vous soyez libre. Allons déjeuner et fêter notre union.

— Non, désolée, aujourd'hui je ne peux pas.

Elle ne s'était pas douchée et n'avait aucune envie de passer du temps avec cet homme désagréable.

— Pourquoi ? s'enquit-il.

— J'ai rendez-vous.

— Je pensais que vous étiez prête à vous donner corps et âme à ce projet, s'insurgea-t-il, vert de rage.

Pas question de jouer à ce petit jeu-là. Elle avait

travaillé trop dur pour être traitée de la sorte, même par une référence de la danse classique.

— Je suis prête à me donner corps et âme sur scène et dans le cadre de ma vie professionnelle. Comme je savais que vous aviez deux autres auditions après moi, je n'ai pas pensé à libérer mon planning pour commencer à travailler.

— Finalement, je ne sais pas si je vais vous donner le rôle. Vous n'avez pas l'air d'être vraiment motivée, lâcha-t-il sur un ton dédaigneux.

— Monsieur Fortier, si vous recherchez une collaboratrice désireuse de donner le meilleur d'elle-même, je suis partante.

Elle voulait se montrer diplomate et ne pas perdre le rôle à cause d'un malentendu ou parce qu'elle avait passé une mauvaise nuit. Mais elle n'avait pas envie qu'il la touche, qu'il lui baise la main ou qu'il se croie permis de scruter son corps comme s'il lui appartenait.

— Et si je recherchais plus que ça ? Et si je pensais avoir le potentiel pour faire exploser votre talent créatif et faire ressortir le meilleur de vous-même ?

Elle sentit la colère monter en elle. N'avait-il pas vu qu'elle était capable de s'exprimer passionnément sur scène ?

— Et comment comptez-vous vous y prendre ? s'enquit-elle, réussissant tout juste à garder son calme.

Un bruit se fit entendre dans les coulisses. Quelqu'un était-il entré en silence dans le petit théâtre ?

— Venez dans mes bras et laissez-moi vous guider, murmura-t-il, comme s'ils étaient en train d'échanger des secrets.

Essayait-il de la séduire ? Dans tous les cas, elle en avait assez de ses simagrées. Pas question de laisser cet homme prendre l'ascendant sur elle avec de tels sous-entendus.

Avant sa rencontre éclair avec Quinn, elle n'aurait peut-être pas eu la force mentale ni le courage de s'affirmer. Mais Quinn avait bouleversé sa vie à bien des niveaux et, en cet instant, elle lui en fut reconnaissante, car elle éprouva le besoin de défendre son honneur et ses intérêts, malgré tout ce qui était en jeu.

Pour commencer, elle prit ses distances.

— Je me demande si vous visez toujours des danseuses qui manquent de confiance en elles, mais je suis désolée de vous apprendre que je n'entre pas dans cette catégorie. Je sais ce que je vaux et de quoi je suis capable. Je peux admirer votre talent sans pour autant être amoureuse de vous. J'espère que vous serez en mesure d'en faire autant, rétorqua-t-elle avant de tourner les talons.

Il se mit à déverser un flot de paroles perfides quant à son talent et à sa carrière. Il menaça de dire à tout le monde qu'elle n'avait pas eu le rôle parce qu'elle n'était pas à la hauteur. Faisant la sourde oreille, elle ramassa ses affaires sans mot dire et se dirigea vers les loges. En sortant, elle tomba sur Delaney.

La journaliste posa l'index sur ses lèvres pour lui faire savoir qu'elle ne voulait pas être découverte. Elle referma la porte du studio, laissant Fortier monologuer. Cet homme s'était montré profondément décevant, et elle se demanda si la véhémence de ses propos envers elle n'était pas liée au fait qu'elle était peut-être la première à oser lui tenir tête.

Delaney s'approcha d'elle dans le couloir.

— Sofia, j'ai enregistré une partie de l'audition. Et je suis restée même quand il m'a demandé de partir.

De mauvaise humeur, Sofia entra dans la loge qui lui avait été réservée.

— Franchement, vous ne pouvez pas me laisser tranquille ?

La journaliste posa un petit disque sur la coiffeuse.

— Attendez. Cette fois, vous devriez être contente de moi. Je peux prouver que vous avez donné le meilleur de vous-même et que votre audition était réussie. Vous étiez impressionnante.

— Vous trouvez ?

— J'en suis sûre. Et avec l'extrait que j'ai filmé, je peux le prouver. J'ai entendu ce salaud vous menacer de dire à tout le monde que vous n'aviez pas été à la hauteur.

— Oui…

— Et je n'ai pas tout suivi, mais j'ai cru comprendre qu'il vous avait fait des avances déplacées.

— C'est exactement ça. Au début, j'ai essayé de me convaincre que c'était simplement la folie de l'artiste qui s'exprimait en lui, mais j'ai fini par comprendre qu'il voulait tout simplement m'attirer dans son lit.

— Quel salaud !

— Je ne vous le fais pas dire. Mais je suis curieuse. Pourquoi avoir voulu filmer une partie de l'audition, malgré tout ?

— Je me suis dit que ça pourrait toujours servir. Par exemple, je pensais m'en servir pour vous persuader de me raconter l'histoire de Cameron McNeill et de l'agence matrimoniale qu'il a payée pour vous rencontrer.

— Quoi ?

La journaliste haussa les épaules, sans montrer aucun signe de honte.

— J'écris des articles pour la presse à scandale afin d'arrondir mes fins de mois. La vie à New York coûte cher. J'ai une formation de danseuse. J'étais d'un niveau convenable, dirons-nous. Mais quand je me suis blessée, j'ai dû tout arrêter. J'aimerais pouvoir écrire uniquement sur l'art de la danse classique, mais ça ne rapporte rien.

— Comment avez-vous su que Cameron avait eu recours à une agence matrimoniale ?

Sofia voulait savoir quelles informations détenait la journaliste. Maintenant qu'elle avait rompu ses fiançailles, Quinn ne serait plus à ses côtés pour l'épauler et la guider.

— Je sais juste qu'il a engagé Mallory West pour qu'elle lui trouve une femme. Voilà ce que je vais mettre dans l'article, mais si vous en savez plus…

— Vous essayez de troquer l'extrait de l'audition contre des informations sur Cameron McNeill ?

Sofia avait envie de rentrer chez elle et d'hiberner sous sa couette jusqu'à ce que cette folie prenne fin. Elle ne supportait plus cet environnement de requins. D'autant que Quinn lui avait brisé le cœur et que sa carrière était sûrement fichue depuis qu'elle s'était rebellée contre le plus grand chorégraphe de son époque.

— C'est ce que je voulais faire au début, mais j'ai changé d'avis, répondit Delaney en poussant le disque vers Sofia.

— Pourquoi ?

— Je ne supporte pas que des types usent de leur pouvoir pour manipuler les femmes. Disons que cet enregistrement est votre récompense pour avoir refusé les avances de ce goujat.

Sofia glissa le disque et ses chaussons dans son sac.

— Dans ce cas, merci, j'apprécie votre geste. Mais je ne peux pas vous donner de plus amples informations sur les McNeill.

— Vos fiançailles avec Quinn ont vraiment été rompues ? Ou vous avez prétendu ça pour convaincre Fortier que vous pouviez prendre le rôle ? s'enquit Delaney en montrant son annulaire sans bague.

— Pas de commentaire, répliqua-t-elle en souriant pour masquer le fait qu'elle souffrait de devoir parler de Quinn.

La nuit précédente, il s'était montré tellement aimant ! Était-il vraiment capable de se montrer aussi généreux au lit tout en voulant la tromper sur la nature de ses sentiments ? Avait-elle été injuste envers lui ? Elle aurait aimé avoir du recul et l'esprit moins confus pour peser le pour et le contre.

— Je ne sais pas qui a pris la décision, mais si j'étais vous, je ne le laisserais pas partir. Vous savez, même si c'est le célibataire le plus en vue à New York, vous ne verrez jamais son nom dans les tabloïds. Je ne le connais pas plus que ça, pourtant je sais que c'est un homme bien, insista Delaney en passant son sac en cuir noir à l'épaule et après avoir vérifié son téléphone.

— Merci de m'avoir donné votre point de vue, dit Sofia sans trop savoir comment réagir à son premier échange sincère avec la journaliste.

— Au fait, il y a dans le hall une femme qui vous cherche. Avec un accent. Oleska ? Olinka ?

— Olena ?

Olena Melnyk était une vieille amie de son père en Ukraine. Ils étaient allés lui rendre visite lors de leur passage à Kiev. Que faisait-elle à New York ?

— Olena, c'est ça ! confirma Delaney.

Sofia n'avait pas de répétition prévue pour le restant de la journée, et elle n'avait aucune envie de parler à cette femme. Elle voulait s'en tenir à son plan d'origine et rentrer chez elle pour tout oublier.

— Ah, Sofia !

L'accent ukrainien qui résonna dans le hall la fit tressaillir. Plus moyen de s'échapper.

— Olena ! Je ne savais pas que vous étiez de passage à New York.

— Moi venir à Des Moines voir mon fils. Mais j'arrête à New York voir votre père. Lui fâché contre moi.

Ne parlant que quelques mots d'ukrainien, Sofia était contente qu'Olena puisse parler anglais, même si la conversation était limitée.

Pour ce qui était de « fâché », avait-elle choisi le bon mot ? Sofia n'avait pas parlé à son père depuis son retour de Kiev. Elle avait laissé Quinn jouer l'agent de liaison et n'avait pris aucun de ses appels.

— Fâché ? Il était très content de vous voir, à Kiev.

— Lui très fâché. Moi pas choisir mari ukrainien pour vous. Moi donner vous à riche homme de New York. Pardon.

— C'était vous ?

Sofia secoua la tête, sidérée par cette révélation.

Le fait que son père ait engagé l'une de ses anciennes amies pour lui trouver un mari lui semblait plus pardonnable que s'il avait engagé une agence matrimoniale de luxe. Même si elle était contre le principe d'ingérence dans la vie privée, elle devait néanmoins reconnaître que son père avait essayé une approche personnelle.

— Oui. Lui vouloir bon mari ukrainien pour vous. Vitaly très fâché maintenant.

— Il ne m'a pas dit qu'il vous avait contactée à ce sujet. Et mon profil a fini sur un site de rencontres pour les hommes qui cherchent des femmes…

— Oui, j'ai fait ça. Venez. Moi expliquer à vous. Mais murs ont toujours oreilles, chuchota Olena en regardant d'un œil mauvais une jeune danseuse sortie de répétition.

— C'est vous qui avez posté ma photo et mon profil sur ce site ? s'enquit Sofia alors qu'elles sortaient dans le froid glacial de New York.

Une belle nappe de neige recouvrait la majeure partie du Lincoln Center.

— Mon neveu a aidé moi. Mais j'ai dit choses claires.

— C'est-à-dire ?

— J'ai dit : jolie femme riche doit trouver homme prêt à marier.

Sofia ferma brièvement les yeux, digérant la nouvelle.

Son père avait demandé à Olena de lui trouver un mari, et Olena avait posté son profil en ligne. Pas étonnant que Cameron l'ait trouvée par ce biais.

— Donc vous avez donné l'horaire d'arrivée de l'avion à quelqu'un ?

Sofia n'avait pas envie de prendre le métro. Marcher et prendre l'air lui ferait le plus grand bien. Avec un peu de chance, cela lui permettrait de se rafraîchir les idées et de panser son cœur lourd de tristesse.

— Il y avait homme intéressé. Très riche, beau. J'ai donné horaire d'arrivée.

Sofia n'en revenait pas.

— Mais vous pas contente ?

— Je ne suis pas contente, car mon père n'a pas le droit de contrôler ma vie. Il voulait me forcer à épouser un homme riche comme lui. Ce n'est pas ce que je veux.

Les doigts gelés, elle referma les poings dans les moufles jaunes tricotées par une fan, plusieurs années auparavant — une jeune danseuse étudiante qui n'avait pas été invitée à rejoindre la compagnie après avoir décroché son diplôme de l'école. La jeune fille était retournée dans le Nebraska, mais elle lui avait offert cette paire de moufles pour la remercier de sa gentillesse et d'avoir été une source d'inspiration pour elle.

Bizarrement, regarder ces moufles à cet instant précis lui fit prendre conscience que cela faisait partie des moments magiques de sa carrière. Elle avait déclaré à Quinn que sa carrière n'avait été qu'une suite d'efforts laborieux et constants sans la moindre magie. Mais ce n'était pas tout à fait vrai.

Avoir un impact dans la vie de quelqu'un, faire une différence dans le parcours d'une danseuse, cela relevait de la magie.

Avec le recul, elle se demanda si elle aurait été capable de saisir la beauté du geste avant d'avoir fait connaissance avec Quinn. Cet homme l'amenait à voir les choses différemment.

Olena la prit par les épaules, la ramenant à la réalité.

— Homme riche, bien. Pas important mais pratique. Homme doit surtout être bon, souriant et gentil.

— Comment ça ?

— Homme riche peut se concentrer sur femme. Homme riche pas besoin de lutter. Mais si homme riche et bon, alors mari idéal.

Olena avait raison.

Et Quinn avait raison également. Elle s'était trop attachée à sa fortune, la voyant comme un obstacle, le comparant à son père, au lieu de voir qui il était vraiment.

Décidément, elle avait l'impression de découvrir la vie et elle n'en revenait pas de tirer autant de leçons en si peu de temps, en parlant dans le froid à une Ukrainienne qui s'exprimait d'une façon sommaire et néanmoins habile.

Olena ouvrit grands les bras comme pour tenter d'embrasser la ville.

— Vous vouloir aller plus loin que cette ville ? Vous vouloir trouver homme différent qui donne autre vision de la vie ?

— Oui.

C'était en effet ce dont elle avait maintes fois rêvé, mais à présent, ce rêve lui semblait plus inaccessible que jamais.

Olena lui tapota la joue.

— Alors j'arrête mission. Moi plus aider. Vous dire à Vitaly que moi venir vous voir et parler. Lui pardonner moi, je crois.

La femme la prit dans ses bras, l'embrassa sur les deux joues, puis tourna les talons en direction du métro, ses bottes en fourrure s'enfonçant dans la neige.

Épuisée mais néanmoins décidée à continuer à pied, Sofia se dirigea vers le centre-ville. Elle abandonnerait peut-être d'ici une dizaine de rues mais, pour le moment, elle avait trop besoin de garder la tête à l'air libre.

Alors qu'elle arrivait à l'autre bout de l'esplanade du Lincoln Center, une Escalade noire s'arrêta le long du trottoir.

Elle ignorait pourquoi son regard avait été attiré par le véhicule, mais quand elle vit Quinn sortir par la portière arrière, elle eut l'impression d'être traversée de part en part par une décharge électrique.

Il la héla à travers le voile de neige qui tombait de nouveau sur New York.

— Je peux t'amener quelque part ?

Les battements de son cœur s'accélérèrent aussitôt, sa gorge s'assécha et son esprit se troubla à la vue de cet homme qui était encore plus beau que la veille.

— Non, merci.

Elle avait déjà du mal à lui résister en se tenant à dix mètres de lui, donc elle n'osait imaginer ce qui se produirait si elle se retrouvait assise dans l'intimité d'un habitacle luxueux. Surtout après avoir écouté Olena et reconnu qu'elle cherchait quelqu'un qui lui ferait découvrir la vie au-delà du petit monde où elle vivait.

Son refus ne découragea pas Quinn pour autant. Il se pencha à la portière du chauffeur, s'entretint quelques instants avec lui, puis la voiture repartit. Et il ne tarda pas à la rejoindre à grandes enjambées.

Même avant qu'il n'arrive à sa hauteur, elle sut qu'elle serait une proie facile.

Elle avait résisté aux avances malvenues d'Idris Fortier.

Elle avait tenu tête à Delaney, la journaliste curieuse.

Elle avait donné le meilleur d'elle-même pendant son audition.

Elle avait écouté docilement ce qu'Olena avait à lui dire.

Mais elle n'avait ni la force ni le courage de résister à la tentation que Quinn McNeill personnifiait.

Il s'arrêta devant elle, le regard sérieux.

— Nous devons parler, lâcha-t-il.

# - 13 -

Quinn avait demandé à son chauffeur de faire le tour de l'esplanade du Lincoln Center pour être sûr de ne pas rater Sofia après son audition. Au bout d'une heure, il avait été récompensé de sa patience.

Depuis qu'il l'avait quittée la veille, il n'avait cessé de penser à elle. Il était parti de son appartement car il pensait que c'était ce à quoi elle aspirait. En rentrant chez lui, il s'était senti blessé qu'elle ait pu réduire leur relation à des considérations financières.

Pour lui, cela n'avait pas d'importance mais, pour elle, cela en avait visiblement. Au réveil, à l'aube, il en était arrivé à la conclusion suivante : s'il voulait que leur relation ait un quelconque avenir, il devait prendre ses inquiétudes en compte.

Il avait trouvé quelques idées pour lui montrer que son engagement envers elle allait au-delà d'un mariage temporaire pour exaucer le vœu de son grand-père. Mais ces idées manquaient de précision.

Pour lui qui était un homme d'action, c'était insupportable de ne pas avoir un plan d'attaque concret pour la reconquérir. En l'espace de peu de temps à l'échelle de sa vie, elle était devenue sa priorité.

Elle était aux antipodes du monde des affaires où

il évoluait. C'était une artiste talentueuse. Tout en elle avait un effet magique sur lui.

Et il mourait d'envie de la faire sienne.

— Je rentrais chez moi à pied, annonça-t-elle, plus belle que jamais, emmitouflée dans son blouson noir.

Le col en fourrure remonté venait entourer son visage en forme de cœur. Ses cheveux tombaient en boucles sur ses épaules. De grandes bottes couvraient la majeure partie de son legging, tandis que ses moufles jaunes apportaient une touche de lumière à sa tenue, tel un rayon de soleil hivernal. D'ailleurs, ces gants symbolisaient les contrastes de sa personnalité. Sa sophistication naturelle s'alliait à merveille à ses tendances bohème.

— Je peux te suivre n'importe où. Mais si on traverse le parc, on sera peut-être plus tranquilles.

Il espérait aussi que ce chemin lui rappellerait de bons souvenirs.

Son but était de fournir l'environnement le plus propice possible pour qu'elle l'écoute et n'ait pas envie de le fuir à jamais.

— Si tu veux, consentit-elle, le suivant en direction de Central Park, comme après leur rencontre au Joe Coffee.

— Comment s'est passée ton audition ?

Il tenta de lui prendre son sac, mais elle ne le lâcha pas.

— J'ai donné le meilleur de moi-même. Il m'a offert le rôle.

— C'est formidable. Félicitations. Cela dit, tu n'as pas l'air très enthousiaste.

Était-ce la fatigue ? Les soucis ? Avait-elle passé la nuit à penser à la façon dont cela s'était terminé entre eux ? Quoi qu'il en soit, il aurait aimé qu'elle accepte de monter dans l'Escalade. Il aurait ainsi eu tout loisir de scruter ses réactions, de voir l'expression de son visage, les lueurs de ses yeux. Là, elle n'était pas obligée de le regarder.

— En effet, je ne suis pas enthousiaste, car j'ai vite compris que si j'acceptais le rôle, il s'attendait à ce que je sois aussi dans son lit. Je lui ai fait savoir que je voulais bien le rôle, mais que notre relation resterait strictement professionnelle.

Il bouillonna instantanément de colère.

S'il s'était trouvé en face de l'homme en question, il aurait eu envie de le frapper.

— Le salaud ! Pour qui se prend-il ?

— Pour quelqu'un à qui personne ne dit jamais « non ».

— Je suis désolé que tu aies eu à subir ça. Mais j'ai l'impression que tu t'en es très bien sortie.

— Delaney, la journaliste, était dans les parages et a vaguement suivi la scène. Si jamais Fortier essaie de me discréditer, j'ai un témoin et de quoi prouver qu'il ment.

— Tu crois vraiment qu'elle serait prête à témoigner en ta faveur ?

— Oui, répondit-elle en accélérant le pas.

Il la prit par la main.

— Sofia, ralentis s'il te plaît. Tu veux qu'on retourne le voir ?

— Non. De retour chez moi, j'appellerai la maîtresse de ballet pour lui raconter ce qui s'est passé. Et au fond, à mes yeux, le plus important aujourd'hui c'est d'avoir réussi à puiser en moi des forces insoupçonnées. C'était un sentiment agréable et grisant. Et j'ai été contente d'avoir eu le cran de tenir tête à Idris Fortier.

— Pourtant, tu as l'air agitée.

— C'est parce que je suis en ta présence et que tu as dit que nous devions parler.

— S'il te plaît, laisse-moi porter ton sac.

Après un instant d'hésitation, elle le lui tendit. Il eut l'impression d'être un chevalier du Moyen Âge venant de s'attirer les faveurs de sa dame.

Ils continuèrent à marcher sans parler, suivant le même chemin que la fois précédente.

Il finit par rompre le silence.

— Je voulais d'abord te dire que j'ai été mis en relation avec le site qui…

Elle l'interrompit.

— Je sais qui mon père a contacté pour me trouver un mari. Elle s'appelle Olena. C'est une vieille amie à lui. Ce n'est pas une entremetteuse professionnelle. J'imagine que c'est pour ça qu'il n'a rien dit quand vous vous êtes entretenus à ce sujet. C'est par son biais que Cameron a eu vent de mon arrivée de Kiev. Elle a fait appel à son neveu et ne s'est pas rendu compte que mon profil pouvait finir n'importe où sur Internet. Je lui ai fait comprendre que je n'avais pas besoin d'aide pour trouver quelqu'un et que, dorénavant, c'était moi qui prendrais le contrôle de ma vie amoureuse.

Ces mots eurent l'effet d'une gifle cinglante.

Ils empruntaient le même chemin que la dernière fois mais, aujourd'hui, il n'était plus question de beauté ni de légèreté.

— Tu sais, je n'ai pas fermé l'œil, la nuit dernière. Je n'ai pas arrêté de penser à ce que tu avais dit.

— On est deux, répliqua-t-elle, s'entourant de ses bras pour se réchauffer.

— Sofia, je ne voulais pas t'induire en erreur. Je sais que c'est l'impression que ça donne, mais c'est simplement lié au fait que tout s'est passé trop vite entre nous. On s'est rencontrés dans un aéroport par le fait du hasard. Puis on a cherché à t'éviter un scandale pour que tu puisses te concentrer sur ta carrière. Ensuite on a dû s'inventer un passé amoureux, on a appris à se connaître par téléphone, et enfin on a dû trouver d'où provenait la fuite de l'agence matrimoniale.

— Et moi, j'étais victime du décalage horaire et complètement obsédée par l'idée de plaire au roi des goujats, mais il n'empêche que tu aurais dû me parler du souhait de ton grand-père.

— Sofia, je n'en ai rien dit car je ne pensais pas m'y tenir. Je me suis même moqué de Cameron parce qu'il a voulu suivre ses instructions à la lettre. J'attendais que mon grand-père rentre de Chine pour lui en toucher deux mots et le ramener à la raison.

Sofia le sonda.

— Si tu penses vraiment que…

— Non, écoute-moi. J'ai passé la nuit à me demander comment arriver à te convaincre de ma sincérité. J'ai réveillé mon avocate pour lui demander d'établir de nouveaux contrats où je renonce à mon héritage de McNeill Resorts.

— Pourquoi ? s'écria-t-elle.

Il ouvrit son manteau et en sortit des documents froissés.

— Pour que tu me croies. Je les ai signés. Puis je les ai rangés en me souvenant que tu avais dit ne pas aimer l'idée du recours à des contrats dans le cadre d'une relation personnelle.

— J'ai dit ça ?

— Tu as dit qu'on n'avait pas besoin d'un contrat pour organiser notre planning ou quelque chose dans ce genre.

— Oui, je m'en souviens, maintenant.

— Je te les montre uniquement pour te prouver à

quel point je me suis creusé la cervelle, afin de trouver un moyen de te convaincre.

À présent, ils étaient dans une partie plus calme du parc.

— Me convaincre de quoi, exactement ?

Il lui prit une main, l'enveloppant dans les siennes.

— Tu sais, Sofia, hier soir, j'étais vraiment chamboulé et je ne me suis pas rendu compte des implications de mon comportement. C'était idiot de ma part de parler de mariage dans un moment pareil. Tu ne me connais pas depuis longtemps, donc tu ignores que je n'ai pas l'habitude d'improviser mes conversations de la vie quotidienne. Je suis habitué à parler affaires, à aller droit au but. Mais avec toi, c'est différent, et c'est ça qui est formidable. Je me suis senti capable de parler de tout. Sauf que je n'avais pas le droit de te mettre dans cette position.

— Donc tu n'avais pas l'intention de me demander en mariage, conclut-elle logiquement.

Cette fois, il prit son temps pour ne pas tout gâcher et brûler ses dernières cartouches. Il devait trouver les mots justes afin de la convaincre une bonne fois pour toutes.

— En fait, je cherchais à tout prix un moyen de te garder auprès de moi afin qu'on puisse continuer à se découvrir l'un l'autre. Je ne voulais surtout pas rompre nos fiançailles car je sentais que j'étais tombé amoureux de toi.

Sofia tenait un contrat, signé par l'un des hommes les plus riches du pays, stipulant qu'il renonçait à l'héritage de son grand-père. Il avait accompli ce geste insensé qui l'avait clouée sur place un jour où elle ne pensait pas que la vie pouvait lui réserver d'autres surprises.

Mais en l'entendant avouer qu'il était tombé amoureux d'elle, elle vécut exactement l'instant dont sa mère lui avait parlé. Un instant de beauté. Une beauté qu'on ne voyait pas mais qui nous enveloppait telle une bulle invisible.

Elle était précisément au cœur de cette bulle, en train de vivre un moment fabuleux en présence de l'homme sans qui elle ne pouvait plus envisager de vivre.

— Je sais que ça paraît fou…

Elle glissa le contrat dans son sac et lui prit les mains dans la chaleur de ses moufles jaunes qu'elle aimait tant.

— Je ne trouve pas ça fou du tout. J'étais là, je te rappelle.

— Je m'en souviens, répliqua-t-il, la voix rauque.

— Moi aussi je suis tombée amoureuse de toi, avoua-t-elle, la gorge nouée par l'émotion.

À présent, il était face à elle, la touchant quasiment.

Elle leva les yeux vers lui.

— Vraiment ?

— Oui, vraiment. Je t'aime du fond du cœur et je ne vois en toi que l'homme que tu es. Je te trouve formidable.

Puis il vint recouvrir sa bouche de ses lèvres chaudes et frémissantes, répondant à toutes ses questions, effaçant tous ses doutes.

Son cœur se gonfla d'une joie renouvelée, emportant tout sur son passage. Comment avait-elle pu croire un seul instant qu'elle n'était pas faite pour vivre aux côtés de Quinn ?

Ses bras vinrent l'entourer, comme un bouclier qui pourrait la protéger contre vents et marées. Elle huma son parfum enivrant, se soumettant à son étreinte si rassurante.

Il continua à l'embrasser, délicatement, fougueusement, amoureusement. Avec délectation.

— Je ne veux pas te perdre, Sofia. Je suis prêt à tout pour te garder, lui dit-il avant de reposer ses lèvres avides sur les siennes.

Une vieille dame passa à vélo et actionna sa sonnette.

— Bravo les amoureux ! s'écria-t-elle, gaiement.

Sofia rit de bon cœur en ayant une pensée pour sa mère.

— Tu ne vas pas me perdre.

Un monde de possibilités s'ouvrait à elle. Leurs vies entremêlées aussi étroitement que leurs souffles dans l'air glacial de New York.

— Dans ce cas, c'est le plus beau jour de ma vie. Comment veux-tu fêter ça ? demanda-t-il en la prenant par le bras.

Ils venaient de longer le lac qui menait à la 61e Est, là où se trouvait le Pierre.

Chez lui.

— D'abord, tu vas brûler tous les documents que tu as signés. Je veux que tu soutiennes ton grand-père et que tu puisses reprendre le flambeau avec tes frères.

— C'est très généreux de ta part, mais je n'avais pas du tout ça en tête pour fêter nos retrouvailles.

— Alors on va faire l'amour jusqu'au bout de la nuit, lui murmura-t-elle à l'oreille.

— Je trouve ce programme bien plus alléchant, approuva-t-il, le ton empli de sous-entendus.

— Ensuite, on essaiera de trouver un moyen de relancer ma carrière sans compter sur Idris l'Idiot.

— Aurai-je le droit de lui infliger une bonne correction ?

— Non, je ne crois pas qu'on ait besoin d'en venir aux mains, mais nous garderons cette solution sous le coude, pour le cas où.

Elle le suivit dans le magnifique bâtiment où il vivait. S'habituerait-elle un jour à tant d'opulence ?

— Je peux faire une suggestion ? s'enquit Quinn en appelant l'ascenseur privé qui menait à son appartement.

— Je t'écoute.

— J'aimerais remplacer la bague laissée par mon frère par quelque chose qui te ressemble davantage.

Comme elle ne réussit pas à masquer sa surprise, il réagit aussitôt.

— Non, je ne te demande pas de te fiancer avec moi. On peut prendre le temps d'apprendre à se connaître. Mais tant que le monde pensera que nous sommes fiancés, je me disais que ce serait bien.

— Tu veux vraiment que les gens pensent qu'on est fiancés ?

Elle entra dans l'ascenseur, contente de pouvoir se retrouver enfin isolée du monde avec Quinn.

— Nous ne sommes pas obligés de faire un communiqué ou d'expliquer quoi que ce soit à quiconque. On peut entretenir le mystère et ne rien dévoiler de nos projets.

Jamais elle n'avait vu ses yeux bleus briller à ce point.

— En effet, tu as raison. Notre vie privée ne regarde personne. Et nous savons que nous pouvons nous faire confiance.

C'était un sentiment tellement enivrant ! Elle ne savait plus où donner de la tête. Non seulement elle était transportée au dernier étage à vive allure, mais l'homme à ses côtés la transportait de bonheur. Elle éprouvait un amour profond pour Quinn qui la connaissait mieux que personne, lui qui avait tout fait pour lui montrer à quel point il l'aimait, à quel point il ne voulait pas la perdre.

Quand l'ascenseur s'ouvrit, ils entrèrent dans l'appartement et tombèrent dans les bras l'un de l'autre.

— Je te promets de te rendre heureuse, Sofia. Et pour la vie, dit-il, lui déposant une pluie de baisers dans le cou.

Aux anges, elle lui offrit le plus radieux des sourires.

— Je te crois, car être dans tes bras me comble déjà de bonheur.

SARA ORWIG

# Pour le sourire de Cody

*Traduction française de*
AURE BOUCHARD

*Passions*

HARLEQUIN

*Titre original :*
THE RANCHER'S SECRET SON

# - 1 -

Quand Nick Milan posa les yeux sur la petite carte de visite qui avait été agrafée au contrat posé sur son bureau, il fut de nouveau submergé par l'émotion. Exactement comme la veille au soir, quand il l'avait découverte.

— Claire Prentiss…

Le seul fait de prononcer son nom fit remonter à la surface un souvenir vaporeux. L'image d'une beauté brune, élancée, au regard sombre, qui se tortillait entre ses bras. Y repenser lui fit l'effet d'une torture, et il repoussa la carte de visite à l'autre bout de son bureau. L'heure de rencontrer son client pour ce qui aurait dû être le bouclage d'une transaction immobilière de routine approchait. Or, avec Claire comme interlocutrice, l'opération n'aurait rien d'une sinécure.

La violence de sa réaction à la perspective de revoir la jeune femme le perturbait au plus haut point. Voilà quatre ans que leur histoire d'amour avait pris fin. Quatre ans qu'il ne l'avait plus serrée contre lui. Quatre ans qu'elle avait décliné sa demande en mariage et que chacun avait repris sa route. Après cette terrible dispute qui avait abouti à leur rupture, il lui en avait longtemps voulu. Et puis, l'eau avait coulé sous les ponts… Alors pourquoi le seul fait de lire son nom sur un rectangle de bristol l'affectait-il encore à ce point ?

Claire Prentiss faisait désormais partie de son passé — du moins, s'efforçait-il de s'en convaincre. Elle était sortie de sa vie depuis des lustres. Aujourd'hui, elle était probablement mariée, mère de famille, et gérante de l'agence immobilière de son grand-père. Si elle avait gardé son nom de jeune fille, c'était sûrement pour raisons professionnelles.

Il consulta sa montre. Pourquoi diable tremblait-il ainsi ?

Il glissa le contrat dans son attaché-case qu'il referma en regrettant de ne pouvoir aussi aisément refermer la porte aux souvenirs…

Allons ! Il devait ressaisir. Il avait une vente à négocier.

Sur le trajet qui le menait sur le lieu de son rendez-vous, il s'efforça de se concentrer sur la transaction, qu'il regrettait maintenant d'avoir accepté de mener. Mais c'était pour un ami, Paul Smith, qui lui avait téléphoné la veille en fin de journée en lui signalant qu'il avait décidé de s'adjoindre les services d'un avocat. Il avait accepté, loin de se douter de l'implication de Claire dans l'affaire. Comment aurait-il pu imaginer une telle chose ? Elle était agent immobilier à Houston. Que venait-elle donc faire pour une acquisition à Dallas ? Aussitôt après son appel, Paul lui avait transmis le dossier à son bureau, et il ne l'avait lu que tard dans la soirée, une fois rentré chez lui. S'il n'avait pas été minuit, c'est-à-dire trop tard pour que Paul se trouve un autre avocat, il se serait retiré de l'affaire sur-le-champ.

Bien sûr il n'avait pas fermé l'œil de la nuit, tourmenté par tous ces souvenirs qu'il croyait effacés de sa mémoire.

Il ne lui fallut que quelques minutes pour arriver à

son rendez-vous. Sortant de sa voiture, il affronta le vent glacial de décembre qui fouettait les gratte-ciel de Dallas. Dans le hall de l'immeuble, il retrouva Paul, à qui il serra la main en ravalant les mots qui lui brûlaient les lèvres : « Trouve-toi un autre avocat ! » Au lieu de cela, ils s'engouffrèrent dans l'ascenseur qui desservait l'agence immobilière qui occupait tout le vingt-septième étage.

Alors qu'ils franchissaient les portes vitrées, Bruce Jernigan, le notaire de l'acquéreur, vint les accueillir.

— Messieurs, si vous voulez bien me suivre, la réunion va pouvoir commencer. Comme vous le savez, le vendeur a été hospitalisé et ne peut être présent, c'est pourquoi il se fait représenter par son agent immobilier, leur expliqua-t-il en les entraînant le long d'un couloir qui débouchait sur une salle de conférences aux opulentes boiseries.

En pénétrant dans la pièce, Nick reconnut Claire tout de suite. Dès qu'elle le vit, elle devint livide. Apparemment, elle ignorait qu'il assisterait à cette réunion. Contrairement à elle, il n'était pas sous le coup de la surprise, et pourtant son estomac se noua. Le souffle court, il s'avança néanmoins vers elle, main tendue, incapable de la quitter du regard. À vingt-quatre ans, c'était déjà une belle femme. Aujourd'hui, elle était simplement sublime.

Elle se redressa, ajusta la veste de son tailleur bleu marine, puis lui serra la main.

— Voilà que l'on se retrouve, dit-elle d'une voix qui masquait mal son malaise évident. Ravie de te revoir, Nick. M. Jernigan vient de m'annoncer que l'acheteur se faisait accompagner d'un avocat. Je ne me doutais pas du tout que ce serait toi.

Il ne fit aucun commentaire. Dès l'instant où leurs

mains s'étaient touchées, il avait ressenti une véritable décharge électrique. Encore une réaction inattendue qui le troublait plus que de raison. Depuis qu'il avait perdu Karen et leur bébé à naître deux ans plus tôt, les femmes ne lui faisaient plus aucun effet. Son cœur s'était refermé comme une huître. Même sa libido était en berne. Jusqu'à aujourd'hui. Le fait de revoir Claire le plongeait dans un état de fébrilité à la fois émotionnelle et physique qui le dépassait.

S'asseyant à côté de son client, il observa Claire. Svelte, le regard brun profond, ses mèches de jais retombant sur ses épaules… Elle était encore plus élégante que dans ses souvenirs. Et quand elle ouvrit la veste de son tailleur griffé pour s'asseoir, il vit qu'elle avait conservé sa taille de guêpe.

— Et maintenant, parlons affaires ! déclara M. Jernigan.

Tiré de ses pensées, Nick dut consentir de gros efforts pour se concentrer sur son travail au lieu de contempler Claire, ou de repenser à leur passé.

Au bout d'une demi-heure, il fallut faire une pause, le temps d'effectuer des copies de divers documents. Il sortit de la pièce pour appeler le cabinet et répondre à des messages. Quand il revint dans la salle, Claire était toute seule. Il ne pouvait faire autrement qu'aller lui parler.

Quand elle posa les yeux sur lui, il subit une nouvelle décharge électrique.

— Tu travailles toujours avec ton grand-père ? s'enquit-il. Il est toujours aussi énergique ?

— Non. Grand-père a eu une crise cardiaque suivie d'un AVC. Cela faisait longtemps qu'il me préparait à sa succession à l'agence, alors je l'ai reprise il y a deux ans.

— Tu as toujours été loyale envers ta famille. Les affaires marchent bien ?

— Ça va, répondit-elle avec un petit sourire. Le chiffre d'affaires augmente, et nous avons de bonnes références. J'imagine que tes parents, surtout ton père, sont fiers de tes carrières juridique et politique ?

— En effet. Surtout mon père. Tu es donc au courant que j'ai été élu député du Texas ?

— Oui, tu apparais dans la presse de temps en temps, dit-elle en rougissant un peu.

Serait-elle gênée d'admettre qu'elle avait suivi son parcours dans les médias ? Cela lui fit plaisir, même si lui, de son côté, s'était efforcé tant bien que mal d'oublier son existence.

— Tu as l'air en pleine forme, fit-il remarquer.

Malgré le sourire poli qu'elle lui adressa, il sentit une nouvelle vague de désir pulser dans ses veines.

— Merci. Je suis sûre que tu aimes ton travail de député. Je sais que la législature ne reprendra qu'en janvier. Tu vis donc ici à Dallas, les périodes où tu ne sièges pas à Austin ?

— En effet, confirma-t-il en voyant leurs interlocuteurs revenir.

Son aparté avec Claire allait prendre fin.

Elle le dévisageait de son regard profond, et il sentit les battements de son cœur s'accélérer. Sans vraiment comprendre pourquoi, il s'entendit proposer :

— Dînons ensemble ce soir, et on se racontera ce qui nous est arrivé pendant ces quatre années.

Elle écarquilla les yeux.

— Cela ne risque pas de déranger ton épouse ?

Ces mots lui firent l'effet d'un coup de poignard en plein cœur.

— Je pensais que tu étais au courant, Claire… Je

suis veuf. Ma femme a perdu la vie dans un accident de voiture il y a deux ans. Elle était enceinte.

Claire blêmit. Elle posa une main sur la table comme si elle allait tomber, visiblement en état de choc. Il la saisit par le bras, quelque peu surpris. Pourquoi la nouvelle de son veuvage l'affectait-elle à ce point ?

— Claire, est-ce que ça va ?

Aussitôt ses joues s'empourprèrent mais elle sembla se ressaisir en écartant son bras du sien avant de se redresser.

— Oui, ça va… Désolée, c'est juste… Toutes mes condoléances, Nick, je n'étais pas au courant, bredouilla-t-elle, visiblement ébranlée.

Elle s'en sortait avec une formule de circonstance, mais il vit que son trouble était plus profond. Il n'avait plus le temps de discuter. La réunion reprenait.

— Accepte mon invitation, dit-il. Nous dînerons tôt, si tu veux.

Elle le dévisagea si longuement qu'il eut l'impression qu'elle n'avait pas entendu. Mais elle finit par hocher la tête.

— D'accord, je te donnerai mon numéro après la réunion. Nos interlocuteurs nous attendent.

Alors qu'elle s'éloignait, il la vit reprendre contenance. Il s'assit, rassemblant les documents devant lui. Mais son trouble demeurait. La réaction de Claire était disproportionnée.

Il ne comprenait pas ce quasi-malaise qu'elle avait fait en apprenant qu'il était veuf et avait perdu son enfant à naître. Il aurait probablement l'explication ce soir au dîner.

Une heure plus tard, la transaction était entérinée. Claire le rejoignit et lui tendit un morceau de papier.

— Voici le numéro et le nom de mon hôtel.

— 19 heures, ça te va ?

— Parfait. Nick, je… Euh…

Son téléphone se mit à vibrer et il lui demanda de patienter un instant, le temps qu'il réponde. Quand il se retourna vers elle, deux minutes plus tard, elle était partie.

Il salua son client et ami, puis regagna son bureau, où il fut inondé d'appels. Il dut attendre la fin d'après-midi pour pouvoir songer à sa soirée avec Claire. À présent, il se demandait même pourquoi il l'avait invitée à dîner. Leur rupture quatre ans plus tôt avait été si douloureuse… Pourquoi se mettait-il en position de rouvrir cette blessure ? Cela lui faisait mal de repenser à cette période de sa vie. Une époque où il se donnait un mal fou pour réussir sa carrière d'avocat et se lancer en politique. Il avait alors besoin d'une épouse pour le soutenir, pour faire de lui sa priorité. Mais Claire s'occupait beaucoup de sa famille et la faisait passer avant lui. Apparemment, cela semblait être encore le cas aujourd'hui, vu qu'elle avait repris l'agence de son grand-père.

Rien n'avait changé.

Ce soir, il écourterait ce dîner. Juste le temps de prendre quelques nouvelles, et salut ! Il serait bien incapable d'aller au-delà.

Claire commanda des fleurs pour son client, et y fit joindre une carte de bon rétablissement. Une fois de retour dans sa chambre d'hôtel, elle lui adressa par SMS un bref compte rendu de la réunion, et put enfin repenser aux événements de la journée… et au dîner qui devait suivre.

Ainsi donc, Nick était veuf… Ses paroles résonnaient encore à son esprit : « Je pensais que tu étais au courant, Claire… Je suis veuf. Ma femme a perdu la vie dans un accident de voiture il y a deux ans. Elle était enceinte. »

Au moment où il lui avait annoncé cela, elle avait cru s'évanouir. À présent, elle regrettait de tout son cœur d'être venue à Dallas pour cette transaction. Jamais elle n'aurait pensé y retrouver Nick…

Elle ne s'était jamais remise de leur séparation, quatre ans plus tôt. À l'époque, il n'avait pas compris les contraintes familiales auxquelles elle était soumise. Il exigeait qu'elle chamboule toute sa vie pour se consacrer à lui, ce qui n'était pas envisageable pour elle. Alors elle l'avait quitté. Or, pas question de le faire de nouveau entrer dans sa vie au moment où elle affrontait une nouvelle période difficile.

Mais pourquoi avoir accepté ce dîner avec lui ? Elle ne voulait plus le revoir.

Le cœur battant la chamade, elle sortit son portefeuille de son sac et en tira la photo de Cody, son petit garçon. Le fils de Nick. Ce fils dont il ignorait l'existence… Il avait le même regard bleu, les mêmes cheveux bruns que son père. Son père qu'elle avait autrefois aimé de tout son cœur avant d'être anéantie par leur rupture. Très vite après, elle avait découvert qu'elle attendait un enfant de lui.

Elle ne l'avait pas informé tout de suite. Elle avait besoin de temps pour y voir plus clair. Leur dernière entrevue avait été douloureuse, ils s'étaient dit des choses qui aujourd'hui encore la glaçaient.

Nick l'avait demandée en mariage, exigeant qu'elle le suive à Washington DC, pour y devenir l'épouse mondaine dont il rêvait. Elle lui avait répondu qu'elle ne voyait pas comment ils pourraient s'installer ensemble alors qu'elle devait s'occuper de sa mère malade, tout en aidant son grand-père à gérer l'agence à Houston.

Il l'avait alors accusée d'être trop collée à sa famille pour pouvoir aimer un homme. Or, cela n'avait rien à voir. On venait de diagnostiquer à sa mère la maladie de Parkinson, et son grand-père avait fait un AVC. Tous deux avaient besoin d'elle.

Elle s'entendait encore accuser Nick d'avoir, de son côté, constamment besoin de l'approbation de son père, et de n'avoir choisi le droit que par tradition familiale — chez les Milan, tous les hommes devenaient avocats.

Sa dernière soirée avec lui avait été pleine d'amertume, de propos blessants, jusqu'à ce qu'il claque la porte sans qu'elle essaie de le retenir. Elle avait compris que tout était fini entre eux. Cette nuit-là, elle avait pleuré toutes les larmes de son corps. Les jours suivants aussi.

Nick n'avait pas cherché à lui téléphoner. De toute façon, elle aurait refusé de lui parler. Et puis elle avait découvert sa grossesse. Bien que toujours très en colère contre lui — et toujours aussi malheureuse —, elle avait prévu de lui annoncer la nouvelle. Même si elle redoutait sa réaction. Il aurait insisté pour l'épouser avec un argument de poids : avoir un enfant hors mariage aurait compromis son avenir politique.

Aussi avait-elle tenu à réfléchir d'abord, et les semaines avaient passé. Jusqu'au jour où, par le biais d'une amie, elle avait appris les fiançailles de Nick. En voyant avec quelle rapidité il l'avait remplacée, si peu de temps après leur rupture, elle avait été assaillie par une foule de sentiments allant de la colère à une immense tristesse en passant par une cruelle désillusion. Alors elle avait décidé de ne rien dire à propos du bébé. De laisser Nick se marier, fonder sa propre famille. Il avait déjà fait son choix et poursuivait son chemin de son côté. Elle ferait de même.

Mais aujourd'hui… Aujourd'hui il était veuf, et avait perdu un bébé à naître. Et, pour la première fois depuis la découverte de sa grossesse, elle se sentit obligée de l'informer de sa paternité. Malgré les horreurs qu'ils s'étaient dites, malgré l'amertume et la douleur de leur rupture, elle se devait de lui annoncer qu'il avait un fils. Il n'était pas juste de garder cette paternité secrète, alors qu'il avait déjà perdu un enfant.

Elle composa le numéro de chez elle, en proie à un besoin viscéral de parler à Cody. Ce fut sa grand-mère qui répondit, et elle eut l'impression d'être de nouveau une petite fille recherchant la sagesse de ses conseils pour résoudre ses problèmes. Or, elle était une adulte, désormais. Pas question d'inquiéter sa grand-mère avec de tels soucis alors qu'elle se trouvait à l'autre bout du Texas. Grandma serait au courant bien assez tôt.

Elle demanda à parler à Cody. Le seul fait d'entendre la petite voix de son fils lui donna envie de le serrer contre elle. Ils parlèrent de coccinelles et de son bassin à poissons, ses deux sujets préférés. Puis elle s'entretint brièvement avec Irene, sa nounou, qui s'occupait de lui chaque fois qu'elle partait en déplacement. Après quoi elle discuta près d'une heure avec sa grand-mère avant de raccrocher.

En reposant le téléphone, elle éclata en sanglots. La gravité de sa situation lui explosait à la figure. Nick était tellement proche de son père, de sa famille, qu'elle était certaine qu'il voudrait faire entrer son fils dans sa vie. Ce qui était son droit le plus strict. Elle allait devoir partager Cody avec lui. Mais selon quelles modalités ?

Pendant longtemps, elle s'était efforcée d'oublier Nick, mais le fait de le revoir aujourd'hui, de réaliser qu'elle devrait le mêler de nouveau à sa vie, à celle de sa famille…

Le regard dans le vide, elle se laissa submerger par les souvenirs.

Texan comme elle, Nick se trouvait à Washington quand elle l'avait rencontré. Une fois son diplôme de marketing en poche, elle avait rejoint l'agence de son grand-père pour qui elle travaillait déjà à mi-temps pendant ses études. Lors d'un congrès sur le marketing immobilier, elle avait accepté l'invitation d'une amie à un cocktail. Elle se souvenait encore du Martini qu'elle avait en main quand elle avait croisé le regard azur d'un homme grand et ténébreux à l'autre bout de la salle. Tout de suite, elle s'était sentie intriguée. Nick avait alors levé son verre dans sa direction, comme pour trinquer avec elle, et elle n'avait pu s'empêcher de sourire et de répondre en levant son verre à son tour.

— Qui est ce grand brun, là-bas ? Tu le connais ? avait-elle demandé à son amie.

— Bien sûr, c'est Nick Milan, un avocat qui travaille dans un cabinet prestigieux en ville. On dit qu'il aurait un avenir politique. Les Milan sont une ancienne et grande famille texane. Ils sont très riches. Mais je vois Nick venir vers nous. À mon avis, c'est pour toi… Je vous laisse faire connaissance !

— Ne me laisse pas ! Je ne lui ai jamais parlé !

— Justement, vous ferez connaissance ! avait répliqué son amie avant de s'éclipser au moment où Nick arrivait.

Son cœur s'était accéléré dès l'instant où elle avait plongé dans ce regard au bleu infini.

— Je crois qu'il est temps pour vous et moi de nous échapper de cette soirée. Nick Milan, enchanté. Célibataire et avocat. Je vis à Georgetown et j'ai envie de dîner avec vous. Et vous êtes mademoiselle… ?

— Claire Prentiss. Vous êtes l'avocat le plus éloquent que j'aie jamais rencontré. Vous ne m'avez même pas demandé si j'étais venue accompagnée de mon mari.

— Vous ne portez pas d'alliance. J'ai vérifié en venant à vous. Sinon, j'aurais tourné les talons. On dîne ensemble ?

— Je vous remercie, mais je ne vous connais pas. D'habitude, je ne sors pas avec des inconnus.

— Faites une exception. D'abord, je vous promets que je suis un gentleman. Ensuite, vous ne pouvez pas nier l'alchimie qu'il y a entre nous. Acceptez donc ce dîner !

— Vous êtes un rapide, hein ?

— Je sais ce que je veux, avait-il rétorqué en posant son verre sur une table pour la dévisager intensément. Mais si vous voulez plus de renseignements quant à mon pedigree, je peux vous dire que je suis originaire de Dallas, où mon père est juge, et que je travaille à Washington pour le cabinet Abrams, Wiesman et Wooten. Avec une liste de clients prestigieuse, si vous voulez savoir. Sinon, je vous ai vue discuter avec Jen West, qui me connaît bien. Elle pourra vous confirmer que je suis un gentleman. On peut aussi aller voir Lydia qui vous en dira plus sur moi.

À ces mots, il avait délicatement posé sa main sur son bras pour l'entraîner avec lui vers la jolie rousse longiligne qui donnait cette réception.

Cette dernière les avait accueillis avec un sourire.

— Je vois que vous avez fait connaissance, tous les deux !

— À peine, avait répondu Nick. Il me faut un certificat de bonnes mœurs pour pouvoir emmener Claire dîner.

Et après quelques secondes d'un échange plein d'humour, elle s'était retrouvée à l'arrière d'un taxi au côté de Nick. C'est à peine si elle avait vu les murs de l'élégant club privé où il l'avait emmenée, à peine si elle avait goûté à la bavette d'aloyau cuite à point qui lui avait été servie. Elle s'était laissé envoûter par Nick.

Grand, incroyablement beau et charismatique, il l'avait charmée en évoquant sa famille, arrivée au Texas au XIXe siècle, les amis qu'ils avaient en commun, et ses ambitions politiques. Ce soir-là, elle était tombée amoureuse de Nick Milan.

Et quand il l'avait invitée à monter boire un dernier verre chez lui avant de la raccompagner à son hôtel, elle avait accepté. Dès l'instant où elle avait franchi le seuil de son vaste duplex au trente-troisième étage, elle avait délaissé la vue panoramique pour se tourner vers son hôte qui l'avait enlacée.

— Claire, je viens de passer la plus belle des soirées. Dès que je t'ai aperçue, au cocktail, j'ai eu envie de faire ta connaissance et de t'emmener dîner ce soir, avait-il murmuré en fixant sa bouche avec intensité.

Alors, elle s'était hissée sur la pointe des pieds et avait enroulé ses bras autour de son cou tandis qu'il l'embrassait. À peine leurs lèvres s'étaient-elles rencontrées qu'elle avait senti son corps s'embraser. Dès le premier regard, elle avait bien senti cette alchimie entre eux, mais ce baiser n'avait fait qu'attiser le désir qui l'avait tourmentée toute la soirée.

Dès ce soir-là, ils étaient devenus amants. Et quand Nick l'avait raccompagnée à l'aéroport, après l'avoir persuadée de passer le week-end avec lui, il lui avait promis de venir la voir à Houston le week-end suivant. Au mois de juin, à l'issue d'un nouveau week-end en amoureux, il l'avait demandée en mariage.

Cela avait sonné la fin de leur histoire.

Elle se souvenait de cette soirée comme si c'était hier, et non quatre ans plus tôt.

Bien sûr elle s'était souvent demandé si elle n'avait pas été trop virulente, si elle n'aurait pas dû réfléchir un peu à la demande de Nick avant de la refuser. Mais elle revenait toujours au même constat : elle n'aurait pas pu abandonner sa famille. Et si c'était à refaire, sa réponse serait la même.

Elle se força à se concentrer sur le présent et son rendez-vous avec Nick.

Quelle que soit sa réaction quand elle lui révélerait l'existence de son fils, elle était sûre d'une chose : jamais elle ne retomberait amoureuse de lui. Il n'était pas question pour elle de revivre une telle douleur. De plus, il y aurait tant de choses à mettre en place aujourd'hui, entre la carrière politique fulgurante de Nick, l'agence qu'elle gérait, et ses grands-parents dont elle avait la charge. Sans parler du véritable enjeu de tout cela, à présent qu'ils allaient devoir se partager la garde d'un enfant…

Oh ! Seigneur ! Jamais elle ne pourrait partager la garde de Cody…

Soudain, elle eut envie d'annuler ce dîner et de prendre le premier vol pour rentrer chez elle sans revoir Nick, sans rien lui dire de sa paternité. Car quoi qu'il advienne, une fois qu'elle lui aurait parlé de leur fils, elle allait souffrir.

Elle se raisonna rapidement. Elle ne s'était jamais défilée devant ses responsabilités et ses devoirs. Et il était de son devoir d'informer Nick de l'existence de son fils ; un peu tard, certes, mais elle avait des excuses tout à fait recevables.

Elle se tourna vers le miroir de la commode, examinant son tailleur. Hormis un pantalon de ville et un chemisier en coton pour le voyage, elle n'avait que cette tenue à se mettre. Tenue qu'elle avait portée tout l'après-midi. L'hôtel possédait une boutique de luxe qu'elle se hâta de rejoindre, soucieuse de se trouver une robe pour ce soir. Si elle devait parler de Cody à Nick, elle tenait à le faire sous son meilleur jour.

À 18 h 50, enfin prête, elle examina une dernière fois sa tenue. Elle portait un collier de perles que lui avait offert son grand-père ainsi qu'un bracelet assorti qu'elle avait acheté. Elle ajusta sa robe à manches longues bleu marine, assez décolletée. Nick allait-il remarquer ses efforts vestimentaires ?

Il n'y avait qu'un moyen d'en avoir le cœur net. Elle récupéra sa pochette avec le téléphone qui contenait les photos de son fils, verrouilla la porte et quitta sa chambre.

Une fois dans l'ascenseur, elle ne put s'empêcher de penser au pire. C'était plus fort qu'elle, elle redoutait la réaction de Nick à l'annonce de sa paternité. Il allait être furieux de ce secret qu'elle avait gardé aussi longtemps. Mais elle craignait surtout qu'il n'exige de prendre Cody avec lui la moitié du temps. Pour lui, la famille, c'était sacré. Elle était sûre aussi que ses parents voudraient jouer leur rôle de grands-parents auprès de Cody. Et le juge Milan était connu et respecté de tous.

À peine avait-elle quitté l'ascenseur pour le vaste hall aux carreaux de marbre et palmiers en pots qu'elle aperçut Nick. Dans son costume gris charbon et avec sa cravate ton sur ton, il était de loin l'homme le plus séduisant de l'hôtel. En la voyant, il se dirigea vers elle d'un pas décidé.

Elle sentit son cœur s'accélérer. Elle eut beau se dire qu'elle devait se préparer à une grosse dispute avec lui et qu'il n'était pas question de se laisser séduire, rien n'y fit.

S'efforçant d'ignorer la chaleur qui l'envahissait, elle lui sourit en serrant machinalement son sac plus fort. Elle devait survivre à ce dîner sans larmes, sans rancœur… et sans désir. Elle prit donc une grande inspiration et se redressa.

Elle le devait. Pour Cody.

# - 2 -

En voyant Claire sortir de l'ascenseur, Nick sentit une onde de désir le traverser. Il nota chaque détail de sa petite robe bleue évasée mettant en valeur sa silhouette élancée aux courbes féminines, tout en révélant ses longues jambes galbées. De toute façon, quelle que soit sa tenue, son corps s'adaptait à toutes les coupes. Mais aujourd'hui… Aujourd'hui il la trouva particulièrement éblouissante.

— Bonsoir, dit-il en allant à sa rencontre. Tu es très élégante.

— Merci, répondit-elle avant de désigner un long couloir qui partait du hall. L'hôtel dispose d'un bon restaurant. Nous pouvons y dîner, ce sera plus simple.

Il sourit.

— Mais il n'y a rien de compliqué pour moi à t'emmener dîner en ville, répliqua-t-il en l'entraînant vers la sortie. Comment va ta famille, Claire ?

— Maman est décédée il y a un peu plus d'un an, et mon grand-père est en maison de convalescence. J'espère qu'il pourra rentrer à la maison avant la fin de l'année.

— Je suis navré. Et ta grand-mère, ça va ?

— Oui, mais avec son grand âge, ce n'est plus comme avant. Et toi, tu apprécies tes fonctions de député ?

— Beaucoup. Parfois, cela peut être frustrant, mais dans l'ensemble, la politique me plaît énormément, et j'envisage de me présenter au poste de sénateur, lors des prochaines élections dans quatre ans.

— Tu es ambitieux, mais ça, je le savais déjà. Je suis certaine que tu feras un excellent sénateur, Nick.

— Merci.

Mais pour l'instant, c'était plutôt son parfum un peu exotique qui le passionnait, et non la politique… Il se souvint soudain du soyeux de ses cheveux. Malgré leur rupture fracassante, il n'avait jamais pu oublier complètement Claire. La revoir lui avait fait un choc. Et pourtant, il n'avait aucune raison de continuer à la voir après ce soir. Ils rencontreraient les mêmes difficultés qu'auparavant, et même pire. Il n'avait aucune envie de souffrir de nouveau à cause d'elle.

Sa voiture les attendait devant l'hôtel. Le voiturier ouvrit la portière et fixa sans vergogne les interminables jambes de Claire tandis que cette dernière s'installait. Nick le rappela à l'ordre d'un regard appuyé et s'installa au volant.

Quelques secondes plus tard, ils étaient sur la voie rapide. Le soleil d'hiver venait de se coucher derrière les gratte-ciel, et les nombreuses guirlandes de Noël étincelaient dans la nuit naissante.

— Où allons-nous ? demanda Claire, brisant le silence.

— Je t'emmène dans un club privé dont je suis membre. C'est assez tranquille pour discuter, et on peut y danser certains soirs, notamment en cette période de Noël où l'ambiance est à la fête. On pourra donc faire quelques pas sur la piste… si je sais encore danser ! Je ne sors plus qu'en famille, ou pour le travail.

Claire se tourna vers lui, les yeux écarquillés.

— Ça a l'air de te surprendre, lui fit-il remarquer.

— Un peu. Mais tu es du genre à rebondir aisément. Même si on ne se remet jamais vraiment d'un deuil.

Il n'avait aucune envie de parler de son veuvage. Ce n'était pas un sujet de conversation pour ce soir.

— La transaction s'est déroulée sans anicroche, enchaîna-t-il. Tu conclus beaucoup d'affaires sur Dallas ?

— Très peu. Nous sommes intervenus pour rendre service à un client de longue date qui a subitement été hospitalisé et ne pouvait pas se déplacer.

— C'est toi qui diriges l'agence ?

— Oui. Grand-père suit une rééducation et espère retrouver le plus de forces possible, mais il ne pourra plus reprendre ses responsabilités. Il s'accroche quand même à l'espoir de passer de temps en temps à l'agence pour continuer à donner son avis. Il est fier de constater que depuis que j'ai repris les rênes, l'agence s'est développée.

— C'est l'essentiel.

Il n'était guère étonné de la réussite de Claire ; il avait toujours su qu'elle avait les compétences pour diriger l'agence, ainsi qu'un bon sens du relationnel.

Bientôt, il bifurqua dans une allée soigneusement entretenue qui serpentait à travers des arbres ornés de guirlandes lumineuses, jusqu'à ce qu'ils arrivent devant un immeuble en pierre. Après avoir confié la voiture à un voiturier, il entraîna Claire jusqu'au grand hall au milieu duquel se dressait un immense arbre de Noël, lui fit traverser le club-house en direction du restaurant, où on leur attribua une table à l'écart devant une immense baie vitrée offrant une vue panoramique sur le golf. La terrasse couverte était éclairée de guirlandes qui permettaient d'entrevoir, un peu plus loin, un petit bassin et ses deux fontaines.

À l'extrémité de la salle, un musicien jouait une ballade au piano tandis que deux couples dansaient. Le serveur vint prendre leur commande, et Nick demanda du vin blanc. Quand ils furent servis, il leva son verre.

— À la transaction réussie qui nous a réunis aujourd'hui !

— À cette transaction, murmura Claire sans grand enthousiasme.

— Voyons voir si nous savons toujours danser, déclara-t-il en se levant pour l'inviter.

Peut-être qu'un petit tour sur la piste de danse la dériderait. Ce soir, il la trouvait froide, sur la réserve. Elle semblait préoccupée. Avait-elle des soucis en dehors de l'état de santé de son grand-père ? Lui en voulait-elle encore pour leur rupture ? Elle ne ressemblait plus à la femme joyeuse qu'il avait connue. Cela dit, lui-même avait beaucoup changé.

À sa grande surprise, elle accepta.

Une fois sur la piste, il posa sa main sur sa taille en prenant soin de ne pas trop se coller à elle.

— Tu as toujours une bonne technique, nota-t-il en se remémorant les nombreuses fois où ils avaient dansé ensemble, le cœur battant la chamade.

Même aujourd'hui, il ne restait pas insensible à son contact, d'autant qu'elle le dévisageait intensément.

— Je te retourne le compliment, répliqua-t-elle. Mais si tu fais de la politique, j'imagine que tu sors beaucoup pour les mondanités.

— En général ce sont des dîners ou des galas de charité. Pas le genre d'événements où l'on peut trouver une jolie fille à inviter à danser.

À ces mots, il crut la voir rougir, mais elle se détourna rapidement. Il l'attira un peu plus contre lui, puis s'abandonna à la musique. Il aimait sentir Claire entre ses bras. Cette sensation lui était familière, rassurante. D'autant qu'une phrase le hantait : *Tu aurais pu épouser cette femme.*

À y repenser, son cœur saignait de nouveau.

Il y a quatre ans, quand Claire avait décliné sa demande en mariage et qu'il était rentré à Washington, il s'était tourné vers Karen. Amis depuis le collège, où ils avaient vaguement flirté, leur relation était devenue une évidence quand elle était venue s'installer à Washington, où elle avait accepté un poste dans le cabinet d'un ami du père de Nick.

À un moment où il ne voyait pas d'issue pour organiser sa vie avec Claire, Karen était là, à toujours avoir envie de sortir, à le charmer, à combler le vide de sa séparation. Originaire de Dallas, elle était la fille d'amis de ses parents, et était prête à s'installer où il désirait. Elle voulait se marier, avoir des enfants. Le cabinet de Nick tenait à ce que ses collaborateurs aient un foyer stable, et ses parents le pressaient de se ranger. Malgré son amour pour Claire, il s'était donc résigné à ne plus avoir d'avenir avec elle.

Ainsi, pour satisfaire tout ce petit monde, il avait fait sa demande à Karen. Il se souvenait encore de cette vague de mélancolie qui l'avait submergé, lors de la cérémonie, quand il s'était dit que c'était Claire qui aurait dû se trouver à côté de lui devant l'autel… Mais il s'était vivement repris.

Karen avait été une bonne épouse, belle et attirante, et avec le temps, il avait fini par s'attacher à elle. Elle s'était montrée aimante avec lui, l'avait soutenu dans sa carrière, et en échange, il lui avait offert la vie mondaine dont elle rêvait. Leurs deux familles étaient satisfaites. Et Claire était sortie de sa vie.

Même s'il ne l'avait jamais vraiment oubliée.

Aujourd'hui encore, en dansant avec elle, il devait se persuader qu'ils ne devaient surtout pas se revoir. Claire était plus que jamais investie auprès de sa famille, à Houston, tandis que lui se partageait entre Dallas et Washington, avec une évolution prometteuse de sa carrière politique.

Quant à cette alchimie qu'il ressentait en dansant avec elle ? Difficile de nier l'effet physique qu'elle avait encore sur lui. Mais cela s'expliquait sans doute par le fait qu'il était célibataire depuis longtemps.

Tout en la faisant virevolter au rythme de la musique, il fut envahi par les souvenirs de leurs étreintes, de leurs baisers passionnés… Le seul fait de baisser les yeux vers sa bouche déclencha en lui une bouffée de désir, brûlante, douloureuse. Il avait envie de l'enlacer, de se perdre dans sa douceur en lui volant un baiser… Car il se souvenait de ses lèvres soyeuses… et mourait soudain d'envie d'y goûter de nouveau. Il retint un gémissement. Lui dont la libido était en berne depuis deux ans était en proie à un désir irrépressible… et totalement malvenu.

Non, il n'embrasserait pas Claire. Impossible.

Il continua de conduire la danse, s'efforçant de se calmer, d'effacer ces souvenirs troublants. Il n'avait pas d'avenir avec Claire. À quoi bon se faire du mal ?

Pour chasser cette folle envie de lui faire l'amour là, tout de suite, au beau milieu de la piste de danse, il demanda :

— Qui est l'homme qui partage ta vie, Claire ?

Car une femme comme elle ne pouvait être célibataire.

— Il n'y a personne, répondit-elle. Pas le temps. Je suis trop occupée à diriger de l'agence, à prendre soin de ma famille, à rendre visite à grand-père cinq jours par semaine. Ma seule vie sociale se résume au bureau, à l'église et à ma famille. Je me dis toujours que les choses vont se calmer un jour, les problèmes se régler tout seuls, mais non.

— Tu travailles peut-être trop. C'est une grosse agence.

— Je gère trois agences et près de soixante-dix vendeurs. Nous couvrons l'immobilier commercial et résidentiel.

— Il s'agit d'une grosse entreprise, en effet. Combien d'agences ton grand-père t'a-t-il confiées ? Je pensais qu'il n'en possédait qu'une.

— C'était le cas. J'ai juste la chance de travailler avec des collaborateurs formidables.

— J'imagine que la chance n'y est pas pour grand-chose. Félicitations, je suis impressionné ! Tu dois être une femme très occupée.

— En effet. D'ailleurs, j'ai une grosse journée demain. Je prends l'avion à 6 heures du matin, et je dois être à l'aéroport pour 4 heures.

— Je t'y emmènerai.

Elle se mit à rire, le regard pétillant, et il fut la proie d'une nouvelle vague de désir au souvenir de tous ces moments où ils avaient ri ensemble.

— Je te remercie, Nick, mais tu n'es pas obligé de faire ça *en souvenir du bon vieux temps*. J'ai déjà réservé un taxi. Mais c'est très gentil à toi.

— Comme tu voudras. Si tu changes d'avis, l'offre tient toujours.

La ballade touchait à sa fin et fut remplacée par une chanson rythmée. En regardant Claire se déhancher, il fut de nouveau assailli par les souvenirs. Comment oublier toutes ces fois où ils avaient fait l'amour ? Comment ne pas la trouver désirable, aujourd'hui ? Elle lui faisait un tel effet… Depuis Karen, aucune autre femme ne l'avait mis dans un tel état. Peut-être le moment était-il venu pour lui de refaire sa vie ? Pourtant, il ne se sentait pas prêt. Et surtout pas avec Claire ! Pas question de revivre un tel cauchemar.

Tant bien que mal, il s'efforça de ne pas la regarder de trop près, et d'effacer les images érotiques qui se bousculaient devant ses yeux. Enfin, à son grand soulagement, la chanson se termina.

— On retourne s'asseoir ? suggéra-t-il. Je boirais bien un peu de vin.

Ils regagnèrent leur table et dînèrent. Un steak pour lui et du saumon pour elle, auquel elle toucha à peine. Elle devait s'inquiéter pour sa famille, ou pour son travail, car elle semblait très soucieuse. Comme si un mur s'était soudain dressé entre eux.

Peu importait ! À l'issue de ce dîner, il ne la reverrait plus.

Cela dit, il s'attendait à ce qu'elle ait un homme dans sa vie. Car elle semblait avoir accepté cette invitation à dîner par pure politesse, même si à deux ou trois reprises, il l'avait surprise en train de le dévisager avec insistance. Repensait-elle à leur dernière dispute ? À leur vie, si elle avait accepté de l'épouser ? Regrettait-elle sa décision ? Mais chaque fois que leurs regards se croisaient, elle baissait les yeux en rougissant. Comme si quelque chose la gênait.

Mais il était inutile de se torturer l'esprit à tenter de déchiffrer les pensées de Claire. Dans quelques heures, elle aurait de nouveau quitté sa vie. Pour de bon.

Elle devait penser la même chose, car elle posa sa tasse de café pour déclarer :

— Nick, ce fut un plaisir de te revoir, mais j'ai un vol très tôt demain matin.

— Bien sûr, répondit-il en se hâtant de demander la note.

C'était sans doute mieux ainsi. Même s'il n'élucidait jamais les raisons de ces mystérieux regards appuyés.

Tandis que Nick la ramenait à l'hôtel, Claire se répétait les mots pour l'inviter à monter un moment dans sa chambre. En bon gentleman, il la raccompagnerait sans doute jusqu'à sa porte et, une fois là, il serait simple de l'inviter à entrer. Ensuite… il n'y avait rien de simple à avouer à un homme que l'on avait donné naissance à son enfant il y a trois ans. Cela ne se faisait pas en public, dans un restaurant. Elle se devait d'être en tête à tête avec lui, et sa dernière chance approchait.

Une fois à l'hôtel, il confia sa voiture au voiturier.

Dans l'ascenseur, elle frémit. Quand ils arrivèrent devant sa porte, elle avait l'estomac noué. Soudain elle était pétrifiée à l'idée de lui révéler son secret.

Peut-être devrait-elle réfléchir quelques jours avant de lui parler de Cody ? Elle n'avait guère eu le temps de mesurer les conséquences d'un tel aveu sur sa vie et celle de son fils. Sans parler de celle de Nick.

— Claire, quelque chose ne va pas ?

Sa voix la tira de ses pensées, et elle sursauta en comprenant qu'elle était devant sa porte de chambre, clé en main.

Il venait de lui tendre la perche… Sauf que les mots ne sortaient pas.

*Dis-le-lui ! Dis-le-lui tout de suite !*

Impossible.

— Non, je pensais à quelques-uns de mes soucis…

— Peut-être travailles-tu trop, déclara-t-il à voix basse, en promenant un doigt le long de sa joue.

Elle leva les yeux et plongea dans ce regard azuré, ombragé d'épais cils. Comme Nick était beau… C'était un homme bien, intelligent, cultivé, raisonnable, séduisant… Oui, très séduisant… Et elle devait lui parler de son fils. En même temps, elle n'avait pas oublié les accusations qu'ils s'étaient lancées, au moment de se séparer : elle l'avait traité de fils à papa capricieux, lui l'avait accusée de ne vivre qu'au travers des autres.

Si elle lui parlait de Cody, quelles horreurs se lanceraient-ils à la figure, ce soir ? Elle n'avait aucune envie de revivre ce genre de dispute avec lui.

— Nick, je…

Dès l'instant où elle aurait parlé, Cody n'appartiendrait plus seulement à sa famille à elle. Elle allait devoir le partager, le laisser passer du temps avec son père. Ou pire… Nick ne risquait-il pas de le lui enlever ?

— Oui ?

— J'ai passé une très bonne soirée, articula-t-elle tout bas.

— Tant mieux. Je n'étais pas certain que tu avais apprécié. Ce fut une bonne soirée pour moi aussi. On s'embrasse en souvenir du bon vieux temps ? chuchota-t-il en déposant ses lèvres sur les siennes tout en l'enlaçant.

Dès l'instant où leurs bouches s'effleurèrent, elle ressentit ces étincelles qu'elle avait toujours ressenties auprès de Nick. Il resserra son étreinte et elle entrouvrit les lèvres alors qu'il l'embrassait avec une fougue qui, pendant quelques instants, effaça le passé et tous les problèmes qui se présenteraient à elle à l'avenir.

Le cœur battant la chamade, elle lui rendit son baiser avec fougue. C'était une folie, mais elle ne pouvait s'en empêcher. Elle était propulsée dans le temps, à l'époque des baisers fiévreux de Nick qui avaient si rapidement conquis son cœur. Elle ignora la petite voix dans sa tête qui la mettait en garde, et s'agrippa donc à ses épaules et à ce corps ferme, musclé, qui se plaquait contre elle. Le désir monta en elle à une vitesse folle. Voilà bien longtemps qu'un homme ne l'avait pas enlacée, embrassée avec une telle ardeur.

Quand ils s'écartèrent l'un de l'autre, Nick paraissait surpris. Quant à elle, ce baiser avait éveillé un désir qui avait effacé toutes ces craintes. Mais à présent qu'elle plongeait dans le regard bleu de Nick, elle y décela une certaine curiosité. C'était un homme intelligent. Il avait compris que quelque chose la préoccupait.

Toutefois elle ne pouvait rien dire. Les mots n'arrivaient pas à sortir. Ne serait-ce que pour l'inviter à entrer. Elle ferait mieux de prendre quelques jours pour réfléchir, consulter l'avocat de la famille. Alors elle lui sourit, en s'efforçant de se ressaisir.

— Merci pour ce merveilleux dîner, Nick. C'était chouette de te revoir. Et encore toutes mes condoléances pour ton épouse et votre bébé.

— C'est gentil, Claire, mais pourquoi ai-je l'impression que tu essaies de me dire autre chose ? demanda-t-il en la dévisageant comme s'il la rencontrait pour la première fois.

— Non, Nick. C'est juste que je dois être un peu surmenée marmonna-t-elle, nerveuse, en tentant de déverrouiller sa porte d'une main tremblante.

Il posa sa main sur la sienne et l'aida à ouvrir. En dépit de son anxiété, le contact chaud de ses doigts sur elle déclencha une véritable décharge électrique dans tout son corps.

— Si tu as envie de parler, Claire, je suis un vieil ami.

Elle eut l'impression de plonger dans un bain de glace.

— Merci, Nick. Bonne nuit, murmura-t-elle en

franchissant le seuil avant de se retourner vers lui. Je saurai m'en souvenir.

Il hocha la tête, en cherchant une dernière fois son regard. Puis il se dirigea vers l'ascenseur.

Mais quand elle referma la porte, elle fut submergée par la culpabilité. Pourrait-elle se regarder en face si elle rentrait à Houston sans avoir rien dit à Nick ?

Elle sortit dans le couloir au moment où la porte de l'ascenseur s'ouvrait. Nick se retourna à cet instant et fronça les sourcils en la voyant.

— Nick, tu veux bien entrer un petit moment ?

Il rebroussa chemin et la dévisagea une nouvelle fois de ce regard pénétrant qui la pétrifiait. C'était un homme impressionnant ; il avait du pouvoir, il était riche et possédait un carnet d'adresses truffé de gens influents. Comment réagirait-il en apprenant l'existence de Cody ?

— Claire, je serais ravi de t'aider si tu as un souci, assura-t-il d'une voix douce qui ne la rassura en rien.

— Entre un instant et prenons un verre, dit-elle en le guidant jusqu'au salon de sa suite qui offrait une vue plongeante sur la ville illuminée. J'essaie juste de trouver les mots… Qu'est-ce que je te sers ?

Elle alluma une lampe qui diffusa une lueur tamisée.

— Si tu as de la bière, dit-il en ouvrant le minibar, dont il sortit une bouteille de vin blanc. Ou ça ?

— Ça ira, merci.

— Pendant que je nous sers, tu peux réfléchir à ce que tu veux me dire. J'ai tout mon temps, Claire.

Elle hocha la tête, mais alors qu'il s'affairait, elle comprit qu'elle ne pourrait pas réfléchir en quelques minutes. Sans compter qu'elle hésitait toujours à tout avouer. Ne valait-il pas mieux attendre un peu, et le faire par téléphone, depuis Houston ? Cependant la culpabilité la rongeait. Elle ne pouvait décemment pas reprendre l'avion sans avoir annoncé à Nick qu'il avait un fils.

Installée sur le bord du canapé, elle le regarda revenir vers elle. Elle n'aurait pas pu rêver meilleur père pour son enfant. Nick avait tellement de qualités… Pourvu qu'il soit capable de lui pardonner ce qu'elle avait fait !

Il lui tendit un verre de vin blanc. Comme ses doigts frôlaient les siens, il fronça légèrement les sourcils.

— Tu as froid ! murmura-t-il en couvrant sa main avec la sienne, avant de s'accroupir devant elle. Qu'est-ce qui ne va pas, Claire ? Ce n'est pas un problème d'argent, vu la réussite de ton agence. Tu es malade ?

Incapable de prononcer un mot, elle secoua la tête.

— Qu'est-ce que je peux faire pour toi ? demanda-t-il tout bas.

— Il faut que je te parle, Nick. Assieds-toi, s'il te plaît. Cela risque de prendre un peu de temps.

Le regard pénétrant de Nick chercha le sien, puis il se leva, rapprocha une chaise du canapé et s'installa face à elle.

Elle but une gorgée de vin, puis posa son verre sur la table. Il lui prit la main qu'il serra entre les siennes.

— Tu veux que je t'apporte une couverture ? proposa-t-il.

— Non, ça va aller.

Ils se regardèrent longuement, et elle comprit qu'il gardait le silence pour la laisser parler, dès qu'elle serait prête.

— Nick, le soir où tu m'as demandée en mariage… Enfin on a eu cette affreuse dispute, et tu es parti. On ne s'est plus jamais revus. Il ne s'est écoulé que quelques semaines avant que tu te fiances à une autre, et que tu débutes ta carrière politique. Je suis certaine que tu t'en souviens.

— Évidemment. Nous n'avions pas réussi à tomber d'accord. Karen et moi, on se connaissait depuis le collège, on était même sortis ensemble. Quand elle est venue travailler à Washington, elle m'a appelé, et on a commencé à se voir. Elle venait de Dallas, et rien ne la retenait là-bas. Ma famille me poussait à me caser, à fonder une famille. Toi, tu venais de me rejeter. J'imagine que tu souffrais autant que moi. Il était clair que tout était fini entre nous.

Elle hocha doucement la tête, lui offrant l'approbation qu'il semblait chercher.

— J'ai proposé à Karen de m'épouser, et elle a accepté. Je sais que tout est arrivé très vite, que j'aurais dû faire en sorte de te l'apprendre moi-même, mais… j'ai pensé que tu ne voulais plus entendre parler de moi.

— J'ai d'abord appris que tu t'étais remis en couple, puis que tu étais fiancé. Tout cela très vite après notre rupture. Je dois t'avouer que cela m'a choquée, mais je savais que nous ne pouvions pas résoudre nos différends. À l'époque, ta vie était à Washington, entre ton prestigieux cabinet d'avocats et ta carrière politique. Il était évident qu'avec ton ambition, tu allais réussir. Mais nous avons eu des mots si durs l'un envers l'autre, que notre histoire a pris fin. En te laissant sortir de ma vie, je savais que tu poursuivrais ta route, que tu trouverais une autre femme, que tu fonderais une famille.

— C'est ce que j'avais prévu, confirma-t-il.

— Nick, nous avions tous les deux repris notre chemin…

— Claire, qu'est-ce que tu essayes de me dire ?

— Je tiens seulement à te rappeler que tu avais un

parcours tout tracé, une nouvelle carrière, un avenir en politique, une nouvelle épouse… Tu avais tourné la page.

Cette fois, il l'écoutait avec toute son attention. À n'en pas douter, il essayait de comprendre pourquoi elle tournait ainsi autour du pot. Alors elle prit une grande inspiration, espérant qu'elle n'était pas en train de commettre la plus grosse erreur de sa vie.

— Nick, à ce moment-là j'étais enceinte. De ton fils.

# - 3 -

Abasourdi, Nick regarda Claire fixement en s'efforçant d'enregistrer les paroles qu'elle venait de prononcer.

— C'était il y a presque quatre ans, dit-il à voix basse sans que ces mots s'adressent vraiment à elle.

Non… Elle ne pouvait pas avoir eu son bébé.

Il chercha dans son regard les nombreux secrets qu'elle pouvait encore garder. Livide, les épaules affaissées, elle paraissait terrifiée. Elle venait de lui révéler son secret et attendait sa réaction. Quatre ans plus tôt, il l'avait mise enceinte… Et elle avait donné naissance à leur bébé… Sans jamais le lui annoncer.

Il avait un fils ! L'enfant devait avoir trois ans.

Il n'arrivait pas à y croire…

Il était père !

Le souffle court, il se leva et se dirigea vers la baie vitrée. Un peu comme une série d'ondes de choc qui le frappaient, il réalisait petit à petit la portée de cette révélation : il était père. Il avait un fils. Un enfant à lui.

— Bon sang, Claire ! s'exclama-t-il en se tournant vers elle en serrant les poings. J'ai un enfant et tu ne m'as rien dit ! Comment tu as pu me faire une chose pareille ?

En la regardant à cet instant, il fut assailli de souvenirs. Il avait aimé cette femme, il avait voulu l'épouser.

Mais ils s'étaient disputés. Alors il avait épousé Karen. En s'efforçant de faire sortir Claire de sa vie.

Et voilà qu'il apprenait aujourd'hui qu'ils avaient fait un enfant dont elle ne lui avait jamais annoncé l'existence. Cela réactiva toute la colère qu'il avait éprouvée à l'époque.

— Tu n'as jamais eu l'intention de me dire la vérité ! dit-il, furieux. La seule raison pour laquelle tu l'as fait, c'est que nous nous sommes croisés aujourd'hui.

Claire se leva et vint de planter face à lui.

— Quand tu m'as annoncé que tu avais perdu ta femme et votre bébé, j'ai compris que je ne pouvais plus te cacher la vérité. Avant cela, le fait d'avoir un enfant hors mariage aurait brisé tes aspirations politiques, et tu le sais bien. Tu aurais préféré que je ne te dise rien. Quand tu t'es marié, j'ai pensé que tu allais fonder ta propre famille, et que l'enfant que je portais ne t'intéresserait pas.

— Mon propre fils ? Allons, Claire. Bien sûr que cela m'aurait intéressé ! J'ai un fils, articula-t-il avec émerveillement. Claire, c'est la plus belle nouvelle à laquelle je pouvais m'attendre ! Comment diable as-tu pu croire que cela ne m'intéresserait pas ?

— Je viens de te le dire. Si tu avais appris que je venais de donner naissance à ton enfant juste après ton mariage, cela aurait brisé ta carrière politique. Tu t'es marié quelques mois seulement après notre séparation. Je me suis même demandé si tu ne voyais pas déjà Karen quand nous étions ensemble. Et puis, ta femme n'aurait certainement pas voulu entendre parler de mon bébé, ajouta-t-elle en fermant les yeux, visiblement au bord du malaise. Nick, tu ne vois donc pas que tu m'avais rayée de ta vie ? Tu t'es fiancé sans même me prévenir !

— C'est vrai, j'aurais dû te le dire, mais…

— Ce n'est pas en revenant sur le passé que nous avancerons. J'essaie juste de t'expliquer pourquoi j'ai agi de cette façon.

— Tu ne pourras jamais justifier le fait de m'avoir caché cet enfant.

— C'est ce que je viens de faire. Tu aurais vraiment expliqué à ta fiancée que tu venais de me mettre enceinte ? Nick, tu étais *marié*, et de temps en temps je voyais des photos de toi dans la presse. Tu semblais heureux. Comment aurais-je pu imaginer que tu aurais voulu de notre enfant alors que tu venais d'épouser Karen ?

Il ne répondit pas. Elle avait raison. Mais là n'était pas le plus important. Ce qui comptait vraiment, c'était son fils.

— J'ai raté ses premières années, je ne l'ai pas connu bébé…, murmura-t-il. Il ne me connaît pas. Sait-il seulement que j'existe ?

— Non, il n'a que trois ans.

— Bon sang, Claire… J'ai raté tellement de choses…

— Je te le répète : à l'époque, je n'ai pas eu le choix. Et même aujourd'hui, cet enfant risque de compromettre ton parcours politique, crois-moi.

— Cela, je n'en ai rien à faire. Ce qui compte le plus, c'est que je connaisse mon fils.

— Tu dis cela maintenant, mais tu ne le penses pas vraiment. Toute ta vie, tu as rêvé de politique et de rejoindre les meilleurs cabinets d'avocats.

— Eh bien peut-être que j'ai changé. Mon avenir, c'est cet enfant, Claire. Pas une carrière. Tu ne peux pas m'empêcher de faire sa connaissance.

— Ce n'est pas mon intention. C'est pour cela que j'ai décidé de t'en parler, murmura-t-elle en détournant le regard. Pense que ta famille va mal accepter la nouvelle, surtout ton père. Tu sais que cet enfant va contrarier ses ambitions pour toi.

Là n'était pas le problème, songea-t-il. S'efforçant de garder son sang-froid, il inspira une grande bouffée d'air en serrant les poings.

— Tu m'as volé toutes ces années, Claire. Je ne pourrai jamais les récupérer…

Elle essuya les larmes qui roulaient sur son visage.

— Je le regrette…

— J'ai vécu un enfer, ces deux dernières années. J'ai perdu ma femme et le bébé qu'elle portait. J'aurais pu combler une partie de ce vide en rencontrant mon fils. Je n'arrive pas à croire que tu m'aies fait une chose pareille…

Le cœur en vrac, il repensa à tous ces moments de vide qu'il avait vécus. D'abord, sa rupture avec Claire. Puis la mort de Karen et de leur bébé. Et voilà qu'aujourd'hui il apprenait qu'il avait un fils de trois ans, un fils qu'il aurait dû tenir dans ses bras à sa venue au monde, un fils… Bon sang ! Il s'efforça de rester calme, de ne pas dire de méchancetés à Claire.

— Tu veux voir sa photo ? demanda-t-elle après un long silence.

À ces mots, il sentit sa colère s'évanouir.

— Tu as une photo ? Bien sûr que j'aimerais la voir !

Elle alla chercher son téléphone.

— Il s'appelle Cody Nicholas Prentiss.

— Tu l'as appelé Nicholas ? murmura-t-il, ému.

— Oui, en hommage à toi, répondit-elle en soutenant son regard. J'estimais que je te devais bien ça.

Elle lui tendit son téléphone qu'il accepta d'une main tremblante. Bouleversé, il découvrit le visage de son petit garçon. Son portrait craché au même âge.

— Oh ! C'est incroyable ! On dirait moi à trois ans !

s'exclama-t-il. Ma famille va adorer ce petit bonhomme. Merci de lui avoir donné mon prénom, Claire.

— Il te ressemble, c'est vrai. C'est un gentil petit garçon épanoui et très sociable. Même bébé, il souriait dès que quelqu'un lui parlait.

— C'est merveilleux, murmura-t-il en sans pouvoir quitter la photo des yeux.

— Ma grand-mère s'occupe de lui deux jours par semaine et, le reste du temps, j'ai une baby-sitter. J'ai pris un congé parental les sept mois après sa naissance. Jusqu'à il y a six mois, grand-père vivait encore à la maison.

En découvrant le visage de son fils, Nick sentit des larmes de joie lui monter aux yeux. Sa colère et toutes ces années de douleur s'effacèrent comme par miracle.

— C'est une nouvelle extraordinaire, Claire. Ce petit est parfait. Ta famille était avec toi pour la naissance ?

— Oh oui ! Maman était encore en vie, tout le monde était enchanté. Quand il était bébé, chacun le berçait à tour de rôle pour qu'il s'endorme le soir. Grand-père lui a lu des histoires très vite, alors qu'il parlait à peine, cela lui faisait plaisir.

— Tu peux m'envoyer cette photo ?

— Oui. J'en ai d'autres sur mon iPad. Je vais le chercher. Je vais toutes te les envoyer.

Il la regarda quitter la chambre, le regard fixé sur son déhanché gracile et ses longues jambes. Que se serait-il passé s'il l'avait épousée, elle ? S'il avait trouvé une solution pour organiser leurs vies respectives ? Il était tellement amoureux d'elle, à l'époque… Et pourtant, cette dispute avait tout fait voler en éclats. Karen avait refait surface à ce moment-là, représentant une solution à ses problèmes. Même si cela n'avait pas suffi à apaiser la douleur déchirante de leur rupture.

Le jour même de son mariage, il avait pensé à Claire qui n'avait pas voulu de lui, mais c'est Karen qui lui avait dit oui devant le prêtre.

Si seulement il avait su que Claire était enceinte…

Non, inutile de ressasser le passé.

Tout en regardant la photo de ce petit garçon qui lui ressemblait tant, il pensa à toutes ces années qu'il avait perdues auprès de lui. Cela dit, la joie, l'émerveillement et la fierté furent plus forts…

— Cody Nicholas, murmura-t-il. Mon fils…

Combien de temps lui faudrait-il pour s'habituer à cette nouvelle extraordinaire ?

Claire le rejoignit, iPad en main. Il ne put s'empêcher de l'observer des pieds à la tête, le cœur battant soudain plus fort. C'était une femme sublime. Plus belle encore qu'il y a quatre ans. Cet après-midi, elle s'était montrée posée, sûre d'elle, menant les négociations de la transaction avec aisance. Ce soir, il avait redécouvert sa facette sensuelle, laquelle était loin de le laisser indifférent…

Et voilà qu'elle lui apprenait qu'elle était la mère de son enfant. Un nouveau paramètre dans l'équation.

Sans doute devrait-il montrer à Claire à quel point cette nouvelle le rendait heureux. Sans doute devrait-il lui pardonner de ne pas le lui avoir dit plus tôt. Cela lui prendrait du temps, mais Claire était la mère de son fils, il ne devait pas l'oublier.

— Viens t'asseoir et je te montrerai d'autres photos, déclara-t-elle d'une voix plus détendue en gardant les yeux rivés sur l'iPad. Je viens de retrouver ses photos de bébé.

— Formidable, dit-il en posant une main sur son épaule avant qu'elle ne s'installe sur le canapé.

Écarquillant les yeux, elle chercha son regard.

— Qu'y a-t-il ?

— Claire, tu es la mère de mon enfant. Cela nous lie, toi et moi, pour le restant de nos jours. Même si je ne peux m'empêcher de t'en vouloir, je suis bien plus fou de joie et reconnaissant. Je regrette de n'avoir pu être à tes côtés pour cette grossesse, pour l'accouchement, mais c'était ton choix. Il y a une chose que je tiens à te dire : merci. Même si c'est totalement inapproprié.

Il passa ses bras autour de sa taille et l'attira contre lui.

— Merci, répéta-t-il la gorge nouée. Merci, Claire.

Ils restèrent enlacés quelques instants, puis il sentit des larmes au creux de son cou et s'écarta d'elle.

— Pourquoi pleures-tu ? demanda-t-il en lui essuyant les joues.

— Ne m'enlève pas Cody, Nick, murmura-t-elle en fermant les yeux. Je sais que tu vas vouloir faire partie de sa vie. Tes parents aussi, une fois qu'ils l'auront rencontré.

— Je ne sais pas comment nous allons nous organiser, mais jamais je ne t'enlèverai notre petit garçon, lui assura-t-il. Ce serait faire du mal à mon propre enfant.

À ces mots, elle s'éloigna de lui, et il se demanda si elle le croyait. Il choisit de laisser tomber le sujet pour l'instant ; il était trop tôt pour en parler.

— Voyons voir ces photos, reprit-il en s'asseyant à côté d'elle sur le canapé.

Elle lui tendit la tablette et cliqua sur un dossier.

— Commençons par sa naissance… Voici la maternité.

— Tu me les enverras ? Toutes ? Oh ! bon sang ! Mais pourquoi ne m'as-tu rien dit ? demanda-t-il d'une voix éraillée en découvrant l'image d'un nouveau-né endormi, coiffé d'un bonnet bleu.

— Je t'ai déjà fait la liste de mes raisons. Réponds-moi avec sincérité, Nick. Aurais-tu ressenti la même chose qu'aujourd'hui pour Cody si je t'avais tout avoué à l'époque ?

Il plongea dans son regard sombre et réfléchit un instant.

— Pas forcément tout de suite, au moment de mon mariage, tu as raison. Karen aurait sûrement très mal pris la nouvelle, mais je continue de penser que j'avais le droit de savoir. Toutes ces choses que j'ai ratées avec lui… Surtout après avoir perdu Karen. Toutes ces années effacées, murmura-t-il en regardant la date au bas d'un cliché montrant Claire et Cody quittant la maternité. Claire, quand je vois cette date… Je n'étais pas fiancé quand tu as découvert ta grossesse, fit-il remarquer en fronçant les sourcils. Pas si tu as accouché à terme.

Elle releva le menton et le défia du regard.

— J'étais en état de choc quand j'ai compris que j'étais enceinte. Il m'a fallu du temps pour me faire à l'idée, me projeter dans l'avenir. Il a fallu que je l'annonce à ma famille. J'étais en train de préparer mon avenir quand j'ai appris que tu venais de te fiancer.

— À ce stade, je pouvais encore annuler mon mariage avec Karen, dit-il sans être certain de ce qu'il aurait fait.

Elle lui jeta un regard dubitatif mais ne fit aucun commentaire.

— On venait de rompre de façon retentissante, Nick. Je ne vois pas comment on aurait pu se remettre ensemble.

— C'est vrai, admit-il, les yeux dans le vide tout en repensant à cette période de sa vie. On reprend les photos ?

La suivante montrait Claire devant la maternité avec le bébé emmailloté dans les bras. Celle d'après, le visage de Cody, profondément endormi, enveloppé dans une couverture. Nick n'avait jamais vu de bébé aussi beau.

— La vie m'a privé de la naissance de mes deux enfants, déclara-t-il soudain, en proie à une grande amertume.

Puis il découvrit Cody tour à tour dans son berceau, dans les bras de Claire, puis dans ceux de sa famille. Il admira sa chambre décorée avec des personnages de Winnie l'ourson.

— Tu n'avais pas prévu de m'annoncer l'existence de Cody, n'est-ce pas ? demanda-t-il comme la colère se remettait à gronder en lui.

Serait-il capable de garder des relations normales avec cette femme qui l'avait écarté de la vie de son fils ? Arriverait-il un jour à lui accorder de nouveau sa confiance ?

— Je savais que Cody finirait par me poser des questions en grandissant, répondit-elle, très calme. Je savais que je ne pourrais éluder indéfiniment, mais à mesure que le temps passait, je me suis laissé aller à la facilité.

Il se retint de faire une réponse désobligeante, préférant se concentrer sur la série suivante de photos qui montraient le premier anniversaire de Cody. De nouveau, il ressentit de vifs regrets de n'avoir pu prendre part à ce genre d'événements.

— Où as-tu fêté son premier anniversaire ?

— Chez mes grands-parents. Aujourd'hui, ils vivent chez moi. J'ai fait construire une grande maison pour les accueillir.

Ils poursuivirent ainsi la longue série. Claire commenta chaque photo, chaque événement. Il pouffa en découvrant Cody, du gâteau au chocolat plein ses petites mains et le visage.

— Celle-ci est géniale ! s'exclama-t-il. Il a l'air d'adorer le chocolat. Et de passer un super moment.

— C’est le cas. C’était la première fois qu’il goûtait au chocolat ! Je suis très stricte pour ce qui est des sucreries.

— Il a été très entouré, au cours de ses premières années. On voit qu’il a été un bébé choyé, très épanoui.

Sur les photos suivantes, Claire était en maillot de bain, tenant Cody par les mains alors qu’il barbotait dans une immense piscine.

— Chez qui est-ce ? demanda-t-il.

— Une amie. Je ne veux pas de piscine tant que Cody est petit, même s’il commence à savoir nager et se hisser hors du bassin par le rebord. Un accident est si vite arrivé.

— Sur ces clichés, on ne dirait pas que tu viens d’accoucher, fit-il remarquer en contemplant ses longues jambes galbées, sa taille de guêpe et ses rondeurs féminines.

De nouveau, il ressentit ce trouble… Ce désir… Claire était en train de réveiller tous ses sens endormis. Il se tourna vers elle. Elle le fixa sans un mot. Il eut soudain envie de la serrer contre lui… Mais ce n’était pas possible. Pas maintenant.

Il dut faire un effort pour garder ses mains sur ses genoux et continuer à regarder les photos.

— À l’époque, j’allais en salle de sport trois fois par semaine, répondit-elle. Aujourd’hui, j’ai fait installer une salle de gym à la maison.

— Tu ne vas pas rester célibataire éternellement, Claire.

Elle laissa échapper un petit rire.

— Je suis trop occupée ! Et quand j’ai un peu de temps, je le passe auprès de Cody. Je m’accorde au moins un jour par semaine pour travailler de la maison.

Bien sûr, cela évoluera quand il ira à l'école, mais pour l'heure, cela nous convient.

— Tant mieux.

Claire était une bonne mère, il n'en doutait pas une seconde. Toutefois, il était surpris qu'aucun homme n'ait encore réussi à lui prendre son cœur. Une femme aussi belle, à qui tout souriait, attirait généralement les hommes. Peut-être les éconduisait-elle un à un ? Sans savoir pourquoi, cette idée ridicule lui procura un sentiment de satisfaction.

— C'était un bébé facile ? s'enquit-il. Ou a-t-il eu des soucis ?

— Oh ! Très facile. Il était entouré de quatre adultes, dont trois qui s'occupaient toujours de lui. Maman se contentait de lui raconter des histoires, de lui lire des livres. Nous l'aidions à le prendre sur ses genoux. Il y avait toujours quelqu'un à sa disposition, donc tout le monde y trouvait son compte. Voilà pourquoi il est si facile à vivre. C'est un véritable amour.

— Je voudrais le rencontrer le plus tôt possible.

— Nous allons nous organiser, Nick, dit-elle en le scrutant de ce regard sombre qui cachait si souvent ce qu'elle ressentait. Tu veux que je te prenne en photo pour la montrer à Cody quand je lui parlerai de toi ?

— On peut même faire un selfie ! Cela le rassurera de me voir avec toi.

Elle hocha la tête sans grand enthousiasme, et il la prit par l'épaule.

— J'ai les bras plus longs… Laisse-moi prendre la photo !

— Si tu veux, dit-elle d'une voix morne alors qu'il dressait l'iPad devant eux.

— Essaie de sourire, Claire ! Pense à Cody.

Il prit la photo, vérifia l'image et sourit.

— Et voilà ! Merci Claire, ça fait une jolie photo.

— Il sera content de voir à quoi tu ressembles.

— Il n'a jamais évoqué le sujet ? Jamais posé de question au sujet de son papa ?

— Non. Et puis il n'est pas encore scolarisé, donc il n'est pas au contact d'autres familles.

— Il n'a pas de petits copains ?

— Oh si, mais à cet âge-là, ils jouent sans vraiment discuter. Il n'a que trois ans, Nick. Tu sais, les enfants vivent au jour le jour.

Il continua de parcourir les photos de son fils, jusqu'à la période récente.

— J'ai hâte de le rencontrer, murmura-t-il. Vendredi, je peux prendre un vol pour Houston, et nous passerions le week-end ensemble. Qu'en dis-tu ?

Elle passa une main sur son front.

— J'avoue ne pas avoir réfléchi à ce genre de choses en décidant de tout t'avouer ce soir, Nick. Cela m'a fait un tel choc d'apprendre que tu avais subi ce double deuil que j'ai décidé de t'annoncer cela sur un coup de tête. Mais je… J'ai besoin de temps. Il faut déjà que je parle de toi à Cody.

— Un enfant vit au jour le jour, tu viens toi-même de le dire. Il acceptera de me rencontrer. Ou préfères-tu l'emmener à Dallas ? Je tiens juste à le connaître au plus vite.

— C'est un grand bouleversement dans nos vies à tous les trois, chuchota-t-elle en se tordant les mains.

Elle semblait soudain prise de panique. Pourtant la demande qu'il lui faisait n'avait rien d'irraisonnable. Si ?

— Bon, c'est d'accord, dit-elle enfin. Tu veux arriver vendredi soir ?

Il ouvrit son téléphone pour consulter son agenda.

— Parfait ! Une fois que les présentations seront

faites, cela lui ferait-il plaisir si je vous invite à dîner ? Y compris ta grand-mère, bien entendu.

— C'est gentil, Nick, répondit-elle poliment malgré son regard nerveux, presque craintif.

Il comprenait qu'elle craignait de perdre la garde de son enfant, mais il ne pouvait la plaindre. Après tout, c'était elle qui l'avait tenu écarté de son fils pendant si longtemps.

— Nick, reprit-elle après avoir pris une grande inspiration, ma grand-mère est âgée et fragile aujourd'hui. Depuis la mort de maman, Cody, grand-père et moi, nous sommes tout ce qu'il lui reste. Elle est vulnérable. Je t'en prie, pense à elle avant d'entreprendre quoi que ce soit. Il ne lui reste plus longtemps à vivre…

— J'y penserai, Claire. Je ne t'imposerai rien sans en avoir préalablement discuté avec toi, assura-t-il avant de laisser un silence s'installer entre eux. Est-ce que Cody a un restaurant préféré ?

— Nous allons rarement au restaurant, mais il y en a un qu'il adore. Tout le décor donne l'impression de se trouver dans la forêt tropicale. Il s'y amuse beaucoup.

— Tu me donneras le nom. Je réserverai une table.

— Ça va lui faire plaisir, dit-elle en souriant.

Ce sourire contrastait tellement avec sa nervosité de ces dernières minutes qu'il ne sut comment réagir. De nouveau, il la dévisagea longuement. Claire était vraiment une belle femme, avec sa peau lisse et ses yeux ombragés de longs cils.

— Il te ressemble quand même un peu ? demanda-t-il.

— Pas physiquement, comme tu as pu voir. À vrai dire, il n'a pas non plus le même caractère que moi. Il sourit très facilement, comme toi à l'époque… C'est un vrai charmeur, et il est très sociable. Si je l'emmène au bureau, il fait le tour des locaux en discutant avec tout le monde.

À ces mots, Nick sourit à son tour.

— Je ne me souviens pas avoir été aussi avenant quand j'étais petit ! Wyatt et Madison me demandaient surtout de me calmer. Je ne crois pas les avoir charmés. Il ne te reste pas beaucoup de temps pour dormir avant de partir pour l'aéroport, ajouta-t-il après avoir consulté sa montre.

— De toute façon, je n'aurais pas fermé l'œil de la nuit.

Il y avait peu de chances qu'elle dorme, à présent.

— Claire, annule ton vol. Je possède un jet privé, avec pilote. Je peux lui demander de te déposer à Houston quand tu le désires. Ainsi, tu n'auras pas à attendre un vol commercial, et tu auras un peu plus de temps pour toi, avant de regagner ton bureau.

Elle le regarda fixement, puis hocha la tête.

— Merci Nick. J'ai hâte de retrouver Cody.

— Tout comme moi, Claire…

À ces mots, très surprise, elle reprit son souffle comme s'il venait de lui suggérer quelque chose d'affreux. Manifestement, elle regrettait son aveu. S'ils ne s'étaient pas retrouvés pour cette transaction immobilière, aurait-il un jour su qu'il avait un fils ? La question restait ouverte. Sans cette rencontre fortuite d'aujourd'hui, quel âge aurait eu Cody avant que Claire daigne lui dire la vérité ?

— Je vais m'occuper de ton retour, dit-il, s'efforçant de chasser ces questions dérangeantes. À quelle heure souhaites-tu partir ?

— Dès que je peux rejoindre l'aéroport.

— J'appelle mon pilote pendant que tu annules ton vol.

Quelques minutes plus tard, il avait tout organisé.

— Une limousine viendra te chercher dans une heure, expliqua-t-il. Tu peux préparer tes bagages. Pendant ce temps, je continue de regarder tes photos, et je me les envoie en copie. Je ne m'en lasse pas. Cody est le plus bel enfant que j'aie vu de toute ma vie !

Elle lui offrit un sourire furtif.

— Je suis entièrement d'accord. Il est si mignon, Nick…

— Quelles sont ses passions ? Il est trop jeune pour lire.

— C'est vrai, mais il connaît son alphabet. Ma grand-mère joue à toutes sortes de jeux de lettres avec lui. C'est un petit garçon brillant, tu vas être fier de lui.

— Je l'aime déjà de tout mon cœur… sans jamais l'avoir rencontré ! avoua-t-il en surprenant le regard soudain mélancolique de Claire.

Était-elle en train de se demander à quoi aurait ressemblé leur vie à tous les trois s'ils étaient restés ensemble ? Puis leurs regards se croisèrent, et Claire changea d'expression, se renfermant aussitôt sur elle-même.

— Quoi qu'il advienne à l'avenir, tu as fait de moi un homme heureux ce soir.

— Tant mieux, Nick. C'est bien que Cody te rencontre. Tu es un homme bien.

— J'espère que je ferai un bon père. J'ai eu un bon père, même si celui-ci aime tout diriger. Si je fais de la politique, c'est grâce à lui. Il m'a beaucoup soutenu. Une fois le choc passé, ma famille se réjouira de l'existence de Cody.

— Nick, prends le temps de réfléchir avant d'annoncer que tu as un enfant. Ton père et tes soutiens politiques ne vont pas apprécier cet enfant né hors mariage. Je sais ce que représente pour toi ta carrière politique. Alors réfléchis bien.

Il hocha la tête.

— Pas question pour moi de faire sortir mon fils de ma vie à cause d'ambitions politiques, décréta-t-il. Pour l'instant, j'attire la compassion car je suis veuf. Cela aidera à cautionner l'annonce que je suis père. Je tiens à ce siège de sénateur et je pense pouvoir le gagner. Quand nous étions ensemble, je t'avais expliqué mon rêve de devenir président, Claire. J'ai déjà une équipe qui travaille à ce projet.

Elle le dévisagea longuement d'un air songeur.

— Un scandale familial pourrait te compliquer la tâche, Nick. Sauf si l'on se marie. Or, tout est fini entre nous.

— Cela m'est égal que Cody annule mes chances de gagner. À ce stade de ma vie, je suis à des années-lumière de la Maison Blanche. Je dois d'abord gagner un siège au Sénat.

— Ton père va te pousser à m'épouser. La carrière politique dont il rêve pour toi nécessite un gros travail de fond. Il a déjà investi beaucoup en toi.

— Claire, nous n'allons pas prendre ce genre de décisions ce soir. Pour l'heure, la priorité, c'est Cody. Qu'est-ce que je peux lui offrir pour lui faire plaisir ?

— Il adore les livres. Je t'enverrai par SMS une liste d'ouvrages qu'il n'a pas encore. Il aime aussi les jeux de construction, les gadgets électroniques. Il me tarde de le retrouver. Je vais faire mes valises pendant que tu récupères les photos.

Peu après, elle posait près de la porte sa valise et son attaché-case. Elle s'était changée et avait remis son tailleur bleu marine de la réunion. De nouveau, il la trouva plus belle que jamais… Et repensa à ce baiser qu'ils avaient échangé tout à l'heure, et qui avait réveillé en lui le plus enfoui des désirs.

— Tu voyages léger, fit-il remarquer.

— Ce n'était qu'un déplacement d'une nuit.

— La limousine t'attend en bas si tu es prête, déclara-t-il en lui rendant son iPad, qu'elle rangea dans son sac.

— Je suis prête !

Il s'empara de sa valise et de son attaché-case tandis qu'elle mettait son sac à main en bandoulière. Au moment de quitter la chambre d'hôtel, il fut pris d'une brûlante envie de la prendre dans ses bras et de l'embrasser de nouveau. Mais il se retint, et lui ouvrit la porte, s'enivrant de son parfum alors qu'elle sortait. C'était le même qu'autrefois, et il fut transporté dans le temps…

Le troisième week-end qu'il était allé passer à Houston, il était allé chercher Claire chez ses parents, et quand il l'avait vue descendre l'escalier, dans sa robe de crêpe rouge au-dessus du genou, avec son épaisse chevelure qui tombait sur les épaules… Envoûté, il n'avait pas entendu les recommandations que lui faisait la grand-mère de Claire.

Le souvenir était si vif qu'il s'aperçut à peine que la limousine était arrivée à l'aéroport et se garait devant le jet qui attendait. Le chauffeur déchargea les affaires de Claire puis les monta à bord de l'avion. Nick la présenta au pilote et au steward, puis les deux hommes remontèrent à bord.

Debout dans le vent qui plaquait sa jupe contre ses jambes, elle se tourna une dernière fois vers lui.

— Je te retrouve vendredi à Houston. Vers 18 h 30 ?

— J'ai hâte d'y être, confirma-t-il avec un signe de tête. Claire, je sais que ma colère et ma rancœur vont se dissiper. Il n'y a pas de mots pour exprimer à quel point je suis impatient.

— Tant mieux, Nick. Je pense que tu vas tomber en adoration devant Cody dès que tu le rencontreras.

Leurs regards se croisèrent, et il fut soudain envahi d'une profonde gratitude envers cette femme qui lui avait donné un fils. Suivant son instinct, il s'approcha pour la prendre dans ses bras et l'embrasser.

Il l'avait prise par surprise, mais elle enroula ses bras autour de son cou et lui rendit son baiser. Un baiser qui le propulsa des années en arrière, éveillant en lui une furieuse envie d'aller plus loin qu'un simple baiser. L'espace d'un instant, il oublia tout : leur passé, le présent, les problèmes qu'il faudrait affronter à l'avenir… Il désirait Claire. Il avait envie d'elle.

Resserrant son étreinte, il intensifia son baiser puis s'empara de sa langue. Descendant ses mains le long de son dos, jusqu'à ses fesses, il fut saisi d'une envie de lui arracher ses vêtements. Son cœur se mit à tambouriner dans sa poitrine, si fort qu'il crut qu'il allait s'évanouir. Il couvrit son cou, sa nuque gracile de baisers, réprimant un grognement quand elle rejeta la tête en arrière pour mieux les accueillir.

Une petite voix au fond de lui lui souffla d'en rester là, de ne pas aller plus loin. Car s'il ne tenait qu'à lui, il aurait pu lui faire l'amour là, tout de suite, sur le tarmac.

Il finit par la relâcher, avec réticence. Pas question de tomber de nouveau amoureux. Pas question de souffrir comme il avait souffert. Car les problèmes qui se dressaient devant eux étaient plus complexes que jamais. Non seulement Claire était bloquée à Houston auprès de sa famille, mais elle y avait une attache supplémentaire : leur fils. Or, il avait beau se sentir très attiré par elle, il ne devait pas céder à la tentation. Car sous de nombreux aspects, cette femme représentait une menace pour son bonheur et pour son avenir.

D'un point de vue intellectuel, il le savait. Mais du point de vue physique, c'était tout autre chose…

Comment diable allait-il pouvoir résister à cette immense attirance qui le poussait vers elle ?

# - 4 -

Le cœur battant la chamade, Claire plongea dans le regard bleu azur de Nick, assombri par le désir. Un désir qu'elle ressentait dans ce corps robuste qui se plaquait contre elle, dans cette langue qui avait dansé avec la sienne, dans ces bras qui l'enlaçaient puissamment. Elle-même était la proie d'un désir qui bouillonnait au creux de ses veines, ravivant des souvenirs qu'elle aurait préféré laisser au passé. Souvenirs de leurs ébats passionnés, des nuits entières, pour recommencer dès le petit matin… Tant bien que mal, elle chassa ces images pour penser au week-end à venir.

Car il s'agirait d'un des plus importants week-ends de sa vie. Et de celle de son fils.

Quand elle s'écarta doucement de Nick, elle observa son visage dans les lumières du tarmac. Le moment était venu de lui faire part de l'idée qu'elle avait eue durant le trajet vers l'aéroport.

— Nick, nous pourrons t'héberger ce week-end. La maison est assez grande. Je pense qu'il sera mieux pour Cody de faire ta connaissance entouré de ses proches et dans son environnement familier.

— Merci, Claire, cela me paraît être l'idéal, en effet. Merci de m'héberger chez vous.

— Et si tout se passe bien, tu pourrais aussi rester

samedi soir. Nous verrons comment se déroulent les présentations vendredi. Si je pense qu'il vaut mieux que tu ne restes pas, je te le dirai.

— Parfait ! dit-il en souriant. Tu connais bien ton fils.

— *Notre* fils, rectifia-t-elle sans réussir à sourire. Je ferais mieux d'embarquer. Tout le monde m'attend.

— C'est le cas, murmura-t-il en la couvant d'un regard qui eut pour effet de raviver son désir.

Elle recula machinalement d'un pas pour éviter un baiser qui ne manquerait pas de lui donner envie d'aller plus loin. Les baisers de Nick l'avaient toujours fait fondre, et il n'était pas question d'y succomber de nouveau. Cet homme l'avait déjà brisée une fois, elle ne devait pas l'oublier.

— Bon, alors à vendredi soir…

— À bientôt, Nick.

À peine fut-elle installée à sa place que l'appareil démarra. À travers le hublot, elle regarda la silhouette de Nick s'éloigner, le vent balayant ses mèches brunes. Aussi brunes que celles de Cody. Était-ce cette ressemblance, ou tous les événements de la soirée ? En tout cas, la réalité lui explosa soudain à la figure, et elle fut assaillie d'une multitude de pensées. Cody avait vraiment un père. Un père qui désirait le connaître.

Quel genre de père Nick serait-il ? Quels rapports allait-il entretenir avec Cody ? Que leur réservait l'avenir ? Nick allait-il la harceler avec un mariage de convenance qui satisferait son électorat et lui assurerait ce siège de sénateur qui lui tenait tant à cœur ?

Car son ambition était claire : il voulait se présenter à la présidence des États-Unis. Son père, juge influent à la réussite insolente et au carnet d'adresses prestigieuses, l'y préparait depuis des années. Nick était resté suffisamment longtemps au sein du cabinet d'avocats de Washington pour se faire des relations parmi les personnalités les plus influentes, puis il était retourné au Texas, la région où il avait ses racines, pour s'y construire une base électorale solide.

Elle le connaissait depuis assez longtemps pour savoir qu'il avait l'art de sympathiser avec les personnalités puissantes qui pourraient l'aider — il avait toujours eu un don inné pour les mondanités. En même temps, il avait toujours cultivé sa passion pour son ranch et la vie au grand air, où il aimait venir se ressourcer. En fait, le ranch était sa passion première. Qu'aurait-il fait de sa vie si sa famille, et notamment son père, ne l'avait pas poussé à faire du droit, puis de la politique ? Si on lui avait laissé le choix, serait-il devenu un cow-boy ? Claire ne put s'empêcher de se demander jusqu'à quel point il avait choisi ce parcours pour faire plaisir à sa famille, au lieu de suivre la voie qui l'attirait vraiment.

Elle se souvenait combien il était épanoui chaque fois qu'ils se rendaient au ranch. À l'époque, il prenait beaucoup de plaisir à s'occuper de ses bêtes, de la propriété. Et aujourd'hui, qu'en était-il ?

Elle poussa un soupir et se cala dans son siège. Maintenant qu'elle était seule, elle pouvait réfléchir à tout ce qu'elle venait de vivre et analyser calmement la situation.

Ce qui était sûr, c'était que sa vie, déjà compliquée, allait le devenir encore plus. Il suffisait peut-être de prendre quelques bonnes résolutions et de s'y tenir.

Tout d'abord, oublier les baisers de Nick, ne pas retomber amoureuse de lui et ne pas le laisser retomber amoureux d'elle. Et refuser le mariage de convenance qu'il ne manquerait pas de lui proposer. Le désir qu'elle avait senti crépiter entre eux le temps de deux baisers n'était que du désir purement physique, et non un sentiment d'amour sur lequel on bâtissait un mariage épanoui et heureux.

Bien garder à l'esprit que Nick était en pleine ascension politique, tandis qu'elle, elle dirigeait une grosse entreprise tout en s'occupant de son fils et de ses grands-parents.

Le seul élément nouveau, c'était que désormais Nick allait vouloir passer du temps avec son fils, et ça, elle ne pourrait pas l'empêcher.

Si elle gardait ces quelques éléments à l'esprit, tout se passerait bien, songea-t-elle en fermant les yeux.

Un dernier point la tracassait toutefois : annoncer la nouvelle à sa grand-mère. Puis à Cody. Son fils serait aux anges, mais grandma… Elle devinait déjà la teneur de leur conversation.

À peine entrée dans la maison, elle se précipita sur la pointe des pieds dans la chambre de Cody. Debout devant le lit, elle résista à l'envie de le serrer fort contre son cœur. L'idée qu'elle devrait désormais le partager avec Nick lui fit monter les larmes aux yeux. Délicatement, elle remonta sa petite couverture blanche sur lui.

Elle resta un long moment à le regarder dormir, puis alla prendre une douche et s'apprêta à affronter la journée qui s'annonçait.

Quand sa grand-mère entra dans la cuisine, elle avait déjà préparé le petit déjeuner.

— Grandma Verna, comment vas-tu ?

— Bien, bien. Heureuse de te voir de retour, ma chérie. Peux-tu t'accorder la journée, ou au moins la matinée ?

— Je dois aller au bureau. Je rentrerai plus tôt ce soir.

— Tant mieux. Je vais rendre visite à ton grand-père

aujourd'hui, et j'emmène Cody avec moi. Je lui dirai que tu iras le voir demain.

— Maman ! s'écria Cody en traversant la cuisine au pas de course pour se jeter dans ses bras.

Elle le serra tout contre elle, luttant pour ne pas se laisser déborder par l'émotion.

Cody lui raconta comment il avait construit un vaisseau spatial à partir de boîtes que lui avait données son arrière-grand-mère et, tout en l'écoutant, elle imagina la première rencontre entre Nick et son petit garçon… Elle ne doutait pas un instant que Nick l'aimerait dès le premier regard. Ni qu'il souhaiterait passer le plus de temps possible auprès de lui…

Quand ils eurent fini de prendre leur petit déjeuner, elle se leva pour débarrasser la table, mais sa grand-mère l'arrêta.

— Je m'en occupe. Profites-en pour passer du temps avec ton fils.

Claire remercia sa grand-mère d'un sourire puis se tourna vers Cody.

— Alors, tu me le montres, ce vaisseau spatial ?

Cody l'entraîna dans sa chambre, et elle s'assit par terre avec lui pour contempler la merveille. L'appareil était fait de bric et de broc et tenait par l'opération du Saint-Esprit, mais elle savait qu'il en était très fier, et elle le félicita pour son beau travail. Vers 9 heures, elle lui expliqua qu'il était l'heure pour elle d'aller travailler.

— Cet après-midi, je ne travaille pas. On ira tous les deux quelque part, d'accord ?

— D'accord ! On pourra emmener mon vaisseau spatial dehors pour le peindre ?

— Bonne idée ! Allons voir dans le garage s'il reste des pots de peinture. Sinon, on ira en acheter.

Lorsqu'elle quitta la maison, il était près de 10 heures. Cody et grandma l'accompagnèrent sur le perron.

— Un bisou ? demanda-t-elle à son fils en l'enlaçant.

— À tout à l'heure, maman ! lança grandma Verna.

Claire jeta un dernier regard à son fils dans le rétroviseur, et regretta soudain tout ce qui s'était passé la veille, avec Nick.

Ce soir-là, elle raconta à Cody son histoire préférée, celle de la chenille qui mange en laissant des trous partout où elle passe, avant qu'il ne s'endorme. Assise sur son « lit de grand », elle s'était lovée contre lui et il riait à l'avance du dénouement de l'intrigue, qu'elle lui avait lue des centaines de fois déjà. Mais c'était toujours comme s'il la découvrait pour la première fois.

Elle adorait ces moments. Chaque jour, au bureau, elle attendait avec impatience ces quelques instants passés en tête à tête avec son fils, le soir. Et, alors qu'elle le contemplait dans la lumière tamisée de la chambre, elle se dit qu'elle n'avait pas envie de le partager avec Nick. Elle le voulait pour elle toute seule. Or, c'était impossible. Maintenant que Nick savait qu'il avait un fils, plus moyen de faire marche arrière.

Mais, avant toute chose, elle devait parler de Nick à sa grand-mère. Elle attendrait le dernier moment avant la visite de Nick pour en parler à Cody, pour éviter de l'exciter ou l'inquiéter trop à l'avance.

Elle lui donna son baiser de bonne nuit, quitta sa chambre sur la pointe des pieds, puis se rendit dans le salon où elle retrouva sa grand-mère.

— Grandma, il faut que je te parle de ma réunion d'hier.

Rajustant ses lunettes, Verna s'arrêta de coudre un instant.

— Tout s'est passé comme tu l'espérais ?

— Oui. Sauf que j'ai eu une surprise, répondit Claire qui redoutait de lui annoncer la nouvelle qui allait bouleverser durablement leur vie à tous. Grandma, l'avocat de l'acquéreur était Nick Milan…

— C'est pas vrai ! s'exclama sa grand-mère en posant son aiguille. Pour une surprise, c'en est une ! A-t-il des enfants ?

— Non. Son épouse a été tuée il y a deux ans dans un accident de voiture. Elle était enceinte.

— Oh non… Quel drame il a vécu ! Et à présent il est tout seul ?

— En effet. Grandma, il a fallu que je lui dise, pour Cody.

— Claire…, balbutia sa grand-mère, l'air affolé.

Un silence s'installa entre elles, mais Claire perçut bien l'inquiétude de sa grand-mère.

— Je suppose qu'il veut connaître Cody, reprit cette dernière.

— Oui. Il prend l'avion vendredi soir pour rencontrer son fils et nous emmener dîner. Tu es invitée aussi. Il passera le week-end ici, jusqu'à dimanche.

— Non ma chérie, ce n'est pas ma place. Je vais appeler ma sœur. Becky viendra me chercher. Claire, je…

En voyant les larmes dans les yeux de sa grand-mère, elle comprit exactement ce qu'elle ressentait. Grandma s'inquiétait pour elle et pour la tournure que prendraient les choses une fois que Nick aurait rencontré son fils.

— Nous trouverons une solution, grandma, alors s'il te plaît, ne t'en fais pas. Nick est un homme bien.

— Je vais essayer. Mais je sais que tu es inquiète aussi. Tu pourras en parler à ton grand-père quand tu le verras demain. Cela lui donnera une bonne raison pour prier.

— Je lui en parlerai si l'occasion se présente. S'il est avec ses camarades, j'aborderai le sujet une autre fois.

Sa grand-mère hocha la tête.

— J'imagine que Nick a dû avoir un sacré choc, murmura-t-elle. Je comprends que tu te sois sentie obligée de tout lui avouer. Il t'en veut de ne rien lui avoir dit avant ?

— Au début, il m'en a voulu. Mais cela n'a pas duré.

— Il risque de demander la garde de Cody.

— Je ne pense pas. Nous arriverons probablement à trouver un terrain d'entente. Nick fera un bon père.

Sa grand-mère se mit à pleurer, et Claire la prit dans ses bras.

— Ne pleure pas, grandma. Nous ne savons pas comment va évoluer la situation, mais Nick m'a clairement dit qu'il ne comptait pas m'enlever Cody.

— Nous ne ferons pas le poids face aux Milan. Ce sont des gens influents.

— Il n'y aura pas de conflit, affirma Claire en espérant ne pas se tromper. Ne pleure pas, grandma.

Sa grand-mère s'essuya les yeux, puis se redressa.

— Je vais bien, ne t'en fais pas. Nous prendrons chaque jour comme il vient. Je vais prier pour que tout se passe bien.

— Tout se passera bien.

Le vendredi suivant, Claire prit sa journée. C'était peut-être mieux, en effet, que sa grand-mère ne soit pas là, songea-t-elle, tout en jouant avec Cody assis sur ses genoux.

— Cody, je voudrais te parler de quelque chose.

Il leva ses grands yeux bleus vers elle, et elle lui sourit en le serrant doucement contre elle. Il portait un T-shirt de super-héros, un jean et des chaussures de sport.

— J'ai vu ton papa, cette semaine. Voici une photo de moi avec lui. Il s'appelle Nick Milan.

— C'est lui, mon papa ?

— Oui, mon chéri. Et il va venir te voir ce soir.

— C'est mon papa, et il va venir ici ? répéta Cody, le regard pétillant comme si on venait de lui offrir un voyage à Disneyland.

À partir de cet instant, et jusqu'à l'arrivée de Nick, Cody fut surexcité. Quant à elle, plus le temps passait, plus l'appréhension la gagnait.

Le moment venu, elle se regarda une dernière fois dans le miroir. Elle avait choisi sa robe rouge foncé au décolleté en V, avec des sandales assorties. Malgré des papillons dans le ventre, des mains gelées et un trac fou, elle éprouvait une forme d'excitation à revoir Nick. Une excitation qu'elle s'efforçait d'ignorer.

Quand la sonnette retentit, elle se précipita vers la porte d'entrée. Cody, obéissant à ses instructions, attendait dans le salon.

Son cœur se mit à battre plus fort quand elle plongea dans le regard de Nick. D'autant qu'il lui sourit. Dans son costume bleu marine avec sa cravate ton sur ton, il était beau. Sublime. Irrésistible.

— Entre donc, Nick. Cody est impatient, je ne le tiens plus !

— Moi aussi, je suis impatient, affirma Nick en la déshabillant du regard. Tu es magnifique, Claire… Ta grand-mère n'est pas là ?

— Elle a préféré nous laisser seuls, pour l'occasion. Elle passe le week-end chez sa sœur.

— C'est très délicat de sa part. Il faudra que je la remercie de cette attention.

Claire aperçut derrière lui une limousine blanche.

— Tu es venu en limousine ? Elle va rester là, avec le chauffeur, jusqu'à ce que l'on sorte dîner ? Tu peux lui dire de partir, tu sais. J'ai une voiture.

— Il va s'en aller maintenant, et reviendra quand nous serons prêts à aller dîner. Je me suis dit que Cody aimerait faire un tour en limousine.

— Il n'est jamais monté en limousine, et il va sans doute adorer ça.

Nick posa son sac de voyage dans le couloir.

— J'ai aussi apporté du champagne pour nous, dit-il lui tendant un sac isotherme. Pour trinquer, plus tard.

Elle frissonna au contact de sa main.

— Je suis venu avec des cadeaux pour Cody bien sûr, mais j'aimerais attendre de l'avoir rencontré pour les lui donner, ajouta-t-il.

— Bonne idée. Il est très impatient de te voir… Je lui ai demandé de t'attendre dans le salon, expliqua-t-elle en désignant la pièce où Cody se trouvait. Viens.

Elle glissa son bras sous celui de Nick et l'entraîna dans le couloir, consciente que sa vie s'apprêtait à être chamboulée.

# - 5 -

De toute sa vie, Nick ne se souvenait pas avoir ressenti un tel trac avant d'être présenté à quelqu'un. Même s'il attendait cette rencontre comme aucune autre. Il allait aimer Cody dès le premier regard, il le savait. Ce qu'il ne savait pas trop, c'était comment se comporter.

Voilà deux jours qu'il se préparait à cet instant. Et maintenant…

Toutes ses appréhensions s'évanouirent dès qu'il posa les yeux sur ce petit garçon dont les traits rappelaient tellement ceux de la famille Milan. Aucun doute quant à son ascendance ! Les grands yeux bleus de Cody se mirent à pétiller lorsqu'il le vit, et il lui sourit.

— Cody, viens par ici, murmura Claire.

Le petit garçon courut à elle.

— Cody, je voudrais te présenter quelqu'un, dit-elle. Ensuite j'irai quelques minutes dans la cuisine. D'accord ?

— Voui, m'dame ! dit-il en tournant son regard intrigué en direction de Nick.

— Cody, voici ton papa, Nick Milan. Nick, je te présente ton fils, Cody.

À ces mots, elle s'écarta d'un pas et Nick ne la vit même pas s'éclipser, trop absorbé par ce petit garçon qui le dévisageait avec attention.

La gorge serrée, il sourit en s'avançant vers Cody, puis s'accroupit.

— Cody, je... Tu es mon fils... Et je t'aime, déclara-t-il d'une voix éraillée.

— Voui, m'sieur, répondit Cody.

À cet instant, Nick sentit son estomac se nouer.

— Cody, est-ce que je peux te prendre dans mes bras ? demanda-t-il en se disant que c'était la première fois de sa vie qu'il demandait une telle permission.

Le petit garçon hocha la tête.

— Voui, m'sieur !

Le cœur battant à tout rompre sous l'effet de la joie et de l'appréhension, Nick le prit doucement dans ses bras.

— Tu es mon fils, Cody. Tu n'imagineras jamais à quel point c'est important pour moi... Tu peux réfléchir à la façon dont tu as envie de m'appeler. Papa ou pap'... Qu'est-ce que tu en penses ?

Cody le dévisagea pendant un long moment. Et s'il ne désirait pas l'appeler ainsi ? Le souffle court, nerveux comme jamais, Nick attendit sa réponse.

— Papa ?

— C'est parfait ! Cela signifie que tu es mon petit garçon. Maintenant, tu veux bien aller chercher ta maman ?

— Voui, m'sieur ! répliqua Cody en courant vers la cuisine.

Ému comme jamais, Nick le regarda s'éloigner. Il avait aimé ce petit bonhomme dès l'instant où il l'avait vu. Il avait l'impression qu'il ne se lasserait jamais d'être avec lui. À présent qu'il connaissant l'existence de son fils, il ne voulait plus manquer un seul jour à ses côtés.

Il repensa à ce que Claire lui avait dit l'autre jour. Au fait que son père le pousserait à un mariage de convenance. À présent qu'il y repensait, il s'apercevait que cela résoudrait un certain nombre de problèmes. Même s'il avait plus à y gagner que Claire. Bon sang ! Ils étaient de nouveau confrontés aux mêmes soucis qu'autrefois… Et même pires, compte tenu de l'existence de Cody. S'ils se mariaient et que cela ne fonctionnait pas, ils devraient divorcer… Ce qui signifiait plus de rancœurs encore que lors de leur première séparation. Et puis, s'ils se mariaient, arriverait-il à ne pas tomber amoureux d'elle ? À ne pas souffrir de nouveau comme il avait souffert ? Non, un tel mariage n'était pas la solution. De toute façon, Claire n'accepterait jamais.

Il retourna dans l'entrée pour récupérer tous les cadeaux qu'il avait apportés, puis il revint au salon. Il avait tellement été subjugué par Cody qu'il n'avait pas encore remarqué l'arbre de Noël qui se dressait dans un coin de la pièce. De nombreuses guirlandes avaient manifestement été fabriquées par Cody, et il y avait déjà quelques cadeaux déposés au pied du sapin. D'habitude, les fêtes de fin d'année étaient une période difficile pour lui. Mais cette année, avec Cody, il était impatient d'être à Noël. Enfin, à condition de trouver un terrain d'entente avec Claire.

Au bout d'un moment, le petit garçon réapparut, tenant la main de Claire.

— Cody me dit que tu voulais que je me joigne à vous.

— En effet. Il nous faudra du temps pour apprendre à nous connaître. Cody, je t'ai apporté quelques cadeaux. Ils sont tous dans ce sac. Tu peux les ouvrir, si tu veux.

— Nick, allons nous asseoir pendant que Cody ouvre ses paquets, suggéra Claire en s'installant sur le canapé.

Elle croisa ses jambes qu'il ne pouvait s'empêcher de contempler. Des jambes comme il n'en avait jamais vues…

Cody se tourna vers sa mère qui hocha la tête.

— Tu peux ouvrir tes cadeaux, mon cœur.

Le premier contenait un livre que Cody ouvrit avec soin.

— Maman ! Regarde ! s'écria-t-il en brandissant l'ouvrage.

— Waouh ! Depuis le temps que tu rêvais d'avoir ce livre ! s'exclama-t-elle en adressant un clin d'œil à Nick.

— Merci ! dit Cody.

— Avec plaisir, mon grand, répondit Nick, ému.

Le petit garçon posa le livre pour s'emparer d'un autre paquet, plus gros, dont il sortit une boîte de Lego.

— Merci ! s'exclama-t-il en souriant à Nick.

— Finis d'abord d'ouvrir tes cadeaux, lui conseilla Claire, comme il ouvrait la boîte de Lego. Tu joueras ensuite. Voyons voir ce qui reste dans ce sac.

À chaque nouveau présent, l'enthousiasme de Cody grandissait. Il découvrit un singe en peluche monté sur un ressort, qu'il activa aussitôt pour lancer l'animal à l'autre bout de la pièce, dans un grand éclat de rire.

— Cody, pas dans la maison ! s'écria Claire.

— On pourrait y jouer dans le jardin, Cody ? suggéra Nick.

— Voui, m'sieur ! répondit le petit garçon en riant avant de s'attaquer au cadeau suivant.

Nick se perdit un instant dans ses yeux bleus pétillants de joie, et se dit qu'il avait vraiment le fils le plus adorable au monde.

Cody sortit une grande peluche au regard noir et à la bouche souriante. Il pressa le bouton et le jouet se mit à rouler au sol en grognant, ce qui le fit de nouveau éclater de rire.

Surpris de voir le petit garçon apprécier à ce point ses cadeaux, Nick se tourna vers Claire qui riait de bon cœur de voir son fils ramper à terre à la poursuite de la peluche. À cet instant précis, il ressentit pleinement le lien qui l'unissait à elle. Ensemble, ils avaient un fils et, à cet instant précis, ils étaient une famille.

— Maman ! Regarde ! s'écria Cody après avoir ouvert un nouveau paquet qu'il lui apporta.

— Un petit ordinateur pour enfant ! Tu vas beaucoup t'amuser avec ! assura-t-elle en l'aidant à sortir l'appareil de son coffret.

— Merci ! s'exclama le petit garçon avant de déchirer l'emballage de son dernier cadeau. Génial ! s'écria-t-il en montrant à sa mère le kit de collectionneur de coccinelles.

— Merci pour ces cadeaux, Nick, ils sont parfaits pour Cody, et il les adore déjà !

— Avec plaisir. Je me suis fait aider par un vieil ami qui a un fils de trois ans.

La prochaine fois qu'il verrait Mike Calhoun, il ne manquerait pas de le remercier pour ses suggestions.

— On dirait que c'est un expert, nota Claire en souriant.

— Je peux construire mes Lego ? demanda Cody en brandissant la boîte de construction devant Nick.

— Claire, quel est notre planning ? On a le temps de commencer ?

— Nous irons dîner quand vous serez prêts, tous les deux. Je ne suis pas pressée.

Nick se tourna vers le petit garçon.

— D'accord, Cody, on se donne trente minutes, et ensuite je vous emmène dîner, ta maman et toi. Qu'en penses-tu ?

— Super ! s'exclama Cody en quittant la pièce en courant.

— J'imagine que je suis censé le suivre ? demanda-t-il à Claire qui acquiesça.

— Il va sur la table de la cuisine. C'est là qu'il joue avec grandma Verna.

— Viens avec nous.

— Oh non ! Je vous laisse entre garçons.

Comme il la regardait sans un mot, elle ajouta :

— Si tu ne te dépêches pas, il va bientôt avoir terminé.

Il se leva, mais hésita un instant.

— Claire, il est merveilleux… C'est vraiment le plus joli petit garçon de la Terre.

— Merci, je trouve aussi. Et je peux te dire qu'il est très heureux d'avoir un papa, affirma-t-elle avec un sourire qui masquait mal son air soucieux.

Peut-être regrettait-elle de lui avoir parlé de son fils ?

Il eut envie de la prendre dans ses bras pour la rassurer, mais n'en fit rien. Elle avait dressé un mur entre eux, et il ferait bien d'en faire autant. Tous deux étaient très vulnérables et devaient rester prudents. Avec Claire, un simple baiser pouvait se transformer en histoire d'amour. Et qui disait « histoire d'amour », disait aussi « chagrin d'amour »

Il finit par rejoindre son fils à la cuisine et, bien que Claire l'ait prévenu, il fut épaté de constater à quel point Cody avait avancé. Il avait suivi la notice de construction, et se débrouillait comme un chef.

Quand il tira une chaise à côté de lui, Cody lui sourit. Tout en bavardant avec lui, Nick l'aida sans toutefois faire le travail à sa place. Le petit garçon était facile et joyeux, comme Claire le lui avait dit. Et poli. Elle l'avait très bien élevé. Quelle femme formidable elle était, une femme qui…

Non ! Il chassa cette idée de son esprit alors que les battements de son cœur s'accéléraient. Pas question de continuer à la considérer comme une femme désirable. Il devait dompter son désir… et se ranger à la voix de la raison. Une voix qui lui commandait de ne plus tomber amoureux, pour ne plus souffrir comme il avait souffert.

Dès qu'il eut terminé sa construction, Cody lui fit visiter sa chambre et lui montra ses livres et ses jouets.

— Désolée de vous interrompre, intervint Claire en apparaissant dans l'embrasure de la porte, mais si vous traînez encore, ce sera l'heure pour Cody d'aller au lit. Nous devrions aller au restaurant, sauf si vous préférez dîner ici.

— Non, répondit Nick. Allons au restaurant ! Cody, nous finirons de regarder tout ça plus tard, ou la prochaine fois.

— Voui, m'sieur ! répondit Cody.

— Va te laver les mains avant de partir, lui ordonna Claire.

Cody sortit en courant, et Nick suivit Claire au salon.

— C'est l'enfant le plus heureux du monde, murmura-t-il. Tu as fait un travail magnifique, Claire.

Non seulement elle lui avait donné naissance, mais elle en avait fait un enfant heureux, bien élevé, épanoui.

— Merci, Nick. Mais je ne suis pas sûre d'y être pour quelque chose. Cody a peut-être hérité toutes ses qualités de toi, qui sait ? répondit-elle avec un clin d'œil.

Une fois que Cody fut de retour, Nick le souleva dans ses bras.

— Es-tu déjà monté dans une limousine, champion ?

— Non, m'sieur, répondit Cody en écarquillant les yeux. C'est quoi, une limousine ?

— Eh bien, ce sera une première !

Cody se tourna vers Claire, un grand sourire aux lèvres.

— Je crois que ce sourire signifie « merci », expliqua-t-elle en riant.

— Tant mieux ! Allons donc voir ça, lança Nick en ouvrant la porte avant de poser Cody à terre.

— Waouh ! s'exclama le petit garçon en admirant le véhicule.

Nick était heureux de voir Cody aussi enthousiaste, et avant de démarrer, il prit le temps de tout lui montrer à l'intérieur. Le téléphone et le bar, la vitre de séparation d'avec le chauffeur, ainsi que tous les gadgets cachés. Puis il lui présenta le chauffeur, et chacun put boucler sa ceinture avant de partir.

Le long du trajet menant au restaurant, Cody ne prononça pas un mot et ne bougea pas de sa place, se contentant de regarder autour de lui avec attention.

— Je n'imaginais pas que tout cela l'impressionnerait autant, murmura Nick.

— Tu as circulé toute ta vie en limousine, tu ne te souviens pas de la première fois où tu es monté à bord d'un tel véhicule.

— C'est vrai. Et pour mon premier trajet, mon père ne m'a sûrement pas montré toutes les merveilles d'une telle voiture.

Ils échangèrent un sourire qui rappela à Nick cette complicité qu'ils avaient autrefois entretenue.

Et il s'efforça de chasser les quelques images du passé qui venaient de surgir devant ses yeux.

La limousine s'arrêta devant le restaurant et le chauffeur les aida à descendre.

Ils pénétrèrent dans l'établissement au décor de jungle, avec faux éclairs, faux tonnerre et rugissements de fauves pour le plus grand bonheur de Cody qui fut plus intéressé par ce qu'il y avait autour de lui que par le contenu de son assiette.

Une fois le repas terminé, ils regagnèrent la limousine. Cody se blottit contre sa mère et plongea en quelques minutes dans un profond sommeil.

Quand la voiture s'immobilisa dans l'allée de Claire, Nick prit le temps d'observer la vaste demeure à laquelle il s'était à peine intéressé en arrivant.

— Tu as une belle maison, Claire. Tu t'en sors très bien, apparemment.

— Merci. J'ai eu de la chance, je pense. J'ai débuté très jeune, en aidant grand-père dans la gestion de l'agence. Ainsi, quand j'ai terminé mes études pour me lancer dans l'immobilier à mon tour, j'avais déjà un bon carnet d'adresses grâce à lui.

— Peut-être, mais tu as largement su en tirer profit. Tu as réussi bien au-delà de ce que lui-même avait déjà accompli.

— J'ai la chance de bénéficier d'un bouche-à-oreille favorable de mes clients, ce qui a étoffé mon réseau. J'adore mon travail. Et même s'il nécessite une disponibilité de tous les instants, il me permet de profiter de nombreux moments auprès de Cody.

Elle regarda Cody endormi et sourit.

— D'habitude il dort depuis longtemps, à cette heure… Et puis, il a été tellement excité, tout au long de cette journée. Laisse-moi une minute pour le réveiller.

— Ne le réveille pas, je vais le porter, proposa Nick en prenant l'enfant dans ses bras.

Il demanda au chauffeur de revenir les chercher le lendemain soir à l'heure du dîner, puis suivit Claire à l'intérieur. Il emmena Cody jusqu'à sa chambre, puis l'allongea sur son petit lit.

— Tu veux un coup de main pour le déshabiller ? demanda-t-il.

— Non, je te remercie. Je vais juste lui enlever ses chaussures et ses chaussettes. Je ne l'embête pas plus, il est épuisé.

Nick la laissa faire et fit le tour de la chambre de Cody, observant sur les étagères les photos de famille. Une porte desservait un petit cabinet de toilette, une autre une salle de jeux encombrée de jouets, de livres et d'un vaste aquarium.

De l'autre côté de la pièce, une porte donnait sur une chambre mitoyenne, et Nick comprit qu'il s'agissait de la chambre de Claire. Il aperçut le grand lit à baldaquin orné de nombreux coussins, et ne put s'empêcher de l'imaginer étendue, nue, sur les draps froissés… Son cœur se serra au souvenir de sa chevelure sombre étalée sur les oreillers…

Il se retourna et la vit penchée sur Cody. Sa robe évasée soulignait l'arrondi de ses hanches et révélait le galbe de ses longues jambes. Rien qu'à la regarder, il sentit son sang bouillonner dans ses veines. Physiquement, elle lui faisait toujours beaucoup d'effet — plus qu'aucune autre femme qu'il avait fréquentée depuis le décès de Karen.

Il avait beau se répéter toutes les raisons pour lesquelles il ne devait pas céder à son attirance pour Claire, rien n'y faisait. Son désir pour elle était toujours aussi fort. C'était une femme magnifique, sensuelle, envoûtante. Et si elle aussi ressentait ce même… Non ! Il détourna les yeux, s'efforçant de ne plus penser à l'époque où ses jambes interminables s'enroulaient autour de lui quand ils faisaient l'amour.

Quand il s'autorisa à lever les yeux, elle n'était plus au chevet de Cody qui dormait à poings fermés, quelques mèches retombant sur son front. Il le contempla un instant, ému. Cet enfant allait désormais faire partie de sa vie. Pour toujours. C'était à la fois merveilleux et terrifiant.

— Retournons au rez-de-chaussée, suggéra Claire à voix basse.

Quand ils arrivèrent dans le couloir, elle posa sa main sur son bras.

— Tu peux t'installer pour le week-end dans cette chambre, déclara-t-elle en s'arrêtant pour allumer la lumière dans la pièce qu'elle désignait.

Nick découvrit une chambre aux belles proportions décorée dans des tons bleu foncé avec parquet en bois massif et quelques tapis.

— Tu disposes d'une salle de bains attenante, précisa Claire.

— Cette maison est superbe. J'aime son luxe simple, mais confortable et fonctionnel.

— Je connais de nombreux artisans, alors j'ai fait en sorte d'employer les meilleurs.

Il sourit et posa une main sur sa joue soyeuse.

— Une vraie femme d'affaires…

— J'essaie de l'être…

Sans vraiment comprendre pourquoi, le fait de la voir ainsi, dans cette maison qu'elle avait pu s'offrir grâce à son travail, il la trouva plus désirable que jamais. Et… il mourait d'envie de l'embrasser. Incapable de résister, il s'avança vers elle, mais elle eut un mouvement de recul. Toujours cette muraille entre eux. Elle avait beau se montrer polie, accueillante et très coopérative au sujet de Cody, il voyait bien qu'au fond, elle n'avait qu'une envie : qu'il fasse ses valises et sorte à jamais de sa vie.

— Nous pouvons descendre, reprit-elle. J'ai un Interphone qui me permet d'entendre Cody s'il se réveille.

— Je vois que tu fais tout pour qu'il soit en sécurité, nota-t-il en la suivant jusqu'au rez-de-chaussée.

— Tu t'en es très bien sorti avec lui.

— C'est un enfant facile. Il est merveilleux. Je suis aux anges, Claire. Cody est parfait. Je sais que je ne suis pas objectif, mais je ne lui trouve aucun défaut.

Elle se mit à rire.

— Tu parles comme tout jeune papa ! Mais c'est vrai, Cody est un enfant très facile et intelligent. Et il est ravi d'avoir un papa dans sa vie. Tu lui as trouvé les plus beaux cadeaux, et la limousine était la cerise sur le gâteau.

— C'est Mike qui m'a suggéré l'idée de la limousine.

— Ce Mike m'a l'air d'être un bon père. Tu veux boire quelque chose ?

— C'est l'heure de sortir le champagne, répondit-il en posant la main sur son bras. Je tiens à fêter l'événement, Claire. Et surtout, je ne veux pas que mon arrivée dans la vie de Cody soit une difficulté pour toi. Je sais que cela signifie que tu devras le partager avec moi, mais je tiens à tout faire pour que ce soit un plus pour toi et pour lui.

Sans un mot elle le dévisageait de son regard brun, indéchiffrable, et il ne put s'empêcher de fixer sa bouche charnue aux lèvres d'un rouge gourmand. Son cœur se mit à battre à cent à l'heure. Il était comme envoûté, et elle dut s'en rendre compte car elle ouvrit les yeux tout ronds, puis fixa à son tour sa bouche. Cette fois, son cœur allait carrément jaillir de sa poitrine.

Ils n'étaient qu'à quelques centimètres l'un de l'autre, et il aurait été facile de céder à la tentation. Facile de goûter de nouveau à la douceur de Claire. Si seulement…

Non. Impossible. Il devait résister.

Il finit par reculer. À contrecœur.

— Où est le champagne ? demanda-t-il d'une voix rauque.

Elle parut hésiter, puis répondit en un murmure :

— Je vais le chercher…

Pivotant sur ses talons, elle traversa le salon jusqu'au comptoir. Il la regarda s'activer. Elle semblait nerveuse, comme si elle ne connaissait pas les lieux.

Il la rejoignit et posa la main sur ses poignets pour l'aider à sortir deux flûtes en cristal. Elle se tourna vers lui, et il dut une nouvelle fois faire un effort surhumain pour ne pas l'embrasser… Il lut le même trouble dans ses yeux. Était-il lié aux mêmes raisons ?

— Va t'asseoir, je me charge de servir le champagne, déclara-t-il en s'attelant à l'ouverture de la bouteille pour ne plus songer à l'embrasser.

Elle hocha la tête, puis s'installa sur un tabouret du bar.

Il retrouva peu à peu son souffle, à défaut de son calme. Comment arriverait-il à ne pas retomber amoureux de Claire ? Il avait beau repenser à leur violente rupture, à la colère et à la souffrance qu'elle avait engendrées, cela ne fonctionnait pas ce soir. Sans un mot de plus, il déboucha la bouteille et remplit les deux flûtes.

Puis il contourna le comptoir pour rejoindre Claire, laissant suffisamment de distance entre eux pour ne pas être tenté, et leva son verre.

— À ta santé, Claire, toi qui es une si belle femme.

— Merci, murmura-t-elle avec un sourire crispé. Je ne m'attendais pas à ce que tu portes ce genre de toast.

Ils trinquèrent et il trempa ses lèvres dans le champagne. Il avait choisi un excellent champagne, mais il n'en profitait pas. Il n'avait qu'une envie : prendre Claire dans ses bras. Mais cela ne pouvait que mal se terminer alors, de nouveau, il prit son mal en patience.

— Et maintenant, je trinque à la santé de notre fils, cet enfant merveilleux, ajouta-t-il.

— À Cody ! lança t elle avec un sourire franc et détendu cette fois.

— Et à ce soir merveilleux où j'ai rencontré mon fils.

— Quoi qu'il advienne, Nick, je sais que tu seras un bon père.

Il l'espérait de tout son cœur. Mais ce qu'il espérait aussi, sans vouloir vraiment se l'avouer, c'était d'être, pour elle, autre chose qu'un ancien amant…

Pour couper court à ses fantasmes, il reposa son verre et alla chercher son attaché-case. Il l'ouvrit et en sortit deux écrins. Il donna le plus long à Claire et posa le petit sur une table.

— Voici pour toi, Claire. Je n'étais pas à tes côtés quand tu as eu Cody. J'aurais dû être là, mais je ne peux refaire le passé. J'aurais aimé pouvoir te l'offrir à sa naissance. C'est un petit témoignage de ma gratitude.

— Nick, tu n'étais pas obligé de me faire un cadeau…

— Ouvre-le. Tu es la mère de mon fils. Cody a eu ses cadeaux. Je tiens à t'offrir ce que je t'aurais offert si j'avais pu être avec toi pour l'accouchement.

— C'est gentil, Nick, murmura-t-elle en dénouant le ruban de l'écrin avant de pousser un cri de surprise. Oh ! Nick, c'est magnifique…

Il s'approcha pour prendre la chaîne en or avec un pendentif en forme de cœur composé d'une rangée de trois diamants taillés en cœur avec un gros diamant au milieu. Le pendentif étincela dans la lueur tamisée de la pièce.

— Je peux te l'accrocher ?

— Bien sûr, répondit-elle en souriant. C'est splendide.

— C'est toi qui es splendide, Claire. Plus encore qu'il y a quatre ans.

Tandis qu'elle relevait ses cheveux, il passa derrière elle pour lui accrocher la chaîne.

Quand elle se tourna vers lui en souriant, il fut frappé par une nuée de souvenirs… Comme il avait aimé cette femme, autrefois…

— Claire, j'ai eu deux fois le cœur brisé : la première, avec toi, la seconde, quand j'ai perdu ma femme et mon bébé. Je ne supporterais pas un troisième chagrin d'amour.

— Nous avons souffert tous les deux, Nick. On ne peut pas refaire le passé. N'essaye pas.

— Je n'essaye pas de refaire le passé. Et pour ce week-end, laissons de côté nos efforts pour préparer l'avenir. Apprenons juste à nous connaître de nouveau, laisse-moi apprendre à connaître mon fils. Je voudrais profiter de chaque instant sans avoir à me soucier de ce qu'il adviendra ensuite. Est-ce que l'on peut faire ça ?

— Bien sûr. Ça me paraît tout à fait raisonnable, dit-elle avec un petit sourire tout en caressant les diamants. Attends, je vais regarder mon nouveau pendentif dans le miroir. Il est magnifique… Merci, Nick.

— Il te reste un cadeau à ouvrir.

Délicatement, elle ouvrit le petit écrin et découvrit un bracelet à breloques en or avec un diamant serti dans chaque breloque. L'une d'elles représentait un bébé dans un couffin sur lequel était gravée la date de naissance de Cody. Une autre était en forme de gâteau d'anniversaire avec une bougie, la suivante en forme de petit garçon, la suivante encore représentait trois silhouettes : un homme et une femme avec un enfant entre eux.

— Il est sublime, dit-elle en caressant le bijou. Merci.

— Je t'offrirai une breloque chaque année, jusqu'aux dix-huit ans de Cody, mais je te laisserai choisir la forme.

Elle fit tourner le bracelet entre ses mains.

— Tu t'engages pour les années à venir. Mais tu ne sais pas ce que l'avenir nous réserve, dit-elle en levant les yeux vers lui. Asseyons-nous un instant.

Elle s'installa dans un fauteuil, et il choisit celui face à elle.

— Nick, tes parents ont-ils d'autres petits-enfants ?

— Non. Cody est leur premier petit-enfant.

— Oh ! ce n'est pas vrai ! Dans ce cas, ton père va te pousser à m'épouser. Il ne te laissera pas le choix.

À ces mots, Nick fronça les sourcils.

— Tu as sans doute raison. Il est possible qu'il cherche à te contacter. Mon père s'est beaucoup ingéré dans la vie de ma sœur quand elle a rencontré son mari, Jake. Mais papa est plus âgé aujourd'hui, plus souple, moins entreprenant.

— Je ne veux pas avoir affaire à ton père, Nick. Et je ne t'épouserai pas pour lui faire plaisir. Mais si Cody est son seul petit-enfant et que ta carrière politique est lancée, tu sais ce qui nous attend…

— Je suis un grand garçon. Je fais mes propres choix.

— Tu as toujours voulu faire plaisir à ton père. Vous êtes très proches.

— C'est vrai, mais je dois vivre ma vie. Je refuse de renoncer à mon bonheur juste pour lui faire plaisir. Et puis je sais que toi aussi, tu as une vie très chargée. Je vais organiser une rencontre entre mes parents et Cody, et ils finiront par se ranger à la raison.

— Je ne crois pas, Nick. La question n'est pas seulement qu'ils puissent voir leur petit-fils. Il y a ta carrière politique.

— Ne t'inquiète pas pour ça. Pour l'instant, mon père ignore tout de l'existence de notre fils.

— Pourquoi ai-je l'impression qu'un fiasco s'annonce ?

— Tout va bien se passer, Claire.

Mais au fond de lui, il n'était sûr de rien. Claire voyait juste au sujet de son père : ce dernier ne se contenterait pas d'être un grand-père heureux d'avoir un petit-fils, il mettrait son grain de sel. Nick devait prendre les devants pour éviter qu'il contacte Claire, voire qu'il tente de lui faire du chantage. Cela ne ferait qu'envenimer une situation déjà suffisamment complexe.

Il préféra changer de sujet avant que Claire devine ses inquiétudes.

— Et maintenant, si tu m'en disais plus sur ta vie avec Cody ?

— Tu veux surtout que je te raconte la vie de Cody, précisa-t-elle en souriant.

Elle lui raconta donc des anecdotes de l'époque où Cody était bébé, puis remonta le fil du temps jusqu'à ses trois ans.

Il l'écouta avec attention, sans la quitter des yeux. Propulsé quelques années en arrière, il se dit qu'ils avaient rarement passé de tels moments, à bavarder ainsi… Car ils passaient surtout leur temps à faire l'amour…

Mais non ! Il ne devait pas penser à cela. Pourquoi diable Claire lui faisait-elle toujours un tel effet ? Était-ce parce qu'il n'avait pas vraiment fréquenté de femme depuis deux ans ? Ou tout simplement… parce que c'était Claire ?

Il se concentra pour imaginer les trois premières années de la vie de son fils. Claire lui raconta de nombreuses histoires, parfois drôles, souvent émouvantes. Finalement, elle se leva.

— Nick, il est 1 heure du matin. La journée a été

longue et riche en émotions. Il est temps d'aller se coucher.

— Tu as raison. Je suis très heureux de cette journée. Cela s'est encore mieux passé que je l'espérais.

Ils quittèrent la pièce, et il alla chercher son sac de voyage qu'il avait laissé dans le hall d'entrée.

— Je vais enclencher l'alarme, dit-elle. Tu as besoin de quelque chose ?

— Non, tout va bien.

Une fois monté à l'étage avec elle, il lui parut tout naturel de passer son bras libre autour des épaules de Claire. Mais dès l'instant où il la toucha, il comprit son erreur et s'écarta vivement.

Arrivé devant la porte de sa chambre, il posa son sac à terre.

— Encore merci, Claire, murmura-t-il sans pouvoir s'empêcher de poser une nouvelle fois ses mains sur ses épaules.

Elle avait les lèvres si rouges, comment ne pas avoir envie de les capturer ? Comment résister à une femme aussi séduisante, belle, sexy ? D'autant qu'il avait gardé un souvenir très vif de leurs baisers d'autrefois…

— Nick, encore merci pour le pendentif. Il est superbe.

Pour lui, ce cadeau représentait beaucoup de choses. Et s'il avait pu être présent à la naissance de Cody, il aurait couvert Claire d'une multitude d'autres présents. Mais à quoi bon ressasser le passé ?

— C'est notre fils qui est superbe, répliqua-t-il. Et si tu prenais une semaine de congé pour l'emmener à Dallas pour que nous fassions plus ample connaissance ? Nous pourrions passer quelques jours au ranch. Tu crois que ça pourrait lui plaire ?

— Il adorerait ! Quel petit garçon ne rêve pas de vivre comme un cow-boy ? Surtout si c'est avec toi…

— Dans ce cas, nous pourrions y rester la semaine entière. Je me souviens que tu aimais bien venir au ranch, toi aussi.

— C'est vrai.

— Tout comme moi… Aujourd'hui plus que jamais.

— Tu t'en es bien sorti ce soir, Nick. Je pense que Cody va adorer t'avoir comme papa.

— On s'en est bien sortis tous les trois, non ? précisa-t-il en souriant.

Elle esquissa à son tour un demi-sourire, sans toutefois se départir de son air inquiet.

— C'est vrai. Mais des décisions difficiles nous attendent.

Il hocha la tête et elle désigna la porte.

— Nick, il est tard… Je suis une lève-tôt. Je prépare le café pour 6 heures. Cela te convient ?

— Ce sera parfait. Merci pour cette soirée. Tu t'es mise en quatre pour que je passe de bons moments, murmura-t-il en déposant un baiser sur son front avant de chercher son regard. Plus je passerai de temps auprès de Cody, plus j'oublierai toutes ces étapes auxquelles je n'ai pas pu assister. Demain, je l'inviterai à venir au ranch.

— Bonne nuit, Nick, dit-elle en acquiesçant avant de gagner sa chambre.

— Bonne nuit, marmonna-t-il en la regardant s'éloigner.

Chaque fois qu'il se retrouvait en tête à tête avec elle, il mourait d'envie de l'embrasser. Cela devenait intenable.

— Bon sang ! s'exclama-t-il une fois qu'il fut dans sa chambre.

Cette femme allait lui faire perdre la tête ! En la faisant venir au ranch avec Cody, il allait faire resurgir les souvenirs de la semaine magique qu'ils y avaient passée, à l'époque où ils étaient fous amoureux… Leur complicité, leurs nuits torrides… Comment réussirait-il à ne pas retomber amoureux ?

Mais elle, que ressentait-elle au juste ? En cet instant précis, était-elle aussi troublée et déstabilisée que lui ?

Prise de panique, Claire se laissa tomber sur son lit, le cœur battant. Nick était un homme attirant, sexy, et il se comportait en vrai gentleman avec elle. Comment ne pas tomber de nouveau follement amoureuse de lui ? Et, surtout, comment ne pas se retrouver une nouvelle fois le cœur brisé ?

Physiquement, elle se sentait toujours attirée par lui. Chaque fois qu'il l'effleurait, qu'il la regardait avec un peu trop d'insistance, elle s'embrasait. Chacun de ses petits baisers — sans doute anodins pour lui —, la mettait dans tous ses états. Bien malgré elle. Car elle ne voulait surtout pas voir sa vie dépendre de nouveau de cet homme. Elle ne pouvait perdre de vue les ambitions politiques qui le portaient. Même s'il affirmait que cette carrière-là n'était pas sa priorité, son père saurait le rappeler à l'ordre.

Et cette semaine au ranch ? Allait-elle supporter de vivre sous le même toit que lui pendant aussi longtemps ? Car comment oublier la semaine idyllique qu'ils y avaient passée autrefois, à l'époque où ils s'aimaient passionnément ? Des souvenirs intenses qui risquaient d'entamer un peu plus sa détermination à lui résister…

Elle se déshabilla machinalement et, après un rapide passage à la salle de bains, se glissa dans son lit, préoccupée par cette situation impossible.

Nick était trop séduisant. Elle ne voyait pas comment elle arriverait à lui résister…

Et c'était là un véritable problème.

# - 6 -

Le lendemain, Claire était en train de préparer le café quand Nick entra dans la cuisine. Avec son jean, ses bottes et sa chemise à carreaux, il paraissait plus abordable. Et surtout plus beau que jamais…

— Tu ne portes pas souvent de jean, lui fit-elle remarquer.

— Toi non plus, si je me souviens bien. D'ailleurs, si ma mémoire est bonne, le jean te va beaucoup mieux qu'à moi.

— Je ne suis pas de ton avis, mais merci quand même, répondit-elle en souriant, soulagée de le voir plus détendu que la veille.

— Je nous ai réservé des billets pour l'aquarium, mais si tu penses que cela ne plaira pas à Cody, je les annule et on fera autre chose.

— Il va adorer ! Ça fait longtemps que je voulais l'y emmener. Pour l'instant, il dort. Je suppose que la soirée d'hier l'a épuisé.

— Et comment sa maman a-t-elle dormi ? demanda Nick en se rapprochant d'elle.

— Bien. J'ai évité de penser aux sujets qui fâchent.

À ces mots, il posa ses mains sur le comptoir de chaque côté d'elle. Plus moyen de se dérober, songea-t-elle, le cœur battant plus vite soudain. Elle était prisonnière.

— Nous pouvons redevenir amis, Claire. Nous l'étions, à une époque. Rien ne presse. Je veux prendre mon temps pour apprendre à connaître Cody. Bien sûr je tiendrai compte de tes disponibilités. Et, autant que faire se peut, je te propose de laisser le passé derrière nous.

— Je vais essayer, promit-elle, souffrant plus que jamais de le voir aussi compréhensif, et donc aussi attirant.

Seigneur ! Elle ne maîtrisait plus ses sentiments. Nick se tenait trop près d'elle, à quelques centimètres seulement… Elle ne pouvait s'empêcher de regarder ses lèvres, de repenser à leurs baisers…

Non !

Reprenant son souffle, elle leva les yeux vers lui pour s'apercevoir qu'il était en train de la dévisager d'un regard saturé de désir.

— Toutes nos vies sont bouleversées, et j'essaie de m'habituer au fait de t'avoir de nouveau dans ma vie, murmura-t-elle en se perdant dans les profondeurs azurées et tellement sensuelles de ses yeux.

— D'accord, mais n'oublie pas que rien ne presse pour mettre les choses en place.

— Je te remercie de ta patience, dit-elle.

Elle ne pouvait tout de même pas lui demander de s'éloigner d'elle parce que sa présence la troublait…

Soudain, il passa doucement ses bras autour d'elle.

— Nous trouverons une solution qui conviendra à tout le monde, conclut-il.

À tout le monde, vraiment ? Il lui avait fait tellement de mal, il y a quatre ans… Elle ne supporterait pas un nouveau chagrin d'amour.

— Je ferais bien de préparer le petit déjeuner, murmura-t-elle en se libérant de la prison de ses bras.

Il lui faisait toujours beaucoup d'effet, et il ne

servait à rien de lutter contre cela. De toute façon, ils ne pourraient jamais vivre ensemble. Elle ne pouvait pas quitter Houston, et Nick serait coincé à Dallas, Washington ou Austin pour les années à venir, s'il était élu — et il le serait. Avec un enfant, leur vie serait plus compliquée qu'elle l'était déjà. Non seulement elle risquait de souffrir, mais Cody aussi.

Ce dernier débarqua dans la cuisine en pyjama, son tigre en peluche sous un bras et son filet à coccinelles sous l'autre.

— Bonjour mon cœur ! dit-elle en le prenant dans ses bras.

— J'ai des billets pour aller à l'aquarium, ça te dit ? demanda Nick.

L'enfant interrogea sa mère du regard.

— Il y a des réservoirs géants bien plus grands que ton aquarium à toi, avec des poissons beaucoup plus gros, expliqua-t-elle.

— Génial ! s'exclama Cody avant de se tourner vers Nick. Moi, je n'ai que des petits poissons !

— Après le petit déjeuner, tu pourras me les montrer. Tu veux bien ?

— Voui m'sieur !

Claire l'installa sur sa chaise haute.

— Je vais devoir m'équiper d'une chaise comme celle-ci chez moi, fit remarquer Nick. Au ranch aussi.

À ces mots, Claire tressaillit. Elle n'avait pas compris que Nick devrait investir dans ce genre d'équipement, s'il envisageait de s'occuper de Cody de temps en temps. Soudain, ce grand bouleversement lui parut vertigineux, imminent. Nick remarqua son trouble, mais ne fit aucun commentaire, ce dont elle lui fut reconnaissante.

Sans un mot il l'aida à terminer de préparer et à servir le petit déjeuner.

— J'ai appelé mon chauffeur de limousine, c'est lui qui nous emmènera à l'aquarium, dit-il.

— On y va dans la grande voiture ? demanda Cody, les yeux brillants d'excitation.

— Oui mon grand, confirma Nick en riant.

— Génial !

— Je sens que la semaine prochaine va nous paraître morne, par ici…, fit remarquer Claire.

— Dans ce cas, organisez-vous pour venir au ranch. Tu es ta propre patronne, tu n'as qu'à déléguer tes responsabilités !

— Tu sais, ce n'est pas si simple. J'ai de nombreux engagements. Je consulterai mon agenda après le petit déjeuner.

— Tu n'as qu'à me dire un mot, et je modifierai mon emploi du temps pour que l'on puisse aller au ranch. Cody, ça te ferait plaisir de passer quelques jours sur mon ranch ?

— Voui, m'sieur ! s'exclama le petit garçon en écarquillant les yeux. Il y a des chevaux et des vaches ?

— Exactement ! Et si ta maman est d'accord, tu pourras monter sur mon cheval avec moi.

— Maman, je pourrai monter sur le cheval ?

— Si ton père est avec toi, c'est d'accord, répondit-elle.

Elle avait un peu hésité à prononcer le mot « père ». Cela lui faisait tout drôle de désigner Nick par ce terme. Et pourtant, elle allait devoir s'adapter à cette réalité.

En milieu de matinée, la limousine vint les chercher pour les conduire à l'aquarium. Après avoir arpenté les bâtiments dans tous les sens, ils prirent le petit train qui circulait entre les aquariums géants, et Claire en profita pour admirer les larges épaules de Nick, sa taille fine et ses longues jambes. Le seul fait de poser les yeux sur lui accélérait les battements de son cœur. Il n'y avait que les cris de joie de son fils pour détourner son attention.

Au bout d'un moment, Nick se rapprocha d'elle alors qu'elle observait les poissons avec Cody.

— J'ai réservé une table au restaurant pour 19 heures. Si c'est trop tard pour Cody, je peux modifier.

— Non, ce sera parfait, répondit-elle en se demandant néanmoins comment elle réussirait à survivre à cette longue journée en compagnie de Nick sans céder à la tentation.

Un peu plus tard dans la soirée, Nick et son fils étaient installés au rez-de-chaussée, à découvrir toutes les fonctions du nouvel ordinateur de Cody, quand Nick entendit les talons de Claire résonner dans le couloir. Il se leva pour aller à sa rencontre. Elle avait passé une robe rouge avec une encolure dégagée, et ses cheveux tombaient sur ses épaules, relevés de chaque côté par une barrette. Les seuls bijoux qu'elle portait se résumaient au collier en diamants et au bracelet à breloques qu'il lui avait offerts.

— Claire, tu es splendide, murmura-t-il.

— Merci. Les deux hommes de ma vie sont magnifiques, eux aussi, dit-elle en souriant à Cody qui rayonnait dans son élégante chemise blanche et son pantalon noir.

— Merci à toi, répondit Nick en se demandant comment il arriverait au bout de cette soirée sans flirter avec Claire, sans l'embrasser, sans la serrer contre lui. Et maintenant, allons dîner ! lança-t-il en prenant Cody dans ses bras. La limousine nous attend.

Au cours du dîner, Cody demeura fasciné par les

lumières de la ville que l'on apercevait par les immenses baies vitrées.

Nick, lui, n'avait d'yeux que pour Claire. Malgré le danger qui pesait sur son cœur, il était incapable de regarder ailleurs. Sa peau de porcelaine lui paraissait si soyeuse, ses grands yeux noirs si profonds… Quant à sa bouche, sensuelle… Une véritable incitation à la débauche. Le seul fait de la regarder attisait son douloureux désir. Il dut faire de gros efforts pour se tourner de temps en temps vers Cody.

— J'ai étudié mon emploi du temps et vu avec ma secrétaire, dit soudain Claire. Cody et moi pouvons venir te voir au ranch la semaine prochaine. Nous pourrions arriver mercredi. Si cela te convient, je vais réserver des billets d'avion car je préfère ne pas avoir à conduire.

— C'est inutile, vous prendrez le jet des Milan. Viens dès lundi si tu peux, cela nous fera une semaine complète. Et si Cody s'ennuie au ranch, nous finirons le séjour à Dallas.

— Nous arriverons mardi. Je dois passer au bureau lundi pour organiser mon remplacement pour le reste de la semaine.

— Dans ce cas, j'ai hâte d'être à mardi…

Il était 21 heures quand ils quittèrent le restaurant et, moins d'une heure plus tard, Cody dormait à poings fermés dans son lit.

— Cody t'aime beaucoup, déclara Claire en rejoignant Nick dans le salon. Ce qui n'a rien de surprenant.

— C'est vraiment un petit garçon merveilleux, répondit-il, tout en enlevant sa cravate et en défaisant les boutons de son col.

Claire sentit son cœur battre un peu plus fort. Ce geste lui rappelait les nuits torrides qu'ils partageaient il y a quatre ans… Car en dessous de ses costumes sur mesure, Nick dissimulait un corps musclé dont elle n'avait pas oublié la virilité…

Au point qu'elle appréhendait le fait de se retrouver seule avec lui.

— Suis-moi, je vais te faire visiter le rez-de-chaussée ! dit-elle vivement en s'emparant de son iPad connecté à l'Interphone de Cody. Il y a deux suites, dont une occupée par mes grands-parents.

Si elle s'activait, peut-être que les images pour le moins érotiques qui défilaient devant ses yeux disparaîtraient.

Hélas ! la présence magnétique de Nick à ses côtés la troublait au plus haut point. Elle lui fit visiter l'aile des suites, puis ils passèrent à celle menant à la salle de gym.

— Un jour, je ferai construire une piscine dans le jardin, mais d'ici là, c'est ici que je fais du sport.

— Super, dit Nick en admirant le parquet. Tu as de la musique, ici ? On pourrait danser…

D'abord, elle fut tentée de refuser. Danser avec Nick avait toujours été une activité des plus… sensuelles. Mais elle leva les yeux vers lui, et ce regard bleu acier eut raison de sa réticence.

— J'ai la musique sur laquelle je m'entraîne, répondit-elle.

— Parfait ! Mais d'abord, changeons un petit détail, murmura-t-il en s'avançant vers elle pour lui ôter les barrettes. Voilà, je préfère quand tes cheveux sont entièrement lâchés.

Son cœur fit un bond dans sa poitrine. Nick lui faisait toujours un effet dingue… Comme autrefois. Parce que c'était lui ? Ou parce qu'elle n'avait pas eu un seul homme dans sa vie depuis leur rupture ?

— Nick, tu ne devrais pas toucher mes cheveux, dit-elle en se perdant dans les profondeurs de son regard. Pas plus que l'on ne devrait danser.

Il ne répondit pas et alla mettre en marche le lecteur CD.

— C'est un rythme rapide, on ne sera pas tentés de s'enlacer, fit-il remarquer en la rejoignant, le regard fixé sur ses lèvres.

Bien malgré elle, elle fut prise d'une irrésistible envie de l'embrasser. Mais il fit un pas en arrière, et commença à se déhancher en cadence, sans la quitter du regard. Et ce qui devait arriver arriva : le regarder onduler ainsi devant elle ne fit qu'attiser son désir.

Pourtant, elle finit par l'imiter et, portée par le rythme entraînant, commença à se détendre.

La chanson suivante était une polka. Le sourire aux lèvres, il la prit par la main pour la faire virevolter autour de la pièce. Cela faisait des années qu'elle n'avait pas dansé en couple, et elle avait l'impression que Nick la mettait en lévitation. Ils riaient comme des enfants. Le morceau suivant était une ballade, et il la prit par la main, gardant une certaine distance entre eux.

— Qui a élaboré cette playlist ? demanda-t-il en souriant.

— Moi. J'adore faire ma gym en musique, et j'ai des goûts très éclectiques.

— Je n'avais pas dansé de polka depuis… l'université ! Autant dire une éternité !

— Au moins ! répondit-elle en riant.

— J'aime te voir rire, Claire.

— Après cette chanson, allons nous asseoir et boire quelque chose. J'ai besoin d'une pause.

Et besoin de mettre un peu de distance entre eux, car chaque fois qu'elle frôlait Nick, son trouble s'accentuait.

À la fin du morceau, elle alla arrêter la musique, puis ils quittèrent la pièce.

— J'adore ta maison, déclara Nick. Et puis tu as fait du beau travail avec Cody. Quand tu viendras à Dallas, j'aimerais le présenter à ma famille.

Bien sûr. Ça, elle ne pourrait l'empêcher.

— Si tu veux… Comment va ta famille ? Madison peint toujours ? Je l'ai croisée lors d'une exposition à Houston.

— Tout le monde va bien. Madison a épousé Jake Calhoun, et ne voyage plus autant. À présent, elle possède le ranch familial, mais vit sur celui de Jake. Wyatt, lui, est shérif de comté. Ses amis lui conseillent de postuler plus haut, mais après son mandat, il veut se retirer dans son ranch. Quant à Tony, c'est un célibataire débordé. On le voit assez souvent. Mes parents sont à Dallas, papa est à la retraite.

— Tu devrais parler de Cody d'abord à tes parents. Ton père aura sans doute des attentes vis-à-vis de toi.

— Toute ma vie, je me suis plié à ses attentes. Mais on s'est toujours bien entendus.

— Parce que tu as toujours fait ce qu'il te disait de faire.

— C'est vrai, mais ses demandes sont toujours restées raisonnables. Papa m'a aidé dans ma carrière et en politique. Je lui dois tout. Il possède un carnet d'adresses impressionnant.

C'est précisément ce carnet d'adresses qui inquiétait Claire. Le juge Milan était un homme influent. Même si elle ne les avait jamais rencontrés, elle supposait que les parents de Nick n'apprécieraient pas qu'il épouse une femme ayant des obligations en dehors de Washington, et qui ne placerait pas sa carrière à lui en priorité.

— Je parlerai à mon père. Tu n'as pas à te soucier de ma famille, assura-t-il. Il s'agit de leur petit-fils, leur premier petit-enfant. Ils vont l'aimer et lui faire une place au sein de la famille. Non seulement Cody est un enfant adorable, mais il ressemble tellement à un Milan qu'ils ne pourront que se réjouir.

— Et vouloir s'occuper de lui à temps plein…

— Je te promets que je ne t'enlèverai pas Cody, déclara-t-il solennellement en plongeant son regard dans le sien.

Elle hocha lentement la tête, ne voyant pas très bien comment ils s'organiseraient s'il devait s'installer à Washington.

Ils se rendirent dans le salon, et s'assirent sur le canapé.

— Claire, Cody est formidable, je suis vraiment heureux d'être son père. Je tiens à ce que tu sois heureuse que je lui fasse une place dans ma vie. Je sais que tu vas avoir du mal à le partager alors que tu l'as eu pour toi toute seule jusqu'à présent. Du moment que je peux le voir de façon régulière, je te promets que nous prendrons le temps de nous organiser.

— Merci, murmura-t-elle, convaincue de ses bonnes intentions.

Penserait-il la même chose une fois qu'il aurait parlé de Cody à ses parents ?

— Nous pourrions lui donner le nom « Milan » sans forcément nous marier, poursuivit-il. Tu y serais opposée ?

— Je vais y réfléchir. Je ne peux te répondre tout de suite, murmura-t-elle en ôtant sa main de la sienne.

Il était assis trop près d'elle, son regard était trop

intense, mais elle se garda bien de laisser paraître son trouble.

— Je ne te forcerai à rien, lui promit-il. Nous avons de nombreuses possibilités à explorer, c'est tout. Dès lundi, j'irai ouvrir un compte d'épargne au nom de Cody. Je tiens à faire partie de sa vie de toutes les façons possibles. Tu t'en sors très bien jusqu'ici, et il est évident que tu n'as pas besoin de mon aide, mais je tiens à partager les frais d'éducation de notre fils.

— Si tu veux, Nick. Nous n'avons pas à revenir sur les sommes que j'ai déjà versées pour lui. Mais dorénavant, nous pourrons partager les dépenses.

— Ça me va.

Il lui caressa les cheveux.

— Quelle que soit la façon dont nous nous organiserons, je suis content d'être de nouveau à tes côtés.

Incapable de formuler une réponse, elle lui offrit un sourire fugace. Était-il sincère en disant cela ? Car elle avait l'impression que chaque moment qu'ils passaient ensemble les rapprochait d'une nouvelle confrontation.

— Tôt ou tard, Nick, nous devrons décider des périodes que Cody passera avec toi, et de celles qu'il passera avec moi. Je préférerais que nous nous mettions d'accord entre nous, plutôt que d'impliquer des avocats.

— Ça me va. Mais puisque je suis moi-même avocat, si tu changes d'avis et souhaites te faire représenter, ce serait normal. Je veux seulement ton bonheur et celui de Cody.

— Il n'a jamais passé une nuit en dehors de la maison.

Soudain, elle détesta l'idée de ne plus maîtriser son emploi du temps.

Nick dut sentir son malaise car il posa les mains sur les siennes.

— Claire, je ne vous veux aucun mal, à toi et à

Cody. Je suis sincère en te disant que nous réfléchirons ensemble. Je veux juste partager la vie de mon fils, nouer une relation avec lui.

— Par moments, l'avenir me terrifie... Je l'ai toujours eu à mes côtés depuis sa naissance...

— Si je fais quelque chose qui te déplaît, il faut me le dire. Si tu me le promets, je te promets de trouver une solution. Qu'en penses-tu ?

Hochant la tête, elle inspira profondément pour essayer de retrouver son calme. Mais quand le regard de Nick se posa sur sa bouche, elle sentit son cœur faire un bond dans sa poitrine. Elle ne voulait pas réagir ainsi face à lui, mais c'était plus fort qu'elle. Physiquement, elle réagissait à chacun de ses regards, à chacun de ses effleurements. Si elle voulait être sincère avec elle-même, elle aimait être avec Nick...

— Ce week-end est une réussite, déclara-t-il tout bas, de cette voix qu'il prenait toujours quand il pensait au sexe. Encore merci à toi, Claire.

À ces mots, il se pencha doucement vers elle, effleurant ses lèvres des siennes le plus naturellement du monde. Puis il passa ses bras autour d'elle en cherchant son regard. Elle avait beau se dire que tout cela n'était que pure folie, que cela ne lui attirerait que des ennuis, elle le voulait, ce nouveau baiser...

— Claire..., murmura-t-il en plongeant ses mains dans ses cheveux avant de la soulever pour l'asseoir sur ses genoux.

Elle n'opposa aucune résistance et répondit à son baiser.

Elle avait envie de lui, envie d'effacer les problèmes entre eux. Envie de faire l'amour et de se laisser une nouvelle fois gagner par la passion.

Ce baiser gourmand la fit trembler de désir. Elle

s'agrippa à Nick, partagée entre son envie de le voir disparaître de sa vie et celle de s'accrocher à lui pour que plus jamais il ne la quitte.

Il l'enlaça fougueusement, mais bientôt la voix de la raison reprit le dessus, et elle recouvra ses esprits. Ce baiser risquait de la conduire à un véritable désastre. Pas question de retomber amoureuse de Nick. Il ne changerait pas et ne renoncerait pas à ses ambitions politiques. Ni pour elle ni pour Cody. À cette idée, elle s'écarta de lui et se leva.

— Cela ne résoudra rien, murmura-t-elle.

Il la regarda d'un air choqué.

— À moins que ce soit la résolution de tous nos soucis, répliqua-t-il, très sérieusement.

— Je suis retenue ici par mon travail, ma famille. Toi, ta carrière est à Dallas, Austin, et bientôt Washington. Et ce n'est pas un mariage qui modifiera la donne, Nick. Une relation entre toi et moi ne ferait que compliquer nos vies, comme cela a déjà été le cas autrefois.

Il se leva.

— Un baiser, c'est comme une danse. C'est sexy et cela n'engage à rien.

— Voilà pourquoi nous en resterons là, conclut-elle en quittant la pièce.

— Bien sûr, dit-il en lui emboîtant le pas pour la suivre jusqu'à l'étage.

Elle s'arrêta devant sa chambre et se tourna vers lui.

— Je vais à la messe demain matin, déclara-t-elle en manquant une nouvelle fois de se perdre dans son regard azuré. Puis-je te laisser Cody ? Je préparerai son petit déjeuner.

— Aucun souci, je m'occupe de lui ! Bonne nuit, Claire.

— Bonne nuit, Nick.

Une fois la porte de sa chambre refermée, elle s'appuya contre le battant et ferma les yeux en respirant profondément.

Cette journée avait été pleine de surprises, alternant moments d'appréhension et de pure détente. Et puis, il y avait eu ces instants volés, entre les bras d'un homme sexy, désirable, qui l'éblouissait toujours autant…

Mais elle demeurait consciente des problèmes qui se posaient à eux : la garde partagée de Cody, les souvenirs douloureux de leur violente rupture, puis de la période où elle avait découvert sa grossesse, juste après les fiançailles de Nick…

Tel un automate, elle se déshabilla et se coucha, obnubilée par ses pensées, obnubilée par Nick.

À moins de parvenir à construire une muraille autour de son cœur, Nick représentait une menace pour son bonheur.

Et pourtant…

Elle imagina Nick dans son lit, de l'autre côté du couloir… Elle se revit blottie dans ses bras, près de son corps tellement viril, beau à en couper le souffle… Comment chasser de telles images de son esprit alors qu'il était là, allongé à quelques mètres d'elle ?

Elle était incapable de se tenir à l'écart de lui. Incapable d'être avec lui. Alors que faire ? Le temps était venu de choisir. Sachant que si elle se trompait, c'était son bonheur à venir qui serait compromis.

# - 7 -

Le lendemain matin, Nick entra dans la cuisine en souriant.

— Bonjour ! lança-t-il. Bonjour, Cody.

Cody lui rendit son sourire. Le gros singe que Nick lui avait offert était assis sur une chaise à côté de lui.

— Tu lui as donné un nom ? demanda Nick en désignant la peluche.

— Monsieur Singe ! répondit le petit garçon.

— Très joli choix, fit remarquer Nick, très sérieux.

Claire sourit. Elle était heureuse de voir Nick se comporter aussi naturellement avec son fils.

— Nick, dit-elle en regardant l'horloge, je dois y aller. Si tu as des questions, Cody pourra probablement y répondre. Sinon, tu as mon numéro de téléphone.

Elle traversa la cuisine pour déposer un baiser sur le front de Cody.

— Sois sage avec ton papa. Je reviens après la messe. Et mange *tout* ton bol de céréales.

— Voui, m'dame !

— Je peux le laisser, le temps de t'accompagner à la porte ? demanda Nick.

— Pas de problème.

— Ne t'inquiète pas pour nous, Claire, déclara Nick en lui emboîtant le pas.

— Je ne m'inquiète pas. Cody a un papa brillant et responsable. Et c'est un petit garçon adorable. Je sais que tout se passera bien entre vous. Je reviens dès la fin de la messe.

— Un baiser d'adieu ? demanda-t-il avec un sourire narquois.

— Nous savons toi et moi que ce n'est pas une bonne idée, rétorqua-t-elle en sortant.

Nick resta tout l'après-midi avec Claire et Cody. À 17 heures, il fut temps pour lui de partir.

— Tu es un petit garçon merveilleux, murmura-t-il en prenant son fils dans ses bras. Je t'aime.

— Je t'aime, papa, répondit le petit garçon comme il le serrait contre lui.

Claire vit le visage de Nick s'illuminer quand Cody prononça ces paroles. Elle aperçut même des larmes qui brillaient au coin de ses yeux. Elle sentit son cœur se serrer. L'espace d'un instant, elle ressentit tout l'amour qu'ils partageaient pour Cody, et elle fut sûre d'une chose : quoi qu'il se passe entre Nick et elle, ils feraient passer le bonheur de Cody avant tout.

Nick se tourna vers elle.

— Je suis impatient de vous accueillir tous les deux à Dallas. J'ai passé un merveilleux week-end. Merci.

— On se retrouve mardi, murmura-t-elle.

L'espace d'un instant, la vieille rancœur familière remonta à la surface. Nick était de retour dans sa vie, certes, mais elle ne devait pas perdre de vue qu'après leur rupture, il s'était rapidement consolé dans les bras d'une autre, et fiancé sans même juger bon de l'en informer. Par moments, elle regrettait presque de lui avoir dit la vérité au sujet de Cody.

Mais à quoi bon se laisser envahir par le ressentiment ? Nick avait perdu sa femme et le bébé qu'elle portait. Il avait vécu l'enfer. Et elle n'était pas sans cœur. Elle avait éprouvé un réel besoin de lui parler de Cody, et elle savait qu'il ferait un père merveilleux. Et puis, elle n'avait pas le droit de priver Cody du droit de connaître son père. Si les Milan n'essayaient pas de lui prendre Cody, ou de le monopoliser, alors elle pourrait se montrer coopérative. Elle priait simplement pour que le père de Nick ne s'en mêle pas et les laisse trouver une solution par eux-mêmes. Pendant ce temps, elle devait préserver son cœur. Et la seule façon d'y arriver, c'était de se soustraire aux bras de Nick…

Une fois installé dans la limousine, Nick contempla Claire et Cody sur le trottoir. Le véhicule démarra et Cody agita sa petite main pour lui dire au revoir. Il sentit son cœur se serrer. Jamais il n'oublierait ce moment où son fils lui avait déclaré « Je t'aime, papa », en passant ses petits bras autour de son cou.

« Je t'aime, papa. » Ces quelques mots représentaient pour lui le plus beau des cadeaux.

Passer ces deux jours avec Claire avait aussi été un beau cadeau. Pourvu que les choses entre eux ne s'enveniment pas !

Pendant que la limousine s'éloignait, il repensa à tout ce qu'il avait vécu avec Claire, à leur rupture, au moment où il l'avait revue, à celui où elle lui avait annoncé qu'il avait un fils…

Est-ce qu'une carrière politique valait la peine de perdre l'amour de Claire, et la perspective d'être un bon mari, un bon père ?

Il secoua la tête pour chasser cette idée stupide de

son esprit ! Passer de nouveau du temps avec Claire avait fait resurgir son désir pour elle au point de lui brouiller les idées.

Arriverait-il à ne pas retomber amoureux ? Pouvait-il prendre le risque d'un nouveau chagrin d'amour ? Car ils rencontraient plus de contraintes aujourd'hui que par le passé, et leurs chances de les surmonter étaient plus faibles que jamais. Car aujourd'hui, il y avait Cody.

Cody… Son fils lui manquait déjà.

Il était impatient de lui faire découvrir le ranch, mardi prochain. Avant cela, il allait devoir annoncer la nouvelle à ses parents, puis à ses frères et à sa sœur. Il informerait aussi la famille de Karen.

Il envoya un SMS à son père pour lui dire qu'il passerait le voir. Autant affronter le lion sans plus tarder.

Nick pénétra dans le bureau de son père, serra sa mère dans ses bras, puis alla saluer son père d'une brève poignée de main. Ils échangèrent quelques banalités au sujet de la météo et de la saison de basket-ball, puis son père mit fin à la conversation.

— Evelyn, je dois m'entretenir un instant avec Nick au sujet d'une question juridique.

— Dans ce cas, je ne vous suis d'aucune utilité, répondit cette dernière. Je vous laisse. Peter, rappelle-moi quand vous aurez terminé.

À peine eut-elle refermé la porte derrière elle que Nick se tourna vers son père.

— Je dois te parler d'une chose quand tu en auras terminé, dit-il.

— Je n'ai aucune question juridique à débattre avec toi. Ce n'était qu'un prétexte pour faire sortir ta mère.

Je me doutais que tu n'étais pas passé nous voir sans raison.

— Tu me connais bien, déclara Nick, redoutant les minutes qui allaient suivre.

Car il se doutait bien que son père ne serait pas du même avis que lui au sujet de ce qu'il s'apprêtait à lui annoncer. Il s'approcha de la cheminée, puis se tourna vers son père.

— Papa, tu te souviens qu'avant d'épouser Karen, j'avais proposé le mariage à Claire Prentiss. Qui avait décliné ma demande.

— Je m'en souviens. M. Prentiss dirigeait une grosse agence immobilière à Houston. Cette jeune femme assistait son grand-père à la gestion de l'entreprise.

— C'est exact, confirma Nick en sentant l'appréhension monter en lui.

Comment trouver les mots pour éviter une dispute avec son père ?

— Et tu te souviens que la semaine dernière, un client m'a demandé d'assister avec lui à une transaction immobilière. Le vendeur était hospitalisé, dans l'impossibilité d'assister à l'acte notarié, et il s'est fait représenter par son agent immobilier. Il s'agissait de Claire Prentiss. C'est elle qui a repris la direction de l'agence de son grand-père.

— Je suppose que tu n'es pas venu m'annoncer que tu vois de nouveau cette femme.

— Non. Mais elle ignorait que j'avais perdu Karen et notre bébé. Si tu te souviens bien, Claire et moi, nous nous étions séparés car nous n'arrivions pas à organiser notre vie commune. Elle avait des responsabilités envers sa famille, et moi je commençais ma carrière. C'est alors que j'ai commencé à sortir avec Karen, que vous m'avez encouragé à épouser.

— Je continue de penser que c'était un bon choix. Même si nous ne pouvions prévoir qu'elle croiserait la route de ce chauffard ivre.

— Je n'avais pas prévenu Claire que je me fiançais, mais elle l'a appris plus tard.

— Oui, tu as eu quelques parutions dans la presse locale, tout comme la famille de Karen.

— Je vous ai apporté quelque chose, à maman et toi.

— Nick, arrête de tourner autour du pot et dis-moi simplement de quoi il s'agit.

— Crois-moi, tu ne seras pas déçu, dit Nick en allant récupérer ses deux iPad dans son attaché-case.

Il n'avait pas oublié comment toute sa colère s'était évanouie dès l'instant où il avait vu la photo de Cody. Pourvu que son père ait la même réaction…

— Cet iPad est pour toi, dit-il en le posant sur la table. Mais pour l'instant, je voudrais te montrer quelque chose sur le mien. Prépare-toi à avoir un choc.

Il s'assit à côté de son père et plongea son regard dans le sien. Puis il lui tendit la tablette.

— Papa, je te présente Cody Nicholas Prentiss. Quand j'ai épousé Karen, Claire était enceinte de mon fils.

— Oh ! Nick, ce n'est pas vrai !

L'espace d'un instant, son père devint livide, comme frappé par la foudre.

— Tu l'as mise enceinte, et ensuite tu t'es marié avec Karen ? Nick !

— Non, papa. Je ne lui ai pas annoncé que j'allais épouser une autre femme, expliqua Nick alors que son père semblait hypnotisé par la photo de Cody.

— Bon sang, Nick, cet enfant te ressemble trait pour trait ! C'est ton portrait craché, murmura son père, abasourdi.

À ces mots, Nick respira de nouveau. Cody venait d'entrer dans la vie de son père.

Ce dernier se tourna enfin vers lui.

— Tu vas épouser Claire ?

— Non. Je n'ai appris l'existence de Cody que la semaine dernière. Et j'ai passé le week-end à Houston, chez Claire, pour faire la connaissance de mon fils. Notre famille va adorer ce petit bonhomme. Il est intelligent, épanoui, adorable. Il a trois ans et, oui, c'est mon portrait au même âge. Cody est un Milan, ça ne fait pas l'ombre d'un doute.

Son père reporta son attention sur l'écran de la tablette.

— Papa, j'ai d'autres photos, poursuivit Nick en faisant défiler des clichés de son fils.

— Nick, nous allons devoir annoncer la nouvelle en douceur à ta mère. Il s'agit de notre premier petit-enfant, Nick ! Et il ressemble tellement à un Milan !

Bien que soulagé, Nick pressentait que ses parents insisteraient pour jouer un rôle dans la vie de Cody. Il balaya la pièce du regard, se souvenant du jour où, dans ce même bureau, son père l'avait pressé d'oublier Claire pour épouser Karen. À cet instant, il se promit de ne jamais s'ingérer à ce point dans la vie de Cody.

— J'ai invité Claire à venir avec Cody à Dallas cette semaine, reprit-il. Elle sera là mardi, et je les emmène au ranch. Je pense inviter toute la famille, un soir pendant leur séjour, pour que vous puissiez rencontrer Cody.

— Il faut que tu l'épouses, Nick. Au plus vite.

— À ce stade, elle ne veut pas entendre parler de mariage. Son grand-père va mal. Sa mère est décédée, et sa grand-mère est âgée. Elle dirige seule l'agence familiale et l'a même considérablement développée. Elle possède aujourd'hui trois agences et gère soixante-dix employés à Houston. Elle a fait construire une vaste villa dans un quartier très confortable, où elle vit avec Cody et sa grand-mère. Son grand-père est en maison de convalescence, mais elle espère le ramener chez elle. Elle m'a expliqué qu'elle n'a pas trouvé le temps d'avoir un homme dans sa vie, car elle n'a guère de temps à consacrer à sa vie sociale.

Les mots lui venaient telle une éruption volcanique, mais il tenait dès maintenant à jouer cartes sur table. O, il n'était même pas sûr que son père l'écoutait, tellement il était absorbé par les photos de son petit-fils. Au bout d'un moment, il finit tout de même par lever les yeux vers lui.

— Va chercher ta mère, nous allons lui montrer ces photos et lui annoncer la nouvelle, ordonna-t-il. Peux-tu nous en imprimer quelques-unes pour que nous les gardions avec nous ?

— J'ai demandé à Claire de m'en imprimer, je peux vous les laisser. Je vous offre l'iPad. J'y ai téléchargé toutes les photos de Cody depuis sa naissance.

— C'est parfait, Nick. Je te remercie, murmura son père avant de contempler de nouveau les photos de Cody. Nous voilà grands-parents… Il a trois ans… Bon sang, si seulement nous l'avions su…

Sa voix tremblait d'émotion.

— Va chercher ta mère, répéta son père sans lever les yeux de la tablette. Elle va être aux anges. Il faudra que nous fassions la connaissance de Claire. Nous ne l'avons jamais rencontrée.

— Non, papa, c'est vrai, répondit-il, se retenant de lui rappeler qu'à l'époque ils n'avaient pas souhaité faire sa connaissance. Mais ce sera chose faite dès cette semaine. Je vais chercher maman.

Quand elle revint dans le bureau, Nick usa de la

même méthode qu'avec son père : en lui montrant la photo de Cody.

— Doux Jésus ! Tu as fait un enfant hors mariage ! s'exclama-t-elle d'une voix accablée.

Mais avant qu'il ait le temps de protester, elle ajouta d'une voix adoucie :

— Me voilà donc grand-mère !

— Oui, maman. C'est mon fils, et Claire est sa mère. Il s'appelle Cody Nicholas.

— Elle lui a donné ton prénom ! s'exclama sa mère sans lever les yeux des clichés qui défilaient sur l'écran. Aucun doute, c'est bien ton fils ! Nous sommes ses grands-parents. Et nous pouvons le rencontrer quand, ce petit ange ?

— Cette semaine.

— Oh ! Nick, je suis tellement impatiente !

— Tant mieux, maman.

Il passa encore une heure en leur compagnie, puis repartit en leur promettant d'organiser un dîner le soir de leur choix, au cours duquel ils pourraient réunir le plus de membres de la famille possible.

— Je te raccompagne à ta voiture, Nick, décréta son père.

Nick n'était guère surpris. Son père avait quelque chose en tête. À peine furent-ils hors de la maison que ce dernier s'éclaircit la voix.

— Nick, il faut vraiment épouser Claire. Réfléchis. Elle mène peut-être une vie confortable, mais elle n'est pas aussi riche que notre famille. Tu peux lui offrir une somme que personne ne pourrait refuser. Et puis, tu pourrais ouvrir un compte d'épargne pour Cody, et lui donner ton nom. C'est une offre qu'elle pourra difficilement refuser.

— Papa, je lui ai déjà brisé le cœur une fois. Je ne

veux pas recommencer. Si j'avais agi de façon correcte avec elle, j'aurais été au courant, pour la naissance de Cody. Mais le passé est le passé. Je n'obligerai pas Claire à m'épouser.

— Ce dont je te parle ne la forcerait à rien. C'est au contraire une offre qui change la vie. Réfléchis bien, Nick. Tu as de hautes ambitions politiques, et nous sommes en train de rassembler de nombreuses personnalités influentes pour te soutenir. Ne gâche pas tout maintenant. Ce petit garçon est un Milan. C'est notre petit-fils. Tu n'imagines pas combien cela nous comble, ta mère et moi.

— J'en suis ravi. Vous serez encore plus comblés quand vous le rencontrerez. Cody est adorable.

— Nick, si Claire consent à t'épouser, cela tuera dans l'œuf toute tentative de scandale liée à l'existence de Cody. Réfléchis bien, répéta son père avec autorité.

— J'y réfléchirai, papa. Et dès que je rentre chez moi, je parlerai de Cody à mes frères et sœur. Je préviendrai aussi les parents de Karen. Maman est probablement au téléphone avec Madison, à l'heure qu'il est.

— Pense à ma proposition. Être marié et père de famille t'aiderait à assurer ton avenir politique.

— Je n'y manquerai pas, promit Nick en s'installant au volant. Bonsoir. Je te tiendrai au courant.

— Je te remercie pour l'iPad. Cette soirée restera gravée dans les annales de notre famille. Je suis grand-père ! C'est formidable, Nick. J'ai hâte de rencontrer Cody et sa maman.

Hochant la tête, Nick eut l'impression de recevoir un coup en plein cœur. Sa vie avait connu moult bouleversements, en rayant Claire de son existence, puis en perdant Karen et leur bébé. Aujourd'hui, tout n'était que confusion.

Il roula jusqu'à sa maison de Dallas, où il téléphona en premier à Wyatt. Il lui annonça la nouvelle pour Cody, et lui envoya une photo. Il fit de même avec Madison, puis Tony.

Estimant qu'il était de leur droit de savoir, il appela ensuite les parents de Karen. À son grand soulagement, le père de Karen sembla s'en réjouir. Ce qui l'aida à évacuer les dernières rancœurs liées à son terrible deuil.

Puis il composa le numéro de Claire. Elle était en train de coucher Cody, mais il put parler une dizaine de minutes à son fils. Le seul fait d'entendre sa petite voix au téléphone l'émut aux larmes. Son fils lui manquait déjà terriblement, et il était impatient de le revoir mardi. Claire promit de le rappeler dès que Cody serait endormi.

Il se demanda ce qu'elle pouvait avoir en tête. Elle se montrait si secrète, si distante… Il comprenait son attitude, conscient que lui-même ferait bien de rester aussi sur ses gardes.

La carrière à laquelle il se destinait valait-elle mieux que l'amour de Claire et avoir Cody dans sa vie ?

La politique lui sembla soudain beaucoup moins attirante. Jusqu'alors, à aucun moment il n'avait envisagé de renoncer à son parcours politique, ni de renoncer à sa vie à Houston et au ranch. Et pourtant, il venait de passer un des week-ends les plus épanouissants de toute sa vie. Jusqu'où le fait d'être père changeait-il la donne ? Où en était-il vraiment de ses sentiments pour Claire ?

Ouvrant son iPad, il regarda de nouveau les photos de Cody. Il reçut des SMS de ses frères et de sa sœur, le félicitant et s'extasiant de la ressemblance entre Cody et lui. Bien sûr qu'ils viendraient rencontrer leur neveu et Claire.

Pour plaire à chacun, il avait décidé de recevoir tout le monde dans sa maison de Dallas, samedi soir. Jamais il n'avait ressenti une telle impatience.

Le mardi, Nick alla accueillir Cody et Claire à l'aéroport. Il s'était accordé peu de congés depuis deux ans, et son bureau avait l'habitude qu'il reste joignable à toute heure. Mais cela allait changer.

Il était si pressé de les retrouver qu'il avait à peine fermé l'œil de la nuit. Et il trépignait encore d'impatience en regardant l'avion qui atterrissait.

En voyant Claire sortir de l'avion, il sentit son cœur s'emballer. Dans son manteau noir à épaisse fourrure, son pantalon et ses bottes assorties, elle ressemblait à une top-modèle. Le vent froid de décembre soufflait dans ses cheveux qui s'enroulèrent autour de son cou. Décidément, elle avait toujours ce don de le troubler. Cody, vêtu d'une parka bleu foncé et d'un pantalon baggy, descendit chaque marche en sautillant, visiblement surexcité.

Nick s'avança vers son fils et le prit dans ses bras.

— Je suis tellement content de te revoir ! déclara-t-il en souriant alors que le petit garçon passait son petit bras autour de son cou. J'ai compté les minutes, tu sais…

— Cody aussi ! déclara Claire. Et puis, prendre l'avion était une grande première pour lui, comme la limousine ! Il est tout excité, tout ça est nouveau pour lui. Nous voyageons peu, c'est l'inconvénient quand on travaille dans l'immobilier : on ne s'éloigne jamais trop !

— J'en suis conscient. Tu es très élégante, Claire !

— Merci. Grandma m'a chargée de te remercier encore de l'avoir invitée avec nous. Elle a vraiment apprécié que tu prennes la peine de l'appeler pour le lui proposer.

— J'aurais adoré la recevoir et la présenter à ma famille.

— J'en déduis que ton père s'est habitué à la nouvelle ?

Il éclata de rire.

— Plutôt deux fois qu'une ! Je me suis inspiré de toi en lui présentant une photo de Cody au moment d'annoncer la nouvelle. Mes parents sont aux anges d'être devenus grands-parents. Pour eux, Cody est mon portrait craché au même âge. Je les avais rarement vus aussi comblés ! Ils sont impatients de vous rencontrer !

Elle hocha la tête, mais son sourire n'atteignait pas ses yeux. Elle était inquiète, il le savait, mais il ne pouvait la rassurer.

— Si cela ne te dérange pas, nous nous arrêterons un instant chez eux, dit-il. Je te promets que nous ferons vite.

— Pas de souci. Nous sommes venus pour présenter Cody à ta famille. Et puis, ce sont ses grands-parents.

— Merci. Ils sont très impatients de faire sa connaissance.

Une fois dans la limousine, ils se consacrèrent tous deux aux questions de Cody sur le ranch.

Le chauffeur ne tarda pas à s'arrêter devant le vaste porche au bout de l'allée circulaire. Aussitôt, Nick vit ses parents sortir pour les accueillir.

— Claire, je te présente mes parents, le juge Peter Milan et Evelyn Milan. Maman, papa, voici Claire Prentiss et notre fils, votre petit-fils, Cody Nicholas Prentiss.

Timidement, Cody bredouilla un « bonjour » en offrant une poignée de main à son grand-père.

Sa mère donna une brève accolade à Claire.

— C'est un moment très spécial pour nous, déclara-t-elle d'une voix tremblante.

Nick se demanda ce que pouvait ressentir Claire, à cet instant précis. Cette dernière affichait un air impénétrable.

— C'est bien que Cody puisse rencontrer sa famille, répondit-elle simplement.

— Vous n'imaginez pas combien il ressemble à Nick au même âge, fit remarquer Evelyn.

— Bienvenue dans la famille, déclara Peter en tendant sa main à Claire.

— Je vous remercie, juge Milan, répondit Claire avec un sourire difficile à déchiffrer. J'espère que vous ferez un bon accueil à Cody.

— Nous sommes enthousiastes au possible, lui assura-t-il. Difficile de croire qu'il n'a que trois ans tellement cet enfant paraît calme et dégourdi.

— Il est constamment entouré d'adultes, expliqua-t-elle.

— Entrez donc ! On m'a dit que vous avez considérablement développé l'entreprise que vous a confiée votre grand-père.

Nick sourit, amusé. Son père savait se montrer charmant quand il le souhaitait. Ses parents auraient-ils accueilli Cody avec autant d'entrain s'il avait été plus chahuteur et s'il avait ressemblé à Claire ?

Ils entrèrent et s'installèrent dans le premier salon, moins formel. Nick fut épaté par le choix de ses parents, qui d'habitude interdisaient l'accès de cette pièce aux enfants. Son père s'installa à côté de Claire, visiblement décidé à s'attirer sa sympathie.

— Cody, nous avons un cadeau pour toi, annonça sa mère.

Elle lui offrit un gros paquet entouré d'un ruban rouge.

Le regard du garçonnet se mit à pétiller, mais avant d'accepter le présent, il se tourna vers Claire. Ce n'est qu'après qu'elle eut hoché la tête qu'il alla chercher son cadeau.

— Regarde, maman ! s'écria-t-il en brandissant un coffret de magie avant de se tourner vers sa grand-mère. Merci !

— Tout le plaisir est pour nous, Cody.

Puis Cody se tourna vers son grand-père.

— Merci, m'sieur !

— Cody, approche un peu, murmura ce dernier. J'aimerais que tu réfléchisses à la façon dont tu souhaites nous appeler, et que tu en parles à ta maman et à ton papa. Nous sommes tes grands-parents, alors il faut que tu nous trouves un nom correct.

— Voui, m'sieur ! répondit Cody en cherchant les yeux de Nick.

— Nous y réfléchirons plus tard, Cody, suggéra Nick. Et maintenant, regardons un peu ton coffret de magie.

Cody courut jusqu'à la boîte, dont il sortit une cape qu'il s'empressa de mettre.

— Bravo, Cody ! s'exclama sa grand-mère. Tu ressembles à un magicien. Il te faut ta baguette magique, maintenant.

Au bout d'une heure, Nick donna le signal du départ.

— Je crois que Cody les a séduits, remarqua Claire alors que la limousine démarrait.

— Crois-moi, leur enthousiasme était sincère. Au-delà même de tout ce dont je rêvais. Quelle que soit la façon dont toi et moi envisagerons l'avenir, Cody et toi venez d'intégrer le clan des Milan. J'espère que vous vous y plairez.

— Je connais déjà Madison. Mais je n'ai jamais rencontré Tony et Wyatt.

— Tout le monde aime Wyatt. Il est calme, même si avant d'être marié il était d'un caractère plus fougueux. Tu t'entendras bien avec Tony aussi. Ils veulent tous rencontrer Cody. Et comme mes parents, ils seront sous le charme. Je sais que ma mère l'aurait aimé même s'il avait été turbulent, mais je peux te dire que mon père a été aussi impressionné que séduit par notre fils. Je sais lire entre les lignes, avec lui.

— Je suis heureuse que tout se soit bien passé.

— Et moi je suis heureux de vous revoir. Nous allons déjeuner chez moi, puis nous prendrons le jet pour Verity. Il faudra prendre des vêtements de cow-boy pour Cody. Il n'a pas de bottes, si ?

— Non, mais il va trouver cela très excitant. Tu fais tout comme il faut, Nick.

— Je tiens aussi à ce que sa maman soit contente…

— Ça, tu t'en sors plutôt bien, marmonna-t-elle presque comme si c'était un reproche.

Lui en voulait-elle toujours ? Ou essayait-elle juste d'éviter toute forme de complicité, de crainte de tomber de nouveau amoureuse ? Impossible de lire dans ses pensées. Mais ce qui l'inquiétait le plus, c'était la certitude que son père allait le pousser à épouser Claire…

Quand ils arrivèrent chez lui, il leur fit faire le tour du propriétaire. Sa villa était à peine plus spacieuse que celle de Claire. Elle possédait un terrain arboré, des fontaines, un vaste patio et une piscine clôturée à l'arrière.

— Claire, j'ai fait installer une alarme pour la piscine, qui était déjà clôturée, lui fit-il remarquer. Si quoi que ce soit frôle l'eau, la sirène se met à hurler. Donc il n'y a aucun risque pour Cody.

Elle contempla le bassin entouré d'une haute clôture en métal, puis se tourna vers lui.

— Merci, Nick, cela me rassure de savoir que quand Cody viendra chez toi, je n'aurai rien à craindre côté piscine.

— Je ne veux pas que tu t'inquiètes quand il est avec moi. J'ai du personnel de maison, mais je leur ai accordé le reste de la semaine, puisque nous nous rendons au ranch. Mon cuisinier et ma femme de ménage se trouvent au ranch aujourd'hui, mais ils ont dû nous laisser de quoi déjeuner ici, expliqua-t-il. Je vais faire réchauffer le repas, puis nous nous envolerons pour Verity.

— Je viens t'aider. Cody est occupé à jouer au magicien.

Mais dès qu'ils entrèrent dans la cuisine, Claire s'arrêta.

— Nick, quand as-tu trouvé un rehausseur pour Cody ?

— J'ai appelé ma secrétaire en lui indiquant le matériel dont j'allais avoir besoin, et elle s'est occupée de tout. Ce modèle conviendra, tu penses ?

— Bien sûr, répondit-elle avec un sourire.

Il ne put s'empêcher de se rapprocher d'elle.

— Ah ! enfin je te vole un sourire ! s'exclama-t-il. Claire, je tiens à ce que tout se passe au mieux, tu sais.

Son sourire s'effaça aussitôt, et elle le dévisagea longuement.

— J'essaie d'être coopérative, et je sais que l'on va devoir trouver un terrain d'entente. Tu t'es donné du mal, Nick, et crois-moi, je t'en suis reconnaissante.

Il la serra brièvement dans ses bras, juste pour lui montrer sa sincérité, la rassurer… Or, dès l'instant où elle fut contre lui, il prit conscience de la fermeté de ses seins pressés contre son torse, de son parfum discret mais envoûtant… Quelques-unes de ses mèches soyeuses lui effleurèrent le visage… et une onde de désir s'empara de lui. Il se figea, s'efforçant de garder son sang-froid. Il se souvint de l'époque où ils se provoquaient l'un l'autre, et des nombreux fous rires qu'ils partageaient. Cette époque était révolue. Car s'il voulait que les choses se passent simplement entre eux, cela signifiait… interdiction de l'embrasser.

— Est-ce que ça va ? demanda-t-il en s'écartant d'elle.

— Bien sûr, Nick.

— Je veux dire… Est-ce que j'arrive à te rassurer ?

— Très bien, répondit-elle avec un sourire chaleureux.

— Bon ! Préparons donc ce repas avant qu'un enfant affamé ne se jette sur nous !

— Avec ce coffret de magie, il va oublier son estomac pendant au moins une heure !

Après cette brève accolade et cette envie de l'embrasser, Nick ressentit douloureusement chaque mouvement de Claire autour de lui, chaque frôlement de ses mains quand elle lui tendait des ustensiles…

La semaine s'annonçait merveilleuse… et terriblement éprouvante.

# - 8 -

À travers le hublot, Claire contemplait les vastes étendues de prairie. Les acacias mexicains, certains bruns, d'autres verts, étaient brossés par les vents du sud qui traversaient le Texas depuis le golfe du Mexique. La nature ici était totalement différente de celle de la région de Houston.

À côté d'elle, Nick étudiait avec le plus grand sérieux le livre de magie avec Cody, qui s'efforçait de fourrer un lot de foulards multicolores dans son chapeau. Elle les observa un instant, émue de les voir jouer ensemble.

Jamais elle n'aurait pensé que les parents de Nick accueilleraient Cody avec autant d'enthousiasme et d'émotion. Peter Milan et sa femme semblaient ravis d'être grands-parents. Mais il était aussi évident que le juge Milan tenait à ce que Nick épouse la mère de son fils — sans doute l'imaginait-il comme l'épouse idéale pour lui. Ce mariage désamorcerait tout scandale au sujet de la naissance de Cody, tout en soutenant la carrière politique de Nick. Elle devait s'attendre à certaines discussions dans ce sens.

Or, ce qui la préoccupait le plus, à ce stade, c'était l'effet que lui faisait encore Nick, physiquement. Quand il l'avait prise dans ses bras pour une simple accolade, elle avait senti son cœur s'emballer, son souffle s'altérer.

Si Nick décidait de la séduire, cela ne ferait qu'aggraver leurs soucis. Bien sûr elle allait résister, même si cela devenait de plus en plus difficile.

— Et voici Verity ! annonça Nick alors que l'avion amorçait sa descente.

Claire aperçut la ville qu'elle n'avait fait que traverser il y a quatre ans, lorsque Nick l'avait pour la première fois emmenée au ranch. À l'époque, il n'en était pas le propriétaire, mais le ranch familial était inoccupé pour le week-end et ils avaient pu en profiter en amoureux. Jamais elle n'avait vu Nick aussi détendu que lors de ce week-end.

À peine descendus de l'avion, ils s'engouffrèrent dans la voiture de Nick et empruntèrent une large avenue jusqu'à l'entrée dans la ville. Des guirlandes de Noël illuminaient les rues, des couronnes de fleurs ornaient chaque lampadaire. Nick se gara à l'arrière du bureau du shérif, et ils entrèrent dans le bâtiment.

Ils attendirent un instant dans le hall, près d'un immense sapin, et dès que Claire aperçut les cheveux noirs et le regard bleu du shérif, si semblables à ceux de Nick et Cody, elle comprit qu'il s'agissait du frère de Nick, Wyatt. Mais ses traits étaient moins fins que ceux de Nick, qui avait un physique de star de cinéma. Cela dit, le sourire de Wyatt était aussi avenant que celui de son frère.

— C'est un vrai plaisir de vous rencontrer, Claire. Nick m'a beaucoup parlé de vous et de Cody. Me voilà donc tonton ! Waouh ! Bonjour, bonhomme ! ajouta-t-il en serrant la main du petit garçon qui semblait subjugué par son uniforme.

— Voici ton oncle Wyatt, expliqua Nick. Il est shérif.

— Cody, tu veux que je te fasse visiter les lieux ? proposa aussitôt Wyatt. Tu veux voir la prison ?

Cody hocha la tête, et Claire sourit car, pour la première fois de sa vie, elle voyait son fils réagir timidement.

— Allons donc voir cette prison ! décréta Nick en prenant la main de Cody.

— Je vous laisse effectuer cette visite entre hommes, dit Claire. Je vais faire du shopping. Nick tu as mon numéro de téléphone. Wyatt, où puis-je acheter un jean ?

— Essayez le Plaza, même si je ne suis pas un expert en mode féminine, répondit Wyatt en se tournant vers un officier assis derrière le guichet. Dwight, qu'en dis-tu ?

— Le Plaza est pas mal. Il y a aussi Chez Dorothy.

— Parfait ! Dwight va vous indiquer le chemin, dit Wyatt avec un sourire. Quand vous aurez terminé, rejoignez-nous au saloon, de l'autre côté de la rue. Si vous le permettez, j'aimerais offrir un soda à Cody.

— Pas de problème.

En quittant le bâtiment, elle entendit Cody lancer :

— Merci, m'sieur !

Pendant toute sa séance d'essayage, elle pensa qu'elle porterait ce jean aux côtés de Nick. Sur sa lancée elle acheta une tunique assortie.

Une bonne heure plus tard, elle retrouva les deux frères au saloon, assis autour d'une table ronde et rustique. Un poêle à bois était allumé au centre de la vaste salle, et un grand sapin de Noël prenait tout un coin, près d'une fenêtre. Alors qu'elle s'avançait vers eux, elle vit Nick la détailler des pieds à la tête, et pria… pour ne pas rougir comme une collégienne. Les deux hommes se levèrent pour l'accueillir.

— Ne vous dérangez pas pour moi, dit-elle. Vous buvez tous un soda ?

— Le meilleur soda de l'Ouest ! affirma Nick en souriant. Tu veux que je t'en commande un ?

— Non merci. Cody, c'est vraiment le meilleur soda ?

— Voui, m'dame ! assura-t-il en se léchant les lèvres, ce qui fit rire tout le monde. Oncle Wyatt m'a donné un badge !

Cody bomba son petit torse, et elle se pencha pour admirer l'étoile dorée sur laquelle était inscrit : *Verity Junior Sherif.*

— Génial ! J'espère que tu l'as remercié.

— Voui ! confirma son fils avec un sourire radieux.

— Oncle Wyatt, vous voilà à coup sûr sur sa liste des personnes préférées de la famille !

— J'espère bien ! s'exclama Wyatt en riant.

— Papa m'a offert des bottes et un chapeau ! dit Cody.

— Eh bien, te voilà transformé en véritable cow-boy, mon cœur !

Cody adorerait chaque minute de son séjour à Verity, songea-t-elle. Et peut-être que ce serait lui, qui ferait des pieds et des mains pour qu'elle épouse Nick !

Ils restèrent assis à bavarder pendant une bonne demi-heure encore, puis Nick se leva.

— Je crois qu'il est temps pour nous d'aller au ranch.

Ils raccompagnèrent Wyatt jusqu'à son bureau, puis Nick prit la route en direction du Sud. Quand il s'engagea sur la longue allée qui menait au vaste ranch, elle se tourna vers lui.

— Tu viens souvent ici, Nick ?

— Pas autant que je le souhaiterais. Mais un jour, j'espère prendre une retraite anticipée pour m'installer ici car j'adore ce lieu. Je n'y peux rien, la vie de rancher coule dans les veines de ma famille. Par exemple, il n'y a pas moyen d'arracher mon frère Tony à sa vie de cow-boy. Wyatt lui-même attend la fin de son mandat de shérif pour retourner sur son ranch à lui. Il a accepté ce poste parce que les gens l'y ont poussé, mais ce n'est pas son truc. Et Madison vit aussi sur un ranch avec son mari, Jake Calhoun. Mais avant de l'épouser, elle passait la majeure partie de l'année sur le ranch familial, où elle peignait. Nous aimons tous la vie de cow-boy.

— Justement, je pensais que tu venais ici plus souvent… Si tu n'arrives pas à profiter de ce lieu que tu adores, comment arriveras-tu à trouver du temps pour Cody ?

Nick se tourna vers elle, l'air surpris.

— Cody sera ma priorité des priorités, répondit-il.

Sa voix était posée, mais son ton grave. Il semblait sûr de lui, mais comprenait-il que sa carrière politique pouvait nuire à une vie de famille ?

Elle contempla son profil, sa mâchoire robuste, ses pommettes saillantes, les traits fins de son visage, ses longs cils épais… De tous les Milan qu'elle avait rencontrés, Nick était le plus beau. Sans doute était-il l'homme le plus beau qu'elle ait jamais vu. Mais était-elle vraiment objective ?

L'habitacle s'étant suffisamment réchauffé, elle ouvrit son manteau et effleura le pendentif de Nick.

— Ce collier est superbe, murmura-t-elle. Encore merci.

— Ce n'est qu'un modeste remerciement pour avoir donné naissance à Cody. Tu aurais mérité beaucoup plus.

— Nick, ce bijou compte vingt-quatre diamants ! Cela n'a rien d'un modeste remerciement, rétorqua-t-elle, se demandant s'il le lui avait offert par gratitude ou par culpabilité.

— Je t'assure que ce n'est rien, comparé à ce que je te dois. Nous voici arrivés, déclara-t-il en arrêtant la voiture devant la porte arrière d'une immense maison de maître.

Ils descendirent les valises, et Cody prit en charge ses jouets.

— Suivez-moi ! dit Nick. Je vais vous montrer vos chambres. Je m'occuperai des bagages plus tard.

Ils pénétrèrent dans une cuisine spacieuse, équipée d'appareils en inox dernier cri. Les placards étaient en bois massif, et des boiseries peintes ornaient les murs. De vastes baies vitrées surplombaient les pelouses d'un côté, et le patio de l'autre. Devant l'évier se tenait un homme aux cheveux blancs qui se tourna vers eux pour les saluer.

— Claire, je te présente Douglas Giroux, mon cuisinier de longue date. Zelda, son épouse, supervise le personnel de maison. Douglas travaille pour moi à Dallas, mais il a accepté de venir ici le temps de notre séjour. Douglas, je vous présente Claire Prentiss et mon fils, Cody.

— Bienvenue au ranch ! J'espère que vous y ferez bon séjour.

— Je ne sais pas ce que vous préparez, Douglas, mais ça sent bon ! remarqua Nick.

— Oh ! Ça ? Une simple cassolette que vous pourrez congeler. Pour ce soir, vous dînerez d'un faisan à la crème, accompagné de pommes de terre au four et de feuilletés aux asperges.

— J'en salive déjà ! s'exclama Claire alors que Nick lui prenait le bras pour l'entraîner.

Le seul contact de sa main l'électrisa. Elle avait beau se convaincre de la nécessité de résister à Nick, rien à faire : son corps en avait décidé autrement. Elle s'efforça de se concentrer sur la maison, et non sur l'homme à côté d'elle. Elle n'y réussit, hélas ! que très moyennement.

Nick la conduisit jusqu'à la chambre où elle passerait la semaine, décorée dans des tons chaleureux, avec des meubles blancs. La chambre de Cody, attenante, était équipée d'un lit d'enfant et d'un gros ourson en peluche vers lequel le petit garçon se précipita en le découvrant.

— Il est pour toi, Cody, annonça Nick en lui souriant.

— Merci ! s'exclama Cody, radieux, en enlaçant l'ourson.

— Ma chambre se trouve au bout du couloir, conclut Nick. Si vous voulez la visiter, n'hésitez pas.

— Merci, mais je voudrais plutôt défaire mes bagages, répondit Claire.

Car plus elle limiterait le temps passé à ses côtés, mieux elle se porterait.

Au cours du dîner puis de la séance de jeux avec Cody qui suivit, Nick fut plus troublé par la présence de Claire que jamais. Son retour au ranch faisait remonter ses souvenirs des moments torrides qu'ils y avaient passés tous les deux… Ces souvenirs avaient réveillé son désir, et il mourait d'envie de l'embrasser, de danser avec elle, de lui faire l'amour…

Le week-end dernier et cette semaine qui débutait ressemblaient à une parenthèse enchantée dans sa vie. Il avait annulé tous ses rendez-vous de travail, d'abord pour faire la connaissance de Cody, puis pour passer du temps avec lui ici. Et surtout éteint son téléphone — sa famille saurait le joindre au ranch ou via son associé. Car le ranch était un univers à part, isolé du reste du monde. Certes, il était conscient que son agenda de ministre ne tarderait pas à reprendre le dessus, mais en attendant, il appréciait ce sursis et comptait bien en profiter. Depuis deux ans, il n'était que rarement venu au ranch, et moins encore au cours de son mariage avec Karen, qui n'avait jamais aimé la vie au grand air. C'était une mondaine, ce qui à l'époque lui convenait tout à fait. Il en avait presque oublié à quel point il adorait ce ranch.

La vie y serait idéale, avec Claire et Cody…

Non. Il ne devait pas regarder dans cette direction. Il menait une carrière importante — vitale pour sa famille, même. Une carrière promise à un bel avenir. Et en aucun cas il ne pourrait s'installer au ranch. Pas plus que Claire, d'ailleurs. Elle ne renoncerait pas à l'agence qu'elle avait développée, et ne quitterait pas ses grands-parents. Il ferait bien de garder cela à l'esprit.

Une fois qu'elle eut couché Cody, Claire retourna au salon. Nick aurait bien voulu ne pas la dévorer des yeux comme ça, mais… Son pantalon rouge et son sweat-shirt assorti soulignaient à ravir ses courbes féminines… Comme il avait envie de dénouer le foulard qui lui rassemblait les cheveux…

— Cody dort enfin, dit-elle en s'asseyant à côté de lui sur le canapé. Cette journée a été exaltante pour lui. Premier vol en avion, première paire de bottes et premier chapeau de cow-boy ! Première rencontre avec un vrai shérif, avec ses grands-parents paternels. Que de nouveautés ! Et, chaque fois, il a été épaté !

En dépit de toutes ses intentions, Nick lui prit la main.

— À présent, c'est au tour de sa maman d'être épatée…, murmura-t-il.

Que voulait-il dire ? Claire sentit son cœur s'accélérer.

— Tu te comportes de façon admirable, Claire. Quand tu seras de retour chez toi, accepte de dîner avec moi. Quoi qu'il se passe entre nous, j'espère que nous entretiendrons au minimum un lien amical.

Elle afficha un sourire poli.

— Je suis tentée, Nick, mais je crois que l'on devrait

éviter ce genre de sorties. Pour l'instant, Cody et toi apprenez à vous connaître. Il n'y a pas de soucis, pas de lendemains à négocier. Mais nous allons au-devant de décisions cruciales et de changements majeurs dans nos vies à tous les trois. Cody s'accommodera de nos choix, mais toi et moi devrons faire des compromis. Pour moi, c'est un grand chamboulement de devoir partager sa garde. Quant à s'organiser entre Washington et Houston, je ne vois pas de solution miracle.

— Nous pourrions tomber amoureux, si tu le voulais…

Ces mots lui firent l'effet d'un coup de poignard en plein cœur, et elle ne répondit pas tout de suite. Qu'insinuait-il ? On ne tombait pas amoureux parce qu'on le voulait.

— Tu es trop absorbé par ta carrière, je crois que ce serait impossible, dit-elle enfin. Moi-même, je suis très prise par mon métier et ma famille. Tout ce que je pressens, c'est un nouvel échec sentimental, et je ne pense pas que des dîners puissent y changer quoi que ce soit. Après notre séjour au ranch, tu auras vraiment brisé la glace avec Cody, et nous pourrons alors avancer, prendre des décisions. Je crois que moins nous nous verrons, toi et moi, mieux nous nous porterons.

Consciente qu'il n'était pas habitué à la défaite, elle chercha son regard. Difficile de lire dans ses pensées, mais elle comprit qu'il n'appréciait pas sa réponse.

— Si c'est ce que tu veux, rétorqua-t-il un peu trop sèchement à son goût. Ni toi ni moi n'avons envie d'une déception amoureuse. Je ne pensais pas qu'un simple dîner risquait de nous mener à un tel désastre. Je suis si heureux depuis une semaine que tout me paraît envisageable…

— J'en suis ravie, Nick. Mais nous avons tant de choses à régler, toi et moi.

Il hocha la tête, soudain pensif, et resta silencieux un instant.

— Si nous ne dînons pas tous les deux, j'aimerais quand même passer du temps avec Cody, la semaine prochaine, reprit-il. Je tiens à le revoir. Choisis le jour qui te convient, je trouverai un hôtel à Houston où je l'inviterai. Ou bien je viendrai le chercher chez toi et nous ferons une sortie.

— Une sortie, plutôt. Je sais qu'à terme, nous devrons établir un roulement permanent entre toi et moi, mais je t'en prie, pas si vite…

— Je viendrai mardi. Je descendrai à l'hôtel et c'est à peine si tu me verras.

— Je crois que c'est mieux ainsi, murmura-t-elle, la mort dans l'âme, consciente que ce n'était là que le début d'une longue série de décisions douloureuses.

— Tu veux boire quelque chose ? Je me sers une bière.

— Juste de l'eau, s'il te plaît.

Il se leva pour aller chercher les boissons, et elle balaya la pièce du regard, remarquant quelques photos de famille encadrées. Une en particulier attira son attention : un cliché montrant Nick, Wyatt et leur père. Elle se souvint alors de ce qu'il lui avait dit au sujet des hommes de sa famille.

— Nick, tu veux bien m'en dire plus sur cette tradition, chez les Milan, qui voulait que tous les hommes embrassent des carrières dans le droit sous peine de mauvais augure ?

— Oh ! c'est plus qu'une tradition ! Disons plutôt *la volonté paternelle*. Personne ne sait ce qu'il serait advenu de notre famille si nous avions choisi des voies différentes.

— Ton père, Wyatt et toi avez bien suivi des études

de droit. Si ma mémoire est bonne, ton frère cadet était aussi avocat ?

Nick revint avec leurs boissons.

— Tony ? Oui, il a fait une carrière d'environ… dix minutes ! Après son diplôme, il a travaillé pendant un an pour un grand cabinet de juristes, avant de démissionner pour s'installer dans son ranch, où il vit toujours et qu'il ne quittera jamais. Quant à cette « tradition », je n'y accorde pas beaucoup d'importance. Personne ne l'a jamais prise très au sérieux. Madison a toujours eu un don pour l'art, et personne ne l'a jamais forcée à faire du droit.

— Tant mieux ! Je me demandais si tu pousserais un jour Cody à faire carrière dans le droit.

— Jamais ! Cody fera ce qui lui plaira. Mon père voulait que ses fils soient avocats, mais ce n'était pas à cause d'une tradition, lui assura-t-il en pressant sa main dans la sienne. En tout cas, sois rassurée, je ne forcerai jamais notre fils à suivre une voie qui n'est pas la sienne.

— Cela me rassure, oui. Tu es son père et tu fais désormais partie de sa vie. Je suis heureuse de connaître ta position sur cette question.

— Je ne sais pas d'où vient cette prétendue « tradition » chez les Milan. Sans doute a-t-elle été inventée par les Calhoun, pour le plaisir de faire des histoires…

Elle laissa échapper un petit rire. Elle savait qu'il plaisantait.

— Ah ! toujours cette vieille querelle avec les Calhoun…, fit-elle remarquer.

— Pour certains d'entre nous, cette querelle entre les Milan et le clan Calhoun est dépassée. Madison et Wyatt sont tous les deux mariés avec des Calhoun. Une autre branche des Calhoun, pour la femme de Wyatt.

Tu les rencontreras tous lors de la réception de samedi. Le seul qui entretienne encore ces fâcheries, c'est Tony, qui est en conflit avec son voisin, un Calhoun.

— J'ai hâte d'être à samedi soir. Wyatt a fait très bonne impression à Cody aujourd'hui. Il voulait garder son badge au lit, mais j'avais peur qu'il se pique.

— Normal, n'importe quel enfant serait fasciné par un shérif. Voilà qui est beaucoup plus excitant que mon métier !

— Là, j'avoue que je suis d'accord avec toi. Nous avons beau être au cœur de l'hiver, ce ranch est magnifique, Nick. Le coucher de soleil était à couper le souffle. Maintenant, je sais pourquoi tu aimes tant venir ici.

— J'en suis heureux. Sauf que je n'ai pas assez le temps d'en profiter, conclut-il.

Et il la dévisagea d'un regard qui lui fit perdre tous ses moyens.

Cette fois, Nick n'en pouvait plus : impossible de résister à Claire. Toute la journée, il s'était efforcé de se contenir, mais il était en train de perdre la bataille.

— Claire, dit-il en se rapprochant d'elle. Cette journée a été tellement belle… J'ai envie de te prendre dans mes bras, je peux ?

Et, sans attendre sa réponse, il la fit basculer sur ses genoux.

— Nick…, murmura-t-elle en posant ses mains contre son torse comme pour le repousser. On ne devrait pas…

C'est vrai, ils ne devraient sûrement pas.

Il glissa un bras autour de sa taille et l'enlaça, fixant sa bouche. Retenant son souffle, il prit sa main et sentit les battements accélérés de son pouls au creux de son poignet. Il se rapprocha encore un peu… et, cédant enfin à la tentation, l'embrassa.

Il s'attendait presque à être repoussé, mais Claire s'agrippa à lui et répondit à son baiser. Cette fois, il ne retint plus rien de la fougue et de la passion qui l'animaient et qu'il avait tant bien que mal contenues depuis leur arrivée à Verity.

Ivre de désir, il l'étreignit plus fort encore. Il voulait sentir vivre en lui chaque seconde de cette folle envie qu'il avait d'elle. Il voulait rendre Claire folle de désir pour lui, comme autrefois…

Contrairement à ce qu'il avait craint, elle ne mit pas fin à leur baiser. Au contraire. Elle l'embrassa avec plus d'ardeur encore. Ses rancœurs contre lui semblaient s'être évanouies. Ses craintes aussi. Ils n'étaient plus qu'un homme et une femme, partageant un même désir sauvage, tout simplement…

Il savait qu'il courait au désastre, mais c'était plus fort que lui. Il avait envie de la serrer contre lui, de l'aimer, de la séduire jusqu'au bout de la nuit…

Elle avait resurgi dans sa vie triste, centrée uniquement sur le travail, et elle était en train de tout chambouler. À présent, il se sentait prêt à aimer de nouveau, à vivre pleinement la vie qu'il lui était donné de vivre. Claire avait effacé toutes ses années de chagrin, de deuil…

Certes, ils s'étaient fait du mal, il y a quatre ans, et ils risquaient de retomber dans le même piège. Il était encore temps de tout arrêter, là, tout de suite… Mais Claire était dans ses bras, si douce, si ardente, et leur baiser était si enivrant… La vie n'était-elle pas dépourvue de sens sans amour ? Depuis quand vivait-il avec ce vide cruel au fond de lui ?

Mais le moment n'était pas à la réflexion. Il resserra

ses bras autour de Claire et continua de l'embrasser comme si le sort du monde en dépendait.

On ne pouvait pas revenir sur le passé. Mais Claire et lui pouvaient tout à fait reprendre les choses où ils les avaient laissées. Ils pourraient de nouveau être bien, tous les deux. Tellement bien…

Il aurait voulu porter la jeune femme jusqu'à sa chambre, mais il craignait qu'elle refuse et le rejette. Alors, tout en continuant de l'embrasser, il promena ses mains sur ses épaules, et lentement, très lentement, descendit doucement vers son décolleté, jusqu'à retrouver la courbe douce de ses seins… Il défit un bouton, puis deux, glissa sa main sous sa tunique pour caresser sa peau tiède et soyeuse, avant de descendre plus bas jusqu'à la pointe de ses seins. Il avait tellement envie d'elle qu'il en avait mal.

Sans un mot, il dégrafa son soutien-gorge, passa sous la dentelle pour agacer ses seins du bout des doigts.

Aussitôt elle se cambra avec un voluptueux soupir, attisant un peu plus le désir qui le consumait.

— Nick…, murmura-t-elle en se redressant.

Il ouvrit sa tunique en grand et posa sa langue sur la pointe de son sein. Elle étouffa un gémissement, se laissant caresser, couvrir de baisers. Elle plongea même ses doigts dans ses cheveux en soupirant de plaisir.

— Nick, attends… Si on continue, je ne pourrai plus m'arrêter… Ce n'est pas du tout ce que j'avais prévu, et toi non plus je crois.

Avec réticence, il s'écarta doucement pour la regarder.

— Claire, j'ai envie de toi, chuchota-t-il en lui caressant la nuque. Tu te souviens comme nous étions bien, autrefois ? Moi, je n'ai rien oublié. Ce sont mes plus beaux souvenirs…

— Oui, je me souviens. Mais on ne peut pas recommencer. Il faut… Il faut que l'on s'arrête.

Elle se releva tant bien que mal, et il ne la retint pas. Il se leva à son tour, alors qu'elle refermait fébrilement sa tunique.

— Je veux te faire l'amour, Claire. Je sais que tu n'as rien oublié. Juste une fois… Nous ne retomberons pas amoureux.

— Tu cherches autant à te convaincre qu'à me convaincre, Nick. On s'est déjà fait tellement de mal… On ne peut pas recommencer. On ne doit pas prendre ce risque. Pense à Cody.

Ils restèrent un instant à se regarder en silence. Jamais il ne l'avait désirée aussi fort…

— Oh ! Claire, comme j'ai envie de toi…, murmura-t-il en plaquant de nouveau ses lèvres sur les siennes pour faire taire toute tentative de résistance.

Malgré ce qu'elle venait de dire, elle ne le repoussa pas et s'accrocha à lui. Peut-être allait-elle succomber, cette fois ? Il se promit de la laisser choisir.

Combien de temps dura ce baiser ? Il n'en eut pas la moindre idée. Quand enfin ils s'écartèrent l'un de l'autre, elle lui jeta un regard qui en disait long sur le désir qui l'agitait.

Mais malgré son trouble évident, elle fit un pas en arrière.

— Nick, il faut vraiment que l'on s'arrête. On n'aurait même jamais dû commencer.

— Nous ne faisons rien de mal. Cela ne change rien à nos vies.

Pourtant, son monde à lui avait bel et bien basculé, et sa vie prenait le même chemin. Bon sang ! Tout cela allait mal finir.

— Claire, ne regrette rien. Tu m'as sorti de mon

trou noir. Pour la première fois depuis des lustres, je me sens vivant ! Ne regrette pas ce baiser…

— Je vais dans ma chambre. Ce sera mieux.

— Non ! Reste. Nous devons discuter. Je m'installe à l'autre bout de la pièce, si cela te met moins mal à l'aise.

Il fit ce qu'il venait de dire et traversa le salon.

Elle le regarda un instant, hésitant visiblement sur la conduite à tenir, puis finit par se rasseoir sans rien dire.

Et, pendant la demi-heure qui suivit, il s'efforça de contenir de nouveau sa libido pour lui donner ce qu'elle attendait : du temps pour parler. Ils évoquèrent leur famille respective, la vie qu'ils avaient menée depuis quatre ans… Il s'efforça tant bien que mal d'étouffer le désir qui bouillonnait en lui et de maintenir la conversation. Il se montra tout à fait courtois, et Claire se détendit.

Au bout d'un long moment, elle se releva.

— Je dois aller me coucher, je suis épuisée. Bonne nuit.

— Je monte, moi aussi, dit-il en l'accompagnant jusqu'à la porte. Je suis heureux que vous soyez venus au ranch, Cody et toi. Cette journée a vraiment été extraordinaire.

— Espérons que les choses resteront ainsi.

À ces mots, il la prit de nouveau dans ses bras pour lui voler un baiser… auquel elle ne se déroba pas. Elle répondit même en l'embrassant fougueusement, ce qui le ravit.

Mais quand enfin elle s'écarta de lui, ce fut pour lui souhaiter une bonne nuit.

— À demain, Claire. Merci encore pour cette journée très spéciale.

Quant à la nuit — blanche — qui l'attendait, elle serait peuplée des images de Claire dans ses bras et de leurs baisers torrides…

# - 9 -

Claire n'essayait même plus de chercher le sommeil. Son corps frémissait encore des baisers et des caresses de Nick… Elle mourait d'envie de retrouver ses bras et, en même temps, elle regrettait de s'être laissé aller à ces moments d'intimité qui ne feraient que compliquer une situation déjà complexe. Ils étaient en train de tourner la page de leur histoire passée, pour construire l'avenir. Alors à quoi bon se compliquer la vie ?

Elle aurait dû repousser Nick bien plus tôt, ce soir, mais elle n'en avait pas eu la force. Bien malgré elle, elle avait désiré ses caresses… Et maintenant, plus moyen de fermer l'œil ! Une fois encore, leur relation avait évolué. Ils avaient beau tout faire, chacun de leur côté, pour lutter contre cette alchimie entre eux, cette petite étincelle ne s'était jamais vraiment éteinte.

Comment diable allait-elle survivre à ce séjour sous le toit de Nick ? Survivre à cette seule nuit lui paraissait déjà insurmontable !

Le lendemain matin, après avoir pris sa douche, elle enfila son jean, une chemise en flanelle noire et une paire de tennis. Cody était toujours endormi, au chaud dans son lit.

Quand elle entra dans la cuisine, Nick était aux fourneaux, et une délicieuse odeur de café flottait dans l'air.

Mais elle sentit son cœur s'affoler dès qu'elle posa les yeux sur lui. Une chemise à carreaux bleue moulait ses larges épaules, et un jean près du corps accentuait la ligne de ses jambes élancées. Une ceinture en cuir était bouclée autour de sa taille marquée. Bref, en un coup de baguette magique, il s'était transformé en cow-boy de rêve…

— Bonjour, Nick.

Il se tourna vers elle en souriant puis posa sa poêle à frire.

— Bonjour, Claire, répondit-il d'une voix douce en traversant la pièce pour la rejoindre. Tu es jolie, ce matin.

Il la serra brièvement dans ses bras, puis chercha son regard. Elle lut un profond désir au fond de ses grands yeux bleus, mais au lieu de se dégager de sa trop grande proximité, elle resta figée, se laissant envahir par une envie folle de le laisser l'embrasser…

Finalement, au prix d'un gros effort, elle recula d'un pas.

— J'aimerais emmener Cody voir les chevaux aujourd'hui et le faire monter avec moi, dit-il. Tu viendrais avec nous ?

— Bien sûr ! Pour rien au monde je ne raterais la première sortie à cheval de Cody. Pour l'instant, il dort.

— Nous allons profiter du ranch, mais si tu as envie d'aller en ville ou te balader, dis-le-moi. C'est très calme, ici.

— Honnêtement, cela me va très bien. Cody s'amuse comme un fou, ici. Je sais que tu t'occuperas bien de lui, et moi je vais me charger de prendre des photos. Ce sera un moment très spécial pour lui.

— Pour moi aussi, assura Nick en effleurant sa joue d'une caresse furtive. J'avais oublié à quel point j'adorais ce ranch, et je tiens à ce que vous vous y sentiez bien tous les deux. Je ne suis revenu que rarement depuis deux ans.

— Tu es trop occupé, Nick. Tu devrais prendre le temps de ralentir un peu, de profiter de la vie.

Il lui sourit.

— Il y a d'autres choses pour lesquelles j'aimerais pouvoir ralentir, déclara-t-il d'une voix enjôleuse.

— Qui sont ? demanda-t-elle, le souffle court soudain.

Nick ouvrit grands les yeux, l'air surpris, mais ne tarda pas à faire un pas vers elle.

— Te dire bonjour avec un baiser, par exemple, murmura-t-il en la prenant dans ses bras.

Elle s'apprêtait à répondre, mais il plaqua ses lèvres sur les siennes tout en l'enlaçant vigoureusement. Passé ce premier moment de surprise, elle répondit à son baiser, le cœur tambourinant dans sa poitrine, consciente qu'elle était en train de s'abandonner à son désir, et même d'encourager Nick à aller plus loin. L'époque où elle tenait coûte que coûte à s'épargner une déception amoureuse lui sembla soudain bien lointaine…

Quand enfin elle s'écarta de lui, elle marmonna :

— Eh bien, voilà un vrai feu d'artifice pour débuter la journée.

— C'est la meilleure des façons de débuter une journée, murmura-t-il en la déshabillant du regard.

— Hum, je ne te demanderai pas quelles sont les autres… Je crois que je vais me rafraîchir avec un jus de fruits.

— Tu te défiles ? répliqua-t-il d'un ton narquois avant d'aller lui chercher ce qu'elle désirait. Comme tu voudras. Bien ! Je vais te préparer une omelette. Dis-moi quelle garniture te ferait plaisir.

— Je peux me la préparer, Nick.

— Je sais, mais j'y tiens. Regarde tous mes ingrédients !

Elle s'approcha du plan de travail et découvrit des petites coupelles de champignons émincés, d'oignons, de poivrons, d'ail, d'asperges, d'épinards et de basilic.

— Mais depuis quelle heure es-tu debout ? s'exclama-t-elle.

— Je me suis levé tôt, mais je n'ai pas beaucoup de mérite. C'est Douglas qui avait tout préparé…

— Waouh ! Tout est vraiment très tentant…, murmura-t-elle en contemplant les ingrédients avant de s'apercevoir que Nick était en train de chercher son regard. Quoi ? Quelque chose ne va pas ?

— Au contraire, répondit-il tout bas, d'une voix un peu rauque qui attisa de nouveau son désir. Ce que je trouve le plus tentant, dans cette cuisine, ce ne sont pas les légumes émincés…

Le cœur battant la chamade, elle parvint à sourire mais s'écarta de Nick pour boire son jus d'orange.

— Je prendrai un peu de tout en garniture de mon omelette, dit-elle. C'est possible ?

— Tu n'as qu'à regarder le chef à l'œuvre !

Cherchait-il à l'épater pour vérifier s'il lui faisait toujours de l'effet ? Ou tout cela n'était-il qu'un jeu ?

En milieu de matinée, Cody monta pour la première fois sur un cheval. Claire prit de nombreuses photos de lui, tout sourire. Avec sa parka, son chapeau de cow-boy, son jean et ses bottes, on aurait dit qu'il avait toujours vécu sur un ranch. Assis derrière lui sur la selle, Nick semblait le plus heureux des papas.

En plus d'apparaître aussi radieux que son fils, Nick était beau et attirant comme jamais avec son large

Stetson, son jean qui moulait ses cuisses musclées et ses bottes. Allait-il de nouveau l'embrasser, ce soir ? Elle en mourait d'envie… Plus elle passait de temps avec lui, plus elle désirait rester auprès de lui, retrouver la chaleur de ses bras…

Ce qui n'allait pas lui simplifier la vie.

— Eh bien, je crois que tu as gagné ta place dans le cœur de Cody, déclara-t-elle. Je sens qu'à ses yeux, aucun autre homme sur Terre ne peut être un meilleur père que toi.

— J'espère que tu as raison. Personnellement, j'adore partager tous ces moments avec lui. Nous pourrons aller à l'enclos à bétail, ce soir, et voir les hommes faire travailler leurs montures. Je ne pense pas que Cody imagine tout ce que ces animaux peuvent faire. A-t-il déjà assisté à un rodéo ?

Elle répondit par une moue.

— Eh bien, nous allons y remédier, peut-être dès demain soir si j'en trouve un dans les environs.

— Alors là, ce serait la cerise sur le gâteau !

Toute la journée, elle suivit donc Nick et Cody en prenant de nombreuses photos de chacune de leurs activités. Le soir, ils firent honneur à l'excellent dîner préparé et servi par Douglas et son épouse.

Après le repas, Claire laissa Cody et son père aller seuls à l'enclos pour assister à l'entraînement des cow-boys.

Quand ils rentrèrent en fin de soirée, Cody se précipita sur elle pour lui raconter les ruades dont il avait été témoin. Il parlait en agitant les mains en l'air et en sautillant, si bien qu'elle sortit son iPad pour le filmer. Mais il ne sembla même pas remarquer la tablette, tellement il était excité ! Quand il lui annonça avoir vu son papa s'entraîner aussi, elle lança à Nick un regard surpris. Ce dernier lui sourit, et elle comprit qu'il aimait profondément la vie au ranch, sous tous ses aspects, même les plus rustiques. S'il n'était pas né chez les Milan, avec toutes leurs traditions et exigences, sa vie et ses choix auraient-ils été différents ?

— Cody, il est temps de téléphoner à grandma et d'aller au lit pour être en forme demain, dit-elle.

— Voui, m'dame ! s'exclama-t-il.

Mais même au moment de le coucher, il resta accroché à son poignet, et continua de lui parler de rodéo. Nick les rejoignit alors qu'elle lui lisait son histoire, et Cody s'endormit quasiment dès que la lumière fut éteinte.

— Regardons les photos que tu as prises aujourd'hui. J'aimerais bien les avoir en copie, déclara Nick.

Ils gagnèrent le salon et s'installèrent sur le canapé.

— Tu as encore frappé fort, ce soir. Dire que Cody a été impressionné par ce qu'il a vu relève de l'euphémisme.

— Je lui ai expliqué qu'il ne devait pas s'approcher des chevaux sauf s'il est avec moi ou Dusty Macklin, le responsable d'écurie. Dusty a élevé cinq enfants, c'est un bon pédagogue. De toute façon, quand nous viendrons au ranch, je ne laisserai jamais Cody sans surveillance.

— Ça me rassure de te l'entendre dire. Tu dois bien avoir un ou deux taureaux, sans parler des chevaux, des serpents à sonnette, et… Et je ne sais quoi d'autre !

— Tu n'as pas à t'inquiéter pour lui quand il est ici, lui certifia Nick en plantant ses grands yeux clairs dans les siens. Mais pour l'heure, jetons un œil à ces photos…

Ensemble, ils parcoururent les nombreux clichés résumant la journée, éclatant souvent de rire. À un moment, Nick redevint sérieux.

— Claire, il y a une chose à laquelle je pensais avant même cette semaine au ranch. Noël approche. Je sais que tu passes les fêtes auprès de tes grands-parents et je ne souhaite pas m'imposer, mais j'aimerais passer un peu de temps avec Cody, et je sais que cela sera important pour ma famille aussi. Est-ce que toi et Cody reviendriez ici durant la semaine de Noël pour fêter cela au ranch, ou à Dallas, en y incluant mes parents ? Ta grand-mère sera invitée, et ton grand-père aussi, s'il est transportable.

Jusqu'à cet instant, elle avait tout fait pour ne pas penser à Noël. Or, là, elle allait devoir prendre une décision. Sa vie était désormais indissociablement liée à celle de Nick, pour le bien de Cody, mais aussi pour le pire…

— Si je peux passer le matin de Noël chez moi avec mes grands-parents, nous pourrions te rejoindre dans l'après-midi, si la météo le permet, répondit-elle. Si mon grand-père n'est pas transportable, tu pourras toujours nous rejoindre à Houston. Nous serons heureux de te recevoir.

— Merci, Claire. Si le temps le permet, je réunirai tout le monde ici, au ranch. Sinon, nous fêterons Noël à Dallas. Nous organiserons les choses à ta convenance. Et si nous préparions le sapin, pendant que vous êtes là ? Je n'ai pas envie de m'en charger tout seul. Nous pourrions couper un cèdre sur le ranch, et il reste des décorations dans le grenier.

— Très bonne idée ! Cody adorera ça !

— C'est parfait ! Merci, Claire ! dit-il, un grand sourire aux lèvres.

Elle réalisa alors que depuis leur arrivée au ranch, il était beaucoup plus détendu et enjoué.

— On voit vraiment que tu aimes cet endroit, Nick. Tu devrais essayer d'y venir plus régulièrement.

— Ce ranch est mon premier amour. Parfois j'envie

Tony. Mais je ne peux pas faire une chose pareille à mon père. Il m'a énormément soutenu, et je lui dois toutes mes réussites. J'aime mon métier, mais c'est vrai, j'aime plus encore la vie au ranch.

— Tu vas donc passer ta vie à faire un métier qui ne te comble pas entièrement, juste pour faire plaisir à ton père ?

— Toi-même, tu as repris l'entreprise familiale. Aurais-tu choisi l'immobilier, si ta famille ne t'y avait pas poussée ?

Prise de court, elle ne sut trop que répondre.

— Eh bien…, bredouilla-t-elle en se perdant dans ses grands yeux azurés. Au début, je m'intéressais à l'architecture d'intérieur. Je me voyais bien décoratrice. Aujourd'hui encore, il m'arrive d'aider mes clients à faire du home-staging avant de mettre leur logement sur le marché.

— Ah ! tu vois ! Nous ne sommes pas si différents.

— Un peu quand même. Je ne deviens pas quelqu'un d'autre quand j'aide mes clients à agencer leur intérieur. Alors que toi, quand tu es au ranch, tu es beaucoup plus décontracté, beaucoup plus épanoui. Tu n'es plus collé à ton téléphone.

— Je l'ai éteint quand je suis monté dans l'avion, répondit-il d'un ton désinvolte. Je viendrai passer ma retraite ici.

— Mais Nick, l'essentiel de ta vie aura filé !

— Tu t'inquiètes pour moi, à présent ? demanda-t-il en la faisant basculer sur ses genoux.

Et sans lui laisser le temps de répondre, il lui vola un baiser. Elle ne résista pas — à quoi bon ? — et se laissa envahir par une délicieuse montée de désir.

Et une nouvelle fois, quand il glissa les mains sous son chemisier elle fut assaillie des souvenirs de leurs ébats passionnés d'autrefois… Submergée par cette envie plus forte qu'elle, elle commença à déboutonner la chemise de Nick, posant ses mains sur son torse musclé, avant de la lui ôter complètement.

Sans même décoller ses lèvres des siennes, il l'aida à son tour à se débarrasser de son chemisier.

— Nick…, murmura-t-elle dans une tentative de protestation.

Mais il plaqua sa bouche contre la sienne et la fit taire en l'enlaçant fougueusement. Ce baiser fut passionné comme jamais et, en un éclair, il dégrafa son soutien-gorge, le lui enleva, et referma ses mains sur ses seins. Sous ses caresses brûlantes, elle s'accrocha à lui, puis le laissa lui détacher les cheveux qui retombèrent en cascade sur ses épaules.

Elle devrait peut-être lui demander d'arrêter… Chaque caresse, chaque baiser compliquait encore la situation et les exposait tous les deux à une cruelle déception.

Elle aurait dû, sûrement, mais…

Nick se leva et, sans décoller ses lèvres des siennes, la porta jusqu'à sa chambre. Elle était tellement sous l'emprise du désir, des mains de Nick sur son corps, que ses inquiétudes finirent par s'évanouir. Cette fois, elle allait s'abandonner à la magie du moment. Elle allait s'abandonner à Nick. À quoi bon continuer de se mentir ? Elle avait envie de lui autant qu'il avait envie d'elle.

Sans plus réfléchir, elle s'autorisa à laisser libre cours aux fantasmes qui avaient peuplé ses nuits depuis quatre ans…

Elle promena ses mains le long de son dos musclé, lui entoura la taille, puis défit sa ceinture. Elle sentait son désir pour elle à travers son pantalon, et voulut aussitôt le libérer de la barrière de tissu qui les séparait encore.

Pourtant, de temps à autre, une petite voix continuait de résonner à son esprit, lui ordonnant de s'arrêter tout de suite, de réfléchir à ce qu'elle faisait.

Mais quand Nick lui ouvrit son jean et glissa la main dans sa culotte, elle fit taire cette petite voix pour se laisser envahir de sensations… Jusqu'à gémir de désir en se cambrant tout contre lui.

Il prit un sein entre ses mains, puis promena le bout de sa langue autour de son téton. S'agrippant à ses épaules, elle poussa un petit cri de plaisir. Il poursuivit son exploration entre ses cuisses, vers le centre de son désir, pour les plus intimes des caresses. De nouveau, elle laissa échapper un gémissement de plaisir.

Mais alors qu'elle atteignait presque le point de non-retour, un nouvel éclair de lucidité s'empara d'elle.

— Nick, on ne peut pas faire ça, haleta-t-elle en lui retenant la main. Il y a… Il y a tellement de raisons pour en rester là… À commencer par le fait que… que je ne suis pas protégée.

Elle plongea son regard dans le sien. Ses mèches tombaient en désordre sur son front. Son regard s'était assombri de désir. Il avait les lèvres rougies par leurs baisers enfiévrés. Et son corps musclé, viril, était si parfait qu'elle dut détourner les yeux.

— Moi, j'ai des protections, déclara-t-il en se déplaçant au-dessus d'elle sur le lit avant de déposer une pluie de baisers le long de sa gorge. J'ai tellement envie de toi, Claire. Je te veux de tout mon corps, de tout mon être. Tu m'as ramené à la vie, j'ai retrouvé le sourire et l'espoir. Et puis, entre toi et moi, le sexe a toujours été fantastique.

— Tu as vraiment réponse à tout, Nick… C'est ton côté politicien, sans doute. Mais on va compliquer nos vies déjà tellement compliquées.

— Nos vies sont déjà compliquées comme jamais, rétorqua-t-il, agacé, en cherchant son regard. Alors, on fait quoi ? Si tu me dis que tu n'en as vraiment pas envie, j'arrête tout.

Tout en parlant il lui pinçait le bout d'un sein d'une main, et lui caressait le sexe de l'autre… Lentement, si délicatement, qu'elle dut lutter pour ne pas onduler des hanches et accentuer ses caresses.

Comment mener une conversation normale ?

Elle ne put que gémir. Lui ordonner de ne plus la toucher ? Elle en mourrait ! Elle voulait sentir sa bouche, ses mains sur elle. Elle le voulait son sexe dur en elle. Oui, elle aimait cet homme et voulait plus que tout s'abandonner de nouveau à lui… Jusqu'au bout de la nuit.

— Je devrais te dire d'arrêter, murmura-t-elle en posant une main sur son sexe enflé.

— Sauf que ce n'est pas ce que tu désires, répliqua-t-il en couvrant ses seins de baisers avant de promener sa langue le long de son ventre, jusqu'à l'entrée de ses cuisses.

— Oh ! Nick…, chuchota-t-elle en se redressant pour l'embrasser, le caresser et faire monter en lui le même désir qu'il faisait monter en elle.

À cet instant, elle avait envie de le couvrir tout entier de baisers, de lui faire l'amour comme elle en avait si souvent rêvé lors de ses nuits sans sommeil. Et voilà que Nick se trouvait à présent entre ses bras… Cette fois, plus moyen de faire marche arrière. Cela faisait des années qu'elle rêvait en secret de ces retrouvailles. Des années. Et ce rêve devenait réalité. Elle le repoussa sur le lit et caressa du regard son corps viril avant de le couvrir de ses mains… Oh ! comme elle avait envie de le rendre fou de désir !

Elle était en train de plonger la tête la première vers un désastre assuré, mais tant pis !

Elle se mit à califourchon sur Nick, explorant chaque parcelle de son corps de ses mains fébriles, le couvrant de baisers. Alors qu'elle promenait sa langue le long de son torse, il tenta de lui bloquer les poignets pour la faire passer sous lui, mais elle le repoussa.

— Attends, Nick. Sois patient… Laisse-moi t'aimer.

Il plongea son regard dans le sien et la laissa faire. Plus elle le caressait, plus elle avait envie de lui.

De nouveau, il tenta de rouler sur elle, et cette fois, elle n'opposa pas de résistance.

— J'ai envie de toi, Claire, murmura-t-il en la regardant droit dans les yeux, avant de capturer sa bouche.

L'instant d'après, elle ouvrit le tiroir du chevet et en sortit un préservatif. Elle contempla un instant son corps musclé, ses épaules larges, ses abdominaux bien dessinés. Il était dur comme le roc, prêt à lui faire l'amour. Et ce qu'elle avait craint par-dessus tout, ces derniers jours, était probablement en train d'arriver : elle tombait amoureuse de lui, plus que jamais.

Ivre de désir, elle l'attira vers elle pour mieux l'accueillir en elle, en repensant à toutes les nuits où elle avait rêvé de cet instant, persuadée qu'il n'arriverait jamais.

Il la pénétra lentement mais avec ardeur et, à partir de là, toute pensée rationnelle lui devint étrangère. Gémissant de plaisir, elle ondula pour accompagner son mouvement de va-et-vient. Ses coups de reins experts firent alors monter en elle, petit à petit, le plus exquis des plaisirs.

Agrippée à lui, elle se délecta de toutes ces sensations que lui offrait cet homme qu'elle aimait. Elle posa les mains sur son dos, descendant jusqu'à ses fesses qui ondulaient en parfaite harmonie avec les siennes.

Elle sentit le plaisir monter, encore et encore, jusqu'à se laisser submerger par une violente déferlante. Elle cria d'une voix rauque, et ce n'est qu'après cet instant de grâce que Nick la suivit dans la jouissance. Il donna alors un vigoureux et ultime coup de reins, et elle eut le plus renversant, le plus fabuleux des orgasmes.

Relâchant son étreinte, il piqua son visage de petits baisers, le souffle court, tout en la gardant serrée contre lui.

— Oh ! Claire… Tu me donnes tant de plaisir.

Elle repoussa les mèches qui tombaient sur son front trempé de sueur. Ils restèrent ainsi, enlacés et muets, perdus dans leurs pensées. Au bout d'un moment, Nick roula sur le côté sans la lâcher.

— Je veux passer la nuit avec toi, murmura-t-il.

— Je ne peux pas, Nick. Je dois retourner dans ma chambre.

— Ce que tu peux être têtue, parfois, répliqua-t-il en lui caressant la joue.

— Tu me trouvais *têtue*, il y a quelques instants ?

Il glissa les bras autour de sa taille et l'attira tout contre lui.

— Plutôt sexy au-delà de mes rêves les plus fous, répondit-il le regard de nouveau assombri par le désir. Je t'admire, Claire, car tu sais ce que tu veux. Et tu t'y tiens. Mais as-tu déjà entendu parler du mot « compromis » ?

Elle sourit.

— Ça, c'est un mot de politicien ! Je dois faire ce que je juge meilleur pour Cody, pour moi, pour ma famille. Je n'ai peut-être pas fait le bon choix en ne t'informant pas de ma grossesse, mais je pensais alors agir pour le bien de tous. Cody, ma famille et moi. Et même toi, à vrai dire.

— Cesse de t'inquiéter pour ça. Ce qui est fait est fait. Laisse-moi juste te serrer contre moi.

Il lui caressa tendrement le dos.

— Tout cela est tellement bon, ma chérie…

Elle ne répondit pas, persuadée qu'ils venaient de commettre une bêtise.

— Je ne veux pas te perdre, poursuivit-il.

— Il le faudra pourtant, rétorqua-t-elle malgré elle.

Car les circonstances ne leur laissaient guère le choix.

Au bout d'un moment, elle roula sur le dos pour se lever, mais il la ramena fermement à lui.

— Reste.

— Nick, je ne passerai pas la nuit avec toi…

Il finit par la lâcher, et elle quitta à regret le lit. Il resta allongé, à la regarder rassembler ses vêtements.

— Bonne nuit, Claire, dit-il quand elle ouvrit la porte.

Elle se tourna vers lui. Il s'était assis, les mains relevées derrière la tête, le drap remonté sur ses cuisses. Elle brûlait d'envie de retourner dans ses bras et d'y finir la nuit… mais n'en fit rien.

Ce petit intermède, tout agréable qu'il ait été, n'avait fait que les éloigner de la solution à leurs problèmes. En plus de lui rendre Nick plus irrésistible que jamais ! Alors inutile d'ajouter des problèmes à des problèmes en cédant de nouveau à la tentation.

Tenant bon, elle tourna les talons et se précipita vers sa chambre.

Le lendemain, un vent glacial soufflait et, pour aller couper un sapin dans la forêt, Claire habilla chaudement Cody, qui trépignait d'excitation. Elle-même enfila son gros manteau, remontant son col de fourrure pour affronter le froid.

— Il te faut des bottes, Claire, lui conseilla Nick.

— J'ai de grosses chaussettes et des chaussures de sport, répondit-elle en le regardant revêtir un épais blouson en cuir doublé.

Puis il s'équipa de gants en cuir et de son large Stetson noir. Il était aussi beau habillé que nu…, songea-t-elle, chassant aussitôt cette idée déplacée de son esprit. Ce n'était pas le moment.

Nick porta Cody jusqu'au pick-up, le protégeant des rafales de vent du mieux qu'il pouvait.

Ils roulèrent jusqu'à une zone isolée qui abritait des bosquets de hauts cèdres, où le vent soufflait moins fort, nota-t-elle. À moins qu'elle ne s'y soit habituée.

Nick et Cody choisirent un arbre, discutant comme deux hommes d'affaires en pleine négociation, et elle prit de nouvelles photos.

Puis Nick abattit l'arbre, et elle admira ses larges épaules et son dos musclé alors qu'il maniait sa hache avec dextérité — de quoi étonner tous ceux qui ne le connaissaient qu'en costume trois-pièces !

Il semblait aussi excité que son fils, et elle se dit qu'il était en train de passer à côté de ses vraies passions à cause de cette carrière qu'il avait choisi de suivre uniquement pour plaire à son père.

Une neige fine commença à tomber, ce qui ne fit qu'attiser encore l'excitation de Cody qui se mit à danser en tous sens.

— Il neige ! Il neige ! cria-t-il en agitant les bras pour s'emparer de quelques flocons.

— Il n'en faut pas beaucoup pour lui faire plaisir, hein ? remarqua Nick en riant.

— Ici, tout est source d'émerveillement pour lui. En plus, il neige rarement à Houston. Tu sais, on dirait que Cody adore ce ranch au moins autant que son papa…

Ces paroles semblèrent bouleverser Nick. Il se tourna vers elle, puis vers Cody en fronçant les sourcils. À quoi pouvait-il bien penser ?

Il finit par retourner à la tâche, et chargea le cèdre à bord du pick-up.

Le temps qu'ils rentrent l'arbre dans la maison, le blizzard faisait rage. Cody avait du mal à choisir son activité : son père qui s'efforçait d'installer l'arbre dans le salon, ou dessiner des décorations sur les vitres embuées tout en regardant la neige tomber ?

Après le dîner, Nick descendit des boîtes de décorations du grenier.

— L'année prochaine, nous achèterons des décorations à Verity ou à Dallas, ou à Houston, dit-il. Ce seront les nôtres ! Celles-ci étaient à ma mère. Celles que j'utilisais avec Karen sont à Dallas, au grenier.

— L'important, c'est que Cody se fasse plaisir, assura Claire. Je vous laisse vous charger de la décoration pendant que je prends d'autres photos.

Nick sourit en ouvrant une boîte.

— Cody, laisse-moi vérifier les ampoules des guirlandes, ensuite tu pourras les poser.

Finalement, l'arbre fut décoré — principalement sur sa partie basse, plus accessible aux petites mains de Cody. Nick éteignit alors toutes les lumières, sauf les guirlandes. Dehors, la neige tombait maintenant à gros flocons, et le sol était couvert d'un épais manteau blanc. Ils se reculèrent tous pour admirer l'arbre. Nick passa un bras autour des épaules de Claire et ébouriffa les cheveux de Cody.

— Ça, c'est un arbre de Noël de compétition ! dit-il.

Le contact du bras de Nick troublait Claire au plus haut point, mais Cody glissa sa petite main dans la sienne. Ce qui l'apaisa aussitôt.

Tout à coup, elle éprouva un vif pincement au cœur. Ils ne formaient pas une vraie famille…

Elle se tourna vers Nick, dont le regard s'était soudain assombri. Pensait-il à la même chose qu'elle ? Avait-il conscience de tous les obstacles qui se dressaient devant eux ?

— C'est le plus beau des arbres de Noël ! déclara Cody de sa petite voix fluette.

De nouveau, elle sentit son cœur se serrer.

— Je le trouve magnifique, mon cœur.

Jamais elle n'oublierait cet instant où, pour la première fois, ils contemplaient leur premier arbre de Noël. Car soudain, elle prenait toute la mesure de ce vide qu'elle avait cultivé dans sa vie : pas de mari, pas de famille à elle…

— C'est génial d'avoir été chercher le sapin dans la forêt, poursuivit Cody.

Claire sentit son cœur flancher. Désormais, elle devrait toujours partager Cody avec Nick pour Noël. Certes, il ferait un père merveilleux, mais ils allaient au-devant de moments difficiles. Des moments pendant lesquels Nick emmènerait Cody loin d'elle. Pour faire des choses sans elle.

S'efforçant de chasser ces idées de son esprit, elle recula d'un pas.

— Cody, tu devrais déjà dormir depuis longtemps ! dit-elle. Allons te mettre en pyjama, puis papa viendra te raconter une histoire.

— D'accord !

Nick prit Cody sur ses épaules et le porta jusqu'à sa chambre. En les regardant tous les deux, elle comprit une chose : malgré la muraille qu'elle s'efforçait d'ériger entre eux, elle était en train de tomber de plus en plus amoureuse de Nick…

Allaient-ils refaire l'amour, ce soir ? Bientôt, ils rentreraient à Dallas, puis elle retournerait chez elle avec Cody... Cette seule idée lui brisait le cœur.

Elle soupira, prit son iPad et contempla une photo de Nick et Cody à cheval. Un papa magnifique et son adorable petit garçon. Elle n'osait même pas imaginer à quoi aurait pu ressembler leur vie si...

Elle posa la tablette et rejoignit la chambre de son fils.

Nick avait terminé son histoire et éteignait les lumières. Cody s'était endormi, la couverture remontée jusqu'au menton.

Quand ils arrivèrent dans le couloir, Nick lui prit la main.

— Suis-moi, Claire, murmura-t-il en l'entraînant vers sa chambre.

À peine eurent-ils franchi la porte qu'il la referma.

— J'attendais ce moment depuis hier soir, avoua-t-il en l'enlaçant avant de capturer ses lèvres.

Une onde de chaleur la submergea, et elle se plaqua contre lui, répondant à son baiser. Elle avait beau se dire que c'était là une folie, elle voulait ce baiser. Tout comme elle voulait aimer cet homme jusqu'à ce qu'il ne la laisse plus jamais partir...

# - 10 -

Claire était en plein rêve érotique quand elle sentit une petite main lui tapoter le bras. Elle ouvrit brusquement les yeux pour découvrir Cody à son chevet.

— Debout, maman ! C'est le matin ! Papa a dit que tout le monde devait se lever !

Elle sourit et serra son fils dans ses bras.

— Je me lève de ce pas ! Où est ton papa ?

— Il prépare à manger dans la cuisine. Il a dit que je pouvais te réveiller, que tu étais une vraie marmotte.

— Ah bon ? C'est ce qu'on va voir ! Tu peux aller prendre ton petit déjeuner pendant que je m'habille.

Cody quitta la pièce en courant, et elle se leva pour fermer la porte derrière lui. Elle s'aperçut alors qu'elle n'était pas tout à fait en train de faire un rêve érotique… mais plutôt de revivre la nuit qu'elle avait passée avec Nick. Et elle sentait ses jambes se dérober rien qu'à y repenser…

Après avoir fait l'amour, ils avaient pris une douche ensemble, puis… refait l'amour, plusieurs fois, avant qu'elle finisse par regagner sa chambre. Ses désirs pleinement assouvis, elle avait alors dormi comme un bébé.

Comme Cody et Nick l'attendaient, elle se doucha rapidement et passa en vitesse un jean et T-shirt à manches longues rouge. Puis elle se hâta de les rejoindre à la cuisine.

— Toc toc, voilà Mme la Marmotte ! annonça-t-elle en pénétrant dans la pièce.

Vêtu d'un T-shirt noir et d'un jean, Nick était attablé face à Cody. Il se leva en la voyant entrer, puis la déshabilla du regard, un demi-sourire aux lèvres. Aussitôt elle sentit chaque cellule de son corps s'embraser…

— Eh bien, je ne vois pas comment appeler autrement une personne qui dort aussi longtemps ! répliqua-t-il.

— Inutile de te fatiguer à chercher d'autres noms, marmonna-t-elle d'un ton faussement pincé. Merci d'avoir fait manger Cody.

— Je commence à bien assumer mon rôle, non ?

— Papa dit que si la neige est assez molle, on va pouvoir fabriquer un bonhomme de neige ! s'exclama Cody.

— Et tu es la bienvenue, si tu veux te joindre à nous ! lui proposa Nick. Les marmottes sont des as de la construction, paraît-il.

— Je viendrai peut-être quelques minutes pour prendre des photos, répondit-elle en riant. Je vais rentrer à la maison avec cinq mille photos supplémentaires !

Nick lui sourit, et quand il fixa ses lèvres avec ce regard qu'elle connaissait si bien, elle retint son souffle. C'était comme si les mains de Nick glissaient sur son corps… Seigneur ! Si elle n'arrivait pas à se maîtriser, elle allait craquer avant la fin de la journée.

— Moi, mes images fortes, je les garde ici, déclara Nick à voix basse en se tapotant le front.

Elle rougit violemment. Elle savait précisément à quelles images il pensait… Au genre d'images que l'on ne partageait pas sur Instagram.

— Et elles font bien d'y rester ! répliqua-t-elle en lui décochant un sourire complice.

— Si tu me donnes la permission, ce matin j'aimerais emmener Cody voir les ouvriers du ranch en plein travail. Ils vont briser la glace dans les mares et les réservoirs pour que le bétail puisse boire. Ils vont aussi leur apporter du foin. Nous resterons au chaud dans le pick-up.

— Ça te plairait, Cody ? demanda-t-elle même si elle connaissait déjà la réponse.

— Voui m'dame ! s'exclama Cody en se tournant vers Nick avec un grand sourire.

— Parfait ! Pour le coup, je ne vous accompagnerai pas.

— Je m'en doutais un peu, conclut Nick.

Quelques minutes plus tard, ils s'amusaient tous les trois comme des fous en construisant un bonhomme de neige, puis elle regarda Cody et Nick s'éloigner pour rejoindre les ouvriers. Un grand cow-boy qui tenait la main de son tout petit garçon…

Quand ils revinrent de leur excursion, Cody lui raconta en détail tout ce qu'ils avaient vu, tandis que Nick illustrait son récit avec les photos prises sur son téléphone. Leur fils était tout simplement enchanté d'avoir vu les cow-boys à l'œuvre.

Ce soir-là, après le dîner, Nick joua un long moment avec Cody, sur le tapis du salon. Claire les observa en se demandant si Nick était aussi détendu parce qu'il se trouvait au ranch, ou parce qu'il était auprès de son fils. Quoi qu'il en soit, elle le trouvait plus attirant que jamais. Car en plus d'être l'homme le plus sensuel qui soit, il était un père merveilleux pour Cody.

Mais quel genre d'homme serait-il pour elle ?

Elle voulait un homme qui l'aime autant qu'elle

l'aime. Ce que Nick éprouvait pour elle n'était que du désir. Aussi sexy, viril et entreprenant soit-il, il n'était pas amoureux d'elle. Du jour au lendemain, il pouvait de nouveau lui tourner le dos pour briguer un mandat de sénateur et s'installer définitivement à Washington.

De toute façon, les choses n'iraient pas plus loin. Son grand-père suivait un programme de convalescence en espérant reprendre, même à temps partiel, ses fonctions à l'agence. Et elle n'avait aucune envie de confier à qui que ce soit la gérance de l'agence de ses grands-parents afin d'épouser Nick. De plus, jamais elle n'abandonnerait ses grands-parents. Surtout maintenant que son grand-père était malade.

Le rire profond de Nick la tira de ses pensées. De nouveau, elle se dit qu'il avait beaucoup ri et souri depuis leur arrivée à Verity. Pourquoi diable s'obstinait-il à mener la vie qu'il menait alors que tout ce à quoi il aspirait se trouvait ici, au ranch ? Il roula soudain sur le tapis et lui attrapa la cheville.

— Tu m'as l'air très sérieuse, remarqua-t-il tout en lui caressant doucement le mollet.

— J'étais en train de me demander comment j'arriverai à calmer Cody avant de le coucher.

— Je m'en occupe, ne t'en fais pas, assura Nick en se redressant pour s'asseoir. Cody, c'est l'heure du bain, puis de l'histoire. Viens sur mes épaules, je vais te porter !

Le petit garçon se mit à rire, puis s'installa sur les épaules de son père en plongeant ses mains dans son épaisse chevelure. Nick se leva en riant, puis trottina à travers la maison tel un cheval, sous les éclats de rire de l'enfant.

Claire consulta l'horloge. Elle attendrait une trentaine de minutes, puis irait souhaiter une bonne nuit à Cody.

*
* *

Quand elle entra dans la petite chambre, Nick était en train de déposer un baiser sur le front de leur fils.

— Il s'est endormi avant la fin de l'histoire.

— Joli travail, papa ! Merci beaucoup, dit-elle, troublée par sa présence tout près d'elle.

Une fois dans le couloir, il lui montra la porte de sa chambre.

— J'ai des projets pour nous deux, murmura-t-il.

— Je n'en doute pas un instant ! rétorqua-t-elle, amusée.

Le regard assombri par le désir, il posa sa main sur sa nuque, et remonta doucement pour dénouer le ruban qui lui attachait les cheveux. Sans un mot de plus, il vint capturer ses lèvres.

Poussant un petit gémissement de plaisir, elle le laissa faire et entrouvrit les lèvres. Le souffle court, elle enroula les bras autour de son cou, se plaqua contre lui et lui rendit son baiser avec la plus grande fougue. Très vite, Nick la souleva et la porta jusqu'à sa chambre. Quelques secondes plus tard, il la déposait sur le lit.

Le lendemain matin, il était 8 heures quand elle se réveilla dans sa propre chambre. Après s'être douchée et habillée, elle alla rejoindre Nick et Cody pour le petit déjeuner. Le grand dîner de famille devait avoir lieu ce soir, dans la maison que Nick possédait à Dallas. En y pensant, elle sentit son estomac se nouer, mais elle se souvint de l'accueil chaleureux que lui avaient réservé Wyatt et les parents de Nick. Chacun avait montré un grand enthousiasme à accueillir Cody au sein de leur clan. Il n'y avait pas de raison pour qu'il en soit autrement pour le reste de la famille.

Elle trouva Nick et Cody attablés dans la cuisine devant deux bols de céréales aux fruits rouges.

— La météo annonce un radoucissement aujourd'hui, les routes sont dégagées, déclara Nick. Nous partons pour Dallas après le petit déjeuner. Le dîner de ce soir s'annonce sous les meilleurs auspices. J'ai hâte de présenter Cody à ma famille.

— En tant que premier petit-enfant, il devrait être bien accueilli, dit-elle en souriant malgré un petit pincement au cœur.

Car elle aurait beau passer un peu de temps avec la famille de Nick, elle n'en ferait jamais partie…

En fin de matinée, ils arrivaient dans la villa de Dallas.

Pendant que Cody se plongeait dans des coloriages, Nick prit Claire à part.

— Veux-tu bien demander à Cody comment il compte appeler mes parents ? Papi ? Mamie ? Grand-père ? Grand-mère ? Quel que soit son choix, l'essentiel pour eux est que Cody se sente à l'aise en leur présence.

— Bien sûr, je comprends. J'en parlerai avec lui, et je te ferai part de son choix.

Nick lui sourit avant de déposer un baiser furtif sur sa joue. Mais dès que leurs regards se croisèrent, le trouble s'empara d'elle, et quand Nick l'attira à lui et lui vola un baiser, elle eut du mal à le repousser.

— Nick ! Tu as du personnel de maison dans tous les coins… On pourrait nous voir !

— J'ai hâte de me retrouver en tête à tête avec toi ce soir, dans ma chambre…

— Nous n'y sommes pas encore. Je vais de ce pas parler à Cody.

Heureusement, le reste de la journée fut occupé par les préparatifs de la réception, et elle n'eut guère à se soucier d'échapper à d'autres baisers de Nick.

En fin d'après-midi, il proposa d'habiller Cody pour la soirée. Elle lui donna ses vêtements et les laissa tous les deux pour aller choisir sa tenue. Elle devait être plus que présentable ; il s'agissait d'un dîner formel, au cours duquel elle serait pour la première fois présentée au clan Milan. Elle opta pour une robe de cocktail bordeaux à manches longues avec une encolure arrondie et des escarpins à talons hauts assortis.

Elle se brossa soigneusement les cheveux et les laissa libres. Puis elle accrocha le pendentif que lui avait offert Nick, et en prenant le bracelet, elle contempla longuement les figurines masculine et féminine qui tenaient par la main un enfant… Mais non, cette image de la famille idéale, ce ne serait jamais Nick, Cody et elle… Une fois qu'elle serait rentrée chez elle, une fois les fêtes de fin d'année passées, elle ne reverrait que rarement Nick, sinon pour formaliser leur arrangement autour de Cody. Arrangement qu'elle redoutait un peu plus chaque jour…

Quand elle entra dans le salon, elle lut tout de suite une forme d'approbation dans le regard de Nick.

— Tu es superbe ! s'exclama-t-il.

Elle le remercia d'un sourire et se tourna vers son fils.

— Cody, tu es très élégant, déclara-t-elle en admirant son pantalon bleu marine et son pull bleu clair.

Il arborait aussi fièrement son étoile de shérif.

— Et toi aussi, papa, ajouta-t-elle en détaillant le veston et le pantalon bleu marine sur une chemise pâle que portait Nick.

À n'en pas douter, il serait le plus bel homme de la soirée.

À 18 heures tapantes, on sonna à la porte. Quelques instants plus tard, les parents de Nick firent leur apparition, un cadeau à la main. Cody serra poliment la main à son grand-père, et laissa sa grand-mère le prendre dans ses bras.

— Cody, nous t'avons apporté une surprise, murmura cette dernière alors que son mari tendait le paquet à l'enfant.

— Merci, répondit poliment Cody en cherchant le regard de sa mère.

— Tu peux l'ouvrir, mon cœur.

Il déchira le papier cadeau, et brandit un hippopotame en peluche. Le sourire aux lèvres, il serra le jouet dans ses bras.

— Merci, grand-mère ! s'exclama-t-il avant de se tourner vers le juge Milan. Merci, grand-père !

— Tout le plaisir est pour nous, mon garçon, affirma Peter avec un large sourire avant de s'asseoir et de se pencher vers Cody. Nous sommes très touchés que tu nous appelles « grand-mère » et « grand-père ». C'est vraiment très gentil à toi.

— Voui, m'sieur !

— Vous l'avez très bien élevé, Claire, nota Evelyn. Ce petit est déjà un vrai gentleman ! Je l'aime éperdument… Merci de nous permettre de partager ces moments avec lui. C'est un petit garçon merveilleux !

— Merci à vous pour l'hippopotame ! Cody adore les peluches.

La sonnette retentit et un moment plus tard, Jake et Madison Calhoun firent leur entrée. Nick alla à leur rencontre en tenant Cody par la main.

— Claire, déclara Nick, je te présente ma sœur,

Madison, et son mari, Jake Calhoun. Voici Claire et mon fils, Cody.

— Nous nous étions rencontrées dans une galerie d'art à Houston. Ravie de vous revoir, Claire, dit Madison avant de se pencher vers Cody. Ravie de faire ta connaissance, jeune homme. Que tiens-tu donc dans tes bras ?

— Mon hippo ! Un cadeau de grand-mère et grand-père !

— Il veut parler de papa et maman, précisa Nick.

— J'avais compris ! répondit Madison en riant. Nick, ton fils te ressemble comme deux gouttes d'eau !

— Entièrement d'accord, dit-il. Tiens, voici Wyatt et Destiny !

Wyatt vint saluer Claire, un grand sourire aux lèvres.

— J'espère que vous avez passé un bon séjour au ranch.

— Cody ne s'est jamais autant amusé !

Claire fut alors présentée à l'épouse de Wyatt, Destiny, une belle femme drapée dans une époustouflante robe noire à ourlet rouge. Puis vint le tour de Tony, le plus jeune frère de Nick, qui échangea quelques mots avec Cody. Au bout d'un moment, il prit son neveu par la main, et ils s'éloignèrent en continuant de bavarder.

— Je ne sais pas comment il s'y prend, mais c'est un charmeur d'enfants et d'animaux, déclara Nick. Il est encore célibataire, et n'y connaît rien, mais les enfants l'adorent !

Au bout d'un moment, Claire eut l'impression de mieux connaître la famille de Nick. Elle constata qu'il avait de bonnes relations avec ses frères et sa sœur, qu'il semblait voir régulièrement. Elle vit aussi qu'il était très complice avec son père, qui se révélait être un homme avenant. À sa façon, Nick était aussi proche de sa famille qu'elle de la sienne.

Tout le monde se montrait très intéressé par Cody, qui paraissait ravi de concentrer sur lui l'attention des adultes.

Au cours du repas, Jake fit tinter son verre et tout le monde se tut. Ce fut Madison qui prit la parole :

— J'aimerais profiter de ce dîner pour vous annoncer une nouvelle qui, je l'espère, ne fera pas concurrence à la joie que vous avez tous de faire la connaissance de Claire et Cody. Jake et moi attendons un bébé. Je dois accoucher en juillet.

Tout le monde applaudit, et les félicitations fusèrent de toutes parts.

En voyant l'enthousiasme que suscitait cette grossesse auprès des Milan, Claire songea à la sienne, qui avait été tenue secrète… Elle l'avait choisi, bien sûr, et ne le regrettait pas. Car si, à l'époque, elle avait annoncé la future naissance de Cody, la nouvelle n'aurait sans doute pas été ponctuée d'applaudissements et de cris de joie !

Elle se tourna vers Nick, et eut la surprise de constater qu'il était en train de l'observer. Était-il en train de penser à la même chose qu'elle ?

Le dîner se déroula dans une ambiance des plus agréables. La bonne entente entre les Milan était évidente. À un moment, Cody alla même s'asseoir sur les genoux de son grand-père, qui lui apprit un tour de magie. Elle ne l'aurait jamais imaginé… Des changements profonds étaient à l'œuvre dans la vie de beaucoup de monde, songea-t-elle. Sur quoi cela allait-il déboucher ?

Quand les parents de Nick repartirent, vers 21 heures, Evelyn prit Claire dans ses bras.

— Merci de nous avoir invités à venir voir Cody à Houston.

— C'est avec plaisir. Nous serons heureux de vous recevoir, et vous serez les bienvenus. Nous pouvons même vous héberger, la maison est grande. Cela fera plaisir à Cody.

— Vous êtes adorable, Claire. Nous ne manquerons pas de répondre bientôt à votre invitation.

Quand les Milan furent partis, Nick se tourna vers elle, sourcils froncés.

— Alors comme ça, mes parents sont invités à séjourner chez toi, et pas moi ?

— Ce n'est pas la même chose. Mais tu es aussi le bienvenu. Je ne serai peut-être pas là, mais grandma t'accueillera avec plaisir.

— Eh bien, ce ne sera pas non plus la même chose. En tout cas, merci d'avoir été aussi charmante avec mes parents.

— Ce sont les grands-parents de mon fils, et je vois qu'il les adore déjà, répondit-elle en tournant les talons.

Elle permit à Cody de veiller jusqu'à 22 heures, puis elle alla le coucher avant de rejoindre le reste des convives. Il était près de minuit quand Wyatt et Destiny, ainsi que Jake et Madison prirent congé.

— Tout le monde adore Cody et tout le monde a aimé faire ta connaissance, déclara Nick en regardant leurs voitures démarrer. C'était une belle soirée… Mais maintenant que je me retrouve seul avec toi…, murmura-t-il en l'entraînant vers sa chambre. Claire, tu as été merveilleuse ce soir, tout comme Cody. Tous les deux, vous avez séduit toute ma famille. Je n'aurais jamais imaginé mes parents jouer au papi et à la mamie comme ils l'ont fait ! Tu sais, quand je leur ai expliqué que pendant les périodes durant lesquelles je vivrai à Austin ils ne verraient pas Cody, ils ont accusé le coup.

— Même ton père ?

— Même mon père. Jusqu'à ce soir, je ne m'étais pas aperçu qu'en prenant de l'âge, ils s'étaient radoucis. Surtout papa. Quand je les vois avec Cody, c'est à peine si je les reconnais.

Elle soutint son regard, quelque peu inquiète de cette révélation. Jusqu'à quel point Nick pouvait-il se laisser influencer par ses parents ?

— Nick, si ton père est triste de te savoir à Austin pendant la session parlementaire, alors ça change beaucoup de choses.

— Toi et Cody, vous bouleversez ma vie, et aussi la leur. Dans le bon sens du terme, précisa-t-il.

Elle sentit son cœur bondir dans sa poitrine. Nick serait-il en train de réévaluer sa carrière politique ? Leur séjour au ranch lui aurait-il fait voir sa vie sous un autre angle ? Mais, très vite, une question plus cruciale lui apparut : y aurait-il une chance que Nick tombe amoureux ?

Avant qu'elle ne puisse envisager une réponse, Nick referma la porte de sa chambre derrière eux.

— Et maintenant, on oublie la famille, la soirée, tout ! décréta-t-il. Il n'y a plus que toi et moi. J'ai attendu ce moment toute la journée…

Il l'enlaça passionnément, et elle oublia tout le reste…

Longtemps après que Nick se fut endormi, elle garda les yeux ouverts, à repenser à la semaine écoulée, à leur avenir.

Elle était amoureuse de Nick. Il n'y avait plus l'ombre d'un doute. Et le risque d'une déception plus vive encore que pour leur première séparation était plus que jamais présent.

Elle devait absolument mettre une distance entre Nick et elle, sinon, elle courrait au désastre. Un désastre qui, cette fois, impliquerait aussi Cody. Il fallait donc qu'elle fasse rapidement la différence entre désir et amour, ce qui signifiait… oublier les folles nuits qu'elle passait dans les bras de Nick. Car le désir n'avait pas d'avenir.

Dans la vie de Nick, il n'y avait pas de place pour un mariage avec elle. Pas plus aujourd'hui qu'il y a quatre ans.

Les larmes lui montèrent aux yeux, mais elle les sécha vite, s'efforçant de dompter ses émotions. Pour ne pas souffrir une nouvelle fois, elle avait une chose à faire, et une seule : une fois rentrée chez elle, elle devrait voir Nick le moins possible, même si celui-ci prenait une place grandissante dans la vie de Cody.

À 4 heures du matin, elle enfila une robe de chambre et se leva, avant de réveiller Nick.

— Je retourne dans ma chambre, dit-elle. Réfléchis à la façon dont tu envisages la garde de Cody. Tout comme toi, ta famille voudra passer du temps avec lui. Je te laisse choisir une base de discussion qui nous servira de point de départ.

— Je vais réfléchir. Même si rien ne presse, car je sais qu'il nous faudra du temps pour trouver un accord. Cody est trop petit pour venir me voir sans toi. À moins que je vienne le chercher.

— Je ne viendrai pas te voir avec lui, je ne pense pas que c'est ce que tu souhaites. Cette… intimité entre nous menace mes émotions, Nick. Il faut que ça cesse. Je veux bien accompagner Cody à vos réunions de famille, mais ce sera tout. Ta vie est déjà faite, tout comme la mienne. Et elles ne sont pas compatibles. Il faut que l'on arrête nos bêtises avant de souffrir de nouveau.

— Ce que tu dis est sensé, Claire, mais je n'ai pas envie de tirer un trait sur nous deux…

— Il le faudra bien. Nous n'avons pas d'avenir ensemble. Et je ne continuerai pas à coucher avec toi de façon occasionnelle. Cela finit par brouiller mes sentiments. Autrement dit, terminé les tête-à-tête ou les dîners à deux. Sinon, c'est la déception assurée à l'arrivée, conclut-elle en quittant la chambre.

Le lendemain, après avoir laissé Claire et Cody dans l'avion, Nick regarda l'appareil s'éloigner alors que son fils agitait sa petite main derrière le hublot. Il détesta ce moment. Il avait l'impression qu'on lui arrachait le cœur. Et cette sensation de vide…

Depuis deux ans, il s'était habitué à vivre seul, mais aujourd'hui, il voulait partager chaque instant de son existence avec Claire. Il ne se contenterait pas de seulement la croiser le temps de s'échanger Cody lors de leurs tours de garde respectifs. Bon sang, mais que ressentait-il exactement pour elle ?

En rentrant chez lui, il repensa à ses parents et à leur projet de rendre visite à Claire et Cody à Houston. À l'époque où il était en couple avec elle, ses parents n'avaient jamais cherché à faire sa connaissance. Il repensa aussitôt à la réaction qu'ils avaient eue quand il avait parlé de s'installer à Austin. Pour la première fois, il se demanda si son père tenait tant que cela à sa carrière politique.

Et lui ? S'était-il lancé en politique par vocation ? Ou pour faire plaisir à son père ?

Tout le long du chemin du retour, il réfléchit, et quand il s'arrêta devant les grilles de sa propriété, il en était arrivé à la conclusion suivante : sa vie reposait désormais sur des sables mouvants. Jusqu'où allaient ses sentiments pour Claire ? Était-il juste guidé par le désir ou souhaitait-il vraiment la faire entrer dans sa vie et pas seulement dans son lit ?

Il n'avait pas encore toutes les réponses à ses questions. Mais il savait qu'il devrait les trouver rapidement.

Dès qu'il fut à l'intérieur, il alluma son téléphone portable, écouta tous les appels qu'il avait manqués, et se plongea dans le travail. Mais il avait beau tout faire pour reprendre ses habitudes, pas moyen de se concentrer… Si bien qu'il finit par tout mettre de côté pour réfléchir à une façon d'organiser la garde de Cody. Il ne s'installerait pas à Washington avant plusieurs années. En revanche, à l'issue de son mandat, il passerait le plus clair de son temps à Austin entre janvier et juin. Il repensa à la famille de Claire et au temps qu'elle lui consacrait, sans parler des trois agences immobilières qu'elle dirigeait dans la région de Houston. Il évalua ses attaches à elle, les siennes… et ne tarda pas à s'y perdre. Cette semaine passée au ranch avait été tellement magique pour tous les trois. Ils s'étaient amusés comme des fous, et il avait pris un tel plaisir à voir Cody évoluer. À passer ses nuits avec Claire, aussi…

Et à présent, ce sentiment de vide et de tristesse.

Sans doute cela lui passerait-il dès le lendemain avec son retour au bureau, à gérer les affaires courantes.

Sauf qu'en se préparant à aller travailler, le lendemain matin, il repensa de nouveau à Claire… Claire riant, Claire prenant des photos, Claire dans ses bras…

Il n'arrivait pas à se résoudre à la croiser seulement de temps en temps.

Mais que ressentait-il pour elle, au juste ?

Ils avaient passé de si beaux moments sur le ranch, tous les trois… À présent, il éprouvait un tel vide loin d'elle, une… Oui, une douleur inexplicable. Il avait pourtant tenté de se protéger, en se persuadant qu'il ne pourrait — qu'il ne devait ? — pas tomber une seconde fois amoureux d'elle. Et pourtant, il s'était laissé aller à son désir, allant même jusqu'à l'inviter dans son lit, en s'imaginant qu'il ne risquait rien…

Il s'était cruellement trompé.

Car pour être aussi malheureux, il devait forcément être amoureux d'elle. Peut-être était-il en train de passer à côté de la femme de sa vie pour des raisons qui ne le rendaient même pas heureux.

Oui, il était amoureux ! Et il était temps d'agir en conséquence.

Il sortit son téléphone pour l'appeler, mais en entendant la voix de son répondeur, il raccrocha aussitôt.

— Claire, murmura-t-il, comme pour la faire apparaître devant lui.

Cette fois, il ne voulait pas la perdre. Et il allait devoir répondre à la question cruciale : comment concilier leurs deux vies en respectant les désirs de chacun ?

Claire était-elle prête à renoncer à certains aspects de sa vie pour pouvoir construire une relation avec lui ? En avait-elle seulement envie ?

Et lui, qu'était-il prêt à changer pour la rendre heureuse ?

Il devait bien exister un moyen d'arranger tout ça. En tout cas, cette fois, il devait être clair avec ce qu'il attendait vraiment de la vie et des efforts qu'il était prêt à faire pour y parvenir.

Est-ce qu'une carrière politique valait la peine de perdre un grand amour ? S'il s'installait au ranch, Claire voudrait-elle y vivre avec lui ? Et si c'était lui qui s'installait à Houston ? À moins que…

Il prit une feuille et commença à établir une liste de

ce qui comptait à Houston pour Claire. Puis il fixa le bout de papier, en réfléchissant à toutes les éventualités.

Il y avait forcément un moyen…

Lundi matin, Claire appela sa secrétaire pour la prévenir qu'elle arriverait en retard. Elle n'était pas en état de travailler. Nick lui manquait terriblement, à sa grande surprise. Leur petit jeu de séduction, leur complicité, leurs ébats passionnés, tout lui manquait. Il lui semblait même qu'elle l'aimait plus qu'il y a quatre ans ! Alors que les chances pour qu'ils deviennent un couple étaient quasiment nulles.

Nick ne lui avait encore rien proposé, pour les jours où il prendrait Cody. Elle espérait que ce ne serait pas source de discussions sans fin et de conflits.

Elle, elle ne quitterait pas Houston et continuerait à honorer ses obligations familiales, plus lourdes encore aujourd'hui que par le passé. Elle n'abandonnerait pas ses grands-parents, et ne fermerait pas l'agence qui tenait tant à cœur à son grand-père, et dans laquelle elle s'était tellement investie.

Une chose avait changé, cependant : les parents de Nick. Elle avait bien vu leur regard déçu quand Nick leur avait expliqué qu'ils ne pourraient pas voir Cody quand il se trouverait à Austin. Elle ne s'était pas du tout attendue à ce qu'ils tiennent à ce point à leur petit-fils, eux qui n'avaient jamais cherché à la rencontrer, à l'époque où elle était en couple avec Nick.

En tout cas, le fait qu'elle les ait invités à venir séjourner chez elle les avait touchés. Nick aussi avait apprécié. Peut-être allait-il en tenir compte ?

De nouveau, elle repensa à cette semaine idyllique qu'ils avaient passée au ranch, dans un décor de rêve…

Il lui manquait tellement… Elle avait dû faire un effort surhumain pour ne pas répondre à son appel, tout à l'heure. Jamais elle ne supporterait de ne voir Nick que quelques instants entre deux portes.

Une larme roula sur sa joue, puis une autre. Bientôt, elle pleurait à chaudes larmes et n'essayait même pas de les retenir.

De nouveau, elle entendit son téléphone sonner. Encore Nick. Elle rejeta l'appel. Elle n'était pas en état de lui parler. Quelques minutes plus tard, elle reçut un SMS :

J'ai un projet à te proposer concernant Cody. Peut-on dîner ensemble jeudi prochain pour en parler ? Je peux venir te chercher à 19 heures J'aimerais arriver à 18 heures pour voir Cody.

Elle attendit un peu et répondit qu'elle acceptait, tout en se demandant ce qu'il pouvait bien avoir en tête. La soirée se terminerait-elle par un chapelet de noms d'oiseaux, comme le soir où il l'avait demandée en mariage, quatre ans auparavant ?

Un plus tard dans la matinée, sa grand-mère emmena Cody chez le coiffeur, puis faire quelques courses. Alors qu'elle s'offrait un petit déjeuner tardif, on sonna à la porte. Un livreur disparaissait presque derrière un énorme bouquet de roses rouges et d'orchidées blanches. Les fleurs s'accompagnaient d'un paquet cadeau bleu avec un gros ruban assorti.

À peine eut-elle refermé la porte qu'elle lut la petite carte à l'intérieur du bouquet :

*Merci, chère Claire, pour la joie que vous nous avez procurée auprès de notre petit-fils. Affectueusement, Peter et Evelyn.*

Prise de court, elle contempla les fleurs. Bien sûr elle ne connaîtrait jamais la réponse, mais une question la hantait : si elle avait annoncé sa grossesse à Nick, les choses auraient-elles été différentes ? Difficile à dire. À l'époque, Peter Milan poussait Nick vers un parcours politique. Mais aujourd'hui, il devenait évident que ce qu'il souhaitait par-dessus tout, ce n'était pas la réussite politique de son fils, mais de pouvoir profiter de son premier petit-fils.

Puis elle sortit le petit carton accroché au ruban du paquet, qui était destiné à Cody. Elle sourit. Son fils avait désormais quatre grands-parents aux petits soins pour lui. Si seulement Nick et elle pouvaient…

Elle s'arrêta net. Elle devait se ressaisir et trouver un terrain d'entente avec Nick. Et, surtout, s'habituer à vivre avec sa souffrance.

Elle était toujours dans cet état d'esprit quand le jeudi soir arriva. Elle se choisissait une tenue pour son dîner avec Nick lorsqu'elle entendit sonner à la porte. Quand enfin elle eut fini de se préparer, elle se regarda dans le miroir, ajustant sa robe bleu marine à manches longues, avant de mettre le pendentif et le bracelet de Nick. Puis elle prit sa pochette et descendit au rez-de-chaussée, en priant pour arriver à garder le contrôle de ses émotions tout au long de la soirée.

Nick entendit Claire quelques secondes avant qu'elle n'entre dans la pièce. Il se leva aussitôt, le cœur battant la chamade. Elle était éblouissante. Une onde de chaleur le submergea, et il dut se retenir de la déshabiller du regard et de traverser la pièce pour la prendre dans ses bras.

Elle lui offrit un sourire gourmand, mettant tous ses sens en émoi. S'ils avaient été seuls…

— Nick m'a apporté un cadeau, déclara Verna en agitant un écrin.

C'était un ravissant médaillon en or qui s'ouvrait et contenait deux photos : une de Cody et une de Claire.

— Nick, c'est adorable ! déclara Claire en lui souriant. Je sais que tu adores de genre de bijoux, grandma ! Tourne-toi, que je te le mette !

— Il est magnifique, Nick, murmura Verna. J'en prendrai le plus grand soin. Merci !

— Je suis heureux qu'il vous plaise, Verna.

— J'ai un cadeau, moi aussi ! s'exclama Cody en agitant un livre.

Claire le prit pour le feuilleter.

— Génial, Cody ! Encore un joli livre que grandma et toi pourrez lire avant d'aller dormir !

Ils bavardèrent ainsi pendant une bonne demi-heure, jusqu'à ce que Claire se lève.

— Je suppose que tu as réservé une table au restaurant, Nick. Il serait peut-être temps d'y aller.

— Merci pour le livre, papa ! lança Cody en courant vers lui.

— Tout le plaisir est pour moi, mon grand, répondit Nick en le prenant dans ses bras pour ne le reposer qu'une fois devant la porte d'entrée.

Il accompagna Claire jusqu'à la voiture et lui ouvrit la portière avant de s'installer au volant.

— Tu es splendide, dit-il en démarrant. Je ne te l'ai pas dit devant tout le monde, mais je n'en pensais pas moins.

— Merci. Tu n'es pas mal non plus. Je suppose que tu décrocheras tous les votes féminins lors des prochaines élections.

— J'espère que les électeurs ne votent pas que pour mon physique ! fit-il remarquer en riant.

Il roula jusqu'à un immense hôtel à la façade ornée de mille et une guirlandes. Il se gara dans l'allée.

— Voici mon hôtel, dit-il. Et si on dînait dans ma chambre, pour parler librement de la garde de Cody ? Je n'ai pas envie de discuter de cela en public. Il y a trop d'émotions en jeu, Claire.

# - 11 -

Le cœur battant à tout rompre, Claire hocha la tête.

— Pourquoi pas, du moment qu'il ne s'agit que de dîner et de discuter. Nick, je ne peux pas m'empêcher de…

Elle se mordit la lèvre. Elle n'allait tout de même pas lui avouer qu'elle ne pensait qu'à lui faire l'amour !

— Tout ce que je veux, Nick, c'est écouter tes suggestions, voir si nous pouvons nous entendre au sujet de Cody, puis rentrer chez moi.

— J'ai commandé le dîner auprès du restaurant. Il devrait nous être servi dans une demi-heure. Je t'ai pris du homard. Cela te convient ?

— Excellent choix, répondit-elle en se demandant si cette soirée se terminerait sur un nouveau chagrin d'amour.

Arrivé devant l'entrée de, Nick confia les clés de sa voiture à un voiturier, puis il prit Claire par le bras avant de l'entraîner vers les ascenseurs et rejoindre sa suite au dernier étage.

— Je t'ai fait un petit cadeau pour Noël, dit-il en déverrouillant la porte.

Elle eut à peine le temps de contempler la pièce à la décoration élégante que Nick l'aidait à ôter son manteau. Elle remarqua néanmoins un plant de romarin décoré en arbre de Noël au centre d'une table basse en verre près du canapé. Un petit paquet cadeau rouge orné d'un ruban argenté était accroché aux branches.

— C'est moi qui ai décoré cette plante, pas l'hôtel, expliqua-t-il, devant son regard étonné. Et ce cadeau est pour toi. Mais avant que tu l'ouvres, Claire, il est temps pour nous de parler.

Le cœur battant plus fort, soudain, elle prit une grande inspiration. Allait-elle arriver à passer cette soirée sans succomber aux baisers de Nick ? Sans se laisser déborder par l'émotion ?

Nick se racla la gorge avant de reprendre la parole. À vrai dire, il paraissait quelque peu nerveux.

— Tout d'abord, j'ai pris le temps de réfléchir à nous. Cette semaine au ranch avec toi et Cody a été très spéciale, déclara-t-il avant de s'approcher d'elle pour poser les mains sur ses hanches.

Était-ce une hallucination ou tremblait-il vraiment ?

C'est alors qu'il prononça les mots qu'elle n'aurait jamais pensé entendre de nouveau dans sa bouche… Les mots qu'elle avait tant redoutés…

— Claire, je t'aime.

Elle ferma les yeux, inspira profondément pour conjurer la douleur que ces quelques syllabes réveillaient.

— Nick… J'ai eu beau tout faire pour t'oublier, je crois que… je n'ai jamais cessé de t'aimer, avoua-t-elle en rouvrant les yeux pour chercher son regard. Mais cela ne fait qu'ajouter un problème à tous ceux auxquels toi et moi devons déjà faire face.

— Ma place est auprès de toi et Cody. Je veux faire ma vie avec toi, Claire.

Elle fronça les sourcils. Il connaissait pourtant tous les obstacles infranchissables qui les attendaient.

— Tu m'as poussé à faire le point sur ma vie, poursuivit-il. Cette semaine au ranch a été la plus belle de ma vie. Peut-être que j'ai envie de vivre pleinement ma vie, d'y laisser entrer l'amour, d'avoir ma famille à moi. J'ai réfléchi à tes propres aspirations, aux miennes… et aussi à ce que je suis prêt à laisser tomber pour satisfaire tes besoins.

Le souffle court, elle le scruta fixement. Jamais elle ne l'avait entendu parler ainsi.

— Et à présent, Claire, je voudrais que tu écoutes ce que j'ai à te dire avant d'entendre ce que tu en penses.

Intriguée, elle hocha doucement la tête, sans toutefois oublier que Nick était un politicien entraîné à dire aux gens ce qu'ils avaient envie d'entendre, et à exercer son incroyable pouvoir de persuasion. Malgré tout, une partie d'elle était suspendue à ses mots car, jusqu'à présent, jamais il n'avait envisagé de renoncer à quoi que ce soit pour elle.

— Tu tiens à rester à Houston, je le sais, reprit-il. J'ai fait une liste de ce que tu souhaites, de tes besoins. Prendre soin de tes grands-parents, tout en continuant de diriger les trois agences immobilières. C'est bien ça ?

— Oui.

— À moi de te dire ce qui me tient à cœur. J'ai réfléchi à ma carrière politique, à ma carrière de juriste à Dallas, et au ranch. J'adore la vie au ranch et tu m'as poussé à faire le bilan de tout cela. Pourquoi est-ce que je continue dans cette voie toute tracée alors que c'est le ranch qui me plaît ? Mais je peux déménager à Houston et y ouvrir un cabinet d'avocats. S'il faut cela pour te rendre heureuse, je le ferai.

Déconcertée, elle le dévisagea en se demandant si elle avait bien entendu.

— Tu renoncerais à ta carrière politique ?

— Absolument. Je suis prêt à faire ce qu'il faut pour

m'assurer que toi et Cody ayez votre place dans ma vie. Mais ce n'est pas tout. Je pourrais faire installer tes grands-parents avec nous, au ranch, et trouver une infirmière à plein temps pour ton grand-père. Ou plusieurs, même. J'en ai les moyens. Si c'est trop compliqué de vivre au ranch, nous pourrions nous installer à Dallas, où j'aurais mon cabinet. Tes grands-parents vivraient sous notre toit.

Cette fois, elle cligna des yeux, abasourdie.

« Sous notre toit »... Était-ce une demande en mariage détournée ?

— Mais, Nick, tu oublies que...

— Chut, laisse-moi finir, murmura-t-il en lui effleurant les lèvres d'une caresse. Tu pourrais engager quelqu'un pour tenir l'agence de Houston, et en ouvrir une autre à Dallas. Ma famille a beaucoup de relations, et tu ne manquerais pas de clients. Nous connaissons aussi de nombreux artisans.

Il s'interrompit et l'observa avec attention, un peu inquiet.

— Alors, Claire, je m'en sors bien pour l'instant ?

— Plutôt pas mal, répondit-elle, toujours sous le choc. Tu as traité la question de mes grands-parents, mon entreprise, le ranch, ta carrière. Mais il manque une chose, Nick. Et nous, alors ? Cody et moi ?

— Je tenais d'abord à t'expliquer tout ce que je viens de t'expliquer avant d'en venir à nous. Je suis incapable de te décrire à quel point ma vie était vide sans toi et Cody. Je ne veux plus vivre ainsi.

Il glissa un bras autour de sa taille et l'attira à lui.

— Je t'aime, Claire. Je t'aime de tout mon cœur. Je suis prêt à tout faire pour te rendre heureuse.

Elle ne respirait plus. Son cœur battait à tout rompre.

— Nick..., murmura-t-elle en s'agrippant à son cou,

ravalant péniblement ses larmes. Tu es vraiment prêt à faire toutes ces choses ?

— Si cela peut m'assurer ton amour et celui de Cody, alors oui. Tu n'as qu'à dire un mot, et je le ferai. Je ne veux pas te perdre une nouvelle fois. Veux-tu m'épouser ?

— Oh ! Nick…

Il l'enlaça vigoureusement, et l'emporta dans un baiser fougueux.

Elle s'était promis de ne pas succomber à l'émotion, mais elle ne s'attendait pas à ce genre de sensations. Elle s'était tellement torturée à imaginer leur vie future, séparés l'un de l'autre. Au lieu de cela, Nick lui annonçait être prêt à tous les compromis pour qu'ils puissent enfin vivre leur amour !

Pas moyen pour elle de retenir ses larmes de joie.

— Mais, ma chérie, tu pleures ? Ne pleure pas, c'est la dernière chose que je voulais. Je ne veux plus jamais te faire souffrir, Claire. Je te le promets. Tu n'as qu'à me dire ce que tu veux. Je t'aime. Veux-tu devenir ma femme ?

— Oui ! Mille fois oui ! J'ai tellement souffert, je voulais tellement être avec toi… Oui, je veux devenir ta femme !

À ces mots, elle l'embrassa comme si le sort du monde en dépendait. Et quand elle retrouva son souffle, elle recula un peu et l'observa avec attention.

— Tu es vraiment sincère ? demanda-t-elle. Tu renoncerais à la politique dès la fin de ton mandat ?

— J'ai déjà donné ma démission. Cela fera sans doute la une des journaux dès demain.

Elle le dévisagea, abasourdie.

— Tu as démissionné de ton mandat de député du Texas ?

— C'est ça. Je me suis dit que cela nous aiderait à trouver un accord.

— Je n'en reviens pas… Tu as fait ça pour moi ?

— Je tiens à ce que tu saches que je suis sincère. Je t'aime, Claire, et je n'ai pas l'intention de te perdre.

— Est-ce que tu as parlé à ton père ?

— Oui, et il se réjouit car il sait que si nous nous marions, il verra plus souvent Cody. Maman a même dit qu'elle regrettait qu'ils n'aient pas fait ta connaissance à l'époque où nous étions ensemble.

— Eh bien, cette journée me réserve surprise après surprise !

Elle chercha ce regard azuré qu'elle aimait tant. Nick était prêt à de nombreux compromis pour pouvoir vivre avec elle. Elle ne devait pas être en reste.

— Nick, ce que j'aimerais, c'est ouvrir une agence à Dallas après y avoir installé mes grands-parents. Mais si tu veux travailler au ranch, je viendrai à Verity. C'est un endroit idéal pour Cody.

Il lui vola un nouveau baiser en la serrant tout contre lui.

Un bonheur immense s'empara d'elle, et elle l'enlaça plus fort encore. Grâce à l'amour de Nick, grâce à leur amour, ils allaient former une famille solide autour de Cody.

Au bout d'un moment, elle s'écarta de lui.

— Tu te serais vraiment installé à Houston pour moi ?

— Voui, m'dame ! Je suis prêt à tout pour ton bonheur. Après y avoir beaucoup réfléchi, j'ai décidé que le plus important, c'est la femme que j'aime, et notre enfant. Notre famille. Voilà où se trouve le vrai bonheur, à mes yeux.

— Tu m'épateras toujours, Nick. Je t'aime. Cody va être enchanté quand il va apprendre qu'il va vivre au ranch ! Nick, il faut quand même que je demande à grandma s'ils sont prêts à déménager, grand-père et elle.

— Bien sûr. Tu leur parleras en premier, puis j'en discuterai avec eux. J'ai les moyens de leur fournir toute l'assistance médicale dont ils auraient besoin. Tu crois que je devrais demander ta main à ton grand-père ?

Elle éclata de rire.

— C'est inutile, vu que nous avons un fils de trois ans…

— Tu n'as pas oublié qu'un cadeau de Noël anticipé t'attend sur ce magnifique *presque* sapin décoré ? Tu peux l'ouvrir, à présent.

Elle hésita un instant, puis détacha délicatement le petit paquet des branches de romarin. Elle tira sur le ruban alors que Nick déposait une pluie de baisers le long de son cou, de sa nuque… Mais lorsqu'elle eut ôté le papier, il s'arrêta pour la voir soulever le couvercle du petit écrin en velours noir. Elle l'interrogea du regard, puis l'ouvrit en poussant un petit cri.

Un énorme diamant serti de nombreuses pierres précieuses était monté sur un anneau en or.

— Oh ! Nick… Elle est magnifique !

Il sortit le bijou de l'écrin, puis lui prit la main.

— Je t'aime, Claire. De tout mon cœur.

— Je t'aime aussi, murmura-t-elle, des larmes de joie roulant sur ses joues.

Elle l'enlaça alors qu'il la couvrait de baisers enfiévrés… tout en la portant jusqu'au lit.

Après l'amour, alors qu'elle était blottie contre lui, elle promena un doigt sur sa barbe naissante.

— Je t'aime tant, Nick… Il n'y a jamais eu d'autre homme depuis que je t'ai rencontré. Aucun.

Elle s'empara de ses lèvres, le serrant fort tout contre elle, envahie d'un bonheur vertigineux.

— Je vais passer le reste de mes jours à essayer de me racheter pour cette rupture et toutes les horreurs que l'on s'est dites quand…

— Chut, dit-elle en posant un doigt sur sa bouche. C'est le passé, il faut aller de l'avant. N'y pensons plus. Nous sommes réunis aujourd'hui, et c'est le plus important.

Elle se redressa légèrement pour le regarder dans les yeux.

— Noël est la semaine prochaine. Quels sont tes projets ?

— Cette année, tout le monde va dîner chez mes parents pour le réveillon. Le jour de Noël, chacun vaque à ses occupations, donc je pourrai être auprès de toi et de ta famille. Ensuite, Wyatt a invité tout le monde à dîner le soir du 25.

— Si tu veux passer le réveillon avec nous, tu es le bienvenu. Mais cela te fera rater le dîner chez tes parents.

— J'accepte, dit-il avant de lui donner un baiser furtif.

Elle roula sur le côté du lit pour rassembler ses vêtements.

— Nick, je dois rentrer chez moi. Je ne dors pas ici.

— Tes désirs sont des ordres, mon amour.

Elle adorait entendre ces mots-là venant de sa bouche !

Alors qu'il la raccompagnait chez elle en voiture, elle posa une main sur son genou et se tourna vers lui.

— Nick, nous n'avons pas parlé enfants… Nous avons perdu tant d'années. Cody a déjà trois ans. J'aimerais qu'il puisse avoir un ou deux frères et sœurs.

— C'est une merveilleuse idée ! Quand tu voudras !

— Je pourrais bien avoir envie de me retirer au ranch avec toi pour y élever nos enfants.

— Cela me conviendrait tout à fait.

— Quand Cody va comprendre qu'il va habiter au ranch, il ne va pas dormir pendant une semaine ! dit-elle en riant.

— Et si nous nous accordions quelques vacances jusqu'à Noël pour retourner au ranch ? Je peux faire venir tes grands-parents en avion, ainsi qu'une infirmière.

— Je vais leur demander si cela leur ferait plaisir. Oh ! Nick… Tu ne sauras jamais à quel point je t'aime, même si je vais tout faire pour te le montrer. Je t'aime de tout mon cœur.

— Demain je viens chez toi, et nous annoncerons la grande nouvelle à Cody, déclara-t-il en déposant un baiser sur sa joue. Prépare ton appareil photo !

# - 12 -

Dans sa robe blanche en soie qui lui tombait juste au-dessus du genou, Claire pénétra dans le vestibule de son église de Houston. Son grand-oncle, qui se tenait à ses côtés, glissa un bras sous le sien tandis que Cody, sérieux comme un pape, remontait l'allée avec les alliances.

Au premier rang étaient assis sa grand-mère et son grand-père, ce dernier accompagné d'une infirmière. Pour l'événement, on l'avait fait sortir de son fauteuil roulant.

Quand ce fut son tour de remonter l'allée, elle accrocha son regard à celui de Nick qui n'avait jamais été aussi beau qu'aujourd'hui, dans son costume noir.

Quand il lui prit la main, il se rapprocha d'elle pour prononcer ses vœux. À son tour, elle lui promit amour et fidélité jusqu'à ce que la mort les sépare.

Dès que le pasteur les déclara mari et femme, Nick prit Cody dans ses bras, et ils descendirent l'allée de l'église, avant de s'éclipser dans le vestibule, où ils purent s'accorder un bref moment d'intimité.

— Je vous aime de tout mon cœur, tous les deux, dit Nick.

— Moi aussi ! s'exclama Cody en riant.

— On va être tellement bien ensemble, Claire. J'y veillerai à chaque instant.

— Difficile de dire qui est le plus heureux de tous…, murmura-t-elle. Cody ou moi ?

— Allez, place à la fête, maintenant !

Si la cérémonie avait été très simple, la réception se faisait au country club de Houston, en grande pompe malgré le mois de janvier. Famille et proches étaient venus de presque tout le Texas !

Nick et Claire allaient et venaient parmi leurs invités. À un moment donné, ils se retrouvèrent entourés du clan Milan.

— Claire, tu es une faiseuse de miracles ! annonça Tony. Tu as réussi à ce que mon frère choisisse enfin le ranch ! Si on m'avait posé la question, j'aurais juré que cela n'arriverait que le jour où les poules auraient des dents !

Nick sourit, et resserra son bras autour de la taille de Claire.

— Je parie que vous n'avez aucun regret, ni l'un ni l'autre, fit remarquer Madison.

— Quant à moi, mon mandat de shérif se termine bientôt, intervint Wyatt. Donc, si tu as besoin d'un bureau pour une permanence politique, je peux te…

— Frérot, je t'arrête tout de suite, déclara Nick avec un large sourire. Tu peux oublier ça. En revanche, comme Cody refuse d'enlever ce badge que tu lui as offert, tu vas être obligé de le prendre comme adjoint !

— Pas de problème ! répondit Wyatt en riant.

— En parlant de Cody, il faut que l'on emmène ce gamin voir un rodéo, décréta Tony.

— J'ai prévu ça sur mon agenda, répondit Nick. Une fois qu'il en aura vu un, il voudra y retourner à chaque fois !

La conversation se poursuivit dans la joie et la bonne humeur jusqu'à ce que Madison prenne Claire par le bras, à l'écart de ses frères.

— Honnêtement, Claire, je n'ai jamais vu Nick aussi heureux ! Même pas le jour où il a épousé Karen. Cody et toi lui faites un bien fou. Il est beaucoup plus épanoui.

— J'espère qu'il ne regrettera rien. Il a renoncé à tant de choses…

— Alors là, ça m'étonnerait ! Mes frères ont eu un grand-père qui leur a transmis son amour du travail de cow-boy. Peu importe la fortune des Milan, ces types ne sont heureux qu'à cheval, ou au volant de leur pick-up, à contempler les terres de leur ranch. Tu verras, Nick n'aura aucun regret. Certes, mon père l'a d'abord poussé vers le droit, puis vers la politique. Mais aujourd'hui, grâce à toi, Nick a retrouvé l'amour de sa vie.

— Merci, Madison. Ce que tu dis me va droit au cœur.

— Tiens, regarde, voici un homme qui m'a tout l'air de chercher à s'évader de la fête pourtant donnée en son honneur ! s'exclama Madison en riant avant de s'éloigner.

— J'ai l'impression d'avoir fait fuir ma sœur, fit remarquer Nick en prenant Claire dans ses bras.

— Je ne suis pas sûre que…

— Je n'ai qu'une envie, m'enfuir avec toi ! Ton grand-père a déjà été raccompagné à la maison. Ta grand-mère et Irene attendent avec Cody qu'on leur dise au revoir. Une limousine attend pour les raccompagner. Tu veux bien que l'on s'éclipse, nous aussi ?

— Bien sûr, mon amour.

Ils quittèrent la salle de réception pour rejoindre grandma et Cody qui attendaient au soleil à côté d'une limousine blanche.

— Nous revenons à la fin de la semaine, expliqua

Claire à son fils en le soulevant dans ses bras. Je te promets de te téléphoner tous les soirs, et si tu as envie de m'appeler, tu demandes à grandma, d'accord ?

— Voui, m'dame !

— Je t'aime, murmura-t-elle en le serrant contre elle.

Puis elle le confia à Nick, qui le serra aussi longuement contre lui.

— Nous revenons pour la fin de la semaine, mon grand, expliqua-t-il en le reposant à terre.

Claire embrassa sa grand-mère et monta à bord de la limousine. Après quelques mots au chauffeur, Nick s'installa à côté d'elle. Alors que le véhicule démarrait, il la prit dans ses bras.

— Madame Nick Milan… J'ai longtemps attendu ce moment, Claire. Je t'aime, murmura-t-il en l'attirant à lui pour l'embrasser.

— Je t'aime aussi, Nick.

Un immense sentiment de joie l'envahit. Elle serra Nick fort dans ses bras et se laissa emporter par leur baiser.

Quand il la relâcha, il lui sembla être dans une autre dimension. Elle avait peine à croire qu'elle était enfin mariée à l'homme qu'elle n'avait jamais cessé d'aimer. Tout comme les diamants qui brillaient à son doigt, un avenir éblouissant lui était désormais promis, à elle comme à Cody.

Un avenir avec Nick. En famille.

# Retrouvez en Mars 2018, dans votre collection

# *Passions*

## e droit de l'aimer, de Cat Schield - N°707

Quinze jours. C'est le temps dont dispose Brandee pour séduire Shane ›elgado. Après quoi elle perdra Hope Springs, le ranch auquel elle consacre ›ute sa vie. Hélas, si l'enjeu est de taille, la tâche n'en est pas moins délicate. ›epuis qu'elle a rencontré Shane, c'est bien simple, tous deux s'affrontent dans les échanges plus que houleux. Ils se toisent, se défient sans cesse. Au point que Brandee se demande aujourd'hui quelle attitude adopter pour convaincre ›hane que, loin d'être son ennemie, elle est désormais la femme qu'il lui faut…

## Jn époux pour la vie, de Teresa Southwick

*Vous sommes toujours mariés…* Les doigts de Rose tremblent tellement qu'elle a e plus grand mal à raccrocher le téléphone. Car la voix grave et sensuelle de incoln Hart, l'homme qui l'a abandonnée dix ans plus tôt sans une explication ›t dont elle pensait être divorcée, résonne encore à ses oreilles. Comment est- possible qu'ils soient toujours mari et femme ? Et, surtout, pourquoi est-elle ›ussi troublée par Lincoln, alors qu'elle fréquente désormais un autre homme ? :ésolue à le rayer une bonne fois pour toutes de son existence, Rose comprend ›u'elle va devoir le revoir et résoudre au plus vite ce problème…

---

## 'enfant de Donovan Murphy, de Yvonne Lindsay - N°708

:ayla Porter se tient face à lui, plus belle que jamais, et Van sent une rage ›ussi violente qu'irrépressible gronder en lui. Comment Kayla ose-t-elle venir e trouver aujourd'hui pour lui réclamer de l'argent, après lui avoir brisé le cœur cinq ans plus tôt ? Croit-elle parvenir à l'émouvoir en prétendant que a petite Sienna, qu'elle a amenée avec elle, est sa fille ? Plus jamais il ne e laissera manipuler par cette intrigante, Van s'en est fait la promesse il y a ›ien longtemps déjà. Même si Kayla éveille toujours en lui un désir puissant. :t même si, bien qu'il s'en défende, la revoir lui a fait perdre tout intérêt pour ›ani, la femme qu'il doit bientôt épouser…

## Jne brûlante invitation, de Victoria Pade

orsque Sutton Knightlinger l'invite à dîner, Kinsey, prise de court, est gagnée ›ar la panique. Comment résister au regard envoûtant de cet homme pour ›ui elle brûle de désir en secret et qui, en plus d'être le fils aimant de la ›atiente qu'elle soigne, se montre doux et extrêmement attentionné envers ›lle ? Pourtant, Sutter a un défaut, et pas des moindres selon Kinsey. Il ›st militaire, comme les membres de sa famille dont l'absence l'a tant fait ›ouffrir. Un métier dont Kinsey s'est fait la promesse de se tenir éloignée… ı jamais.

## Un tendre dilemme, de Rachel Lee - N°709

De magnifiques boucles blondes et un parfum délicat : Amber Towers — son ancienne élève à l'école de magistrature — est encore plus étourdissante que dans son souvenir. Pourtant, lorsque Wyatt a accepté de lui venir en aide, il ne s'attendait pas à accueillir chez lui une superbe femme, enceinte de huit mois totalement livrée à elle-même pour élever son enfant à naître. Une femme qui le trouble chaque jour davantage. Au point qu'aujourd'hui Wyatt remet tout en question. Doit-il prendre ses distances avec Amber ou céder à son désir au risque de mettre sa carrière en péril ?

## Bien plus qu'un patron, de Dani Wade

Mason Harrington est le nouveau propriétaire du haras où elle travaille ? En apprenant la nouvelle, Eva est sidérée. Car l'apollon qui lui fait face — et qui vient de racheter le ranch de ses parents — n'est autre que son grand amour de lycée. L'homme que son père l'a forcée à quitter sans explication douze ans plus tôt, au prétexte qu'ils ne faisaient pas partie du même monde. Comment se fait-il alors que Mason semble à ce point ravi de la retrouver ? Une attitude qui éveille aussitôt la méfiance d'Eva : et s'il cherchait à la séduire à nouveau pour mieux se venger d'elle ?

---

## L'ombre du scandale, de Nancy Robards Thompson - N°710

Si beau, si séduisant… À n'en pas douter, Ethan Campbell, le nouveau voisin de Chelsea, a tout de l'homme idéal. Seulement voilà, si elle a trouvé refuge ici, au Texas, bien loin de Londres où elle a passé toute sa vie, c'est pour fuir le scandale qui entache à présent sa réputation. Pas pour avoir la faiblesse de tomber à nouveau amoureuse. Ne s'est-elle pas promis de ne plus jamais faire confiance au moindre spécimen de la gent masculine ? Et puis, surtout, Ethan ne sait rien de sa véritable identité… ni de son passé.

## Exquise tentation, de Lauren Canan

Une nuit de tentation, à La Nouvelle-Orléans. Et voilà que Tallie se découvre enceinte d'un parfait inconnu. Mais, alors qu'elle se résout à élever seule l'enfant qu'elle porte, elle retrouve son sublime amant au Texas, sur le site des fouilles archéologiques qu'elle doit mener. Hélas, loin de l'homme humble et attentionné qui l'a séduite au premier regard, Cole Masters se révèle aussi riche qu'arrogant. Pis, alors qu'elle s'apprête à lui révéler qu'il sera bientôt père, il la somme de quitter ses terres au plus vite…

## n désir sous haute protection, de Elizabeth Bevarly - N°711

ester professionnelle, quelles que soient les circonstances : telle est la ligne e conduite que Renata a toujours suivie. Pourtant, depuis qu'elle a fait la ncontre de Tate Hawthorne — dont elle doit assurer la surveillance depuis u'il a été menacé par de dangereux criminels — un trouble inédit s'est emparé 'elle. Elle rougit au moindre compliment du séduisant milliardaire et se laisse op facilement distraire. Dans ces conditions, comment se montrer alerte et rotéger au mieux Tate, comme elle s'y est engagée ?

## our aimer à nouveau, de Kathy Douglass

e soir, Trent est fou de rage. Alyssa et Robyn, ses deux filles adorées, viennent e lui dévoiler le nom de la bénévole du centre de loisirs dont elles sont evenues si proches : Carmen Shields. Un nom que Trent n'a jamais pu oublier. pour cause, car Carmen est le chef de police qu'il tient pour responsable de disparition de son épouse bien-aimée...

---

## ne liaison très secrète, de Paula Roe - N°712

our Emily, les choses sont claires : non seulement la liaison qu'elle entretient vec Zac Prescott ne repose que sur un simple désir physique, mais surtout elle oit absolument rester secrète. Deux conditions sine qua non si elle ne veut as prendre le risque de souffrir et de se retrouver, une fois de plus, le cœur risé. Car Zac est un riche héritier, un homme d'affaires influent promis à un rillant avenir dans lequel, elle le sait, une simple petite employée comme elle 'a aucune place...

## e secret de Clea, de Tessa Radley

ette voix... Sous le choc, Clea se fige. Avant de réaliser que l'homme qui ent de se matérialiser derrière elle est bel et bien Brand, son mari qu'elle royait mort, et qu'elle a pleuré pendant des mois. Éperdue de bonheur, lle s'apprête à lui révéler qu'elle attend un enfant de lui lorsqu'il pose n regard sévère sur son ventre arrondi, et, sans lui laisser le temps de le ssurer, l'accuse de porter l'enfant d'un autre. Effondrée, elle comprend lors que celui qu'elle a tant aimé, celui qui lui vouait une confiance bsolue, a bel et bien disparu...

Composé et édité par HarperCollins France.

Achevé d'imprimer en janvier 2018.

BLACK PRINT

Barcelone

Dépôt légal : février 2018.

Pour limiter l'empreinte environnementale de ses livres, HarperCollins France s'engage à n'utiliser que du papier fabriqué à partir de bois provenant de forêts gérées durablement et de manière responsable.

*Imprimé en Espagne.*